A Indomável
Sofia

OBRAS DA AUTORA PUBLICADAS PELA RECORD

A boa moça
Casamento de conveniência
Ovelha negra
Venetia e o libertino
A indomável Sofia

GEORGETTE HEYER

A INDOMÁVEL SOFIA

Tradução de
NEIDE CÂMERA LOUREIRO

3ª edição

EDITORA RECORD
RIO DE JANEIRO • SÃO PAULO
2016

CIP-BRASIL. CATALOGAÇÃO NA PUBLICAÇÃO
SINDICATO NACIONAL DOS EDITORES DE LIVROS, RJ

Heyer, Georgette, 1902-1974
H531i   A indomável Sofia / Georgette Heyer; tradução de
3ª ed. Neide Câmera Loureiro. – 3ª ed. – Rio de Janeiro: Record, 2016.

Tradução de: The Grand Sophy
ISBN 978-85-01-40122-9

1. Romance inglês. I. Loureiro, Neide Câmera. II. Título.

15-28241

CDD: 823
CDU: 821.111-3

Título original em inglês:
The Grand Sophy

Copyright © Georgette Heyer 1950
Proibida a venda fora do território nacional.

Texto revisado segundo o novo Acordo Ortográfico da Língua Portuguesa.

Todos os direitos reservados. Proibida a reprodução, no todo ou em parte, através de quaisquer meios. Os direitos morais da autora foram assegurados.

Direitos exclusivos de publicação em língua portuguesa somente para o Brasil adquiridos pela
EDITORA RECORD LTDA.
Rua Argentina, 171 – Rio de Janeiro, RJ – 20921-380 – Tel.: (21) 2585-2000, que se reserva a propriedade literária desta tradução.

Impresso no Brasil

ISBN 978-85-01-40122-9

Seja um leitor preferencial Record.
Cadastre-se no site record.com.br e receba informações sobre nossos lançamentos e nossas promoções.

EDITORA AFILIADA

Atendimento e venda direta ao leitor:
mdireto@record.com.br ou (21) 2585-2002.

I

Ao reconhecer num relance o único irmão vivo da patroa, como depois informou aos seus subordinados mais carentes de percepção, o mordomo concedeu a Sir Horace uma ligeira reverência e encarregou-se de dizer que a senhora, embora não estivesse em casa para pessoas menos íntimas, ficaria feliz ao vê-lo. Insensível a essa condescendência, Sir Horace entregou a capa de viagem para um lacaio, o chapéu e a bengala para outro, jogou as luvas sobre uma mesa com tampo de mármore e disse que não tinha dúvidas a esse respeito — e o senhor, Dassett, como estava passando? O mordomo, grato por ele se lembrar do seu nome ao mesmo tempo em que reprovava as atitudes descontraídas de Sir Horace, afirmou que estava bem, como era de esperar, e satisfeito (arriscava-se a dizer) em ver que Sir Horace não parecia um só dia mais velho que da última vez que tivera o prazer de anunciá-lo à patroa. Em seguida, dirigiu-se, de maneira muito pomposa, à imponente escadaria até o Salão Azul, onde Lady Ombersley cochilava suavemente num sofá ao lado da lareira, com um xale Paisley sobre os pés e a touca torta. Ao observar esses detalhes, o Sr. Dassett tossiu e anunciou num tom de voz imperioso:

— Sir Horace Stanton-Lacy, minha senhora!

Sobressaltada, Lady Ombersley despertou, manteve os olhos arregalados por um momento, sem entender, fez uma tentativa inútil de ajeitar a touca e emitiu um débil guincho:

— Horace!

— Olá, Lizzie, como vai? — indagou Sir Horace, atravessando o aposento e dando um tapinha animador no ombro da irmã.

— Santo Deus, que susto você me deu! — exclamou ela, destampando o frasco de sais que nunca ficava longe do seu alcance.

Depois de observar com certa tolerância esse instante de arrebatamento, o mordomo fechou a porta, deixando irmão e irmã juntos, e afastou-se para informar aos seus subordinados que Sir Horace era um cavalheiro que passava muito tempo no estrangeiro, encarregado, ao que sabia, pelo Governo de assuntos diplomáticos delicados demais para a compreensão deles.

Nesse meio-tempo, o diplomata, de pé, dando as costas para o fogo, refazia-se da viagem com uma pitada de rapé e dizia à irmã que ela estava engordando.

— Já não somos mais jovens — acrescentou de modo simpático. — Exceto você, Lizzie, que aparenta uns cinco anos a menos, a não ser que minha memória esteja falhando, no que não creio.

Havia um grande espelho com moldura dourada na parede oposta à lareira, e, enquanto falava, Sir Horace permitiu que seu olhar pousasse na própria imagem, não com intenção vaidosa, mas com louvor crítico. Seus 45 anos haviam-no tratado com generosidade. Se o seu perfil se avolumara um pouco, sua altura, mais de 1,80m, tornara insignificante essa ligeira corpulência. Homem de figura extraordinária, tinha, além de uma grande e bem-proporcionada constituição física, um rosto bonito, encimado por abundante cabeleira castanha, ondulada, não prejudicada, até agora, pelas mechas prateadas. Vestia-se sempre com elegância, mas era muito inteligente para adotar extravagâncias modernas que só poderiam destacar as imperfeições de um talhe de meia-idade.

— Veja o pobre Prinny! — disse Sir Horace, citando o menos íntimo dos amigos. — É um exemplo para todos nós!

Sem ressentimentos, a irmã aceitou a crítica implícita. Ela mostrava as marcas deixadas por 27 anos de matrimônio, e sua submissão a um esposo caprichoso e pouco grato que lhe fizera tantas promessas de afeto há muito havia destruído quaisquer pretensões de beleza que pudesse ter. De saúde medíocre, temperamento dócil, ela gostava de dizer que quando uma mulher chegava à idade de ser avó, era hora de pensar em contentar-se com a aparência que tinha.

— Como vai Ombersley? — perguntou Sir Horace, mais por educação do que por interesse.

— A gota o faz sofrer um pouco, porém, levando-se em consideração tudo o mais, está muito bem — respondeu ela.

Sir Horace se expressou de forma literal por acidente, dizendo, ao mesmo tempo em que assentia com a cabeça:

— Sempre bebeu demais. Contudo, deve ter quase 60 anos, e julgo que você agora não deve estar tendo tantas preocupações, não é verdade?

— Não, não! — respondeu ela apressadamente. Embora mortificantes no início, de pleno conhecimento público, as infidelidades de lorde Ombersley jamais a perturbaram em demasia. Agora, porém, ela não tinha vontade de discuti-las com o irmão, que usava de tanta franqueza ao falar, e deu à conversa uma mudança súbita, perguntando de onde ele vinha.

— Lisboa — respondeu, usufruindo de outra pitada de rapé.

Lady Ombersley ficou vagamente surpresa. Havia dois anos que a longa guerra na Península Ibérica terminara, e até certo ponto pensou nela quando soube que Sir Horace tinha estado em Viena, sem dúvida fazendo parte do misterioso congresso violentamente interrompido pela fuga daquele horrível Monstro de Elba.

— Oh! — exclamou ela, um pouco confusa. — É claro, você tem uma casa lá! Já não me lembrava! E como vai a querida Sofia?

— Aliás — replicou Sir Horace, fechando ruidosamente a caixa de rapé e guardando-a no bolso —, Sophy é o motivo que me trouxe aqui.

Há 15 anos Sir Horace era viúvo, e durante esse período não solicitara a ajuda da irmã para educar a filha nem dera a mínima atenção aos seus conselhos espontâneos; contudo, diante dessas palavras, uma sensação inquietante foi tomando conta de Lady Ombersley. Ela perguntou:

— É mesmo, Horace? Querida Sofia! São quatro anos ou mais desde que a vi pela última vez. Quantos anos ela tem agora? Imagino que está quase na época de debutar, não?

— Há anos que está para debutar — respondeu Horace. — Na verdade, ela precisa disso mais do que qualquer outra coisa. Ela está com 20 anos.

— Vinte anos! — exclamou Lady Ombersley. Dedicou-se a fazer alguns cálculos mentais, em seguida disse: — Isso mesmo, deve ter 20; minha Cecilia acabou de fazer 19, e lembro-me de que Sofia nasceu cerca de um ano antes. Meu Deus, é isso mesmo! Pobre Marianne! Que criatura encantadora ela era, sem dúvida alguma!

Com um ligeiro esforço Sir Horace evocou a visão da finada esposa.

— Sim, era encantadora — concordou. — A gente esquece, você sabe. Sophy pouco faz lembrar a mãe; ela se parece comigo.

— Avalio que consolo deve ter sido para você. — Lady Ombersley suspirou. — Estou certa, querido Horace, de que nada poderia ser mais comovente do que sua devoção para com a menina!

— Não fui nem um pouco devotado — interrompeu Sir Horace. — Não a teria conservado comigo se ela chegasse a representar um problema. Nunca me preocupou. Muito boazinha, a minha Sophy!

— Sim, meu querido, sem dúvida, mas sair arrastando a menina por toda a Espanha e Portugal, quando ela teria ficado muito melhor num bom colégio...

— Não a minha filha! Ela só aprenderia a ser tola — replicou Sir Horace com ironia. — Além do mais, é inútil falar comigo sobre isso agora, é tarde demais. O importante, Lizzie, é que estou em dificuldades. Gostaria que você cuidasse de Sophy enquanto eu estiver na América do Sul.

— América do Sul? — perguntou Lady Ombersley, boquiaberta.

— Brasil. Espero não ficar ausente por muito tempo, porém não posso levar minha Sophy e não posso deixá-la com Tilly, porque Tilly morreu. Morreu em Viena há alguns anos. Algo muitíssimo inconveniente, mas acho que ela não tinha intenção de fazê-lo.

— Tilly? — Lady Ombersley parecia inteiramente perplexa.

— Santo Deus, Elizabeth, não fique aí repetindo tudo que eu digo! Um hábito lamentável e chocante! Refiro-me à Srta. Tillingham, a governanta de Sophy!

— Deus do céu! Está me dizendo que a menina agora não tem governanta?

— É claro que não tem! Nem precisa de governanta. Sempre consegui muitas acompanhantes para ela quando estávamos em Paris, e em Lisboa não foi necessário. Mas não posso deixá-la sozinha na Inglaterra.

— Realmente, creio que não pode! Mas, meu querido Horace, embora eu fizesse qualquer coisa para agradá-lo, não tenho muita certeza...

— Tolice! — respondeu Sir Horace, animando-se. — Ela será uma ótima companheira para sua filha... qual é o nome dela? Cecilia? Uma criaturinha adorável, sabe? Sem um pingo de maldade!

Esse elogio paternal fez a irmã pestanejar e pronunciar um débil protesto. Sir Horace não lhe deu atenção.

— Além disso, não lhe causará nenhum aborrecimento — garantiu. — Ela tem a cabeça bem-assentada, a minha Sophy. Nunca precisei me preocupar com ela.

O conhecimento íntimo do caráter do irmão tornava perfeitamente possível para Lady Ombersley acreditar nessa declaração; mas como ela mesma era favorecida com o mesmo temperamento condescendente, nenhum comentário irônico chegou a aflorar aos seus lábios.

— Mas você deve compreender, Horace...

— Há mais uma coisa: está na hora de pensarmos num marido para ela — prosseguiu Sir Horace, sentando-se numa poltrona no lado oposto ao da lareira. — Sabia que podia contar com você. Ora essa, você é tia dela! E também minha única irmã.

— Eu ficaria muito feliz em apresentá-la à sociedade — disse Lady Ombersley, pensativa. — Mas a questão é que não creio... tenho um certo medo... Veja bem, considerando a despesa realmente assustadora com o debute de Cecilia no ano passado, o casamento da querida Maria apenas um pouco antes disso, a ida de Hubert para Oxford, sem mencionar as taxas de Eton para o pobre Theodore...

— Se é a despesa que a amofina, Lizzie, não deve levá-la em consideração, pois custearei toda essa bobagem. Você não precisará apresentá-la à Corte; cuidarei disso tudo quando voltar. E se você não quiser dar-se a esse trabalho na ocasião, posso encontrar outra senhora para fazê-lo. O que eu quero no momento é que ela possa circular com os primos, conhecer o grupo certo de pessoas, você sabe.

— É claro que sim, e quanto ao *trabalho*, isso é o de menos! Mas não posso deixar de sentir que talvez, talvez seja difícil! Na verdade, não temos muita vida social.

— Ora, com um bando de moças na família, você deveria ter — replicou Sir Horace bruscamente.

— Mas, Horace, eu não tenho um bando de moças! — protestou Lady Ombersley. — Selina está com apenas 16 anos, Gertrude tem 12, e Amabel mal completou 10 anos!

— Compreendo qual é a razão — respondeu Sir Horace, indulgente. — Você receia que ela possa ofuscar o brilho de Cecilia. Não, minha querida, nada disso! Não nego que possa considerá-la muito bonita. Mas Cecilia é de uma beleza que foge aos padrões. Lembro-me de já pensar assim quando a vi no ano passado. Fiquei surpreso, pois você mesma nunca atingiu um padrão acima da média, Lizzie, e quanto a Ombersley, sempre o achei um sujeito muito feio.

A irmã aceitou a crítica com humildade, mas ficou bastante constrangida por ele imaginar que ela seria capaz de nutrir ideias tão mesquinhas em relação à sobrinha.

— E mesmo se eu fosse detestável a esse ponto, já não há mais a menor necessidade de pensar assim — acrescentou ela. — Nada ainda foi anunciado, Horace, mas não tenho escrúpulos em lhe dizer que Cecilia está prestes a contrair um matrimônio muito vantajoso.

— Isso é ótimo — replicou Sir Horace. — Você então poderá procurar um marido para Sophy. Não terá nenhuma dificuldade. Ela é uma coisinha encantadora, e qualquer dia desses receberá uma fortuna modesta, além daquela que a mãe lhe deixou. Tampouco há necessidade de temer que ela se case de modo a ofender nossa família. É uma jovem sensata e tem viajado o suficiente para não ser considerada uma tola inexperiente. Quem você conseguiu para Cecilia?

— Lorde Charlbury pediu permissão a Ombersley para fazer a corte à nossa filha — informou a irmã, enchendo-se de certo orgulho.

— Charlbury, hein? — disse Sir Horace. — Muito bom mesmo, Elizabeth! Confesso, eu não acreditava que você tivesse tal sorte, porque a beleza não é tudo, e do jeito que Ombersley estava gastando sua fortuna quando eu o vi...

— Lorde Charlbury — interrompeu Lady Ombersley, um pouco formal — é um homem extremamente rico, e eu sei que tem intenções sérias. Na verdade, ele mesmo me contou que, no caso dele, foi amor à primeira vista!

— Excelente! — exclamou Sir Horace. — Ele parecia estar resistindo à ideia de ter uma esposa já faz algum tempo; ele tem 30 anos no mínimo, não? Mas se sente verdadeira *tendre* pela moça, tanto melhor! Justificaria seu interesse por ela.

— Certo — concordou Lady Ombersley. — E estou convencida de que combinarão muito bem. Ele representa tudo que lembra amabilidade e cortesia, suas maneiras são as mais cavalheirescas, é de uma inteligência decididamente superior e tem o tipo que sempre agrada.

Sir Horace, que não estava muito interessado no romance da sobrinha, respondeu:

— Bem, bem, evidentemente é um exemplo de perfeição, e temos de admitir que Cecilia deve se considerar uma felizarda por estar fazendo tal aliança! Espero que você possa sair-se tão bem com relação a Sophy!

— De fato, quem dera que eu pudesse! — respondeu ela, suspirando. — Só que é uma ocasião constrangedora, porque... você compreende, receio que Charles possa não gostar disso.

Sir Horace franziu a testa como se fizesse um esforço para se lembrar de alguma coisa.

— Pensei que o nome dele fosse Bernard. Por que ele não deveria gostar?

— Não estou falando de Ombersley, Horace. Você deve se lembrar de Charles!

— Se está falando do filho mais velho de vocês, é claro que me lembro! Mas que direito tem ele de opinar, e por que cargas d'água faria objeção à minha Sophy?

— Oh, não, objeção a ela, não! Estou certa de que Charles não faria isso! Mas receio que ele possa não gostar se nos envolvermos com coisas alegres nesse momento. Acho que você talvez não saiba que ele está para casar, portanto devo informá-lo de que ficou noivo da Srta. Wraxton.

— O quê, da filha do velho Brinklow? Realmente, Lizzie, você tem sido muito ativa e eficiente! Jamais soube que tivesse tanto bom senso! Muito apropriado, sem dúvida! Deve receber felicitações!

— Devo — concordou Lady Ombersley. — Ah, sem dúvida! A Srta. Wraxton é uma moça excelente! Estou certa de que possui milhares de qualidades extraordinárias. Tem a mente muito esclarecida, do tipo que impõe respeito.

— Dá-me a impressão de ser uma criatura enjoada ao extremo — replicou Sir Horace com franqueza.

— Charles não se interessa — disse Lady Ombersley, olhando fixa e pensativamente para o fogo — por moças muito animadas ou por... loucas extravagantes. Confesso, gostaria que a Srta. Wraxton tivesse um pouco mais de *vivacidade*. Mas você não deve levar isso em consideração, Horace, pois eu mesma nunca tive a menor inclinação para o conhecimento (ou para ter interesses intelectuais), e hoje em dia, quando tantas jovens são extremamente turbulentas, é gratificante encontrar *uma* que... Charles acha que o ar de seriedade da Srta. Wraxton é muito digno — terminou, um tanto apressadamente.

— Sabe de uma coisa, Lizzie, parece estranho que um filho seu e de Ombersley tenha se tornado uma pessoa sem graça e maçante — observou Sir Horace com toda a calma. — Você não traiu Ombersley, traiu?

— Horace!

— Não, sei que não traiu! Não precisa ficar nervosa. Pelo menos não com relação ao filho mais velho; você é muito esperta para isso! Contudo, é um fato estranho... Ele pode casar com a sua sabichona, e tem toda liberdade de fazê-lo, pouco me importa, porém nada disso explica a razão por que você deveria se preocupar com o que ele gosta ou não!

Lady Ombersley desviou o olhar das brasas resplandecentes para o rosto do irmão.

— Com efeito, você não entende mesmo, Horace.

— Foi o que eu disse! — retorquiu ele.

— Certo, mas... Horace, Matthew Rivenhall deixou toda sua fortuna para Charles!

De modo geral, Sir Horace era tido como um homem astuto, contudo parecia achar difícil assimilar essa informação. Com olhos arregalados, fitou a irmã atentamente por uns instantes, em seguida indagou:

— Está se referindo àquele velho tio de Ombersley?

— Exatamente, ele mesmo.

— O nababo?

Lady Ombersley assentiu com a cabeça, mas o irmão ainda não estava satisfeito.

— Aquele sujeito que fez fortuna na Índia?

— Ele mesmo, e sempre pensávamos... mas ele disse que Charles era o único Rivenhall, sem contar ele próprio, que possuía ao menos uma parcela mínima de bom senso, e deixou-lhe tudo, Horace! Tudo!

— Santo Deus!

Essa exclamação pareceu conveniente a Lady Ombersley, pois ela tornou a assentir com a cabeça, olhando para o irmão de maneira pesarosa e torcendo a franja do xale entre os dedos.

14

— Assim, Charles é quem dita as ordens! — concluiu Sir Horace.

— Ninguém teria sido mais generoso — disse Lady Ombersley, com ar infeliz. — Só podemos nos sentir agradecidos.

— Maldita seja sua insolência! — exclamou Sir Horace, vendo a situação também como um pai. — O que ele fez?

— Bem, Horace, você provavelmente não sabe, porque está sempre viajando, mas o pobre Ombersley tinha muitas dívidas.

— Todo mundo está a par disso! Não me lembro de quando ele não esteve em dificuldades. Você não vai me dizer que o rapaz foi idiota a ponto de saldá-las?

— Mas, Horace, alguém precisava saldá-las! — protestou ela. — Talvez você não tenha ideia de como as coisas se tornaram difíceis! E tendo de preparar de modo satisfatório os meninos menores, e as meninas... Não admira que Charles ficasse tão ansioso para que Cecilia fizesse um bom casamento!

— Ele está se responsabilizando por todos, é isso que ele está fazendo? Não passa de um tolo! E quanto às hipotecas? Se a maior parte da herança de Ombersley não fosse inalienável, há muito tempo que ele teria perdido tudo no jogo!

— Na verdade, não tenho muito conhecimento sobre a herança — replicou a irmã —, mas receio que Charles não tenha se comportado exatamente como devia a respeito desse assunto. Ombersley ficou muito descontente, embora eu diga, e sempre direi, que chamar o primogênito de traidor é usar uma linguagem um tanto inadequada. Parece que ao atingir a maioridade Charles poderia ter facilitado tudo para o pobre pai, se ao menos tivesse sido um pouquinho condescendente. Mas nada o convenceria a concordar em vender o invendável, portanto tudo continuou imobilizado, e ninguém pode culpar Ombersley por ficar aborrecido. E depois aquele velho odioso morreu.

— Quando? — indagou Sir Horace. — Como foi que eu não soube desse fato até hoje?

— Aconteceu há mais de dois anos, e...

— Bem, eis a razão. Eu estava extremamente ocupado, tratando do assunto de Angoulême e de tudo que a ele se relacionava. Deve ter acontecido na época de Toulouse, poderia jurar. Mas quando a vi no ano passado, você não disse uma palavra sobre isso, Lizzie!

Ela foi atingida pela injustiça dessas palavras e respondeu, indignada:

— Realmente não sei como eu poderia ter pensado em coisas tão insignificantes, com aquele Monstro em liberdade, os campos de recrutamento, os bancos suspendendo pagamentos e só Deus sabe o que mais! E você chegando de Bruxelas sem avisar, ficando comigo só por vinte minutos! Minha cabeça estava num redemoinho, e se o atendi condignamente, foi além das condições que eu teria de fazê-lo.

Ignorando essa revolta, Sir Horace disse, com o que para ele era forte emoção:

— Ultrajante! Não vou dizer que Ombersley não seja um doido varrido, porque não adianta esconder esse fato, mas cortar um homem do seu testamento e colocar o filho desse homem para controlar o próprio pai... O que, aposto, ele fará!

— Não, não! — protestou Lady Ombersley debilmente. — Charles tem plena consciência do que deve ao pai! Não é verdade que esteja faltando com o respeito, asseguro-lhe! Só que o pobre Ombersley não pode deixar de ficar um pouco ressentido, agora que Charles assumiu a responsabilidade de tudo.

— Que bela situação!

— É mesmo, mas o consolo é que, de modo geral, ninguém sabe. E sem dúvida, sob alguns aspectos, é melhor assim. Seria difícil você acreditar em mim, Horace, mas estou certa de que no momento não existe uma só conta para pagar nesta casa. — Um instante de reflexão a fez alterar essa afirmativa. — Não posso responder por Ombersley, mas todas aquelas assustadoras contas domésticas que forçavam Eckington... você se lembra do nosso bom Eckington, o secretário de Ombersley... a fazer uma careta quando as via, e as taxas de Eton e de Oxford... Charles cuida de tudo, meu querido irmão, de *tudo*!

— Você não vai me dizer que Charles é tolo o bastante para desperdiçar a fortuna do velho Matt Rivenhall pagando todas as despesas desta casa que mais parece um quartel! — exclamou Sir Horace.

— Não. Ah, nada disso! Não tenho a menor aptidão para negócios, portanto é inútil pedir que lhe explique, mas acredito que Charles convenceu o pai a... permitir que ele administre a propriedade.

— Está mais com jeito de o ter chantageado! — replicou Sir Horace sombriamente. — Tempos extraordinários vivemos hoje! Note bem, compreendo a intenção do rapaz, Lizzie, mas, por Deus, lamento-a!

— Ah, por favor, acredite, não se trata de nada disso! — exclamou Lady Ombersley, aflita. — Não quero que pense... ou suponha que Charles é sempre desagradável, porque de fato ele não é, exceto quando o deixam zangado, e ninguém pode negar que muita coisa testa sua paciência. Razão pela qual só posso dizer, querido Horace, que se ele não quiser que eu cuide de Sofia para você, não devo contrariá-lo.

— Bobagem! — exclamou Sir Horace. — E por que ele não haveria de querer?

— Nós... nós já decidimos não dar nenhuma festa nos próximos meses, além das que forem absolutamente necessárias. Foi um fato dos mais lamentáveis ter de adiar o casamento de Charles devido à perda de um parente da Srta. Wraxton. Foi uma das irmãs de Lady Brinklow, e eles usarão luto por seis meses. Você deve saber que os Brinklows são muito meticulosos em todas as questões de etiqueta. Eugenia só vai a reuniões bem íntimas, e... e é claro que se deve esperar que Charles compartilhe de seus sentimentos.

— Santo Deus, Elizabeth, um homem não precisa usar luto pela tia de uma mulher com quem ainda nem se casou!

— Naturalmente que não, mas Charles parece achar... e além do mais Charlbury...

— Que diabo há com ele?

— Caxumba — respondeu Lady Ombersley, de modo trágico.

— É? — Sir Horace caiu na gargalhada. — Ora, que sujeito ele deve ser para ter caxumba quando deveria estar se casando com Cecilia!

— Francamente, Horace, devo dizer que considero uma grande injustiça de sua parte falar assim, pois como ele poderia evitar? O rapaz está tão desgostoso! E além disso, o fato é extremamente infeliz; não duvido que se pudesse casar com Cecilia, já o teria feito, pois nada é mais agradável do que o seu humor, e suas maneiras e seu modo de falar são tudo o que se poderia desejar! Mas as moças são muito tolas e cismam com ideias românticas, além de terem todo tipo de fantasias exageradas. Contudo, sinto-me feliz ao pensar que Cecilia não é uma dessas jovens demasiado modernas, e é claro que ela se deixará orientar pelos pais. Mas não se pode negar que nada é mais inoportuno do que a caxumba de Charlbury!

Abrindo mais uma vez a caixa de rapé, Sir Horace olhou-a com uma expressão divertida e sagaz:

— E qual é a fantasia exagerada que a Srta. Cecilia tem em particular? — indagou.

Lady Ombersley sabia que o filho mais velho a teria aconselhado a manter um silêncio discreto; porém o impulso de desabafar com o irmão foi forte demais para ser contido.

— Bem, sei que não irá comentar por aí, Horace, mas acontece que a tolinha acha que está apaixonada por Augustus Fawnhope!

— Seria aquele da família Lutterworth? — indagou Sir Horace.

— Não o tenho em alta conta para uma aliança, devo dizer!

— Santo Deus, nem fale uma coisa dessas! Ademais, sendo o caçula da família, não tem a mínima perspectiva! Mas é um poeta.

— Muito perigoso — concordou Sir Horace. — Creio que jamais vi esse rapaz. Como ele é?

— Muito bonito! — respondeu Lady Ombersley, numa entonação desalentadora.

— Como, no estilo de Lord Byron? Aquele rapaz tem uma grande vocação!

— N-não é isso. Quero dizer que ele é louro como Cecilia e não claudica, e embora seus poemas sejam muito bonitos, encadernados em papel velino branco, não parecem *atrair* muita atenção. Quero dizer, de modo algum são semelhantes aos de Lord Byron. É lamentável e injusto, pois acredito que a impressão tenha custado muito dinheiro, e ele precisou arcar com tudo, ou mais precisamente Lady Lutterworth arcou com tudo, segundo soube.

— Lembro-me bem agora — disse Sir Horace —, eu de fato conheço o rapaz. Ele esteve com Stuart em Bruxelas no ano passado. Se quer meu conselho, você deve casá-la com Charlbury o mais rápido que puder.

— Ora, eu assim faria, se ao menos... isto é, é claro que eu não faria, se achasse que ela tem aversão a ele! E você precisa compreender, Horace, que está totalmente fora do meu controle fazer qualquer coisa desse tipo quando ele está acamado com caxumba!

Sir Horace balançou a cabeça.

— Ela casará com o poeta.

— Não diga isso! Mas Charles acha sensato eu não levá-la a lugares onde seja provável ela encontrar o rapaz, o que constitui outra razão pela qual estamos atualmente tendo um estilo de vida tranquilo. É muito constrangedor! Na verdade, às vezes sinto que seria muito mais fácil se o infeliz fosse inaceitável, um caça-dotes, ou o filho de um comerciante, ou algo parecido. Assim poderíamos proibi-lo de frequentar a casa, proibir Cecilia de dançar com ele nos bailes, só que isso não seria de modo algum necessário, pois jamais o encontraríamos nas reuniões sociais. Mas é natural que encontremos os Fawnhopes em todos os lugares. Nada poderia ser mais irritante! E embora esteja certa de que as atitudes de Charles para com ele sejam as mais antipáticas, o próprio Charles reconhece a impropriedade de ser tão desagradável a ponto de ofender a família. Almeria Lutterworth é uma das minhas melhores amigas!

Sir Horace, que já estava entediado com o assunto, bocejou e disse, de modo indolente:

— Ouso afirmar que não há motivo para você ficar nervosa. Os Fawnhopes são pobres como camundongos de igreja, e provavelmente Lady Lutterworth não deseja esse casamento, da mesma forma que você.

— Nada disso! — respondeu a irmã, um tanto irritada. — Ela é mais tola do que pensamos, Horace! O que Augustus quer, ele precisa ter! Ela já me jogou as mais inequívocas insinuações, de modo que eu mal soube para onde olhar, quanto mais o que dizer, exceto que lorde Charlbury já nos solicitara permissão para cortejar Cecilia e que eu acreditava que ela fosse... bem, que não fosse indiferente a ele. Nunca passou pela minha cabeça que Augustus houvesse perdido o senso de decoro a ponto de dirigir-se a Cecilia sem primeiro se aproximar de Ombersley, mas foi precisamente o que ele fez.

— Ah, bem! — exclamou Sir Horace. — Se Cecilia tem simpatia por ele, seria melhor você deixar que eles se casem. Não se trata de estar fazendo um casamento inferior à sua condição; se ela prefere ser esposa do caçula sem vintém da família, isso é sem dúvida assunto exclusivo dela.

— Você não diria isso se fosse com Sofia! — replicou a irmã.

— Sophy não é tão tola assim.

— Nem Cecilia! — declarou Lady Ombersley, ofendida. — Se tivesse visto Augustus, você não ficaria admirado com Cecilia!

Ninguém pode deixar de sentir uma indiscutível predileção por ele! Confesso que eu mesma senti isso. Mas Charles tem toda razão, como logo fui levada a reconhecer; Augustus não serviria!

— Pois bem, quando tiver a prima para fazer-lhe companhia, Cecilia se distrairá e provavelmente dará outro rumo aos seus pensamentos — disse Sir Horace, consolador.

Lady Ombersley pareceu ficar muito impressionada com a sugestão. Seu rosto iluminou-se.

— Gostaria de saber se isso seria possível. Ela é um pouco tímida, como você sabe, e não faz amizades com facilidade; e desde que sua querida amiga, Srta. Friston, se casou e foi morar no interior, realmente não há uma jovem com quem ela possa se relacionar mais intimamente. Bem, se tivéssemos a querida Sophy para ficar conosco... — interrompeu-se, obviamente revolvendo os planos em sua mente. Estava ainda entretida nesse exercício quando a porta se abriu e seu filho mais velho entrou no salão.

O honorável Charles Rivenhall tinha 26 anos, contudo seu semblante de traços um tanto severos, aliado a modos seguros e reservados, o fazia parecer alguns anos mais velho. Era um rapaz alto, de compleição vigorosa, e dava a impressão de que estaria mais satisfeito caminhando pelas terras do pai do que trocando amabilidades na sala de estar de sua mãe. Em geral preferia usar traje de montaria às calças presas abaixo do joelho e botas enfeitadas com borlas, como era moda; atava a gravata de um jeito simples, permitia apenas uma modesta quantidade de goma para enrijecer as pontas bem-moderadas do colarinho, desdenhava inteiramente vaidades tais como anéis com sinete, correntes de relógio ou monóculos, e ofendia seu alfaiate ao insistir que seus casacos fossem feitos de modo que ele pudesse vesti-los sem a ajuda do seu criado pessoal. Diziam ter expressado a esperança de não ser confundido com um dândi, porém, como seu amigo, o Sr. Cyprian Wychbold, gentilmente lhe assegurou, não havia a menor chance de que isso acontecesse. Os dândis, disse o Sr. Wychbold com certa severidade, eram famosos tanto por sua refinada sociabilidade quanto por seu traje requintado, e, via de regra, constituíam um agradável grupo de homens cujos modos educados e dotes sedutores os tornavam aceitáveis em qualquer ambiente. Como a noção do Sr. Rivenhall de fazer-se agradável perante outras pessoas implicava tratar com fria civilidade qualquer um por quem ele não tinha particular simpatia e como seus dotes, longe de serem sedutores, incluíam a habilidade de desconcertar aqueles cujas pretensões ele reprovava e de proferir comentários frustrantes que punham um fim abrupto na relação social, ele corria o perigo maior (segundo o Sr. Wychbold) de ser confundido com um camponês.

Quando ele fechou a porta atrás de si, sua mãe ergueu os olhos, sobressaltou-se ligeiramente, e disse com uma entonação nervosa que aborreceu o irmão:

— Ah, Charles! Imagine só! Seu tio Horace está aqui!

— Foi o que Dassett me informou — respondeu o Sr. Rivenhall. — Como vai, senhor?

Apertou a mão do tio, puxou uma cadeira e sentou-se, iniciando uma conversa cortês com Sir Horace. A mãe, primeiro manuseando nervosamente a franja do xale e depois o lenço, dentro em pouco intrometeu-se na conversa para perguntar:

— Charles, lembra-se de Sofia? Sua priminha?

O Sr. Rivenhall não tinha a aparência de quem se lembrava da priminha, mas respondeu no seu jeito frio:

— Certamente. Espero que ela esteja passando bem, senhor.

— Nunca ficou doente em toda a sua vida, salvo durante o sarampo — respondeu Sir Horace. — Logo você verá por si mesmo; sua mãe vai tomar conta dela enquanto eu estiver no Brasil.

Era evidente que, para Lady Ombersley, essa não era a melhor maneira de transmitir a notícia, e ela imediatamente se apressou a dizer:

— Bem, é claro que não está de todo decidido ainda, embora eu tenha a certeza de que nada me agradaria mais do que hospedar a filha do meu querido irmão. Também estava pensando, Charles, que seria agradável para Cecilia. Sofia e ela são quase da mesma idade, você sabe.

— Brasil? — indagou o Sr. Rivenhall. — Deve ser muito interessante, acredito. Vai ficar muito tempo lá, senhor?

— Ah, não! — respondeu Sir Horace vagamente. — É provável que não. Vai depender das circunstâncias. Estive dizendo à sua mãe que ficarei lhe devendo um grande favor se ela puder encontrar um marido adequado para a minha Sophy. Está na hora de ela se casar, e sua mãe parece, pelo que me informaram, ser perita no assunto. Soube que devo dar-lhe minhas felicitações, meu rapaz.

— Sim, obrigado — respondeu o Sr. Rivenhall com uma ligeira mesura.

— Se não lhe desagradar, Charles, confesso que ficaria muito feliz em ter Sofia aqui — disse Lady Ombersley de modo apaziguador.

Ele lançou-lhe um olhar impaciente e respondeu:

— Peço-lhe que faça o que desejar, senhora. Não consigo imaginar o que isso tem a ver comigo.

— Bem, eu expliquei ao seu tio que levamos uma vida muito sossegada.

— Ela não se importará — respondeu Sir Horace tranquilamente. — É muito boazinha e nunca tem dificuldade em encontrar algo com que se ocupar. Fica tão feliz num povoado espanhol como em Viena ou Bruxelas.

Ouvindo isso, Lady Ombersley aprumou o corpo de repente.

— Não me diga que no ano passado você levou a menina a Bruxelas!

— É claro que a levei a Bruxelas! Onde diabos eu iria deixá-la? — replicou Sir Horace com mau humor. — Não esperaria que eu a deixasse em Viena, não é? Além do mais, ela gostou. Encontramos muitos amigos nossos lá.

— Que perigo!

— Ora bolas! Tolice! Não havia perigo com Wellington no comando.

— Quando, senhor, poderemos ter o prazer de contar com a companhia de nossa prima? — intrometeu-se o Sr. Rivenhall. — Façamos votos para que ela não ache a vida em Londres enfadonha demais depois da agitação excepcional do Continente.

— Não, ela não! — garantiu Sir Horace. — Nunca soube de ocasião em que Sophy não estivesse ocupada com uma coisa ou outra. É dar-lhe liberdade de ação! Sempre dou, e ela nunca faz nenhuma bobagem. Não sei exatamente quando estará com vocês. Resolveu que quer ficar comigo até o último instante, mas virá para Londres assim que eu tiver partido.

— Virá para Londres assim que... Horace, sem dúvida você vai trazê-la até aqui — disse a irmã com voz sufocada, um tanto surpresa. — Uma jovem da idade dela, viajando sozinha! Nunca ouvi uma coisa dessas!

— Não estará sozinha. Virá acompanhada da sua criada, uma megera, é o que ela é; viajou conosco por toda a Europa. E também de John Potton. — Percebeu as sobrancelhas erguidas do sobrinho e sentiu-se impelido a acrescentar: — Cavalariço, mensageiro, factótum! Cuida de Sophy desde que ela era um bebê. — Retirou o relógio do bolso e consultou-o. — Bem, já que acertamos tudo, devo retirar-me, Lizzie. Confio que você vai tomar conta de Sophy e procurar um partido entre os que a cercam. É importante, porque... não tenho tempo de explicar isso agora. Ela lhes contará o que for preciso, espero.

— Mas, Horace, não acertamos tudo! — protestou a irmã. — Ombersley ficará desapontado por não ver você! Esperava que jantasse conosco!

— Não, não posso — respondeu ele. — Vou jantar em Carlton House. Transmita meu respeito a Ombersley; acho que o verei novamente qualquer dia desses.

Beijou-a rapidamente, deu outro de seus tapinhas cordiais no ombro da irmã e afastou-se, seguido pelo sobrinho.

— Como se eu não tivesse mais nada a desejar! — exclamou Lady Ombersley, indignada, quando Charles voltou à sala. — E não tenho a mínima ideia de quando a menina deve chegar aqui!

— Isso não tem importância — replicou Charles, com uma indiferença que a mãe achou exasperante. — A senhora dará ordens para que preparem um quarto para ela, suponho, e Sofia pode vir quando bem lhe aprouver. Deve-se esperar que Cecília goste dela, uma vez que será obrigada a vê-la na maior parte do tempo, imagino.

— Pobrezinha! — Lady Ombersley suspirou. — Confesso que almejo servir-lhe de mãe, Charles! Que vida estranha e solitária deve levar!

— Estranha, sem dúvida; dificilmente solitária, se tem feito o papel de anfitriã para meu tio. Acredito que ela tenha tido uma senhora mais velha para viver em sua companhia, uma governanta ou algo desse tipo.

— Realmente, qualquer um julgaria que assim deve ser, mas seu tio informou-me claramente que a governanta morreu quando estavam em Viena! Na verdade, não gosto de dizer uma coisa assim do meu irmão, mas, francamente, tenho a impressão de que Horace é totalmente inadequado para cuidar de uma filha!

— Extremamente inadequado — respondeu o jovem, seco. — Espero que não venha a ter motivo para lamentar a sua generosidade, minha mãe.

— Ah, não, estou certa de que não terei! — assegurou ela. — Seu tio descreveu-a de tal forma que me deu o maior desejo de acolhê-la! Pobre menina, receio que não tenha sido habituada a ver seus desejos ou seu bem-estar levados em muita consideração. Quase me zanguei com Horace quando insistiu em me dizer que ela é boazinha e que jamais lhe causou preocupações. Ouso afirmar que ele jamais permitiu que alguém lhe causasse preocupações, pois acredito que dificilmente você encontraria um homem mais egoísta! Sofia deve ter o temperamento doce de sua pobre mãe. Não tenho dúvida de que será uma companhia encantadora para Cecilia.

— Acho que sim — concordou Charles. — E isso me faz lembrar, mamãe, de uma coisa. Acabei de interceptar outro buquê de flores daquele peralvilho para minha irmã. Esse bilhete veio junto.

Lady Ombersley apanhou o bilhete e olhou-o com desânimo.

— O que farei com isso? — indagou.

— Jogue no fogo — recomendou ele.

— Ah, não, eu não poderia, Charles! Talvez seja verdadeiramente irrepreensível! Além do mais... ora, talvez até contenha um recado da mãe dele para mim!

— Muito improvável, mas, se acredita nisso, seria aconselhável que o lesse.

— É claro, sei que é meu dever fazer isso — concordou ela, sentindo-se infeliz.

Charles parecia um pouco desdenhoso, entretanto ficou calado. Depois de um momento de indecisão a mãe rompeu o lacre e abriu a solitária folha de papel.

— Meu Deus, é um poema! — exclamou logo depois. — E devo confessar, muito bonito. Ouça, Charles! "Ninfa, quando teu doce olhar cerúleo sobre meu espírito inquieto lança seu raio de luz..."

— Obrigado, não tenho inclinação para poesia! — interrompeu o Sr. Rivenhall asperamente. — Jogue isso no fogo, senhora, e diga a Cecilia que não deve receber cartas sem a sua aprovação!

— Certo, mas acha mesmo que eu deveria queimá-lo, Charles? Imagine só se este for o único exemplar do poema! Talvez ele o queira imprimir!

— Ele não vai imprimir nada relacionado à minha irmã! — replicou o Sr. Rivenhall com severidade, estendendo a mão de modo autoritário.

Sempre dominada por uma vontade mais forte, Lady Ombersley estava prestes a entregar o papel ao filho quando uma voz trêmula, vindo da entrada, impediu-a:

— Mamãe! Não o dê, por favor!

II

Lady Ombersley deixou pender a mão; o Sr. Rivenhall virou-se bruscamente, com o cenho franzido. A irmã, lançando-lhe um olhar de veemente reprovação, atravessou a sala correndo em direção à mãe, dizendo:

— Dê-me isso, mamãe! Que direito tem Charles de queimar minhas cartas?

Impotente, Lady Ombersley olhou para o filho, mas ele não disse nada. Com um puxão, Cecilia arrancou a folha de papel da mão da mãe e apertou-a contra o peito ofegante. Isso fez o Sr. Rivenhall dizer:

— Pelo amor de Deus, Cecilia, poupe-nos de representações!

— Como ousou ler a minha carta? — retorquiu ela.

— Não li sua carta! Dei-a a mamãe, e você dificilmente poderá dizer que ela não tinha esse direito!

Os meigos olhos azuis da moça inundaram-se de lágrimas; ela falou em voz baixa:

— Tudo é culpa sua! Mamãe jamais a leria. Odeio você, Charles! Odeio você!

Ele deu de ombros e ficou de costas para ela. Lady Ombersley disse num tom de voz débil:

— Não devia falar assim, Cecilia! Sabe que é totalmente inadequado ficar recebendo cartas sem o meu conhecimento! Não sei o que seu pai diria se soubesse.

— Papai! — exclamou Cecilia desdenhosamente. — Não é papai! É Charles que gosta de me fazer infeliz!

Ele lançou-lhe um olhar por sobre o ombro.

— Seria inútil, presumo, dizer que o meu fervoroso desejo é que você *não* seja infeliz.

Ela não lhe deu resposta, mas dobrou a carta com mãos trêmulas e guardou-a no peito, lançando um olhar desafiador para o irmão. O olhar dela encontrou-se com o de desdém de Charles; o Sr. Rivenhall apoiou-se no consolo da lareira, enfiou as mãos nos bolsos da calça e aguardou, com uma expressão de ironia, o que ela iria dizer em seguida.

Em vez de falar, Cecilia enxugou os olhos e tomou fôlego em meio aos soluços. Era uma jovem muito encantadora, com cabelos cacheados de um dourado pálido que, em pequeninos anéis, emolduravam o rosto de traços refinados, cuja tez graciosa naquele momento se achava alterada, certamente, por um rubor de cólera. Em geral, sua expressão era de suave melancolia, mas a agitação daquele instante acendera uma centelha belicosa em seus olhos, e ela comprimia o lábio inferior de uma maneira que lhe dava um ar muito maldoso. Ao observar esses detalhes, o irmão disse, com cinismo, que ela devia adotar o costume de zangar-se, visto que isso a beneficiava, emprestando certa animação a um semblante aceitável, porém um pouco insípido.

Essa observação mordaz deixou Cecilia impassível. Era difícil não saber que era muito admirada, todavia, bastante modesta, depreciava muito a própria beleza; gostaria mais de ter nascido morena. Suspirou, soltou o lábio e sentou-se numa cadeira baixa, ao lado do sofá da mãe, dizendo num tom de voz mais moderado:

— Não pode negar, Charles, que é obra sua o fato de mamãe ter sido tomada por essa... essa antipatia inexplicável por Augustus!

— Ora, aí está — disse Lady Ombersley calorosamente —, você está equivocada, querida, porque não tenho nenhuma antipatia por ele. Apenas não posso considerá-lo um marido aceitável.

— Não me preocupo com isso! — declarou Cecilia. — Ele é o único homem por quem já senti tamanho afeto que... Em resumo, peço-lhe que abandone qualquer ideia de que eu venha a tomar em consideração a proposta extremamente lisonjeira de lorde Charlbury, porque jamais o farei!

Lady Ombersley emitiu um angustiado porém incoerente protesto; o Sr. Rivenhall disse na sua maneira prosaica:

— Contudo, você não ficou tão hostil, imagino, quando a proposta lhe foi transmitida pela primeira vez.

Cecilia volveu um olhar vacilante para o irmão e respondeu:

— Na época eu não conhecia Augustus.

Lady Ombersley pareceu ficar muito impressionada com a lógica dessa declaração, porém o filho era menos sugestionável e respondeu:

— Peço-lhe que não desperdice sua eloquência comigo. Há dezenove anos você conhece o jovem Fawnhope!

— Antes não era a mesma coisa — disse Cecilia simplesmente.

— Isso é verdade, Charles — confirmou Lady Ombersley, de modo sensato. — Estou certa de que ele era um menino que nada tinha de extraordinário, e quando foi para Oxford possuía as mais assustadoras espinhas, portanto ninguém teria imaginado que ele se tornaria um rapaz tão bonito! Mas o tempo que passou em Bruxelas com Sir Charles Stuart beneficiou-o como jamais se viu! Confesso que não teria reconhecido nele o mesmo homem!

— Já perguntei a mim mesmo algumas vezes — retorquiu o Sr. Rivenhall — se também Sir Charles algum dia será novamente o mesmo homem! Não sei como Lady Lutterworth pode ter tido a capacidade de obrigar um homem público a aceitar tal bobalhão como secretário. Tudo que *temos* o privilégio de saber é que seu precioso Augustus já não ocupa mais esse cargo. Ou qualquer outro. — acrescentou, de modo incisivo.

— Augustus — disse Cecilia com orgulho — é um poeta. De modo algum indicado para... o monótono trabalho de secretário de um embaixador.

— Não nego — admitiu o Sr. Rivenhall. — É igualmente inadequado para sustentar uma esposa, minha querida irmã. Não pense que *eu* apoiarei você nessa loucura, pois agora lhe digo que não o farei! E não se iluda acreditando que vai obter o consentimento de papai para esse casamento muitíssimo imprudente, porque enquanto eu tiver algum direito de me manifestar, você não o obterá!

— Sei muito bem que é *só* você quem tem direito de se manifestar nesta casa! — exclamou Cecilia, grandes lágrimas aflorando em seus olhos. — Espero que quando tiver me levado ao desespero você possa ficar satisfeito!

Pelo retesamento dos músculos em torno de sua boca, podia-se ver que o Sr. Rivenhall fazia um esforço louvável para manter sob controle seu humor nada pacífico. Cheia de ansiedade, a mãe lançou-lhe um olhar, mas a voz com que ele respondeu a Cecilia revelava uma calma quase alarmante.

— Minha querida irmã, pode ter a bondade de reservar esse dramalhão para um momento em que eu não estiver ao alcance da sua voz? E antes de convencer mamãe com suas bravatas, permita-me lembrá-la de que, longe de ser forçada a um casamento indesejável, você mesma expressou a disposição de dar ouvidos ao que descreveu como proposta muito lisonjeira de lorde Charlbury.

Lady Ombersley inclinou-se para a frente, tomou uma das mãos de Cecilia entre as suas e a apertou com ternura.

— Bem, se quer saber, minha querida, isso é verdade! — confirmou. — Na verdade, me parecia que você gostava muitíssimo dele! Não deve imaginar que seu pai ou eu temos a menor ideia de obrigá-la a casar com alguém que não lhe agrada, pois estou certa de que seria muito chocante! E tampouco Charles faria isso, não é, querido?

— Não, seguramente não o faria. Mas tampouco consentiria que ela se casasse com um tipo afetado como Augustus Fawnhope!

— Augustus — declarou Cecilia, erguendo o queixo — será lembrado muito tempo depois que você tiver caído no esquecimento!

— Pelos seus credores? Não duvido. Será uma recompensa por você ter passado a vida toda esquivando-se dos cobradores importunos?

Lady Ombersley não conseguiu reprimir um estremecimento.

— Querida, isso também é verdade! Você não pode imaginar a mortificação... mas vamos mudar de assunto.

— É inútil falar com minha irmã sobre qualquer coisa além das capas dos romances que ela pega emprestados na biblioteca! — replicou Charles. — Ante a condição a que esta família esteve reduzida, me pareceu que ela ficaria grata por ter chegado à beira de contrair um casamento respeitável. Mas não! Ela não liga para a proposta de um casamento respeitável, brilhante, prefere comportar-se como uma moça qualquer, desfalecendo e definhando por causa de um poeta! Um *poeta*! Santo Deus, mamãe, se a amostra do talento dele, que a senhora foi imprudente a ponto de lê-la para mim... Mas não tenho paciência para continuar discutindo esse assunto. Se não pode convencê-la a conduzir-se de modo compatível com a sua educação, seria aconselhável mandá-la para Ombersley. Se passar uma temporada no campo, talvez isso a faça recobrar o juízo!

Com essa terrível ameaça, ele saiu da sala em largas passadas, deixando a irmã se desfazendo em lágrimas e a mãe recobrando as energias por intermédio de seus sais.

Em meio aos soluços, Cecilia criticou em algumas palavras a crueldade do destino, que a castigara com um irmão tão insensível quanto tirano, e com pais totalmente incapazes de se interessarem por seus sentimentos. Lady Ombersley, embora essencialmente solidária, não podia aceitar isso. Sem responder pelas suscetibilidades do marido, garantiu a Cecilia que as suas eram extremamente acuradas, o que lhe possibilitava avaliar a angústia de um amor proibido.

— Quando eu era jovem, querida, algo parecido aconteceu comigo — confessou, suspirando. — Ele não era poeta, mas eu me imaginava apaixonadíssima. Contudo, ele não servia, e acabei me casando com seu pai, que todos julgavam ser um esplêndido partido, pois naquela época ele acabava de receber uma fortuna, e... — Ela calou-se, compreendendo que essas reminiscências não eram adequadas. — Em suma, Cecilia, e eu não deveria ser obrigada a lhe contar isso, pessoas da nossa posição não se casam apenas para satisfazer a si mesmas.

Cecilia permaneceu quieta, baixou a cabeça e enxugou os olhos com um lenço já úmido. Sabia ter sido muito favorecida pela afeição da mãe e pela alegre indiferença do pai, e estava bem ciente de que, ao descobrir sua inclinação antes de permitir que lorde Charlbury lhe fizesse a corte, Lady Ombersley mostrara mais consideração pela filha do que a maior parte de suas contemporâneas teria aprovado... Cecilia podia ler romances, mas estava ciente de que não devia imitar o comportamento vivaz de suas heroínas favoritas. Acreditava-se destinada a permanecer solteirona, e esse pensamento lhe pareceu tão melancólico que novamente se deixou dominar pelo desânimo e levou o lenço aos olhos.

— Avalie só como sua irmã é feliz! — disse Lady Ombersley em tom encorajador. — Estou certa de que nada seria mais gratificante do que vê-la em seu próprio lar, com o filho querido, e James tão atencioso e cortês, e... e tudo exatamente como se poderia desejar! Não acredito que um casamento por amor teria resultado mais satisfatório; não que eu afirme com isso que Maria não esteja sinceramente ligada a James. O fato é que ela não o encontrara mais do que meia dúzia de vezes quando James pediu permissão ao seu pai para lhe fazer a corte, e o sentimento dele não estava envolvido na questão. Naturalmente houve forte simpatia, ou eu jamais teria permitido... Mas Maria era uma jovem de modos tão corretos e bonitos! Ela mesma me disse que achava seu dever aceitar um pedido tão respeitável, estando seu pai em dificuldades e havendo mais quatro irmãs para debutar.

— Mamãe, espero que eu não seja uma filha anormal, mas antes estar morta do que casada com James! — declarou Cecilia, levantando a cabeça. — Ele não pensa em mais nada a não ser caçar, e quando o casal não tem visitas à noite, ele vai dormir e *ronca*!

Desencorajada por essa revelação, Lady Ombersley não conseguiu achar nada para dizer durante alguns minutos. Cecilia assoou o nariz e acrescentou:

— E lorde Charlbury é ainda mais velho que James!

— Certo, mas não sabemos se ele ronca, meu bem — salientou Lady Ombersley. — Na verdade, podemos ter certeza de que não ronca, pois suas maneiras são muito cavalheirescas.

— Um homem que chega a apanhar caxumba — declarou Cecilia — faria qualquer coisa!

Lady Ombersley não viu nada de estranho nessa opinião, nem ficou surpresa, porque o procedimento sem qualquer romantismo de lorde Charlbury fora o motivo para Cecilia sentir aversão por ele. Ela própria ficara pesarosa e desapontada, pois o julgara um homem de bom senso, nunca um homem capaz de se entregar a doenças infantis em ocasiões inoportunas. Não achava nada para dizer que amenizasse essa ofensa, e como Cecilia, aparentemente, não tinha mais observações a fazer, o silêncio reinou inquietante por algum tempo. Logo Cecilia o rompeu, perguntando um tanto sem interesse se era verdade que o tio aparecera naquela tarde. Contente por encontrar uma desculpa para falar de assuntos mais alegres, Lady Ombersley imediatamente informou-a do prazer que lhe estava sendo reservado, e teve a satisfação de ver a expressão da filha desanuviar-se um pouco. Não foi difícil constatar a simpatia de Cecilia pela prima. Era certamente uma sina desagradável ser enviada para ficar por um período indefinido com parentes praticamente estranhos, e Cecilia prometeu calorosamente fazer tudo que estivesse ao seu alcance para Sofia sentir-se à vontade em Berkeley Square. Não conseguia evocar uma lembrança muito nítida da prima, pois há alguns anos não se viam; e embora ocasionalmente considerasse que viajar pela Europa devia ser excitante, também suspeitava de que poderia igualmente ser desagradável, e concordou logo com Lady Ombersley que uma educação tão informal dificilmente serviria de preparação adequada para um debute em Londres. A ideia de que a chegada de Sofia em Berkeley Square significaria algum relaxamento na vida quase monástica imposta à família por determinação de Charles como medida de economia fê-la apressar-se para mudar o vestido para o jantar numa disposição de espírito agora mais feliz.

Naquela noite, quatro membros da família sentaram-se à vasta mesa da sala de jantar, depois que lorde Ombersley decidiu presentear a esposa com um de seus raros comparecimentos à própria mesa. Era o único membro espontâneo do grupo, pois tinha uma disposição alegre que lhe possibilitava permanecer desatento aos mais ruidosos sinais de insatisfação em seus acompanhantes. Seu espírito animado lhe permitia, com espantosa facilidade, ficar alegre à sombra da humilhação de ser um pouco mais que um dependente do filho. Tinha pavor de se sentir obrigado a enfrentar aborrecimentos, por isso jamais concordava em abordar assuntos adversos, o que lhe fazia muito bem; e nas horas de tensão realmente inevitáveis, convencia-se de que qualquer necessidade desagradável imposta a ele por sua insensatez ou pela vontade opressora do filho era o resultado da sua própria escolha e sábia decisão. Enquanto Charles continuasse a lhe render o respeito filial de costume, ele podia esquecer que as rédeas tinham sido arrancadas de suas mãos; e quando, como acontecia às vezes, o respeito filial se desgastava um pouco, considerava que esses deslizes não duravam muito, e, para um homem com o seu temperamento alegre, não era difícil esquecê-los. Não nutria rancor pelo filho, embora o considerasse um indivíduo insensível; e desde que a sorte estivesse do seu lado e ele não fosse obrigado a desempenhar um papel detestável no comando de sua jovem família, permanecia muito satisfeito com o seu quinhão.

Dificilmente teria deixado de perceber o clima de discórdia que assolava sua casa, porque um pedido da esposa para exercer sua autoridade paterna sobre Cecilia o levara a toda a pressa a Newmarket apenas 15 dias antes. Contudo, nem a expressão carrancuda do filho nem os olhos avermelhados da filha provocaram o menor comentário da parte dele. Parecia extrair grande prazer em participar de uma refeição maçante, na companhia de uma esposa nervosa, uma filha magoada e um filho pomposo. Disse:

— Bem, palavra de honra, é muito agradável estar jantando *en famille*, deste modo aconchegante! Pode dizer à sua cozinheira, Lady Ombersley, que eu gosto dessa maneira de servir pato. Confesso que não consigo algo tão bom no White's! — Depois disso, contou o mais recente mexerico social e afavelmente perguntou aos filhos como tinham passado o dia.

— Se está falando comigo, papai — respondeu Cecilia —, passei o dia como passo todos os outros. Fiz compras com a mamãe; dei um passeio pelo parque com minhas irmãs e a Srta. Adderbury e estudei música.

Seu tom de voz não indicava que ela achara esses entretenimentos divertidos, mas lorde Ombersley replicou:

— Excelente! — E voltou sua atenção para a esposa. Ela contou-lhe sobre a visita do irmão e seu pedido para que assumisse a guarda de Sofia; e lorde Ombersley externou seu indulgente consentimento, dizendo que nada seria melhor, felicitando a filha pela boa sorte ao receber tão inesperadamente uma encantadora companhia. Charles, que estava muito irritado com essa gentil insensibilidade para sentir o mesmo que a irmã, frisou de maneira desencorajadora que eles ainda não tinham motivo para supor que Sofia fosse encantadora — mesmo que fosse um pouco. Todavia, lorde Ombersley disse que não nutria dúvidas a esse respeito e acrescentou que todos deviam esforçar-se ao máximo para tornar a estada da prima agradável. Depois perguntou ao filho se pretendia ir às corridas no dia seguinte. Charles, sabendo que essas corridas eram organizadas com o patrocínio do duque de York e que os amigos íntimos deste jovial personagem passariam várias noites em Oatlands jogando uíste a dinheiro, pareceu mais ameaçador do que nunca e disse que partiria para Ombersley dentro de alguns dias.

— Sem dúvida que deve ir! — concordou alegremente o pai.

— Estava esquecendo esse negócio sobre o South Hanger. Certo, certo, desejo que cuide disso, meu rapaz!

— Cuidarei, senhor — respondeu o Sr. Rivenhall educadamente. Depois olhou para a irmã do outro lado da mesa e indagou: — Você se importaria de me acompanhar, Cecilia? Estou muito inclinado a levá-la, caso queira.

Ela hesitou. Isso poderia ser a bandeira branca; por outro lado, poderia também ser uma tentativa particularmente fútil de afastar da sua mente os pensamentos no Sr. Fawnhope. A ideia de que a ausência de Charles, com um pouco de engenhosidade, talvez lhe possibilitasse um encontro com o Sr. Fawnhope resolveu a questão. Deu de ombros e respondeu:

— Não, obrigada. Não sei o que faria no campo nesta época.

— Cavalgaria comigo — sugeriu Charles.

— Prefiro cavalgar no parque. Se deseja companhia, admiro-me que não convide as crianças para irem com você. Estou certa de que ficariam encantadas com a possibilidade de agradá-lo.

— Faça como lhe aprouver — respondeu ele, indiferente.

Terminado o jantar, lorde Ombersley retirou-se do círculo familiar. Charles, que não tinha compromisso para aquela noite, acompanhou a mãe e a irmã até a sala de estar, e enquanto Cecilia passava os dedos ociosamente pelo piano, ficou conversando com Lady Ombersley sobre a visita de Sofia. Para grande alívio da mãe, ele parecia estar resignado diante da necessidade de oferecer pelo menos um baile modesto em homenagem a Sofia, porém advertiu-a energicamente contra a ideia de ficar com a obrigação de encontrar um marido conveniente para a sobrinha.

— Por que meu tio, depois de ter permitido que ela chegasse aos... 20 anos, não é?... sem ele próprio se ocupar do assunto, de repente resolveu convencer a senhora a se encarregar da tarefa é uma questão que foge ao meu raciocínio.

— Parece estranho realmente — concordou Lady Ombersley. — Ouso afirmar que ele talvez não tenha percebido como o tempo voa, você sabe. Vinte anos! Ora, ela já é quase uma solteirona! Admito, Horace tem sido muito descuidado! Estou certa de que não haveria dificuldade, porque ela deve ser uma herdeira notável! Mesmo se fosse uma jovem feiosa, o que nem por um momento imagino que seja, pois você admitirá que Horace é um homem bonito, e a coitadinha da Marianne era linda, embora talvez você não se recorde... bem, mesmo se ela *fosse* feiosa, seria a coisa mais fácil arranjar um casamento respeitável!

— Muito fácil, mas será melhor a senhora deixar isso para o meu tio — foi só o que ele disse.

Nesse momento, os filhos que ainda estavam em idade escolar entraram no salão, acompanhados pela Srta. Adderbury, uma mulher que se assemelhava a um ratinho cinzento, originalmente contratada para se encarregar da numerosa prole de Lady Ombersley quando Charles e Maria foram considerados com idade suficiente para dispensar os cuidados da babá. Poderia-se pensar que vinte anos de permanência numa família, sob a proteção de uma patroa afetuosa e o estímulo do afeto de seus pupilos, teriam há muito tempo diminuído o nervosismo da Srta. Adderbury, porém esse traço perdurou com o passar do tempo. Nem todos os seus méritos — entre os quais se incluíam, além de um conhecimento suficiente de latim que lhe permitira preparar os meninos para o colégio, o manejo hábil dos globos terrestres e do sistema planetário, instrução completa de teoria musical, competência para tocar piano e harpa o bastante para satisfazer os mais exigentes e um talento considerável na pintura com aquarela — lhe permitiam entrar na sala de estar sem um estremecimento interior ou conversar com Lady Ombersley em termos de igualdade. Os discípulos que se desenvolveram sob seus cuidados achavam maçantes a sua timidez e sua ânsia por agradar, porém não conseguiam esquecer sua bondade nos tempos em que frequentavam as salas de aula, e sempre a tratavam com um sentimento que não era apenas de cortesia. Assim, Cecilia sorriu para ela e Charles indagou:

— Bem, Addy, como vai você hoje? — Eram pequenas atenções que a faziam corar de prazer e gaguejar muito quando respondia.

Agora seus pupilos eram apenas três, pois Theodore, o filho mais jovem da família, fora enviado recentemente para Eton. Selina, donzela de 16 anos, de aparência atraente, foi sentar-se ao lado da irmã no banco do piano; Gertrude, uma menina de 12 anos que prometia rivalizar com Cecilia em beleza, e Amabel, uma criança robusta de 10 anos, lançaram-se sobre o irmão com ruidosas manifestações de prazer ao vê-lo e lembretes de uma promessa que ele lhes fizera de jogar loteria da próxima vez que passasse uma noite em casa. A Srta. Adderbury, gentilmente convidada por Lady Ombersley a se sentar ao lado do jogo, emitia um tímido som gutural, semelhante a um cacarejo, em sinal de reprovação pelas demonstrações de entusiasmo. Não tinha esperança de ser atendida, porém ficou mais calma ao observar que Lady Ombersley olhava o grupo ao redor de Charles com um sorriso amoroso.

Na realidade, Lady Ombersley desejava que Charles, tão popular com as crianças, pudesse ser igualmente gentil com o irmão e a irmã mais próximos dele em idade. No Natal tinha ocorrido uma cena bastante dolorosa, quando os débitos do pobre Hubert em Oxford foram descobertos.

A mesa de jogo fora preparada, e Amabel já estava contando as fichas de madrepérola sobre a toalha de baeta verde. Cecilia pediu para ser dispensada do jogo, e Selina, que teria gostado de jogar, mas sempre considerava importante seguir o exemplo da irmã, afirmou que achava loteria extremamente tediosa. Charles não deu atenção a isso, mas ao passar por trás do banco do piano, em sua ida para buscar as cartelas que se achavam num armário alto de marchetaria, curvou-se para dizer algo no ouvido de Cecilia. Observando com ansiedade, Lady Ombersley não pôde ouvir o que era, mas viu, com o coração desalentado, que Cecilia corou até a raiz dos cabelos, após o que ela se levantou do banco e dirigiu-se à mesa, dizendo que muito bem, jogaria um pouquinho. Assim, Selina também cedeu, e depois de pouquíssimos minutos as duas jovens faziam tanta algazarra quanto as menores e riam o suficiente para fazer um observador imparcial pensar que uma havia esquecido a diferença de idades e a outra sua sensibilidade ferida. Lady Ombersley pôde afastar sua atenção da mesa e dedicar-se a um diálogo agradável com a Srta. Adderbury.

A Srta. Adderbury já soubera por Cecilia da visita de Sofia e estava animada para comentar o assunto com Lady Ombersley. Compreendia os sentimentos da patroa sobre o acontecimento, unia-se a ela suspirando ante a situação melancólica de uma jovem órfã de mãe aos 5 anos; concordava com seus planos para acomodar e distrair a sobrinha e, ao mesmo tempo que deplorava a irregularidade na educação de Sofia, afirmava estar certa de que descobririam nela uma jovem muito encantadora.

— Sei que sempre posso contar com você, Srta. Adderbury — disse Lady Ombersley. — Um consolo e tanto para mim!

A Srta. Adderbury não fazia ideia do que Lady Ombersley ia exigir dela, mas não pediu esclarecimentos, o que foi bom, pois a patroa também não fazia ideia do que solicitar à preceptora e proferira a frase levada apenas pelo desejo vago de agradar. A Srta. Adderbury replicou:

— Ah, Lady Ombersley! Tão bondosa! Tão amável! — Estava prestes a romper em lágrimas diante da prova de tanta confiança depositada numa pessoa tão insensível como ela. Com muito fervor esperava que Lady Ombersley jamais descobrisse que criava uma serpente em seu seio; e, desconsolada, lamentava a carência de firmeza que a impossibilitava de resistir às persuasões da sua querida Srta. Rivenhall. Dois dias antes ela permitira que o jovem Sr. Fawnhope se unisse ao grupo no passeio pelo Green Park, e, pior ainda, não fizera objeção a que ele ficasse para trás com Cecilia. Na verdade, Lady Ombersley não mencionara a infeliz paixão de Cecilia, nem ordenara que se repudiasse o Sr. Fawnhope; contudo a Srta. Adderbury era filha de um clérigo (misericordiosamente falecido) de rígidos e severos princípios morais, e ela sabia que essa desculpa apenas agravava sua falta.

Esses pensamentos foram interrompidos por uma nova observação feita por Lady Ombersley em tom baixo e com um olhar em direção à mesa de jogo na outra extremidade do aposento.

— Estou convencida de que não tenho necessidade de lhe dizer, Srta. Adderbury, que ultimamente temos andado um pouco inquietos devido a um desses caprichos a que as moças estão sujeitas. Não direi mais nada, mas poderá notar o quanto ficarei contente ao receber minha sobrinha. Cecilia tem estado muito sozinha, e as irmãs não têm idade para lhe servirem de companhia, como deve ocorrer com a prima. Tenho esperança de que, ao se esforçar por fazer a querida Sofia sentir-se à vontade entre nós, pois a coitadinha ficará lamentavelmente perdida no meio de uma família tão grande, acho eu, e ao mostrar-lhe como deve proceder em Londres, ela terá muito com que se ocupar, dando outro rumo aos seus pensamentos.

Essa perspectiva só agora se apresentava à Srta. Adderbury, porém ela a recebeu com entusiasmo, e estava certa de que tudo correria exatamente como Lady Ombersley esperava.

— Ah, sim, de fato! — exclamou. — Nada poderia ser melhor! Tanta condescendência de sua parte... Pelo que a querida Srta. Rivenhall disse, pude deduzir... mas ela é uma jovem tão encantadora! Sei que irá devotar-se à prima menos afortunada! Para quando espera a Srta. Stanton-Lacy, querida Lady Ombersley?

— Sir Horace não pôde ser muito preciso — respondeu Lady Ombersley. — Mas soube que ele pretende partir para a América do Sul quase que imediatamente. Sem dúvida minha sobrinha estará em Londres muito em breve. De fato, amanhã mandarei a governanta preparar um quarto para ela.

III

Todavia foi só uma semana depois da Páscoa que Sofia chegou a Berkeley Square. A única notícia recebida pela tia durante os dez dias em que ela esperou pela sobrinha foi um bilhete curto, escrito às pressas pelo irmão, informando-a de que a missão dele se atrasara um pouco, mas que ela seguramente veria Sofia logo. As flores que Cecilia arrumara com muito capricho no quarto da prima murcharam e tiveram de ser jogadas fora, e a Sra. Ludstock, uma governanta meticulosa em seus cuidados, precisou colocar os lençóis para arejar duas vezes antes que, no meio de uma brilhante tarde de primavera, uma carruagem puxada por quatro cavalos, abundantemente salpicada de lama, parasse à porta da casa.

Cecilia e Selina tinham ido passear no parque com a mãe, e acabavam de voltar para casa cerca de cinco minutos antes. Todas três estavam a ponto de subir as escadas quando o Sr. Hubert Rivenhall desceu os degraus, saltitando e dizendo:

— Deve ser a prima, pois há uma bagagem enorme no teto da carruagem! Que cavalo! Santo Deus, jamais vi uma criatura tão extraordinária!

Esse discurso impulsivo fez as três mulheres olharem para ele com os olhos arregalados de espanto. O mordomo, que tinha se afastado do vestíbulo há apenas um minuto, voltou com seus auxiliares e caminhou pelo chão de mármore até a porta da frente, anunciando com reverência para sua patroa que ele suspeitava de que a Srta. Stanton-Lacy acabava de chegar. Os auxiliares abriram as portas de par em par, e as senhoras tiveram uma nítida visão não só da carruagem de luxo com cavalos ajaezados e lacaios de libré, como também dos rostos espantados e curiosos dos membros mais jovens da família, que antes jogavam pingue-pongue no jardim da casa, mas agora se apinhavam junto às grades, contemplando, apesar dos protestos da Srta. Adderbury, o animal que fizera Hubert precipitar-se correndo pelas escadas.

A chegada da Srta. Stanton-Lacy sem dúvida foi impressionante. Quatro cavalos de corrida puxavam sua carruagem, dois criados a cavalo acompanhavam o veículo, e atrás vinha um cavalariço de meia-idade, conduzindo um esplêndido animal negro. Os degraus da carruagem foram baixados, a porta se abriu e saltou um galgo italiano, seguido um instante depois por uma mulher de aparência lúgubre, segurando uma valise, três sombrinhas e uma gaiola. Por último, desceu a própria Srta. Stanton-Lacy, que, agradecendo ao lacaio que lhe oferecia a mão para ajudá-la, pediu-lhe para, em vez disso, segurar seu pobre Jacko. Descobriu-se logo que o pobre Jacko era um mico, que usava um casaco vermelho. No momento em que o pequeno animal tornou-se visível para o grupo de crianças, elas passaram rapidamente pela escandalizada preceptora, escancararam o portão do jardim e saíram para a rua, tropeçando umas nas outras e gritando:

— Um mico! Ela trouxe um mico!

Nessa altura, Lady Ombersley, imóvel como se estivesse enraizada na soleira da porta, percebeu, com violenta indignação, que a imagem que seu irmão, o cavalheiro de grande estatura e ampla compleição, tinha da filha era ilusória. A pequena Sophy de Sir Horace teria cerca de 1,70 de altura sem o salto, e sua constituição física revelava linhas generosas: uma criatura de pernas longas, busto farto, rosto risonho e abundância de cachinhos castanhos acetinados sob um dos mais vistosos chapéus que seus primos já tinham visto. Vestia uma peliça abotoada até o pescoço, uma estola de zibelina bem longa que escorregava de seus ombros e um enorme regalo também de zibelina. Este, contudo, ela passou às mãos do segundo lacaio para poder cumprimentar melhor Amabel, que foi a primeira a alcançá-la. Aturdida, a tia observava-a inclinar-se graciosamente para a menina, apanhar suas mãos e dizer sorridente:

— Sim, sim, sou eu mesma, sua prima Sofia, mas por favor, queira me chamar de Sophy. Se alguém me chamar de Sofia vou me sentir desacreditada, o que é uma coisa muito desagradável. Como você se chama?

— Amabel, e ah, por favor, posso falar com o mico? — gaguejou a mais jovem Srta. Rivenhall.

— É claro que pode, pois eu o trouxe para você. Apenas seja um pouco gentil com ele no princípio, porque ele é tímido, sabe?

— Trouxe-o para *mim*? — disse Amabel, com voz sufocada, muito pálida de animação.

— Para vocês todos — declarou Sophy, abraçando Gertrude e Theodore num sorriso afetuoso. — E também o papagaio. Vocês gostam mais de bichos do que de brinquedos e livros? Eu sempre gostei, por isso achei que provavelmente o mesmo aconteceria com vocês.

— Prima! — exclamou Hubert, intrometendo-se na certeza fervorosa dos irmãos mais jovens de que a nova parenta avaliara seus gostos com uma precisão absolutamente sem precedentes, incomparável com a de qualquer adulto. — Aquele cavalo é *seu*?

Ela virou-se, examinando-o com sinceridade descontraída, o sorriso ainda em seus lábios.

— Sim, é Salamanca. Gostou dele?

— Santo Deus! Eu diria que sim! É espanhol? Você o trouxe de Portugal?

— Prima Sophy, como se chama seu cachorrinho? Qual é a raça dele?

— Prima Sophy, o papagaio fala? Addy, será que podemos mantê-lo na sala de aula?

— Mamãe, mamãe, prima Sophy nos trouxe um mico!

Esta última exclamação ruidosa, de Theodore, fez Sophy olhar rapidamente ao seu redor. Ao perceber a tia e duas outras primas na entrada, ela subiu correndo os degraus.

— Querida tia Elizabeth! Queira me perdoar! Estava travando conhecimento com as crianças! Como vai? Sinto-me tão contente por estar com vocês! Obrigada por me deixar vir para cá!

Lady Ombersley ainda estava aturdida, agarrando-se febrilmente à imagem, que se desvanecia com rapidez, da tímida sobrinha; contudo, diante dessas palavras, aquela insípida imagem foi lançada no limbo das coisas não lamentadas e esquecidas. Apertou Sophy em seus braços, erguendo o rosto para alcançar o rosto afogueado mais alto que o dela, dizendo com voz trêmula:

— Querida, querida Sophy! Tão alegre! Tão parecida com seu pai! Seja bem-vinda, querida, seja bem-vinda!

Inteiramente tolhida pela surpresa, só alguns instantes depois ela pôde dominar-se o bastante para apresentar Sophy a Cecilia e Selina. Sophy arregalou os olhos ao ver Cecilia e exclamou:

— Você é Cecilia? Mas é tão bonita! Por que não me lembrava disso?

Cecilia, que andava se sentindo bastante aborrecida, começou a rir. Sophy não parecia dizer coisas como aquela só para agradar. Ela dizia exatamente o que lhe vinha à cabeça.

— Bem, *eu* também não me lembrava! — retorquiu. — Pensei que fosse uma priminha trigueira, só pernas e cabelos emaranhados!

— Certo, mas sou isso... Ah, cabelos emaranhados não, talvez só pernas, garanto-lhe, e horrivelmente trigueira! Eu não me tornei uma beldade! Sir Horace diz sempre que devo abandonar quaisquer pretensões, e *ele* é conhecedor do assunto, saiba disso!

Sir Horace tinha razão. Sophy jamais seria uma beldade. Era muito alta; tanto o nariz quanto a boca eram grandes demais; e seus expressivos olhos cinzentos dificilmente seriam suficientes para compensar esses defeitos. Mas ninguém poderia esquecer Sophy, mesmo se não pudesse se lembrar da forma do seu rosto ou da cor dos seus olhos.

Ela voltou-se novamente para a tia.

— Seus criados poderiam indicar a John Potton onde alojar Salamanca, senhora? Só por esta noite! E um quarto para ele? Providenciarei tudo logo que tiver me estabelecido.

O Sr. Hubert Rivenhall apressou-se a garantir-lhe que conduziria John Potton aos estábulos. Ela sorriu e agradeceu, e Lady Ombersley disse que havia lugar de sobra para Salamanca e que ela não devia se preocupar com tais assuntos. Mas Sophy parecia estar determinada, pois respondeu rapidamente:

— Não, não, meus cavalos não devem ser um fardo para a senhora, querida tia! Sir Horace encarregou-me particularmente de tomar minhas próprias providências, caso eu devesse manter um estábulo, e, na verdade, pretendo fazer isso. Contudo, por esta noite, seria muito gentil de sua parte!

Agora já havia o suficiente para fazer o cérebro da tia vacilar. Que espécie de sobrinha era essa que pretendia manter o próprio estábulo, tomar providências particulares e que chamava o pai de Sir Horace? Foi aí que Theodore forneceu uma distração para as suas ideias, aparecendo com o apavorado mico nos braços. Pediu-

-lhe para dizer a Addy que ele podia levar o animal para a sala de aula, visto que a prima Sophy o dera a eles. Lady Ombersley esquivou-se do mico.

— Meu querido, eu acho que não... Meu Deus, o que Charles irá dizer?

— Charles não é tão tolo para ter medo de um mico! — declarou Theodore. — Ah, mamãe, por favor, diga a Addy que podemos ficar com ele.

— Sei que Jacko não vai morder ninguém! — garantiu Sophy. — Eu o mantive a meu lado uma semana, e ele é uma criatura gentil! Não vai bani-lo, Srta... Srta. Addy? É o seu nome?

— Srta. Adderbury, mas sempre a chamamos de Addy — explicou Cecilia.

— Como vai? — cumprimentou Sophy, estendendo a mão. — Perdoe-me! Foi impertinência da minha parte, porém eu não sabia! Permite que as crianças conservem o pobre Jacko?

Entre o desalento de ser obrigada a aceitar um mico na sala e o desejo de agradar essa moça tão resplandecente, que sorria de maneira gentil e lhe estendia a mão com sincera afabilidade, a Srta. Adderbury perdeu-se num emaranhado de meias sentenças. Lady Ombersley disse que deviam consultar Charles, o que imediatamente foi interpretado como permissão para levar Jacko à sala de aula. Nenhuma das crianças tinha um conceito tão desagradável do irmão a ponto de acreditar que ele faria a menor objeção à presença desse animalzinho de estimação. Em seguida Sophy foi conduzida ao Salão Azul, onde imediatamente depositou sua estola e regalo de zibelina numa cadeira, desabotoou a peliça e retirou o elegante chapéu. Puxando-a afetuosamente para que se sentasse ao seu lado no sofá, a tia perguntou-lhe se estava cansada devido à longa viagem e se gostaria de fazer uma pequena refeição.

— Não, obrigada! Nunca fico cansada, e embora tenha sido um pouco maçante, não posso considerar esta uma *viagem*! — respon-

50

deu Sophy. — Eu teria chegado esta manhã, mas fui obrigada a ir primeiro a Merton.

— Ir primeiro a Merton? — repetiu Lady Ombersley. — Mas por quê, meu bem? Você tem amigos lá?

— Não, não, mas Sir Horace assim o determinou especificamente!

— Minha querida, você sempre chama seu pai de Sir Horace? — perguntou Lady Ombersley.

Os olhos cinzentos começaram a sorrir outra vez.

— Sempre não, se ele me deixa muito zangada eu o chamo de papai! — respondeu Sophy. — É a coisa que ele mais detesta! Pobre anjo, é bastante lamentável o fato de ele ficar sobrecarregado com uma filha, e ninguém poderia supor que aguentasse isso. — Ela percebeu que a tia ficara um pouco chocada e acrescentou com sua franqueza desconcertante: — A senhora não aprova isso. Lamento muito, porém ele é um pai maravilhoso e eu o amo ternamente! Mas sabe, uma de suas máximas é que jamais se deve permitir que a parcialidade nos deixe insensíveis aos defeitos de uma pessoa.

A assustadora proposta de que uma filha devesse ser encorajada a observar as faltas do pai horrorizou tanto Lady Ombersley que ela não conseguiu pensar numa resposta. Selina, que gostava de saber tudo, perguntou por que Sir Horace desejara que Sophy fosse a Merton.

— Apenas para levar Sancia ao seu novo lar — explicou Sophy. — Foi por isso que vocês me viram com todos aqueles ridículos criados a cavalo acompanhando a carruagem. Nada iria convencer a pobre Sancia de que as estradas inglesas não estão infestadas de bandidos e guerrilheiros!

— Mas quem é Sancia? — indagou Lady Ombersley, com certo desnorteamento.

— Ah, é a marquesa de Villacañas! Sir Horace não mencionou seu nome? A senhora vai gostar dela; na verdade, deve gostar dela! É bastante rude e sobretudo indolente, como todos os espanhóis, porém tão bonita e tão bondosa! -- Ela agora percebia que a tia estava inteiramente perplexa, e suas sobrancelhas retas e um tanto grossas quase se uniam. — Não sabe? Ele não lhe contou? Ora, que indignidade da parte dele! Sir Horace vai se casar com Sancia.

— *O quê*?! — exclamou Lady Ombersley, com voz sufocada.

Sophy inclinou-se para a frente para tomar a mão da tia e apertá-la num gesto lisonjeiro.

— Isso mesmo, ele de fato vai se casar, e a senhora deve ficar contente, por favor, porque ela vai corresponder-lhe muito bem. É viúva e extremamente rica.

— Uma espanhola! — exclamou Lady Ombersley. — Ele jamais mencionou uma palavra sobre isso para mim!

— Sir Horace diz que explicações são muito aborrecidas — disse Sophy, à guisa de desculpa. — Ouso afirmar que talvez achasse que levaria muito tempo explicando. Ou — acrescentou, com uma expressão maliciosa no olhar — que eu faria isso por ele!

— Nunca ouvi falar de uma coisa dessas! — disse Lady Ombersley, quase levada à cólera. — Muito próprio de Horace! E quando, por favor, minha querida, ele pretende casar com essa marquesa?

— Bem — respondeu Sophy, muito séria —, imagino que foi por isso que ele não se interessou em explicar tudo à senhora. Sir Horace só pode se casar com Sancia quando eu não estiver mais nas mãos dele. É tão constrangedor, pobrezinho! Prometi esforçar-me ao máximo, mas *não posso* comprometer-me a casar com alguém de quem eu não goste! Ele compreende perfeitamente meus sentimentos. Isto posso dizer a favor de Sir Horace, ele jamais é injusto!

Lady Ombersley achava que essas observações de modo algum eram convenientes aos ouvidos de suas filhas, mas não via meio de detê-las. Selina, ainda curiosa, perguntou:

— Por que seu pai não pode se casar até que você o faça, Sophy?

— Por causa de Sancia — respondeu Sophy prontamente. — Sancia diz que não quer absolutamente ser minha madrasta.

Lady Ombersley foi atingida até o âmago do seu ser.

— Minha pobre filha! — exclamou, pousando a mão no joelho de Sophy. — Você é tão corajosa, mas pode confiar em mim! Ela tem ciúmes de você. Creio que os espanhóis possuem uma natureza ciumenta das mais chocantes! Que infortúnio para Horace! Se eu tivesse sabido disso! Ela não é bondosa, Sophy? Não gosta de você?

Sophy explodiu numa gargalhada.

— Oh, não, não, não! Estou certa de que jamais deixou de gostar de alguém em toda sua vida! O caso é que se ela se casar com Sir Horace enquanto eu ainda estiver sob a responsabilidade dele, todos vão esperar que ela se comporte comigo como mãe, e ela é preguiçosa demais! Além disso, com a melhor boa vontade do mundo eu também poderia continuar controlando Sir Horace, sua casa e tudo que estou acostumada a fazer. Discutimos sobre o assunto, e só posso ver que há muita verdade no que ela diz. Contudo, quanto a ciúmes, não mesmo! Ela é bonita demais para ter ciúmes de mim, e muito bondosa também. Diz que tem por mim o maior afeto imaginável, mas não quer compartilhar a mesma casa. Não a culpo. Por favor, não pense que a culpo!

— Ela me dá a impressão de um tipo muito estranho de mulher — declarou Lady Ombersley de modo reprovador. — E por que vive em Merton?

— Ah, Sir Horace alugou lá a mais bela vila para Sancia! Ela pretende viver isolada até ele regressar à Inglaterra. Isso porque — disse Sophy, jubilosa — Sancia é muitíssimo indolente. Permanece deitada na cama até a metade da manhã, come grande quantidade de doces, lê muitos romances e fica satisfeitíssima quando vê algum de seus amigos que se dão ao trabalho de visitá-la. Sir Horace diz que ela é a mulher mais tranquila do seu círculo de amizades. —

Sophy curvou-se para afagar seu cãozinho, que estivera o tempo todo sentado a seus pés. — Exceto Tina, é claro! Querida senhora, espero que goste de cães, sabe? Ela é muito boazinha, garanto, e não poderia desfazer-me dela!

Lady Ombersley garantiu-lhe que não fazia objeção a cães, mas não era de modo algum apreciadora de macaquinhos. Sophy riu e respondeu:

— Meu Deus! Foi errado da minha parte trazê-lo para as crianças? Quando o vi, em Bristol, ele me pareceu ser exatamente o presente apropriado! E agora que o dei, acho que será difícil convencê-las a renunciar a ele.

Lady Ombersley achava que seria praticamente impossível, e como parecia não haver mais nada a ser dito sobre o assunto e ela se sentia muito confusa com as diversas revelações da sobrinha, sugeriu que Cecilia acompanhasse Sophy até o quarto dela, onde sem dúvida a jovem gostaria de descansar um pouco antes de se trocar para o jantar.

Cecilia levantou-se com entusiasmo, pronta a acrescentar seus argumentos aos da mãe se fosse necessário. Imaginava que Sophy não desejava descansar, pois o pouco que vira da prima bastara para convencê-la de que uma criatura de tão grande vitalidade raramente necessitaria de repouso. Porém sentia-se tão atraída por Sophy que estava ansiosa para fazer amizade com ela o mais rápido possível. Assim, quando descobriram que a criada de Sophy desfazia as malas no quarto, pediu à prima que fosse aos seus aposentos para conversarem um pouco. Selina, achando que não seria admitida a esse *tête-à-tête*, fez cara feia, mas afastou-se, encontrando consolo na ideia de que caberia a ela a tarefa agradável de descrever à Srta. Adderbury cada detalhe da conversa com Sophy no Salão Azul.

Cecilia era de temperamento tímido, embora suas maneiras carecessem da intimidante reserva que a diferenciava do irmão mais velho. Porém, não guardava segredos. Poucos minutos depois ela se viu desabafando com a prima, revelando pelo menos alguns de seus problemas. Sophy ouviu-a com interesse e simpatia, mas a repetição constante do nome do Sr. Rivenhall pareceu confundi-la, e logo a interrompeu para dizer:

— Queira me perdoar, mas esse Charles... não é seu irmão?

— Meu irmão mais velho — esclareceu Cecilia.

— Bem, foi o que deduzi. Mas que direito tem ele de se manifestar dessa maneira?

Cecilia suspirou.

— Logo descobrirá, Sophy, que nada pode ser feito nesta casa sem a aprovação de Charles. É ele quem dá ordens para tudo, providencia tudo, controla tudo!

— Ora, deixe-me entender isso! — replicou Sophy. — Meu tio não morreu, morreu? Estou certa de que Sir Horace jamais me contou algo a respeito.

— Ah, não morreu! Mas papai... eu não devia estar falando dele e, é claro, não sei exatamente... mas acho que o pobre papai estava em dificuldades! De fato, eu sei que era isso, porque certa vez encontrei minha mãe muito aflita, e ela me contou alguma coisa, mas estava tão perturbada que mal sabia o que dizia. De modo geral, jamais diria uma palavra sobre papai a qualquer um de nós... exceto Charles, imagino, e acho que Maria também, agora que é uma senhora casada. Exatamente nessa época meu tio-avô Matthew morreu e deixou toda a fortuna para Charles, e não sei precisamente como foi isso, mas creio que Charles fez algo com hipotecas. O que quer que tenha sido, parece que colocou papai completamente sob o seu poder. E estou certíssima de que é ele quem paga os estudos de Hubert e Theodore e salda todas as dívidas, pois isso mamãe me disse.

— Meu Deus, como deve ser constrangedor para seu pai! — comentou Sophy. — Meu primo Charles parece ser a mais desagradável das criaturas.

— Ele é totalmente *odioso*! — disse Cecilia. — Às vezes penso que sente prazer em deixar todos infelizes, pois não duvido que nos concede de má vontade o mínimo prazer, e só está ansioso para nos casar com homens *respeitáveis* com grandes fortunas, praticamente de meia-idade, sóbrios e que não fazem nada a não ser apanhar caxumba!

Como Sophy era muito inteligente para imaginar que esse discurso exacerbado era apenas de caráter geral, imediatamente pressionou Cecilia a lhe contar mais sobre o homem respeitável com caxumba, e depois de uma pequena hesitação e muito rodeio, Cecilia não só revelou que um casamento entre ela e lorde Charlbury fora combinado (embora ainda não anunciado), mas também obsequiou-a com um retrato falado do honorável Augustus Fawnhope que deve ter se assemelhado a um sonho delirante para alguém que ainda não tivera o privilégio de ver aquele belo rapaz. Mas Sophy já conhecia o Sr. Fawnhope, e em vez de convencer a prima a deitar-se na cama com uma dose de calmante, ela disse da maneira mais prosaica:

— Sim, é verdade. Jamais vi Lord Byron, mas me disseram que ele não se compara ao Sr. Fawnhope. É praticamente o homem mais bonito que já vi.

— Conhece Augustus! — murmurou Cecilia, levando as mãos ao peito palpitante.

— Conheço... quer dizer, não somos amigos. Acho que dancei com ele várias vezes em mais de um baile em Bruxelas, no ano passado. Ele não estava ligado a Sir Charles Stuart, ocupando algum posto.

— Era um de seus secretários, mas Augustus é um poeta e, é claro, não tem jeito para negócios de Estado ou de finanças, uma circunstância que desagrada Charles sobremaneira, creio eu! Ah, Sophy, quando nos conhecemos... foi no Almack's, e eu usava um vestido de cetim azul-celeste todo enfeitado com botões de rosa bordados em linha de seda e laços de fio prateado... e no instante em que nos vimos... ele assegurou-me que aconteceu o mesmo com ele! Como eu poderia imaginar que haveria objeções? Os Fawnhopes, você sabe! Ouso afirmar que estão aqui desde a conquista normanda ou algo semelhante! Se *eu* não ligo a mínima para coisas como fortunas ou títulos, que preocupação é essa de Charles?

— Absolutamente nenhuma — respondeu Sophy rapidamente.

— Querida Cecilia, não chore, peço-lhe! Diga-me apenas uma coisa. Sua mãe não gosta da ideia de você se casar com o Sr. Fawnhope?

— Minha querida mãe tem grande sensibilidade e estou certa de que ela deve condoer-se de mim — anuiu Cecilia, enxugando os olhos. — Ela praticamente me afirmou isso, mas não ousa opor-se a Charles! Eis, Sophy, o que prevalece nesta casa!

— Sir Horace está *sempre* certo! — disse Sophy, levantando-se e alisando as saias. — Desafiei-o a me levar para o Brasil, você sabe, porque, confesso, eu não podia imaginar como conseguiria ocupar-me em Londres, sem nada mais para fazer a não ser distrair-me na casa de minha tia. Ele garantiu-me que eu encontraria algo com que me ocupar, e você pode ver que ele soube avaliar rigorosamente a situação. Será que ele ficou a par disso tudo? Minha querida Cecilia... ah, posso chamá-la Cecy? Cecilia! Um nome muito comprido! Confie em mim! Você entregou-se a um acesso de desânimo e não há a menor necessidade disso. De fato, nada seria mais prejudicial numa situação difícil! Faz a pessoa imaginar que não há nada a ser feito, quando uma pequena dose de coragem é tudo que se precisa para conduzir as dificuldades a uma conclusão feliz. Preciso ir para o meu quarto e vestir-me para o jantar ou ficarei atrasada. Nada é mais odioso do que um hóspede que chega atrasado às refeições.

— Mas, Sophy, o que pretende? — perguntou Cecilia, com voz sufocada. — O que *pode* fazer para me ajudar?

— Não tenho a mínima ideia, mas ouso afirmar uma centena de coisas. Tudo que me contou me faz crer que você se deixou dominar, vocês todos se deixaram, por um estado de melancolia chocante! Seu irmão! Santo Deus, como vocês permitiram que ele se transformasse num tirano assim? Ora, eu não, jamais deixaria que Sir Horace se tornasse prepotente, uma coisa que o melhor dos homens faz se as mulheres da família são tolas o suficiente para encorajá-los! Não é bom para eles, acaba por torná-los maçantes. Charles é maçante? Estou certa de que deve ser! Não importa! Se o capricho dele é fazer casamentos vantajosos, ele vai procurar à sua volta um marido para mim, e isso irá distraí-lo. Cecy, por favor, venha até meu quarto! Sir Horace quis que eu escolhesse mantilhas para você e minha tia, e acho que, a esta altura, Jane já deve tê-las tirado das malas. Que boa ideia da minha parte ter escolhido uma de cor branca para você! Ainda estou bastante morena para usar o branco, mas você ficará encantadora!

Em seguida, arrastou Cecilia para o seu quarto, onde encontrou as mantilhas cuidadosamente embrulhadas em papel prateado, e levou uma delas imediatamente ao quarto de vestir de Lady Ombersley, declarando que Sir Horace a encarregara de oferecer o presente com todo seu amor à querida irmã. Lady Ombersley ficou encantada com a mantilha, preta e particularmente bonita, e muito comovida (como mais tarde disse a Cecilia) com a mensagem que veio junto. Não acreditou em uma só palavra, mas aquilo demonstrou, disse ela, a delicadeza atenciosa da sobrinha.

Sophy mudou seu traje de viagem por um vestido de noite de crepe verde-claro, festonado na barra com um precioso enfeite de seda e um cordão de vários fios torcidos e borlas para marcar a cintura. Cecilia, que já havia terminado de se arrumar, a esperava para acompanhá-la até a sala de estar no andar de baixo. Sophy procurava fechar um colar de pérolas no pescoço, enquanto a lúgubre criada, suplicando-lhe para não ficar tão agitada, se ocupava em abotoar na altura dos punhos as luvas de cano longo. Cecilia, trajada com elegância, mas sem exageros, em musselina estampada de raminhos e com uma faixa azul, presumiu, com certa inveja, que o vestido de Sophy fora feito em Paris. Estava absolutamente certa; quase todos os vestidos de Sophy eram de Paris.

— Um consolo, ao menos — disse Cecilia ingenuamente —, é que vai desagradar muito a Eugenia.

— Santo Deus, quem é Eugenia? — perguntou Sophy, voltando-se repentinamente no tamborete da penteadeira. — Por que desagradaria a ela? Não o acha feio, acha?

— Srta. Sophy, *quer* ficar quieta? — atalhou Jane Storridge, dando-lhe um cutucão.

— Não, é claro que não acho! — respondeu Cecilia. — Mas Eugenia nunca usa vestidos modernos. Diz que existem coisas mais importantes para se pensar do que em vestidos.

— Que coisa idiota para se dizer! — comentou Sophy. — Naturalmente que há, mas não quando alguém está se vestindo para o jantar, creio eu. Quem é ela?

— A Srta. Wraxton. Charles está noivo dela, e mamãe mandou me avisar alguns minutos atrás que ela vai jantar aqui hoje. Todos nós nos esquecemos disso no alvoroço da sua chegada. Acho que ela já deve estar na sala, pois é sempre muito pontual. Você está pronta? Vamos descer?

— Se ao menos a minha querida Jane pudesse apressar-se um pouco! — replicou Sophy, estendendo o outro braço para a criada e lançando um olhar maroto para a Srta. Storridge, cujo rosto exibia uma expressão de censura.

A criada sorriu um tanto severa, mas nada disse. Fechou os botõezinhos, ajeitou a echarpe bordada com fio dourado, de modo a criar um drapeado, nos cotovelos da sua patroa, e assentiu ligeiramente com a cabeça em sinal de aprovação. Sophy curvou-se e beijou-a no rosto, dizendo:

— Obrigada! Vá deitar-se, não pense que a deixarei me despir, garanto-lhe que não deixarei! Boa noite, querida Jane!

Muito espantada, Cecilia disse, enquanto desciam as escadas:

— Quero crer que ela está com você há muito tempo, não? Desconfio de que mamãe ficaria boquiaberta se visse você beijar sua criada!

Sophy ergueu as sobrancelhas ao ouvir isso.

— É mesmo? Jane era a criada de minha mãe, e foi minha bondosa babá quando mamãe morreu. Espero não fazer nada pior para deixar minha tia boquiaberta.

— Ah! É claro que ela compreenderia perfeitamente as circunstâncias! — Cecilia apressou-se em dizer. — Só que me pareceu tão estranho, sabe?

Uma faísca decidida no olhar firme da prima parecia indicar que ela não gostara muito daquela crítica à sua conduta, mas como já haviam chegado à porta da sala de estar, Sophy se manteve calada ao entrar no aposento.

Lady Ombersley, seus dois filhos mais velhos e a Srta. Wraxton formavam um grupo, sentados junto à lareira. Quando a porta se abriu, todos se voltaram, e os dois cavalheiros levantaram-se — Hubert fitando a prima com admiração sincera, Charles examinando-a com ar crítico.

— Aproxime-se, querida Sophy! — disse Lady Ombersley, num tom cordial. — Veja, estou usando sua linda mantilha e não o meu xale! Que renda delicada! A Srta. Wraxton a esteve admirando. Minha querida Eugenia, permita-me apresentar-lhe a Srta. Stanton-Lacy. Cecilia já deve ter lhe contado, Sophy, que logo teremos o prazer de receber a Srta. Wraxton como membro da nossa família.

— Contou, realmente! — confirmou Sophy, sorrindo e estendendo a mão. — Desejo que seja muito feliz, Srta. Wraxton, e meu primo também. — Depois de ter apertado rapidamente a mão da Srta. Wraxton, virou-se e estendeu-a novamente para Charles. — Como vai?

Ele cumprimentou-a, e descobriu que estava sendo examinado exatamente da mesma maneira crítica. Isso o surpreendeu, mas divertiu-o também, e ele sorriu.

— Como vai? Não direi que me lembro muito bem de você, prima, porque estou certo de que nenhum de nós guardou a mínima lembrança do outro.

Ela riu.

— É bem verdade! Nem mesmo tia Elizabeth conseguiu lembrar-se de mim! Primo... Hubert, não é? Diga-me, por favor, como estão Salamanca e John Potton. Cuidou para que ambos ficassem alojados em segurança?

Ela afastou-se um pouco para o lado ao falar com Hubert. Lady Ombersley, que estivera observando Charles com ansiedade, ficou aliviada ao ver que ele parecia perfeitamente amável, até mesmo bastante compreensivo. Um meio sorriso permanecia em seus lábios, e ele continuou a observar Sophy até que a noiva chamou sua atenção.

A honorável Eugenia Wraxton era uma moça esguia, de altura um pouco acima da média, que estava acostumada a se ver descrita como uma jovem alta e elegante. Seus traços eram aristocráticos e, de um modo geral, consideravam-na bonita, embora um pouco insípida. Estava trajada adequadamente, porém com grande modéstia; seu vestido de crepe cinza, com matiz sóbrio, parecia indicar um estado de luto. O cabelo, que ela prendia em mechas caprichadas, tinha uma tonalidade suave entre o castanho e o louro; possuía mãos e pés longos e finos e um colo magro que raramente era visto, pois sua mãe se opunha tenazmente aos decotes amplos como (por exemplo) o que a Srta. Stanton-Lacy estava usando. Era filha de um conde, e embora fosse sempre cuidadosa para não demonstrar orgulho, tinha plena consciência do seu valor. Suas maneiras eram graciosas, e ela se esforçava para deixar as pessoas à vontade. Sua intenção fora ser especialmente encantadora com Sophy, mas, ao se levantar para cumprimentá-la, fitou-a com um ar de soberba espontâneo que muito lhe dificultou expressar o encanto. Por um instante sentiu-se um pouco perturbada, mas logo superou isso e disse a Charles em voz baixa, com seu sorriso tranquilo:

— Como a Srta. Stanton-Lacy é alta! Sinto-me até menor.

— Sim, é bem alta — concordou ele.

A noiva não pôde deixar de ficar satisfeita; aparentemente, Charles não vira grande beleza na prima. Embora Eugenia percebesse, num exame mais apurado, que Sophy não era tão bonita quanto ela, sua primeira impressão fora a de que ela era uma jovem notável. Percebia agora que ficara seduzida pelo tamanho e brilho dos olhos de Sophy; contudo, as demais características eram menos impressionantes. Comentou:

— Um pouco frívola, talvez, mas é muito graciosa.

Nesse momento Sophy foi sentar-se ao lado da tia, e Charles avistou o fantástico cãozinho galgo que estivera grudado às saias da moça, parecendo não gostar muito de estranhos. Ele ergueu as sobrancelhas.

— Parece que temos duas hóspedes. Qual o nome dela, prima?

Estendeu a mão para afagar o cãozinho, porém Sophy disse:

— Tina. Receio que ela não irá com você, é muito tímida.

— Ah, ela virá, sim! — respondeu ele, estalando os dedos.

Sophy achou o ar de fria segurança do rapaz muito irritante, mas quando viu que ele estava certo, que a cachorrinha, com ar coquete, externava ofertas de amizade, ela o perdoou e sentiu-se inclinada a pensar que ele não podia ser tão mau como diziam.

— Que amor de criaturinha! — exclamou a Srta. Wraxton, amável. — De modo geral, não gosto de animais dentro de casa. Como sabe, querida Lady Ombersley, minha mãe jamais permitiu um gato sequer, mas estou certa de que este bichinho seria uma exceção.

— Mamãe tem predileção por filhotes de cachorro — disse Cecilia. — Quase sempre temos um, não é, mamãe?

— Do tipo buldogue anão, gordos e supernutridos — disse Charles, fazendo uma careta para a mãe. — Confesso que prefiro esta dama elegante.

— Ah, este não é o bichinho mais famoso da prima Sophy — declarou Hubert. — Espere só, Charles, até você ver o que ela trouxe de Portugal!

Lady Ombersley mexeu-se inquieta, pois ainda não revelara ao filho mais velho a novidade de que um mico de casaco vermelho era agora o soberano da sala de aula. Porém, Charles disse apenas:

— Sei que trouxe seu cavalo também, prima. Hubert não fala noutra coisa. Espanhol?

— Sim, e treinado por um mameluco. É muito bonito.

— Garanto que você é excelente amazona, prima! — disse Hubert.

— Não sei se sou. Mas tenho sido obrigada a cavalgar muito.

Naquele exato momento a porta se abriu, mas não, como Lady Ombersley esperava, para o mordomo dizer que, para o seu prazer, o jantar os aguardava. Quem entrou foi o marido, declarando que viera ver apressadamente sua pequena sobrinha antes de dirigir-se ao White's. Lady Ombersley achava que ele não devia ter recusado jantar em casa em atenção à Srta. Wraxton e que não precisava acrescentar a isso seus hábitos insólitos, contudo, não deixou a irritação transparecer, dizendo apenas:

— Ela afinal não é tão pequena, meu bem, como pode ver.

— Santo Deus! — exclamou ele quando Sophy se levantou para cumprimentá-lo. Depois desatou a rir, abraçou-a, e disse: — Ora, ora, ora! Você é quase tão alta quanto seu pai, minha querida! E também muito parecida com ele, agora que a vejo melhor!

— Srta. Wraxton, lorde Ombersley — disse a esposa, com ar de desagrado.

— Hein? Ah, sim, como vai? — cumprimentou, concedendo uma alegre inclinação de cabeça à Srta. Wraxton. — Considero-a desde já membro da família e não faço cerimônia com você. Venha sentar-se ao meu lado, Sophy, e conte-me como está seu pai!

Em seguida, levou a sobrinha até um sofá e mergulhou numa conversa animada, recordando incidentes de trinta anos antes, rindo sinceramente deles, com toda a aparência de alguém que esquecera o compromisso de jantar no clube. Estava sempre bem-disposto para jovens bonitas, e quando acrescentavam vivacidade ao encanto e adivinhavam exatamente como ele gostava de conduzir um flerte, ele se divertia muito na companhia delas e não tinha pressa em deixá-las. Dassett, ao entrar poucos minutos depois para anunciar o jantar, compreendeu a situação imediatamente e, após trocar um olhar com a patroa, retirou-se para providenciar mais um lugar à mesa. Quando ele retornou para fazer o anúncio, lorde Ombersley exclamou:

— O quê? Já é hora de jantar? Declaro que jantarei em casa, sem dúvida!

A seguir conduziu Sophy pelo braço, ignorando os direitos de primazia da Srta. Wraxton a essa honra; e enquanto ocupavam seus lugares à mesa, pediu à sobrinha para informá-lo sobre o que se passava pela cabeça de seu pai para fazê-lo ir para o Peru.

— Peru não, senhor. Para o Brasil — replicou Sophy.

— É quase a mesma coisa, minha querida, e igualmente longe! Jamais conheci um sujeito que viajasse tanto quanto ele pelo mundo inteiro. Da próxima vez irá para a China!

— Não, lorde Amherst foi para a China — informou Sophy. — Em fevereiro, creio. Sir Horace foi indicado para o Brasil porque conhece perfeitamente a questão portuguesa e esperam que seja capaz de convencer o regente a voltar para Lisboa. O marechal Beresford tornou-se extremamente impopular, como sabe. Não admira! Ele não é do tipo conciliador e não tem nenhum tato.

— O marechal Beresford — informou a Srta. Wraxton a Charles, numa voz bem modulada — é amigo de meu pai.

64

— Então deve perdoar-me por dizer que ele não tem tato — disse Sophy imediatamente, com o seu rápido sorriso. — É bem a verdade, mas ninguém jamais duvidou de que é um homem de muitas e excelentes qualidades. É lamentável que tenha feito papel de tolo.

Isso fez lorde Ombersley e Hubert rirem, porém a Srta. Wraxton enrijeceu um pouco, e Charles lançou um olhar carrancudo para o outro lado da mesa, em direção à prima, como se estivesse reconsiderando a primeira impressão favorável que tivera dela. A noiva, que sempre se conduzia com rígido decoro, não conseguia, mesmo naquela reunião familiar, conversar com as pessoas do lado oposto da mesa. Mas demonstrou sua educação superior ao ignorar a observação de Sophy, iniciando um diálogo com Charles sobre Dante, com particular referência à tradução do Sr. Cary. Ele a ouvia com delicadeza, e quando Cecilia, seguindo o exemplo informal da prima, juntou-se à conversa para expressar a própria preferência pelo estilo de Lord Byron, Charles não fez nenhum esforço para censurá-la, ao contrário, pareceu acolher com muito prazer sua entrada na discussão. Sophy aplaudiu com entusiasmo o gosto de Cecilia, declarando que seu exemplar de *O corsário* fora manuseado a ponto de correr o risco de desintegrar-se. A Srta. Wraxton disse que não podia dar uma opinião sobre os méritos desse poema, uma vez que a mãe não permitia nenhuma obra desse autor na sua casa. Como as histórias sobre as dificuldades conjugais de Lord Byron estavam entre as mais escandalosas, *on dit*, da cidade — o boato de tal forma espalhado que, mediante fervorosas solicitações dos amigos, Lord Byron pretendia deixar logo o país —, essa observação imediatamente fez o assunto parecer indesejavelmente vulgar, e todos ficaram aliviados quando Hubert, negando qualquer apreço pela poesia, ficou eufórico ao falar sobre o excelente romance *Waverley*. Aqui, novamente, a Srta. Wraxton foi incapaz de oferecer ao grupo uma crítica abalizada, porém, graciosa, disse que acreditava ser essa obra, como romance, certamente excepcional. Então lorde Ombersley disse que todos eram muito livrescos, mas que o *Guia Turfístico*, de Ruff, era boa leitura para ele, e afastou Sophy da conversa ao fazer-lhe perguntas sobre velhos amigos seus, dos quais, por adornarem agora várias embaixadas, talvez ela tivesse notícias.

Depois do jantar, lorde Ombersley não compareceu à sala de estar. O faraó, seu jogo de cartas predileto, mostrava-se irresistível demais para ser ignorado, e a Srta. Wraxton, com muito encanto, pediu que deixassem as crianças descer, acrescentando com um sorriso para Charles que não tivera a felicidade de ver seu amiguinho Theodore desde que ele chegara em casa para as festas da Páscoa. Contudo, quando o amiguinho apareceu, um pouco depois, ele trazia Jacko no ombro, o que a fez encolher-se na cadeira e proferir uma exclamação de protesto.

Chegara o momento terrível da revelação — e, graças (Lady Ombersley refletiu amargamente) ao lamentável descontrole da Srta. Adderbury sobre seus jovens pupilos, numa ocasião totalmente errada. Charles, a princípio inclinado a achar graça, mudou de juízo rapidamente devido à evidente reprovação da Srta. Wraxton. Ele disse que, por mais ambientado à sala de aula que um mico pudesse ser, uma questão a ser discutida mais tarde, não era uma criatura que combinava com a sala de estar de sua mãe, e mandou Theodore, num tom que não admitia argumentação, retirar Jacko imediatamente. Uma carranca mal-humorada dominou o semblante de Theodore, e, por um horrível instante, a mãe receou ficar em estado de grande agitação, à beira de uma cena desagradável. Mas Sophy ajudou, dizendo:

— Sim, leve-o para cima, Theodore! Eu devia ter prevenido você de que a coisa que ele mais detesta é ser levado à presença de muitas pessoas! E por favor, apresse-se, pois vou ensinar a vocês um famoso jogo de cartas que aprendi em Viena!

Enquanto falava, ia empurrando o menino para fora da sala e fechou a porta atrás dele. Ao voltar-se, viu que Charles a fitava com expressão glacial, e disse:

— Caí no seu desagrado por trazer para as crianças um animalzinho que você não aprova? Asseguro-lhe, o mico é realmente bonzinho; você não precisa ter medo dele!

— Não tenho o menor medo dele! — replicou Charles com rispidez. — Extremamente amável de sua parte ter presenteado as crianças com um mico.

— Charles, Charles! — chamou Amabel, puxando a manga do seu paletó. — Ela nos trouxe também um papagaio, e ele fala admiravelmente! Só que Addy colocou o xale dela sobre a gaiola, dizendo que marinheiros rudes e malcriados devem tê-lo ensinado a falar. Diga a ela para não cobri-lo!

— Santo Deus, estou praticamente arruinada! — exclamou Sophy num cômico desalento. — E o homem *garantiu* que a deplorável ave não diria nada que fizesse alguém corar! Bem, o que deve ser feito?

Mas Charles ria. Disse:

— Precisa repetir suas orações para ele todos os dias, Amabel, para colocá-lo em melhor disposição de espírito. Prima, meu tio Horace nos informou que você era boazinha, que não nos causaria problemas. Está conosco menos da metade de um dia. Estremeço ao pensar na devastação que terá provocado no final de uma semana!

IV

Não se poderia dizer que o jantar da família de Lady Ombersley fora um sucesso completo, contudo deu origem a muita especulação na mente da maioria dos que estiveram presentes a ele. A Srta. Wraxton, que agarrara a oportunidade proporcionada pelo resto do grupo sentado para um jogo de cartas para aproximar-se de sua futura sogra e entabular uma conversa com ela em voz baixa, voltou para sua casa bastante convencida de que, por melhores que fossem as intenções de Sophy, ela fora pessimamente educada e tinha necessidade de orientação. Revelara a Lady Ombersley que lamentava realmente o fato de que o infortúnio em sua família adiara o dia do seu casamento, pois sentia, com toda a sinceridade, que teria sido um amparo e um conforto para a sogra na sua atual aflição. Quando Lady Ombersley disse, um tanto desafiadora, que não achava a visita da sobrinha uma aflição, a Srta. Wraxton sorriu para demonstrar quão bem compreendia a corajosa atitude que ela estava determinada a mostrar ao mundo, apertou-lhe a mão e disse que aguardava com ansiedade o momento em que poderia aliviar a querida Lady Ombersley das muitas obrigações que agora cabiam a ela. Como isso só podia se referir ao plano do jovem casal de ocupar um andar da mansão da família, uma profunda depressão abateu-se sobre Lady Ombersley. Não seria uma decisão fora do comum, porém ela conhecia muitos exemplos onde o fracasso de tal arranjo fora provado, notadamente na família Melbourne. Sem dúvida a Srta. Wraxton não tornaria a Mansão Ombersley abominável com espasmos histéricos ou escândalos assustadores, mas Lady Ombersley se sentiu pouco confortável com essa certeza. Quase tão insuportável quanto o comportamento frenético de Lady Caroline Lamb seria a determinação da Srta. Wraxton de exercer uma influência benéfica sobre os cunhados e cunhadas e sua convicção de que tinha o dever de carregar nos próprios ombros muitos dos fardos que Lady Ombersley não estava de modo algum ansiosa por abandonar.

Charles, que apreciara a séria conversa de alguns minutos com a noiva antes de conduzi-la à carruagem no final da noite, foi para a cama levando sentimentos confusos. Podia reconhecer a justiça da crítica de Eugenia, mas, uma vez que ele mesmo tendia à franqueza, estava inclinado a apreciar as maneiras francas e honestas de Sophy, e, obstinadamente, recusava-se a concordar com a ideia de que ela se punha em evidência de modo equivocado. Não achava absolutamente que Sophy o fazia de propósito, mas não era difícil ver que ela começava a introduzir uma atmosfera totalmente nova na casa. Era inegável que fazia isso. E ele não estava certo se aprovava.

Quanto à própria Sophy, recolheu-se ao seu quarto com algo mais para pensar do que seu anfitrião. Parecia-lhe que fixara residência numa casa infeliz. Cecilia julgava Charles responsável por isso, e sem dúvida ele era. Todavia, Sophy já não era mais uma colegial, e levara apenas dez minutos para avaliar lorde Ombersley. Sem dúvida, Charles tivera muito que tolerar da parte dele; e uma vez que o resto de sua família o reverenciava claramente, não era de admirar que um temperamento naturalmente severo e autocrático, por conseguinte irreprimido, o tivesse transformado num tirano doméstico. Sophy não podia acreditar que ele fosse irrecuperável, pois não só Tina fizera amizade com ele, como também, quando ele ria, toda a sua personalidade apresentava uma mudança. O pior que até então sabia sobre ele era que escolhera para noiva uma jovem muito insossa. Lamentava que um rapaz tão promissor fosse unir-se a alguém que se encarregaria de encorajar ainda mais os aspectos desagradáveis do seu caráter.

Quanto às crianças, não havia necessidade de se preocupar, decidiu, mas sua inteligência atilada a informara, no transcorrer da noite, que nem tudo estava bem com o Sr. Hubert Rivenhall. Tinha forte desconfiança de que certos problemas ocultos o perturbavam. Ele podia esquecer isso enquanto admirava Salamanca ou ao participar de um jogo ridículo com os irmãos menores, mas quando nada mais ocupava sua mente, a perturbação voltava a introduzir-se furtivamente, após o que ficava emudecido até que alguém olhasse para ele, e então, no mesmo instante, começava a falar de novo, animado, superalegre, daquele jeito que parecia satisfazer os parentes. Guiada por seu conhecimento de jovens oficiais, Sophy acreditava que ele provavelmente estava metido em alguma encrenca tola, na verdade muito menos séria do que imaginava. É claro que ele devia contar tudo ao irmão mais velho, pois ninguém duvidava, ao observar o Sr. Rivenhall, que ele era competente para lidar com qualquer problema; porém, visto que Hubert estava obviamente com medo, seria uma ótima medida convencê-lo a confiar em sua prima.

Depois, havia Cecilia, tão encantadora e tão desamparada! O caso dela talvez fosse muito mais difícil de resolver a contento. Educada numa escola muito diferente, Sophy achava iníquo forçar uma moça a um casamento desagradável; entretanto, de modo algum estava determinada a favorecer as pretensões de Augustus Fawnhope. Extremamente prática, Sophy não podia achar que o

Sr. Fawnhope seria um marido satisfatório, pois carecia de meios palpáveis de sustento e estava propenso, quando sob a influência de sua Musa, a esquecer considerações mundanas tais como compromissos ou recados importantes. Contudo, certamente seria preferível a um homem de meia-idade com caxumba, e se a paixão de Cecilia por ele provasse ser mais do que um mero capricho, pediria aos seus amigos que encontrassem para o rapaz uma colocação bem-remunerada e distinta na qual sua bela pessoa e o encanto das suas maneiras seriam mais importantes do que seus hábitos pouco práticos. Sophy ainda pensava nisso quando adormeceu.

Na Mansão Ombersley, o café da manhã era servido em uma sala nos fundos da casa. Apenas as três senhoras sentaram-se à mesa às nove; pois lorde Ombersley, um homem de hábitos notívagos, jamais deixava o quarto antes do meio-dia, e seus dois filhos mais velhos já tinham tomado o café havia uma hora e partido para uma cavalgada no parque.

Lady Ombersley, cuja saúde sofrível transformava em raridades as noites de repouso em sua vida, empregara parte de suas horas de vigília planejando distrações para a sobrinha, e, enquanto molhava torradas simples, da espessura de um dedo, no chá, apresentou um plano para uma festa à noite, incluindo dança. Os olhos de Cecilia brilharam, mas, um tanto cética, disse:

— Se Charles permitir.

— Minha querida, sabe que seu irmão não se opõe a nenhum divertimento razoável. Eu não quis dizer que daríamos um baile para muitos convidados, é claro.

Sophy, que ficara observando com certa admiração o lânguido consumo de torradas e chá pela tia, replicou:

— Querida senhora, eu preferiria infinitamente que não se preocupasse por minha causa.

— Estou mesmo querendo dar uma festa em sua homenagem — retrucou Lady Ombersley com firmeza. — Prometi a seu pai que o faria. Além disso, gosto muito de receber em minha casa. Asseguro-lhe, em geral não somos tão sossegados como você nos vê no momento. Quando apresentei Maria à sociedade, demos uma fresta, duas grandes recepções noturnas, um café da manhã veneziano e um baile de máscaras. Mas na ocasião — acrescentou, com um suspiro — a pobre prima Mathilda ainda vivia, e foi ela quem enviou todos os convites e providenciou tudo com a Gunter's. Lamento muito sua falta. Uma pneumonia causou-lhe a morte, você sabe.

— Não, mas se é isso que a perturba, senhora, por favor, não pense mais no assunto! — disse Sophy. — Cecy e eu providenciaremos tudo, a senhora só terá de escolher o vestido que vai usar e receber os convidados.

Lady Ombersley chegou a pestanejar.

— Mas, meu bem, você não seria capaz de...

— Seria, sim! — afirmou Sophy, sorrindo afetuosamente para a tia. — Ora, tenho cuidado de todas as festas de Sir Horace desde os meus 17 anos! E isso me lembra de algo que preciso fazer imediatamente! Onde é o banco Hoare, tia Lizzie?

— O banco Hoare? — repetiu Lady Ombersley, aturdida.

— Em nome de Deus, para que quer saber isso? — perguntou Cecilia.

Sophy pareceu um pouco surpresa.

— Bem, para apresentar a carta de autorização de Sir Horace, é claro! — respondeu ela. — Tenho que fazer isso imediatamente, do contrário posso encontrar-me sem dinheiro. — Notou que a tia e a prima pareciam mais perplexas do que nunca e ergueu as sobrancelhas. — Mas eu disse algo errado? — indagou, entre divertida e desolada. — Os Hoare, vocês sabem! Sir Horace mantém uma conta bancária com eles!

— Sim, minha querida, não nego que ele possa manter uma conta lá, mas *você* não! — protestou Lady Ombersley.

— Não, graças a Deus! É algo tão maçante! Contudo, estabelecemos que eu retiraria somas da conta de Sir Horace para as minhas necessidades. E para as despesas da casa, é claro, mas no momento não temos casa — esclareceu Sophy, espalhando manteiga com generosidade na quarta fatia de pão.

— Minha querida! As jovens jamais... ora, eu mesma nunca em minha vida entrei no banco do seu tio! — confessou Lady Ombersley, profundamente agitada.

— Não? — admirou-se Sophy. — Talvez prefira saldar todas as contas ele mesmo? Nada aborrece mais Sir Horace do que lidar com dinheiro. Há anos ensinou-me a entender de negócios, e assim vivemos muito felizes. — Sua testa vincou-se. — Espero que Sancia aprenda a administrar os recursos. Pobre anjo! Ela vai detestar quando tiver que analisar as contas e pagar todos os salários.

— Nunca ouvi uma coisa dessas! — declarou Lady Ombersley. — Com efeito, Horace... mas esqueçamos isso! Minha querida, você não precisará retirar dinheiro enquanto estiver comigo!

Sophy não pôde deixar de rir ante a clara convicção da tia de que o Banco Hoare devia ser um antro de vício, porém disse:

— Na verdade, precisarei de dinheiro. A senhora não faz ideia do quanto sou dispendiosa! E Sir Horace preveniu-me para que eu não me tornasse um fardo em sua casa.

Cecilia, cujos olhos se arregalaram maravilhados, perguntou:

— Seu pai não estabelece limites para o que você deve gastar?

— Não, e como poderia, se está sempre viajando, inabordável, incapaz de fazer ideia do que posso precisar de repente? Ele sabe que não me excederei. Mas não pretendia aborrecê-las com meus assuntos! Só me digam em que parte da cidade o Hoare está situado, por favor!

Felizmente, uma vez que nenhuma das duas mulheres tinha a mínima ideia do local onde se achava qualquer banco, o Sr. Rivenhall entrou na sala nesse momento. Usava um traje de montaria e vinha apenas perguntar se a mãe tinha alguma incumbência para executar na cidade. Ela não queria nada, mas não hesitou (a despeito da sua provável reprovação) em revelar-lhe o inusitado desejo de Sophy, que pedia instruções para ir ao banco Hoare. O jovem aceitou isso com serenidade e até se maravilhou ao saber que a prima tinha autorização para sacar dinheiro da conta do pai.

— É pouco comum. — Charles pareceu mais achar graça do que reprovar. — O banco Hoare fica em Temple Bar — acrescentou. — Se sua necessidade for urgente, eu mesmo vou à cidade esta manhã e ficarei feliz em acompanhá-la.

— Obrigada! Se minha tia não fizer objeção, aceito com prazer a sua companhia. Quando deseja ir?

— Aguardarei suas ordens, prima — respondeu ele educadamente.

Essa cortesia era de bom augúrio e permitiu que Lady Ombersley, sempre inclinada a ser otimista, alimentasse a esperança de que Charles se entregara a uma das suas raras simpatias. Sem dúvida ele mostrou-se mais favorável à prima ao descobrir que a moça não o deixaria esperando; ela, por sua vez, não poderia fazer péssimo juízo de um homem que conduzia tão esplêndida parelha de cavalos em sua carruagem. Tomou lugar ao lado dele no veículo; o cavalariço assumiu seu posto atrás, num impulso, quando os cavalos passaram por ele numa arremetida súbita. Sophy, que era uma boa condutora, manteve-se em silêncio criterioso, porém não depreciativo, enquanto Charles controlava o entusiasmo de seus cavalos. Embora reservasse seu julgamento final até que o visse guiar um tandem ou uma carruagem puxada por quatro cavalos, ela achou que podia confiar na capacidade dele para ajudá-la a comprar animais de tração para seu próprio uso, e foi dizendo:

— Preciso comprar uma carruagem e estou em dúvida entre uma puxada por dois cavalos e um fáeton com assento elevado para o condutor. Qual delas você recomenda, primo?

— Nenhuma — respondeu ele, controlando os animais ao dobrarem uma esquina.

— Ah! — exclamou Sophy, um tanto surpresa. — Qual, então?

Ele olhou-a de relance.

— Não está falando sério, está?

— Não estou falando sério? É claro que estou!

— Se deseja guiar uma carruagem, qualquer dia a levarei ao parque — disse ele. — Espero encontrar um cavalo, ou mesmo uma parelha, sossegada o bastante para uma dama conduzir.

— Ah, receio que não vai me servir! — respondeu Sophy, balançando a cabeça.

— É mesmo? Por que não?

— Talvez eu possa deixar o cavalo agitado — replicou Sophy com doçura.

Por um momento ele ficou confuso. Depois riu e disse:

— Queira perdoar. Não tive intenção de ofendê-la. Mas você não precisa de uma carruagem em Londres. Certamente sairá com minha mãe, e se desejar sair sozinha, por alguma razão particular, sempre poderá pedir uma das nossas carruagens para seu uso.

— É muita gentileza da sua parte — respondeu Sophy —, mas não se ajusta bem comigo. Onde se pode comprar carruagens em Londres?

— Dificilmente conseguirá conduzir uma carruagem pela cidade! Nem considero o fáeton um veículo muito adequado para uma dama. Não é fácil de se conduzir. Não gostaria de ver nenhuma de minhas irmãs fazendo essa tentativa.

— Não deve esquecer de lhes dizer isso — replicou Sophy afavelmente. — Elas se importam com o que você diz? Nunca tive um irmão, portanto não posso saber.

Houve uma ligeira pausa, enquanto o Sr. Rivenhall, não estando acostumado a sofrer ataques súbitos, recobrava sua presença de espírito. Não demorou muito.

— Seria melhor, prima, se tivesse tido — disse ele em tom severo.

— Acho que não — respondeu Sophy, muito tranquila. — Pelo pouco que tenho visto sobre irmãos, alegra-me o fato de que Sir Horace nunca me sobrecarregou com um.

— Obrigado! Suponho que sei como posso interpretar isso!

— Bem, imagino que sabe; mas embora tenha ideias muito antiquadas, creia que não o julgo exatamente rude.

— Muito grato! Tem mais alguma crítica que gostaria de fazer?

— Tenho: nunca se exaspere enquanto estiver conduzindo uma parelha muito empolgada! Você fez a última curva rápido demais.

O Sr. Rivenhall era considerado uma fortaleza incomparável, e essa estocada não conseguiu perfurar sua armadura.

— Que moça abominável você é! — disse ele, muito amável. — Ora essa! Não podemos discutir o caminho todo até Temple Bar. Vamos declarar uma trégua.

— Perfeitamente — concordou ela, cordial. — Em vez de discutir, vamos falar sobre a minha carruagem. Devo ir a Tattersall's para comprar os cavalos?

— Certamente que não.

— Querido primo Charles, você quer, com essa negativa, dizer que me enganei quanto ao nome, ou existe um negociante melhor?

— Nem uma coisa nem outra. O que desejo explicar é que as mulheres não frequentam o Tattersall's!

— Ora, essa é uma das coisas que você não gostaria que suas irmãs fizessem ou na verdade seria impróprio eu ir lá?

— Muito impróprio!

— Mesmo se você me acompanhar?

— Não farei tal coisa.

— Então, como atingirei meu objetivo? — indagou ela. — John Potton é um excelente cavalariço, mas eu não confiaria nele para comprar meus cavalos. Na verdade, não confiaria em ninguém, exceto, talvez, Sir Horace, que sabe exatamente do que gosto.

Ele notou que Sophy estava sendo sincera, e não, como suspeitara, apenas inclinada a ridicularizá-lo.

— Prima, se nada lhe serve a não ser conduzir uma carruagem você mesma, colocarei meu tílburi à sua disposição e escolherei um cavalo adequado para ele.

— Um dos seus?

— Nenhum dos meus cavalos é adequado para você.

— Bem, não importa! — respondeu Sophy. — Eu preferiria ter meu próprio fáeton e minha própria parelha.

— Faz alguma ideia de quanto teria de pagar por uma parelha harmoniosa? — perguntou ele.

— Não, diga-me! Imagino não mais que 300 ou 400 libras.

— Uma bagatela! Naturalmente seu pai não faria a mínima objeção a que você esbanjasse 300 ou 400 libras numa parelha de cavalos!

— Não faria mesmo, a menos que eu permitisse que me enganassem como uma tola, comprando um animal apenas vistoso mas com um tumor crônico na perna, ou um altivo cavalo marchador que se descobre ficar nervoso depois de percorrer dois quilômetros.

— Então aconselho-a esperar até que ele volte para a Inglaterra. Sem dúvida escolherá o certo para você! — Foi só o que o Sr. Rivenhall soube dizer.

Para grande surpresa do rapaz, Sophy pareceu receber o conselho sem levar a mal, pois não fez comentários e quase que imediatamente pediu-lhe para informar o nome da rua em que passavam. A jovem não se referiu mais ao fáeton e à parelha, e o Sr. Rivenhall, compreendendo que ela era apenas um pouco mimada e que precisava de um freio, procurou aliviar a severa censura que lhe fizera, chamando a atenção dela para alguns lugares interessantes por onde passavam e fazendo-lhe algumas perguntas corteses sobre a paisagem de Portugal. Ao chegarem a

Temple Bar, ele parou diante da estreita entrada do banco Hoare e a acompanharia até o interior do prédio se ela não tivesse recusado, dizendo que seria melhor fazer os cavalos se movimentarem, pois não sabia quanto tempo ia demorar e soprava um vento cortante. Assim, ele ficou aguardando do lado de fora, pensando que, por mais raro que fosse uma senhorita desacompanhada tratar de negócios em um banco, ela realmente não poderia sofrer ali nenhum mal. Quando a moça reapareceu, uns vinte minutos depois, um alto funcionário do banco acompanhava-a, e, solícito, ajudou-a a subir na carruagem, dando-lhe a mão. Ela parecia estar relacionada em termos de muita amizade com essa pessoa importante, porém revelou, ao responder a uma pergunta um tanto irônica feita pelo primo enquanto se afastavam, que aquela fora a primeira vez que o vira.

— Você me surpreende! — disse o Sr. Rivenhall. — E eu julgando que ele devia tê-la acalentado no colo quando você era um bebê!

— Acho que não — respondeu ela. — De qualquer modo, ele não mencionou o fato. Aonde vamos agora?

Charles informou-a de que tinha um assunto para tratar próximo à Catedral de St. Paul, acrescentando que ela não ficaria à espera por mais de cinco minutos. Se era uma provocação pelo tempo que ela passara no banco, ele não atingiu o objetivo, pois Sophy disse, muito amável, que não se importaria de ficar esperando. Essa foi uma provocação muito mais certeira. O Sr. Rivenhall começava a acreditar que encontrara na Srta. Stanton-Lacy uma oponente a ser considerada.

Quando, um pouco depois, ele parou numa rua ao lado da catedral, Sophy estendeu a mão, dizendo:

— Eu fico com eles. — O Sr. Rivenhall entregou as rédeas na mão dela; embora não confiasse na prima para controlar seus fogosos cavalos, o cavalariço já se achava à frente deles, de modo que não havia probabilidade de algum contratempo.

Sophy viu-o entrar no alto edifício e tirou uma de suas luvas de pelica. O vento leste soprava muito forte, com força suficiente para arrebatar a luva de uma dama e fazê-la voar até a sarjeta do outro lado da rua.

— Ah, minha luva! — exclamou Sophy. — Por favor, vá apanhá-la correndo, ou o vento a levará para longe! Não receie pelos cavalos. Posso controlá-los!

O cavalariço achou-se num dilema. Sem dúvida, o patrão não esperaria que ele deixasse os cavalos abandonados; por outro lado, alguém devia resgatar a luva da Srta. Stanton-Lacy, e a rua estava momentaneamente deserta. A julgar pelo que pudera ouvir da conversa, ela sabia conduzir a carruagem de forma a controlar os animais por um minuto. Estavam muito sossegados. O cavalariço tocou no chapéu num cumprimento e atravessou a rua em passadas largas.

— Diga ao seu patrão que está muito frio para conservar os cavalos parados — gritou Sophy atrás dele. — Conduzirei a carruagem pelas ruas vizinhas por alguns minutos e voltarei para apanhá-lo quando ele sair.

O cavalariço, que se abaixava para apanhar a luva, quase caiu, tão rápido se voltou. Teve uma excelente visão da Srta. Stanton-Lacy guiando a carruagem a passo rápido rua acima. Fez uma tentativa corajosa, mas tardia, de apanhar a carruagem, e ela dobrou uma esquina no momento exato em que o vento levou seu chapéu e o carregou rua abaixo, fazendo-o rolar no chão como uma bola.

Quase meia hora depois, a carruagem apareceu novamente. O Sr. Rivenhall, aguardando-a com os braços cruzados, teve ampla oportunidade de observar a precisão com que a prima fez a curva e como manejava bem as rédeas e o chicote; contudo, ele não parecia muito satisfeito, pois assistia à aproximação da carruagem com uma expressão carrancuda e os lábios fortemente cerrados. Do cavalariço não havia sinal.

A Srta. Stanton-Lacy, ao parar exatamente ao lado do Sr. Rivenhall, disse alegremente:

— Queira perdoar-me por deixá-lo esperando! A questão é que não estou familiarizada com Londres e quase me perdi, e fui obrigada a pedir a direção no mínimo três vezes. Mas onde está o seu cavalariço?

— Mandei-o para casa! — respondeu o Sr. Rivenhall.

Ela olhou-o, seus expressivos olhos transbordantes de divertimento.

— Que sensatez a sua! — aprovou. — Gosto de homens que pensam em tudo. Jamais teria discutido comigo *adequadamente* com aquele homem de pé atrás de nós, ouvindo cada palavra que dizíamos.

— Como *ousou* conduzir meus cavalos? — perguntou o Sr. Rivenhall, ameaçador. Subiu e ocupou seu lugar, dizendo, em tom brusco: — Dê-me as rédeas, já!

Ela entregou-as junto com o chicote, mas disse, num tom apaziguador:

— Sem dúvida não foi muito correto da minha parte, mas deve admitir que não havia como tolerar sua conduta falando comigo como se eu fosse uma tola desprezível, incapaz de conduzir um asno.

Os lábios impacientes do Sr. Rivenhall estavam de novo tão rigidamente selados que não parecia haver possibilidade de ele admitir qualquer coisa.

— Admita ao menos que posso guiar sua parelha de cavalos — disse Sophy.

— Bom para você que eu os tenha abrandado! — retorquiu ele.

— Que falta de generosidade da sua parte! — queixou-se Sophy.

Era mesmo falta de generosidade, e ele sabia disso. Furioso, disse:

— Conduzindo os cavalos pela cidade, sem sequer um cavalariço ao seu lado! Belo comportamento! É uma pena que não tenha um pouco mais de compostura, prima! Ou essas são maneiras portuguesas?

— Oh, não! — replicou ela. — Em Lisboa, onde sou conhecida, eu não poderia entregar-me a esse tipo de travessura, é claro. Medonho, não? Asseguro-lhe, todas as pessoas ficaram me observando com olhos arregalados. Eu não o coloquei em má situação por causa disso. Ninguém me conhece em Londres.

— Sem dúvida — disse ele, irônico — *Sir Horace* teria aplaudido tal comportamento!

— Não teria — respondeu Sophy. — Mais provável seria que Sir Horace esperasse você me convidar para conduzir os cavalos. Exatamente para julgar por si mesmo se eu sou capaz de lidar com uma parelha de animais agitados — explicou ela gentilmente.

— Não deixo ninguém, *ninguém*, conduzir meus cavalos!

— De modo geral, acho que tem razão — replicou Sophy. — É surpreendente a rapidez com que mãos desajeitadas podem prejudicar os animais!

De modo quase audível, o Sr. Rivenhall rilhou os dentes.

Súbito, Sophy riu.

— Ah, primo, não se zangue de maneira tão absurda! — pediu ela. — Sabe muito bem que seus cavalos não sofreram nenhum dano! Vai me dar a oportunidade de escolher uma parelha para o meu próprio uso?

— Não terei absolutamente nada a ver com um projeto tão louco! — respondeu ele asperamente.

Sophy recebeu isso com serenidade.

— Muito bem — replicou ela. — Talvez fosse mais adequado você encontrar um noivo adequado para mim. Estou muito inclinada a aceitar, e sei que você tem algum talento para isso.

— Você não é de forma alguma sutil? — perguntou o Sr. Rivenhall.

— Na verdade, sim! E ouso afirmar que você ficaria assombrado se soubesse o quanto!

— Ficaria mesmo!

— Mas *com* você, meu querido primo — insistiu Sophy —, sei que não preciso ter reserva. Por favor, encontre um marido aceitável para mim! Não sou de modo algum perfeita em minhas opiniões, e ficarei contente com uma quantidade modesta de virtudes no meu parceiro.

— Nada me proporcionaria maior satisfação — afirmou o Sr. Rivenhall, mostrando à prima, ao fazer o veículo inclinar-se ao dobrar a esquina na Haymarket, como dirigir rente ao meio-fio — do que vê-la casada com um homem que soubesse controlar seus extraordinários ditos espirituosos!

— Desempenho louvável! — aprovou Sophy. — Mas o que aconteceria se passasse um cão perdido pela rua ou se uma pobre alma a estivesse atravessando naquele momento?

O senso de humor do Sr. Rivenhall o traiu. Foi obrigado a conter uma risada antes de responder:

— Acho admirável o fato, prima, de que ninguém a tenha ainda estrangulado!

Ele percebeu que Sophy já não lhe dava mais atenção. Voltara a cabeça na direção oposta, e antes que pudesse descobrir que objeto de interesse atraíra seu olhar, ela disse rapidamente:

— Ah, por favor, pode parar um instante? Acabei de ver um velho conhecido.

Ele atendeu ao pedido, e então reparou, tarde demais, naquele que caminhava pela rua em direção a eles. Não podia haver engano em reconhecer aquela figura graciosa, de louros cabelos encaracolados, expostos quando ergueu a cartola de aba ligeiramente virada para cima. O Sr. Augustus Fawnhope, ao perceber que a dama na carruagem acenava para ele, parou, acenou com o chapéu e ficou com ele na mão, lançando um olhar indagador para Sophy.

De fato era um rapaz bonito. Da sua testa de alabastro partia o cabelo naturalmente ondulado; seus olhos eram de um azul forte, um pouco sonhadores, mas engastados com perfeição sob sobrancelhas arqueadas, e tinham um brilho intenso pronto a desafiar qualquer crítica; a boca era moldada em curvas que um escultor em vão tentaria reproduzir com as ferramentas da sua arte. Era de estatura mediana e proporções perfeitas, não precisava submeter-se a uma dieta para preservar a figura esguia. Não que algum dia tivesse passado pela sua cabeça a ideia de fazê-lo. Manter-se totalmente despreocupado com sua aparência não era o menor dos encantos do Sr. Fawnhope. Talvez se pudesse admitir que ele não tivesse consciência da admiração que despertava, porém, preocupado com a ambição de se tornar um grande poeta, prestava pouquíssima atenção ao que lhe diziam e absolutamente nenhuma ao que era dito sobre ele, e mesmo os que não gostavam dele (como o Sr. Rivenhall e Sir Charles Stuart) eram forçados a admitir que até então essa admiração pela sua aparência provavelmente não tinha penetrado na nuvem de abstração em que ele se envolvia.

Contudo, havia mais do que abstração no olhar que ele lançou à Srta. Stanton-Lacy, e essa circunstância não passou despercebida ao Sr. Rivenhall, que interpretou corretamente a inexpressão e o sorriso de dúvida a pairar nos lábios do Sr. Fawnhope. Este não tinha a mais leve ideia da identidade da dama que lhe estendia a mão de maneira tão cordial. Entretanto, ele segurou aquela mão.

— Como vai? — falou em voz baixa, quase indistinta.

— Bruxelas — disse Sophy, prestativa. — Dançamos a quadrilha no baile da duquesa de Richmond, lembra? Já conhece meu primo, o Sr. Rivenhall? Deve saber que estou hospedada com minha tia, em Berkeley Square. Precisa vir visitar-nos. Sei que ela ficará encantada!

— É claro que não esquecerei! — respondeu o Sr. Fawnhope, mais educado do que sincero. — Encantado por encontrá-la de novo, senhora, e tão inesperadamente! Sem dúvida o prazer será todo meu de visitar Berkeley Square.

Fez uma reverência e afastou-se. Os cavalos, aos quais se comunicara a impaciência do Sr. Rivenhall, seguiram adiante, saltitando. O Sr. Rivenhall disse:

— Que fascinante encontrar um velho conhecido logo após a sua chegada!

— Não foi mesmo? — concordou Sophy.

— Espero que ele, antes de aproveitar-se do convite para visitá-la, já tenha lembrado do seu nome.

Os lábios dela se crisparam, mas a moça respondeu com perfeita tranquilidade:

— Pode estar certo, se ele não lembrar, encontrará alguém que o lembre.

— Você não tem pudor! — explodiu o primo, zangado.

— Tolice! Você só diz isso porque conduzi seus cavalos — respondeu ela. — Esqueça! Prometo não fazer de novo.

— Cuidarei disso! — retorquiu ele. — Deixe-me dizer-lhe uma coisa, minha querida prima: ficarei mais satisfeito se você se abstiver de se intrometer nos assuntos da minha família.

— Ora, é isso — disse Sophy —, fico muito contente de saber, porque se algum dia eu desejar agradá-lo, saberei exatamente como começar. Acho que isso não vai acontecer, mas é bom ficar preparada para qualquer eventualidade, por mais improvável que seja.

Ele virou a cabeça para fitá-la, seus olhos se estreitaram, e a expressão deles era sem dúvida alegre.

— Está pensando em ser tão insensata a ponto de me enfrentar? — perguntou. — Não tenho intenção de interpretá-la mal, prima, e não a deixarei em dúvida quanto ao meu propósito. Se imagina que algum dia permitirei que aquele peralvilho se case com minha irmã, é porque você ainda não sabe nada a meu respeito!

— Ora bolas! — exclamou Sophy. — Preste atenção nos cavalos, Charles, e não use essa linguagem empolada comigo!

V

— Muito bom para uma manhã produtiva! — exclamou Sophy. O Sr. Rivenhall estava menos satisfeito. A mãe ficou desolada ao descobrir que, longe de ter começado a gostar da prima, o filho estava consternado só de pensar que poderiam ser obrigados a hospedá-la durante meses.

— Falando com franqueza, mamãe, não vai dar certo! — disse ele. — Só Deus sabe quanto tempo meu tio pode demorar-se! Só desejo que a senhora não venha a lamentar o dia em que consentiu em se encarregar da filha dele! Quanto mais cedo puder cumprir o restante das expectativas do tio, casando-a com algum pobre-diabo, melhor será para todos nós!

— Santo Deus, Charles! — disse Lady Ombersley. — O que ela fez para aborrecê-lo?

Ele se recusou a responder, dizendo apenas que Sophy era atrevida, obstinada e tão mal-educada que duvidava haver um homem tolo o bastante para pedi-la em casamento. A mãe absteve-se de mais perguntas sobre as iniquidades de Sophy e aproveitou o momento para sugerir que, como prelúdio para encontrar-lhe um marido, lhe permitisse oferecer uma recepção, um baile.

— Não quero dizer um grande acontecimento — apressou-se a acrescentar. — Talvez uns dez casais... na sala de estar...

— Perfeitamente! — respondeu ele. — Isso tornará desnecessário a senhora convidar o jovem Fawnhope!

— Ah, totalmente! — concordou ela.

— Devo avisá-la, mamãe — acrescentou —, que o encontramos esta manhã. Minha prima cumprimentou-o como a um velho conhecido de elevada estima e pediu-lhe que viesse visitá-la!

— Ah, meu Deus! — Lady Ombersley suspirou. — É lamentável, sem dúvida! Mas ouso afirmar, Charles, que ela realmente o conhece, pois esteve com seu tio em Bruxelas, no ano passado.

— Ora! — exclamou Charles, arrasador. — Ele tinha tanta ideia de quem ela era como tem de quem é o imperador da China! Mas seguramente ele vai aparecer. Devo deixar que a senhora trate disso.

Com essas palavras muito desagradáveis, Charles saiu da sala de visitas da mãe em passadas largas, deixando-a imaginar de que maneira ele a supunha capaz de evitar a visita de um rapaz de nascimento nobre, filho de uma de suas melhores amigas. Chegou à conclusão de que Charles não sabia mais do que ela e baniu a questão da sua mente, concentrando-se no dilema muito agradável de escolher os convidados para a primeira recepção que realizava em dois meses.

Logo foi interrompida pela entrada da sobrinha. Ao lembrar-se das palavras sombrias de Charles, perguntou a Sophy, com suposta severidade, o que teria feito para aborrecê-lo. Sophy riu e quase a deixou aturdida ao responder que nada fizera além de roubar sua carruagem e conduzi-la pela cidade durante meia hora.

— Sophy! — exclamou a tia, com voz sufocada. — Os cavalos de Charles? Você jamais poderia controlá-los!

— Para dizer a verdade — admitiu Sophy —, tive um trabalho dos diabos para conseguir! Ah, queira me perdoar! Não pretendia dizer isso, querida tia Lizzie! Não ralhe comigo! É o resultado de viver com Sir Horace. Sei que digo as coisas mais chocantes, mas asseguro-lhe que *tento* controlar minha deplorável língua! Por favor, não continue pensando no mau humor de Charles. Ele logo irá reconsiderar. Ouso afirmar que se ele não estivesse comprometido com aquela moça enfadonha, não estaria tão irritado!

— Bom, Sophy — disse Lady Ombersley, sem querer —, confesso que não consigo gostar da Srta. Wraxton, por mais que tente.

— Gostar dela... Eu nem pensaria nisso! — exclamou Sophy.

— Certo, mas preciso — replicou Lady Ombersley, sentindo-se infeliz. — Ela é tão bondosa, e estou certa de que deseja ser uma filha muito amorosa para mim, e é muita maldade de minha parte não querer uma filha assim! Mas quando penso que em pouquíssimo tempo ela estará morando nesta casa... Ora, eu não deveria estar falando dessa maneira! É muito inadequado, e você deve esquecer o que lhe disse, por favor, Sophy.

Sophy não deu atenção ao pedido, e repetiu:

— Morando nesta casa? Não está falando sério, está?

Lady Ombersley assentiu com a cabeça.

— Não há absolutamente nada de incomum nesse arranjo, sabe, querida? Eles terão seus aposentos, é claro, mas... — Calou-se e suspirou.

Sophy olhou-a fixamente por alguns momentos, porém, para sua própria surpresa, não disse nada. Lady Ombersley procurou afastar os pensamentos melancólicos e começou a falar sobre a festa. A sobrinha participou de seus planos com um entusiasmo e uma eficiência que arrebataram Lady Ombersley. De que modo chegou a concordar com Sophy em todos os pontos, jamais foi capaz de explicar, quer para Charles ou para si mesma, mas no encerramento de uma entrevista que a fez sentir-se confusa, porém convencida de que ninguém poderia gabar-se de ter uma sobrinha de temperamento mais cativante ou mais amável do que Sophy, ela não só concedeu permissão para Sophy e Cecilia se encarregarem de todas as medidas, como também concordou que Sir Horace (através da filha) custeasse a diversão.

— E agora — disse Sophy a Cecilia, muito animada — você me dirá onde devemos encomendar os convites e onde vocês mandam preparar os comes e bebes. Acho que não devemos deixar tudo por conta do cozinheiro, pois ele ficará ocupado tantos dias que pouco tempo terá para detalhes, o que causaria constrangimento a todos, fato que absolutamente não desejo.

Espantada, Cecilia olhava-a com os olhos arregalados.

— Mas, Sophy, mamãe garantiu que seria uma festa muito discreta!

— Não, Cecy, foi seu irmão quem disse isso — replicou Sophy — Vai ser uma festa perfeita.

Selina, que se achava presente nessa reunião, perguntou de forma sensata:

— Mamãe sabe disso?

Sophy riu.

— Ainda não! — admitiu — Vocês acham que ela não gosta de festas animadas?

— Ah, não é isso! Havia mais de quatrocentas pessoas no baile que ela ofereceu a Maria, não havia, Cecilia? Mamãe gostou muito, porque foi um grande sucesso e todos a cumprimentaram depois. Prima Mathilda me contou.

— Certo, mas custou um dinheirão! — comentou Cecilia. — Ela não ousaria! Charles ficaria tão zangado!

— Não ligue para ele! — recomendou Sophy. — Sir Horace é quem vai arcar com as despesas, não Charles. Faça uma lista de todos os seus conhecidos, Cecy, e farei uma dos meus amigos que estão na Inglaterra; depois sairemos para encomendar os convites. Calculo que não precisaremos de mais de quinhentos

— Sophy — disse Cecilia, em voz velada —, vamos mandar *quinhentos* convites sem ao menos *consultar* mamãe?

Diabinhos maliciosos surgiram nos olhos da prima.

— É claro que vamos, tontinha! Depois que os despacharmos, nem mesmo seu horrível irmão poderá cancelá-los.

— Ah, esplêndido, esplêndido! — exclamou Selina, começando a pular pela sala. — Ele vai ficar furioso!

— Será que ousarei participar disso? — falou Cecilia num sopro de voz, assustada e confusa.

A irmã pediu-lhe que não fosse pobre de espírito, mas foi Sophy quem resolveu a questão ao salientar que ela não teria de assumir a responsabilidade; era improvável que o irmão a repreendesse severamente, pois veria logo de quem era realmente a culpa.

Nesse meio-tempo, o Sr. Rivenhall saíra para visitar a noiva. Chegou à casa agora tristonha dos Brinklows, na Brook Street, ainda fervendo de indignação. Contudo, essa irada disposição era frágil, e no mesmo instante em que viu seus sentimentos compartilhados e sua crítica endossada, ele deu uma guinada abrupta para outra direção e disse que muito devia ser perdoado a uma jovem capaz de controlar seus cavalos, como Sophy fizera... Sem compreender que era digna de censura, Sophy logo se tornou uma jovem cujas maneiras naturais eram um alento numa época em que predominavam sorrisos afetados e frivolidades.

A mudança não foi exatamente do gosto da Srta. Wraxton. Guiar carruagens desacompanhada pela cidade não se harmonizava com o seu senso de decoro, e ela expressou isso. O Sr. Rivenhall esboçou um largo sorriso.

— Não se harmoniza, é verdade, mas creio que, de certo modo, a culpa foi minha. Eu *realmente* a irritei. Não houve danos; se ela pôde controlar meus cavalos, bravios como são, é uma excelente condutora. Mesmo assim, se eu tiver direito de opinar, ela não vai ter uma carruagem enquanto permanecer sob a responsabilidade de minha mãe. Santo Deus, jamais saberíamos exatamente onde ela poderia estar, pois se conheço alguma coisa da minha abominável prima Sophy, dirigir com decoro pelo parque não seria o suficiente para ela.

— Você aceitou a situação com uma calma digna do maior mérito, meu querido Charles.

— Não aceitei! — interrompeu ele, com uma risada deplorável. — Ela me pôs num estado de raiva terrível.

— Certamente não me admira que ela o tivesse deixado assim. Conduzir os cavalos de um cavalheiro sem a permissão dele demonstra carência de bom comportamento, o que está longe de ser agradável. Ora, eu mesma nunca lhe pedi que me deixasse tomar as rédeas!

Ele pareceu achar graça.

— Minha querida Eugenia, espero que não o peça, pois certamente recusarei atender a tal pedido! Você jamais poderia controlar meus cavalos.

Se a Srta. Wraxton não fosse tão bem-educada, teria dado uma resposta bastante exaltada diante dessa observação inábil, pois orgulhava-se um pouco da sua capacidade de manejar as rédeas; e embora não conduzisse carruagens sozinha em Londres, possuía um elegante fáeton que guiava quando ficava em sua casa de Hampshire. De certo modo, foi obrigada a fazer uma pausa por um momento antes de dizer mais alguma coisa. Durante esse breve período, tomou rapidamente a decisão de demonstrar a Charles, e à sua desagradável prima, que uma dama educada nos mais rígidos princípios do decoro podia ser tão notável amazona quanto qualquer moça atrevida que passara a infância viajando pelo Continente à custa do governo. Várias vezes fora elogiada pelo seu jeito de lidar com um cavalo e sabia que seu estilo era excelente. Então disse·

— Se a Srta. Stanton-Lacy se interessa por esse tipo de exercício, talvez goste de cavalgar comigo uma tarde dessas no parque. O que dará aos seus pensamentos outro rumo, desviando-a da tola ideia de adquirir uma carruagem. Vamos formar um grupo, Charles! A querida Cecilia não gosta disso, eu sei, ou eu pediria que se unisse a nós. Mas Alfred ficará satisfeito de vir comigo, e você pode levar sua prima. Amanhã? Por favor, peça-lhe que venha conosco.

Por ser um homem intolerante, o Sr. Rivenhall não tinha simpatia pelo irmão mais novo da sua Eugenia e geralmente procurava evitá-lo; entretanto, ficou impressionado com nobreza da Srta. Wraxton em promover um encontro que (ele imaginava) lhe proporcionaria um pouco de prazer e concordou imediatamente, expressando, ao mesmo tempo, sua gratidão para com ela. A moça sorriu para ele e disse que o seu objetivo era esforçar-se em benefício dele. Charles não parecia muito dado a gestos graciosos, contudo, diante dessas palavras, beijou a mão da noiva e disse que sabia muito bem que podia contar com ela numa situação difícil. Nessa altura a Srta. Wraxton repetiu a observação que já fizera a Lady Ombersley, de que se sentia particularmente pesarosa porque, devido à crise nas condições da família Ombersley, haviam sido obrigados a adiar o casamento. Achava que sem dúvida o estado apático de saúde da querida Lady Ombersley impossibilitava-lhe conduzir a família exatamente como Charles desejaria. Seu coração generoso talvez a tornasse tolerante em excesso, e o langor produzido por uma constituição física pouco saudável deixava-a cega a determinados defeitos que poderiam ser remediados rapidamente por uma nora solícita. A Srta. Wraxton confessou que ficara surpresa ao saber que Lady Ombersley se deixara convencer pelo irmão — um tipo muito estranho, seu pai lhe contara — a aceitar a guarda de sua filha durante um prazo indeterminado. De maneira mais serena, passou desse assunto para uma crítica gentilmente formulada sobre a Srta. Adderbury, sem dúvida excelente mulher, porém lamentavelmente incapaz de exercer controle sobre seus vivazes pupilos. Todavia, acabava de cometer um erro. O Sr. Rivenhall não permitia críticas a Addy, que guiara seus primeiros passos; e quanto ao tio, o comentário desatencioso de lorde Brinklow fez Charles encrespar-se em defesa do parente. Informou à Srta. Wraxton que Sir Horace era um homem muito importante, com talentos para a diplomacia.

— Mas você deve admitir que não teve capacidade para educar a filha — replicou a Srta. Wraxton, com malícia.

Ele riu, porém disse:

— Ora, eu não sei se há realmente algo errado com Sophy, afinal.

Quando o convite da Srta. Wraxton lhe foi transmitido, Sophy declarou-se feliz em aceitá-lo e imediatamente pediu à Srta. Jane Storridge para passar a ferro seu traje de montaria. Assim que a jovem apareceu com a roupa na tarde seguinte, deixou Cecilia com inveja, mas desconcertou ligeiramente o irmão, que não achava que um traje feito de tecido azul-claro, com dragonas e alamares à la hússar e mangas agaloadas do ombro ao cotovelo, recebesse aprovação da Srta. Wraxton. Luvas de pelica azul, botas de cano curto, gola alta debruada de renda, gravata de musselina, babados de renda estreita nos punhos e um chapéu de copa alta, como uma barretina, com a pala sobre os olhos e uma pluma espiralada de penas de avestruz, completavam a vistosa toalete. O traje firmemente ajustado realçava a magnificente figura de Sophy, causando admiração, e debaixo da aba do chapéu os cabelos castanhos encaracolados sobressaíam de modo encantador. O Sr. Rivenhall, solicitado pela irmã a concordar com a sua convicção de que Sophy estava linda, apenas fez uma mesura e disse não ser juiz nessas questões.

Por mais verdadeiro que isso fosse, certamente sabia julgar cavalos, e quando pôs os olhos em Salamanca, conduzido ao longo da rua por John Potton, não negou seu elogio; ao contrário, disse que não se admirava do arrebatamento de Hubert. John Potton ajudou a patroa a subir na sela, e depois de permitir que Salamanca se entregasse à sua alegria durante alguns minutos, Sophy o convenceu a andar a trote miúdo ao lado do baio do Sr. Rivenhall, e partiram a passo tranquilo em direção ao Hyde Park. Salamanca parecia melindrado com a existência de liteiras, cães e varredores nos cruzamentos, e instantaneamente desaprovou a buzina do carteiro, mas o Sr. Rivenhall, acostumado a permanecer alerta para evitar contratempos ao cavalgar com Cecilia pelas ruas de Londres, não se dispôs a oferecer conselhos ou ajuda à prima. Ela podia controlar muito bem sua montaria, o que, pensou o Sr. Rivenhall, era uma coisa boa, visto que Salamanca dificilmente poderia ser descrito como o cavalo ideal para uma dama.

Esse comentário foi feito pela Srta. Wraxton, que, com o irmão, já os aguardava no parque. Depois de lançar um olhar de relance para o traje de Sophy, a Srta. Wraxton transferiu sua atenção para Salamanca e disse:

— Ah, que linda criatura! Mas sem dúvida é um pouco forte demais para você, não acha, Srta. Stanton-Lacy? Deveria incumbir Charles de procurar um cavalo próprio para uma senhora bem--educada, um animal que você pudesse cavalgar.

— Acho que ele ficaria encantado, mas descobri que as noções dele e as minhas sobre *esse* assunto são muito diferentes — respondeu Sophy. — Além disso, embora Salamanca seja um pouco bravio, não há a mínima maldade nele, e ele tem excelente resistência física, como disse o duque; já me aguentou léguas e léguas sem mostrar sinal de fraqueza. — Curvou-se para a frente e bateu amistosamente no negro e luzidio pescoço de Salamanca. — É claro, ainda não me deu coice no final de um longo dia, o que o duque jura que Copenhague fez quando ele desmontou do seu dorso depois de Waterloo, mas considero isso uma virtude.

— Sim, e é mesmo! — disse a Srta. Wraxton, ignorando a inconveniente pretensão demonstrada por essa referência negligente ao herói da Inglaterra. — Permita-me apresentar-lhe meu irmão; Srta. Stanton-Lacy, Alfred.

O Sr. Wraxton, um jovem e pálido cavalheiro, com um queixo maldelineado, lábios úmidos e frouxos, e uma expressão astuta no olhar, inclinou-se numa mesura e disse que estava feliz por conhecer a Srta. Stanton-Lacy. Depois perguntou-lhe se ela estivera em Bruxelas por ocasião da grande batalha e acrescentou que havia pensado em se juntar às tropas como voluntário no auge do conflito.

— Porém, por algum motivo, nada ficou resolvido — disse ele. — Conhece bem o duque? Realmente um grande homem, não é? Mas de uma amabilidade notável, eu soube. Ouso afirmar que está em excelentes termos de relacionamento com ele, pois conheceu-o na Espanha, não foi?

— Meu querido Alfred — interveio a irmã —, a Srta. Stanton-Lacy vai pensar que você possui menos bom senso do que o razoável se continuar falando tanta tolice. Ela lhe dirá que o duque tem coisas mais importantes em que pensar do que em nós, pobres mulheres que o admiram.

Sophy parecia um tanto divertida.

— Bem, eu acho que não diria isso — respondeu. — Mas nunca fui uma de suas namoradas, se é o que quer saber, Sr. Wraxton. Não sou de modo algum o tipo dele, asseguro-lhe.

— Vamos continuar cavalgando? — sugeriu a Srta. Wraxton. — Precisa me falar sobre seu cavalo. É espanhol? Muito bonito, mas um pouco agitado para o meu gosto. Mas eu sou uma pessoa mal-acostumada. Este meu querido Dorcas é muito bem-educado.

— Na verdade, Salamanca não é agitado; apenas gosta de brincar — esclareceu Sophy. — Quanto à conduta, eu o obrigo a ser inigualável. Gostaria de me ver mostrar suas qualidades? Veja! Ele foi treinado por um mameluco, sabe?

— Pelo amor de Deus, Sophy, não aqui no parque! — exclamou Charles com aspereza.

Ela lançou-lhe um dos seus sorrisos atrevidos e pôs Salamanca a trotar em círculos.

— Ah, por favor, tenha cuidado! — exclamou a Srta. Wraxton. — É muito perigoso! Charles, faça-a parar! Vamos chamar a atenção de todos!

— Vocês não vão se importar se eu o aquecer um pouco, fazendo-o movimentar-se — disse Sophy em voz alta. — Ele está ansioso por um galope.

A seguir, ela virou Salamanca de súbito, e deixou-o seguir livremente pelo trecho que ficava ao lado do caminho para carruagens.

— Vamos lá! — proferiu o Sr. Wraxton e saiu em sua perseguição.

— Meu querido Charles, o que devemos fazer com ela? — indagou a Srta. Wraxton. — Galopando no parque, e naquele traje que eu enrubesceria se tivesse de usar! Nunca fiquei tão chocada.

— É mesmo — concordou Charles, os olhos fixos na figura que diminuía ao longe. — Mas, santo Deus, ela tem mesmo talento para cavalgar.

— É claro, se você pretende encorajá-la nessa brincadeira, não há mais nada para ser dito.

— Eu não pretendo — respondeu ele mais do que depressa.

Ela ficou descontente e disse, com frieza:

— Devo confessar que absolutamente não admiro seu estilo. Nada nela me faz lembrar as amazonas no Anfiteatro Astley. Vamos a meio-galope?

Nesse passo tranquilo, cavalgaram lado a lado até que viram Sophy voltando na direção deles, o Sr. Wraxton ainda em sua perseguição. Sophy parou, puxando as rédeas, girou e posicionou-se ao lado do primo.

— Que prazer! — exclamou, as faces afogueadas. — Há mais de uma semana que não monto Salamanca. Mas diga-me, fiz algo errado? Muitas pessoas empertigadas arregalaram os olhos como se não pudessem acreditar no que viam!

— Não convém cavalgar dessa maneira desesperada no parque — replicou Charles. — Eu deveria tê-la avisado.

— Deveria mesmo! Já receava que poderia ser isso. Não importa! Serei boazinha agora, e se alguém reclamar a respeito, você poderá dizer que é apenas a sua pobre priminha de Portugal, tão mal-educada que não há nada a fazer. — Inclinou-se para a frente a fim de falar com a Srta. Wraxton, que estava do outro lado de Charles. — Apelo para você, Srta. Wraxton! Você, que é uma amazona! Não é insuportável ficar sujeita a um meio-galope quando se anseia por galopar ao longo de quilômetros?

— Muito maçante — concordou a Srta. Wraxton.

Nesse momento Alfred Wraxton reuniu-se a eles, bradando:

— Por Deus, Srta. Stanton-Lacy, pode ofuscar todos nós! Você não se compara a ela, Eugenia!

— Não podemos continuar numa coluna de quatro — disse a Srta. Wraxton, ignorando por completo a observação. — Charles, fique para trás com Alfred! Não posso conversar com a Srta. Stanton-Lacy com você no meio.

Ele agiu de acordo com o pedido, e a Srta. Wraxton, emparelhando sua égua com Salamanca, disse com toda a educação de que se vangloriava:

— Estou convencida de que no princípio você vai achar estranho nossos costumes de Londres.

— Por quê? Creio que não diferem muito dos de Paris ou Viena ou mesmo Lisboa! — respondeu Sophy.

— Nunca visitei essas cidades, porém creio... Na verdade, estou certa de que o nosso mundo é muitíssimo superior — replicou a Srta. Wraxton.

Seu ar de serena segurança pareceu a Sophy ser muito engraçado, e ela soltou uma gargalhada.

— Ah, queira me perdoar! — falou com voz sufocada. — Mas é muito ridículo, sabe?

— Suponho que assim deve parecer-lhe — concordou a Srta. Wraxton, com sua calma realmente inigualável. — Sei que se permite muita liberdade às mulheres no Continente. Aqui não é assim. Bem pelo contrário! Não ser julgado de *bom-tom*, querida Srta. Stanton-Lacy, é muito desagradável. Não leve a mal se eu lhe fizer uma sugestão. É claro que você vai comparecer às reuniões do Almack's, por exemplo. Garanto-lhe, se chegar o mais simples sussurro de crítica aos ouvidos das *patronesses*, você pode dizer adeus a qualquer esperança de obter uma autorização delas. As entradas para os bailes não podem ser compradas sem essa autorização, sabe? É muito exclusivo. Também as regras são muito rígidas e não devem ser infringidas.

— Você me assusta — disse Sophy. — Imagina que serei rejeitada?

A srta. Wraxton sorriu.

— Dificilmente, uma vez que fará seu debute sob o patrocínio da querida Lady Ombersley. Sem dúvida ela lhe dirá como deve se comportar, se a saúde dela permitir que a leve até lá. É uma lástima que as circunstâncias tenham me impedido de ocupar essa posição, o que me possibilitaria aliviá-la de tais obrigações.

— Perdoe-me — interrompeu Sophy, cuja atenção estivera divagando —, mas creio que madame de Lieven está acenando para mim, e seria muito indelicado não cumprimentá-la.

Enquanto falava, afastou-se até uma elegante caleça que estava parada junto à vereda e inclinou-se na sela para apertar a mão lânguida que lhe era estendida.

— Sofia! — pronunciou a condessa. — Sir Horace me disse que eu deveria encontrá-la aqui. Vi-a galopando *ventre à terre*. Nunca mais faça isso! Ah, Sra. Burrell, permita-me apresentar-lhe a Srta. Stanton-Lacy.

A dama sentada ao lado da esposa do embaixador fez uma ligeira mesura e permitiu que seus lábios relaxassem num leve sorriso, que se expandiu um pouco mais quando ela avistou a Srta. Wraxton atrás de Sophy. Ela inclinou a cabeça, o que era um grande sinal de condescendência.

A condessa Lieven acenou para a Srta. Wraxton, mas continuou conversando com Sophy.

— Você está hospedada com Lady Ombersley. Conheço-a um pouco e lhe farei uma visita. Talvez ela me ceda você uma noite dessas. Ainda não viu a princesa Esterhazy ou Lady Jersey? Direi a ambas que a encontrei, e elas vão querer saber como vai Sir Horace. O que foi mesmo que prometi a Sir Horace que faria? Ah, mas é claro! O Almack's! Vou lhe mandar uma autorização, *ma chère* Sofia, mas deixe de galopar em Hyde Park. — Em seguida mandou o cocheiro prosseguir, dirigiu um sorriso de despedida superficial a todo o grupo de Sophy e voltou-se para continuar a conversa interrompida com a Sra. Drumond Burrell.

— Eu não estava a par de que você conhecia a condessa Lieven — disse a Srta. Wraxton.

— Não gosta dela? — perguntou Sophy, percebendo a frieza na voz da Srta. Wraxton. — Muita gente não gosta, eu sei. Sir Horace a chama de poderosa intrigante, mas é inteligente e consegue ser muito divertida. Ela tem uma *tendre* por ele, como creio que você adivinhou. Eu mesmo gosto mais da princesa Esterhazy, confesso, e mais ainda de Lady Jersey, porque é muito mais sincera, apesar de seus modos agitados.

— Mulher horrível! — disse Charles. — Não para de falar! Em Londres é conhecida como Silêncio.

— É mesmo? Bem, estou certa de que, se ela sabe disso, não liga a mínima, pois adora uma brincadeira.

— Você é uma felizarda por conhecer tantas *patronesses* do Almack's — observou a Srta. Wraxton.

Sophy deu uma risadinha irreprimível.

— Para ser honesta, acho que a minha sorte consiste em ter como pai um galanteador convicto!

Diante dessas palavras, o Sr. Wraxton também deu uma risadinha, e a irmã, ficando um pouco para trás, fez sua égua aproximar-se pelo outro lado do Sr. Rivenhall e disse em voz baixa, ao mesmo tempo que o Sr. Wraxton fazia uma observação zombeteira para Sophy:

— É pena que os homens riam quando a vivacidade dela a faz dizer coisas que não se pode julgar apropriadas. Isso atrai muita atenção sobre ela, o que, imagino, é a raiz do mal.

Charles ergueu as sobrancelhas.

— Você é muito severa! Não gosta dela?

— Oh, não, não! — respondeu a moça rapidamente. — Apenas não tenho muito gosto por esse tipo de brincadeira.

Ele pareceu tentado a dizer algo mais, porém nesse exato momento uma cavalgada de aparência marcial surgiu à vista, num tranquilo meio-galope, vindo na direção deles. Consistia em um grupo de quatro cavalheiros, cujas vistosas suíças e porte militar proclamavam sua profissão. Negligentemente, lançaram um olhar de relance para o grupo do Sr. Rivenhall. No momento seguinte ouviu-se um brado, houve uma confusão, e um dos componentes do quarteto exclamou com entonação vibrante:

— Por todas as maravilhas do mundo, é a magnífica Sophy!

Tais palavras produziram confusão e balbúrdia. Os quatro cavalheiros acotovelaram-se para agarrar a mão de Sophy, crivando-a de perguntas. De onde surgira? Há quanto tempo se achava na

Inglaterra? Por que não os tinham avisado da sua chegada? Como estava Sir Horace?

— Ah, Sophy, você é um colírio para os olhos! — declarou o major Quinton, que primeiro a saudara.

— Você ainda tem Salamanca! Deus do céu, lembra-se de o ter cavalgado pelos Pireneus quando quase foi agarrada pelo velho Soult?

— Sophy, qual é o seu endereço? Está morando em Londres? Onde está Sir Horace?

Ela ria, tentando responder a todos, enquanto seu cavalo se movia de lado, agitava-se e balançava a cabeça.

— No estrangeiro. Não se preocupem comigo! O que fazem na Inglaterra? Pensei que ainda estivessem na França. Não me digam que deram baixa.

— Debenham sim, o felizardo! Eu estou de licença; Wolvey foi designado para a Inglaterra, e como é bom pertencer aos Regimentos da Guarda! Talgarth tornou-se importante. Isso mesmo, asseguro-lhe! Ajudante de ordens do duque de York. Observe o seu ar de importância. Mas ele é todo condescendência, não há nem um pouco de afetação em suas maneiras... ainda!

— Cale-se, tagarela! — disse a vítima. Um pouco mais velho que seus companheiros, trigueiro e bonito, tinha o porte decidido e as maneiras indolentes de um homem elegante. — Querida Sophy, tenho certeza de que não pode estar em Londres há muitos dias. Nem o mais insignificante boato sobre uma erupção vulcânica chegou aos meus ouvidos, e você sabe como sou ligeiro para saber das notícias.

Ela riu.

— Ah, isso é muita maldade sua, Sir Vincent! Eu não provoco erupções vulcânicas. Sabe que não!

— Não sei nada disso. Quando a vi pela última vez, você estava empenhada em conciliar, da maneira mais implacável, os assuntos da mais confusa família de belgas que já conheci. Tinham toda a minha simpatia, mas não havia nada que eu pudesse fazer para ajudá-los. Conheço minhas limitações.

— Os pobres Le Brun! Ora, mas *alguém* tinha de ajudá-los a sair daquela complicação! Asseguro-lhe, tudo ficou resolvido da maneira *mais* satisfatória! Mas veja só! Com toda essa agitação, esqueci minha civilidade! Srta. Wraxton, por favor, perdoe-me e permita-me apresentar-lhe o coronel Sir Vincent Talgarth, e, ao lado dele, o coronel Debenham. Este é o major Titus Quinton, e ... Ah, meu Deus, eu devia ter dito seu nome primeiro, Francis? Esta é uma das coisas que nunca sei, mas não importa. Capitão lorde Francis Wolvey! E este é meu primo, Sr. Rivenhall. Ah, e o Sr. Wraxton também!

A Srta. Wraxton inclinou a cabeça cortesmente; o Sr. Rivenhall, fazendo uma ligeira mesura para o resto do grupo, dirigiu-se a lorde Francis, dizendo:

— Não creio que já o conhecesse, mas seu irmão e eu estivemos em Oxford juntos.

Imediatamente lorde Francis inclinou-se na sela para apertar--lhe a mão.

— Agora sei quem você é! — declarou. — Você é Charles Rivenhall! Bem me pareceu que não podia estar enganado! Como vai? Ainda luta boxe? Freddy dizia que nunca vira um amador com uma direita mais devastadora.

O Sr. Rivenhall riu.

— É mesmo? Ele pôde senti-la com bastante frequência, mas não aceito os louros. Ele estava sempre brilhando no estrangeiro!

O major Quinton, que estivera a observá-lo intensamente, disse:

— Então, é provavelmente de onde o conheço. Do salão do Jackson! Você é o rapaz que Jackson afirmava ser capaz de se transformar num campeão se não fosse um cavalheiro.

Naturalmente, essa observação levou os três homens a encetar uma conversa sobre esportes. O Sr. Wraxton, à margem, ouvia atentamente, vez por outra inserindo algumas palavras às quais ninguém prestava atenção; Sophy exibia um sorriso satisfeito ao ver seus amigos e o primo se entendendo de forma tão cordial; e o coronel Debenham, que possuía excelente educação e um coração generoso, pôs-se a entabular um diálogo com a Srta. Wraxton. Por unanimidade, os militares dispuseram-se a acompanhar o grupo do Sr. Rivenhall até a vereda, e a cavalgada prosseguiu a passo lento.

Sophy notou que Sir Vincent conduzira o cavalo para andar ao lado do dela, e, num repente, disse:

— Sir Vincent, o senhor é o homem de que preciso! Vamos nos afastar, adiantemo-nos um pouco!

— Nada nesta vida, encantadora Juno, poderia proporcionar-me maior prazer! — respondeu ele no mesmo instante. — Não tenho simpatia por boxe. De forma alguma conte a alguém que eu disse isso! É realmente indigno da minha parte! Estará você a ponto de extasiar-me, aceitando um coração que frequentemente é depositado aos seus pés e rejeitado com a mesma frequência? Algo me diz que me entrego a um excesso de otimismo, que você vai exigir de mim um serviço capaz de me lançar num atoleiro de problemas, e que acabarei sendo rejeitado novamente.

— Nada disso! — declarou Sophy. — O fato é que jamais conheci outra pessoa, além de Sir Horace, em cuja opinião eu confiaria mais quando está em jogo a compra de cavalos. Sir Vincent, quero comprar uma parelha para o meu fáeton!

A essa altura eles haviam se distanciado muito do resto do grupo. Sir Vincent fez o ruão diminuir a marcha e disse, com voz entrecortada:

— Conceda-me um instante para poder recobrar minha hombridade. Então é só isso que tem para mim?

— Não seja ridículo — disse Sophy. — Que mais eu poderia ter?

— Querida Juno, já lhe disse muitas vezes e não lhe direi mais.

— Sir Vincent — sibilou Sophy, com severidade —, desde o dia em que o conheci, está sempre atrás das herdeiras que cruzam o seu caminho.

— Será que um dia irei esquecer? Você havia perdido um dente da frente e rasgado o vestido.

— Provavelmente. Embora eu não tenha a menor dúvida de que você não se lembra de modo algum dessa ocasião e que acaba de inventar isso. Você é um galanteador ainda mais obstinado do que Sir Horace e só me propõe casamento porque sabe que não aceitarei seu pedido. Minha fortuna não é grande o bastante para tentá-lo.

— Isso é verdade — reconheceu Sir Vincent. — Contudo, há muito sabe-se que homens melhores do que eu, minha querida Sophy, adaptam-se às circunstâncias.

— Certo, mas eu não sou sua circunstância, e sabe muito bem que, embora possa ser indulgente, Sir Horace jamais permitiria que eu me casasse com você, mesmo se eu quisesse fazê-lo, o que não quero.

— Ora, muito bem! — Sir Vincent suspirou. — Então vamos falar de cavalos.

— A questão é que fui obrigada a vender meus cavalos de tração quando deixamos Lisboa — confiou-lhe Sophy —, e Sir Horace não teve tempo de encarregar-se do assunto antes de partir para o Brasil. Disse que meu primo poderia aconselhar-me, mas ele está muito zangado! Não vai me ajudar.

— Charles Rivenhall — disse Sir Vincent lançando-lhe um olhar através das pálpebras semicerradas — é considerado bom conhecedor de cavalos. Que travessura está preparando, Sophy?

— Nenhuma. Ele disse que não se envolveria nessa questão, e, além disso, que seria impróprio para mim visitar Tattersall's. Isso é verdade?

— Bem, pelo menos seria fora do comum.

— Então não irei. Minha tia ficaria angustiada, e ela já tem aborrecimentos suficientes. Onde mais posso comprar cavalos que me sejam convenientes?

Pensativo, Sir Vincent ficou olhando para a frente, entre as orelhas do seu cavalo.

— Pergunto-me se você se importaria de comprar uma parelha do falecido Manningtree antes de os cavalos serem levados para o mercado público — disse a seguir. — Totalmente liquidado, pobre sujeito, está vendendo o rebanho todo. De quanto dispõe, Sophy?

— Sir Horace me disse para não gastar mais de 400 libras, a menos que eu encontre uma parelha que seja um crime não comprar.

— Manningtree venderá seu par de baios por menos que isso. Uma parelha linda como qualquer um poderia desejar. Eu mesmo a compraria se tivesse dinheiro.

— Onde posso vê-los?

— Deixe comigo. Providenciarei isso. Qual é o seu endereço?

— A casa de lorde Ombersley, na Berkeley Square, aquela bem grande, na esquina.

— Naturalmente. Então ele é seu tio, não é?

— Bem, a esposa dele é minha tia.

— Portanto Charles Rivenhall é seu primo. Ora, ora! Como consegue distrair-se, minha Sophy?

— Confesso que já perguntei a mim mesma como conseguirei fazer isso, pois descobri que toda a família está numa lamentável complicação; coitados, só espero poder trazer-lhes algum conforto.

— Não tenho nenhum apreço especial por seu tio, que é um dos amigos íntimos do meu estimado comandante; na única ocasião em que convidei sua bela prima Cecilia para dançar comigo no Almack's, o assustador irmão impediu-me de modo não só urgente como grosseiro. Alguém deve ter lhe dito que estou interessado em herdeiras; contudo, por estranho que pareça, sinto-me angustiado. Também sinto forte compaixão pela família. Eles caminham às cegas em direção à ruína, Sophy, e recebem de bom grado um tição no meio deles?

Ela deu uma risadinha.

— Eles caminham às cegas, mas eu *não* sou um tição.

— Não é, usei a palavra errada. Você é igual aos foguetes do pobre capitão Whinyates; ninguém sabe o que fará a seguir!

VI

— Não param de bater à porta? — perguntou Charles à sua mãe, depois da saída do quarto visitante matutino num único dia.

— Não! — respondeu ela com orgulho. — Desde aquele dia em que você levou a querida Sophy para cavalgar no parque, já recebi sete cavalheiros... não, oito, contando Augustus Fawnhope; a princesa Esterhazy, a condessa Lieven, Lady Jersey e Lady Castlereagh, todos deixaram seus convites para visitá-los, e...

— Talgarth encontrava-se entre as visitas?

Ela franziu a testa.

— Talgarth? Ah, sim! Um homem muito amável, com suíças. Sem dúvida, ele estava entre os visitantes.

— Cuidado! — preveniu-a. — *Essa* amizade não nos serve.

Ela ficou surpresa.

— Charles, o que quer dizer? Ele parece ter um relacionamento de grande amizade com Sophy, e ela me contou que Sir Horace o conhece há anos!

— Não nego, mas se meu tio pretende conceder-lhe Sophy em casamento, ele não é o homem que considero digno disso! Dizem que é notoriamente conhecido como caça-dotes, e além disso é um jogador com mais dívidas do que perspectivas, e suas propensões libertinas dificilmente o tornam um bom partido.

— Meu Deus! — exclamou Lady Ombersley, desolada. Perguntava a si mesma se devia contar ao filho que a prima saíra com Sir Vincent no dia anterior e decidiu que seria inútil alongar-se num assunto já superado. — Talvez eu devesse comentar isso com Sophy.

— Duvido que o comentário seja bem-recebido, senhora. Eugenia já falou com ela a respeito. Só que minha prima achou conveniente responder que era bastante escolada e que iria empenhar-se em não ser seduzida por Sir Vincent ou qualquer outro.

— *Meu Deus!* — tornou a exclamar Lady Ombersley. — Ela realmente não devia dizer essas coisas!

— É exatamente o que acho, senhora!

— Todavia, embora eu não queira ofendê-lo, Charles, não posso deixar de sentir que talvez não tenha sido muito sensato Eugenia ter falado com ela sobre esse assunto. Você bem sabe, meu querido, que ela não tem qualquer vínculo de parentesco com Sophy.

— Acontece que Eugenia tem forte senso de dever — disse ele, fitando-a seriamente —, e devo acrescentar, mamãe, que seu sincero desejo de lhe poupar ansiedades levou-a a assumir uma tarefa que ela achava extremamente desagradável.

— É muita gentileza dela, sem dúvida — replicou a mãe, com voz desanimada.

— Onde está minha prima? — perguntou ele abruptamente.

A mãe animou-se, pois a essa pergunta podia dar uma resposta irrepreensível.

— Saiu para um passeio na caleça com Cecilia e seu irmão.

— Bem, isso pelo menos deve ser inofensivo — disse ele.

Ficaria menos satisfeito com esse detalhe se soubesse que depois de ter apanhado o Sr. Fawnhope, o qual encontraram na Bond Street, os ocupantes da caleça estavam naquele momento em Longacre, inspecionando carruagens com olhos críticos.

Havia muitas, de quase todas as variedades, expostas no grande estabelecimento comercial ao qual Hubert conduzira a prima, e embora Sophy permanecesse firme em sua preferência por um fáeton, Cecilia ficou bastante cativada por uma carruagem leve de duas rodas, e Hubert, depois de ter se apaixonado por um cabriolé, instigava a prima com veemência a comprá-lo. Quando foram pedir a opinião do Sr. Fawnhope, verificaram que estava ausente e logo o descobriram sentado, em enlevada contemplação de uma berlinda de luxo, que mais parecia uma enorme xícara de chá equilibrada sobre molas. Era dourada, coberta por uma capota em abóbada, e tinha um assento para o cocheiro empoleirado sobre as rodas da frente, forrado de veludo azul com franjas douradas.

— Cinderela! — exclamou o Sr. Fawnhope simplesmente.

O gerente do estabelecimento disse não acreditar que a berlinda, exposta apenas para exibição, fosse exatamente o que a senhora procurava.

— Um coche para uma princesa — disse o Sr. Fawnhope, desatento. — Nisto, Cecilia, é que você deve andar. Terá seis cavalos brancos para puxá-la, com plumas na cabeça e arreios azuis.

Cecilia não achou defeitos para apontar nessa sugestão, contudo lembrou-o de que tinham vindo para ajudar Sophy a escolher uma carruagem. Ele deixou-se levar para longe da berlinda, mas quando solicitado a dar seu voto entre o cabriolé e o fáeton, limitou-se a murmurar:

— O que pode fazer o pequeno T. O.? Por que conduzir um fáeton puxado por dois cavalos? O pequeno T. O. não pode fazer mais? Pode: conduzir um fáeton puxado por quatro cavalos!

— Tudo isso está muito bem — disse Hubert, impaciente —, mas minha prima não é o nobre Tommy Onslow, e quanto a mim, acho que será melhor para ela este cabriolé.

— Não se pode fazer um exame acurado de suas linhas, contudo elas têm grande mérito — disse o Sr. Fawnhope. — Como o cabriolé é bonito! Como é rápido! Como é esplêndido! Contudo, Apolo preferiria um fáeton. Essas carruagens me deixam perplexo. Vamos embora!

— Quem é Tommy Onslow? Ele dirigiu mesmo um fáeton puxado por quatro cavalos? — perguntou Sophy, seus olhos flamejantes. — Isso seria realmente bom! Que pena eu ter acabado de comprar uma parelha! Receio que jamais encontraria um par para ela.

— Pode pedir emprestados os cavalos de Charles — sugeriu Hubert, esboçando um sorriso largo e maldoso. — Santo Deus, que baderna seria!

Sophy riu, mas balançou a cabeça.

— Não, fazer isso seria uma coisa infame! Vou comprar aquele fáeton. Já me decidi.

O gerente parecia confuso, pois a carruagem apontada por ela não era o fáeton que ele julgaria do gosto dela: um veículo elegante, perfeitamente adequado para uma dama, mas um modelo alto, com enormes rodas traseiras; a carroceria estendia-se diretamente sobre o eixo dianteiro, cerca de um metro e meio distante do chão. Contudo, não era da sua conta dissuadir um freguês de fazer uma compra dispendiosa, portanto fez uma mesura e guardou aquelas opiniões para si mesmo.

Com menos tato, Hubert disse:

— Vou dizer uma coisa, Sophy: na verdade não é uma carruagem para uma dama. Só espero que não venha a capotar com ela quando dobrar a primeira esquina.

— Eu não!

— Cecilia — disse de repente o Sr. Fawnhope, que estivera analisando o fáeton intensamente — jamais deve andar neste veículo.

Ele falou com uma decisão a que não estava habituado, e todos o olharam surpresos; Cecilia ruborizou-se, grata pela sua solicitude.

— Asseguro-lhe que não a deixarei capotar — garantiu Sophy.

— Todo ser humano deveria sentir-se ultrajado com a visão de criatura tão refinada num veículo como este! — insistiu o Sr. Fawnhope. — Suas proporções são absurdas! Além disso, foi construído para grande velocidade e deveria ser conduzido, se conduzido devesse ser, por um homem portentoso com quinze mantos e um lenço no pescoço. Não é para Cecilia!

— Bem — disse Sophy —, pensei que você estivesse com medo de eu capotar com ela dentro.

— Tenho medo disso — replicou o Sr. Fawnhope. — É uma ofensa pensar num acontecimento tão deselegante. Ele impõe sua grosseria a qualquer sensibilidade; tolda minha visão de uma ninfa de porcelana! Vamos deixar este lugar imediatamente.

Cecilia, hesitando entre o prazer de ser comparada a uma ninfa de porcelana e a afronta de sua segurança ser tão pouco considerada, disse apenas que não poderiam partir até que Sophy tivesse concluído sua compra; contudo Sophy, muito divertida, sugeriu que ela deveria retirar-se com o Sr. Fawnhope e aguardá-la na caleça.

— Sabe de uma coisa — disse Hubert em tom confidencial, depois que o casal se afastara —, não sei se culpo Charles por não ter estômago para aguentar esse sujeito! Ele é de fato insignificante!

Três dias após essa negociação, o Sr. Rivenhall, ao exercitar seus cavalos cinzentos no parque, parou nas proximidades da Riding House para apanhar seu amigo, o Sr. Wychbold, que passeava a pé em todo esplendor de suas calças amarelo-claras, botas brilhantes e um casaco de corte extravagante e cor delicada.

— Santo Deus! — exclamou. — Que visão diabólica! Suba, Cyprian, e pare de lançar olhares cobiçosos a todas as mulheres! Onde esteve se escondendo ultimamente?

O Sr. Wychbold subiu no cabriolé, acomodando com rara graça as pernas bem-torneadas, e respondeu com um suspiro:

— No cumprimento do dever, meu caro rapaz. De visita ao lar ancestral. Faço o que posso com água de lavanda, mas o cheiro das cavalariças e dos estábulos é difícil de aguentar. Charles, por mais que o ame, se tivesse *visto* esse lenço de pescoço antes, eu permitiria que me levasse a dar uma volta pelo parque.

— Não desperdice essa conversa comigo! — recomendou Charles. — O que há com os seus baios?

O Sr. Wychbold, uma das estrelas fulgurantes do Four Horse Club, suspirou pesarosamente.

— Aleijados! Quero dizer, não os dois, só um, mas está realmente mal. Você acreditaria? Deixei minha irmã conduzi-los! Adote isso como um princípio, Charles: não se deve incumbir uma mulher de guiar um carro puxado a cavalos!

— Você ainda não conhece minha prima — respondeu o Sr. Rivenhall, com um sorriso enviesado.

— Está enganado — disse o Sr. Wychbold calmamente. — Conheci-a na noite de gala do Almack's, o que, meu caro rapaz, você saberia se não se conservasse afastado das reuniões.

— Ah, conheceu-a, não é? Não tenho inclinação para essa insipidez.

— Não lhe faria nenhum proveito, se tivesse — respondeu o Sr. Wychbold. — Não havia como aproximar-se de sua prima; para você, creio, isso não teria sido problema. *Eu* consegui, mas tive de empregar muita habilidade. Dancei o *boulanger* com ela. Moça por demais encantadora!

— Bem, já era tempo de você pensar em se casar. Por que não lhe propõe casamento? Eu lhe ficaria muito grato.

— Concordo com quase qualquer coisa que o agrade, meu caro, mas não sou homem de casar! — respondeu o Sr. Wychbold com firmeza.

— Eu não falava sério. Para ser franco, se você metesse essa ideia na cabeça eu me empenharia ao máximo para dissuadi-lo.

Ela é a moça mais aborrecida que já vi. A única coisa que posso dizer para louvá-la é que ela consegue conduzir os cavalos com perícia. Teve a maldita impertinência de roubar meu cabriolé no momento em que lhe voltei as costas por cinco minutos.

— Ela conduziu estes cavalos cinzentos? — perguntou o Sr. Wychbold.

— Conduziu. À rédea solta, inclusive. Tudo visando forçar-me a comprar um fáeton e uma parelha para exibir-se como objeto de curiosidade! Não farei tal coisa, mas não há dúvida de que gostaria de ver como ela vai resolver esse assunto.

— Não desejo alimentar falsas esperanças — disse o Sr. Wychbold, que estivera observando a aproximação de um vistoso fáeton —, pelo contrário, mas sou obrigado a acreditar que é exatamente o que você está a ponto de fazer, meu caro! Mas uma coisa me deixa curioso: por que sua prima estaria conduzindo os cavalos baios de Manningtree?

— O quê?! — exclamou o Sr. Rivenhall bruscamente. Seu olhar incrédulo recaiu sobre o fáeton que vinha na direção dele, num passo rápido e certo. Muito à vontade no perigoso veículo, sentada numa posição mais elevada que os cavalos, com o cavalariço ao seu lado e empunhando o chicote exatamente no ângulo correto, estava a Srta. Stanton-Lacy, e se a visão proporcionava prazer ao Sr. Rivenhall, ele não demonstrava o menor sinal disso. A princípio pareceu estupefato e depois mais assustador do que o habitual. Como o trotar dos baios reduziu-se a um andar lento, ele conteve a própria parelha. As duas carruagens pararam lado a lado.

— Primo Charles! — exclamou Sophy. — E o Sr. Wychbold! Como vão vocês? Diga-me, primo, o que acha deles? Estou convencida de que fiz um bom negócio.

— Onde obteve esses cavalos? — perguntou o Sr. Rivenhall.

— Ora, Charles, pelo amor de Deus, não seja tão desatento! — suplicou o Sr. Wychbold, preparando-se para descer do cabriolé. — Veja bem que ela está com a parelha castrada de Manningtree. Além do mais, acabei de lhe contar isso há apenas um minuto. Mas o que houve, Srta. Stanton-Lacy? Manningtree está vendendo seus bens?

— Creio que sim. — Ela sorriu.

— Por Deus, então você me passou para trás, pois eu estava de olho nessa parelha desde o dia em que Manningtree apareceu com ela na cidade. Como tomou conhecimento da venda, senhora?

— Para falar a verdade, eu não sabia nada a respeito — confessou ela. — Foi Sir Vincent Talgarth quem me proporcionou a oportunidade de comprá-los.

— Aquele sujeito! — intrometeu-se o Sr. Rivenhall, de modo explosivo. — Eu deveria saber.

— Sim, você deveria — concordou Sophy. — Ele é muito conhecido por saber das notícias antes dos outros ouvirem sequer um boato. Posso convidá-lo a subir, Sr. Wychbold? Se passei o senhor para trás ao comprar os cavalos, o mínimo que posso fazer é ceder meu lugar e deixá-lo conduzir minha parelha.

— Não hesite em me dizer quais dos cavalos de minha mãe ou meus você gostaria que eu retirasse dos estábulos para dar lugar aos seus! — pediu o Sr. Rivenhall, com falsa cortesia. — A menos, é claro, que esteja providenciando o próprio estábulo.

— Querido primo Charles, espero ser sensata a ponto de não lhe causar um incômodo tão grande! Meu fiel John Potton já cuidou de tudo. *Você* não deve se preocupar com os meus cavalos. Desça, John. Não precisa ter medo de deixar o Sr. Wychbold ocupar seu lugar, pois se os animais dispararem, ele estará mais qualificado para controlá-los do que qualquer um de nós dois.

O cavalariço de meia-idade, depois de lançar um longo olhar perscrutador ao Sr. Wychbold, pareceu ficar satisfeito, pois obede-

ceu sem fazer qualquer comentário. O Sr. Wychbold saltou ligeiramente para o fáeton; assentindo com a cabeça, Sophy despediu-se
do primo, e os baios prosseguiram. Manifestando uma emoção
reprimida, o Sr. Rivenhall ficou observando o fáeton por alguns
instantes, depois lançou um olhar para o cavalariço.

— Que diabo você estava fazendo ao deixar sua patroa comprar
uma maldita carruagem perigosa como essa? — indagou.

— Não precisa ficar preocupado com a Srta. Sophy, senhor
— disse John de modo paternal. — O próprio Sir Horace não
conseguiria impedi-la, não depois de ela ter tomado a decisão.
Muitas foram as vezes em que falei com Sir Horace que ele devia
dominá-la, mas jamais fez isso, nem tentou.

— Bem, se eu tivesse muito mais... — O Sr. Rivenhall deteve-
se bruscamente, percebendo quão inadequada era essa troca de
palavras. — Maldito seja o seu atrevimento! — disse ele e pôs
os cavalos em andamento numa arremetida súbita que traía seu
estado de irritação.

Nesse meio-tempo, o Sr. Wychbold, muito galante, recusava
tomar as rédeas da Srta. Stanton-Lacy.

— Macacos me mordam se eu algum dia pensei que diria
isso, mas é um prazer ser conduzido por uma dama que lida com
uma parelha tão bem quanto você! Muito dóceis, sim; não ficaria
surpreso se Charles estivesse de olho neles, razão pela qual teria
se encolerizado.

— Não, estou certa de que seu julgamento é errado. Ele zangou-
-se porque comprei os cavalos e o fáeton contra a sua recomendação; na verdade, mesmo ante sua proibição! Conhece bem meu
primo, senhor?

— Eu o conheço desde que ele estava em Eton.

— Então me diga, ele tem *sempre* necessidade de se mostrar
superior?

O Sr. Wychbold considerou a pergunta, mas não chegou a uma conclusão precisa.

— Bem, não sei — respondeu. — Sempre foi o único a assumir a liderança, é claro, mas um homem não se torna governante de seus amigos, senhora. Pelo menos... — Ele parou ao lembrar-se de incidentes passados. — Sei que ele tem um temperamento constrangedor, mas é espantoso como é bom amigo! Já perdi a conta das vezes que lhe disse para prestar atenção à sua língua extremamente desagradável, mas acontece, senhora, que não há ninguém melhor que Charles Rivenhall para se recorrer numa dificuldade.

— Eis aí um verdadeiro elogio — disse ela, pensativa.

O Sr. Wychbold tossiu, como quem desaprova.

— Nunca mencionou o problema para mim, é claro, mas se a metade do que se ouve for verdade, o pobre rapaz teve muito que aguentar. Tornou-o amargo. Muitas vezes pensei nisso! Mas por que diabos ele teve que se comprometer com aquela... — interrompeu-se, bastante confuso. — Esqueci o que ia dizer — acrescentou rapidamente.

— Bem, agora se explica! — disse Sophy, abaixando as mãos ligeiramente e permitindo que os baios acelerassem a marcha.

— Explica o quê? — perguntou o Sr. Wychbold.

— Ora, Cecilia me contou que você era amigo íntimo de Charles, e se sua opinião não conta, não preciso ter escrúpulos. Imagine só, Sr. Wychbold, que infortúnio para a minha querida tia e para as pobres crianças suportar aquela criatura com cara de segunda-feira dando ordens a todos isso. Vivendo sob o mesmo teto, e, pode estar certo, encorajando Charles a ser desagradável, como quando nos encara com os olhos arregalados!

— Não adianta ficar remoendo isso. — disse o Sr. Wychbold, muito abalado.

— Mas é preciso! — replicou Sophy, resoluta.

— É inútil pensar nisso — insistiu o Sr. Wychbold, balançando a cabeça. — Há semanas que anunciaram o noivado com grande alarde em todos os jornais. Nesta altura já estariam casados se a moça não tivesse que usar luto. Um casamento muito bom, é claro... uma mulher virtuosa, um belo dote, não nego, e excelente parentesco!

— Bem — comentou Sophy, liberal —, se o *coração* dele está em jogo, julgo que se deve permitir que faça o que quiser, contudo *não* deve impor a mulher à sua família! Porém não creio realmente que seu coração tenha alguma coisa a ver com isso, e, quanto a ela, não tem nada de bom. Pronto! Isso é que é fazer uma crítica severa do caráter de uma pessoa!

Com entusiasmo, o Sr. Wychbold disse, em tom confidencial:

— Sabe de uma coisa, senhora? Ela ficou sem pretendentes durante dois anos! Verdade! No ano passado, tentou conquistar Maxstoke, mas ele logo cortou suas investidas e conseguiu escapar decentemente. — Suspirou. — Charles não fará isso. O noivado foi publicado na *Gazette*, você sabe; o pobre rapaz não poderia desistir mesmo se quisesse.

— Não poderia — concordou Sophy, a testa franzida. — Contudo, *ela* sim.

— Mas não vai desistir — replicou o Sr. Wychbold.

— Veremos! — disse Sophy. — De qualquer modo, devo impedir e impedirei que ela faça daqueles pobres meninos uns infelizes! Pois é isso o que ela faz, eu lhe asseguro! Está sempre indo a Berkeley Square e deixando todo mundo deprimido! Primeiro é minha tia, que vai para a cama com dor de cabeça quando a criatura fica junto dela meia hora; depois é a Srta. Adderbury, para quem ela diz as coisas mais horríveis naquele odioso tom de voz adocicado que usa quando promete fomentar discórdia. Admira-se que a Srta. Adderbury não tenha ensinado as crianças a ler em italiano. Fica surpresa com o fato de ela fazer tão pouco uso do quadro-

-negro, e diz a Charles que está com um pouco de medo de que Amabel venha a ter os ombros caídos! *Tolice!* Está inclusive tentando convencê-lo a tirar o mico das crianças. Mas o pior de tudo é que ela o coloca contra o pobre Hubert! Isso não posso perdoar! Além do mais, o faz de um modo tão vil! Não sei como mantive minhas mãos longe do rosto dela ontem, pois o garoto vestia um colete novo, bastante feio, mas ele parecia tão orgulhoso! E o que ela haveria de fazer a não ser chamar a atenção de Charles para o fato, fingindo mexer com Hubert, você sabe, mas conseguindo dar a impressão de que ele estava sempre comprando roupas novas e desperdiçando a mesada em bugigangas!

— Que mulher diabólica! — exclamou o Sr. Wychbold. — Confesso que não esperava que Charles aceitasse docilmente esse tipo de coisa! E jamais que aceitasse suas interferências.

— Ah, tudo é feito com uma solicitude tão superficial que ele não viu o que se acha enraizado... ainda! — declarou Sophy.

— Uma tarefa muito difícil — declarou o Sr. Wychbold. — Mas nada pode ser feito.

— Isso é o que as pessoas sempre dizem — replicou Sophy com severidade — quando são muito indolentes ou, talvez, muito medrosas para fazerem um grande esforço a fim de serem úteis! Tenho muitos defeitos, mas não sou indolente nem medrosa, embora *isso,* sei muito bem, não seja uma virtude; o fato é que nasci totalmente isenta de nervosismo, diz meu pai, e quase sem suscetibilidade. Não sei o que devo fazer, ainda não decidi, mas posso precisar da sua ajuda para romper esse compromisso tolo. — Num rápido olhar percebeu que ele parecia extremamente alarmado, e acrescentou de modo tranquilizador. — É provável que não, mas nunca se sabe, e é sempre bom ficar preparado. Agora devo fazê-lo descer, pois vejo Cecilia esperando por mim, e ela prometeu deixar-me levá-la numa volta pelo parque depois de se certificar que não capotarei com o fáeton.

— Não há perigo! — respondeu o Sr. Wychbold, imaginando o que mais essa jovem e alarmante mulher deixaria de cabeça para baixo durante sua estada em Berkeley Square.

Apertou-lhe a mão, dizendo que se as mulheres pudessem pertencer ao Four Horse Club, sem dúvida apoiaria a candidatura dela, e desceu de chofre do fáeton para cumprimentar Cecilia, a qual, com a Srta. Adderbury e as crianças, aguardava ao lado da via. Naturalmente, Gertrude, Amabel e Theodore reivindicaram seus direitos de subir primeiro para junto da prima em detrimento da irmã mais velha, mas depois disso ser discutido com perseverança, o Sr. Wychbold ajudou Cecilia a subir na carruagem, fez uma reverência com a cabeça e afastou-se em passadas largas.

Logo Sophy percebeu que Cecilia estava pálida, enquanto a pequena governanta se encontrava claramente no auge de uma agitação reprimida; como acreditava ser melhor chegar ao âmago de qualquer questão sem perder tempo com rodeios, indagou bruscamente:

— Ora, por que está abatida, Cecy? Parece estar com enxaqueca.

Tina, que se aninhara discretamente sob os pés da patroa enquanto o Sr. Wychbold ocupava seu lugar, agora saiu de trás do tapete pardo e pulou para o colo de Cecilia. Esta apertou-a nos braços e a acariciou mecanicamente, respondendo com voz tensa:

— Eugenia!

— Ah, diabos a levem, criatura desagradável! — exclamou Sophy. — O que ela fez *agora?*

— Ela estava passeando por aqui com Alfred — respondeu Cecilia — e esbarrou conosco.

— Bem — replicou Sophy sensatamente —, confesso que não gosto dela, e Alfred sem dúvida é uma besta, a bestinha mais horrível da natureza, porém não vejo nisso nada para irritá-la tanto! Ele não teria tentado passar o braço pela sua cintura estando a irmã presente.

— Ora, Alfred! — exclamou Cecilia desdenhosamente. — Não, exceto que ele me fez pegar no braço dele, e depois apertou-o da maneira mais odiosa, lançando olhares amorosos e dizendo coisas que me dão vontade de esbofeteá-lo. Mas não ligo a mínima para ele! Augustus estava comigo!

— E daí? — quis saber Sophy.

— É certo que tínhamos ficado um pouco para trás de Addy, pois como se pode ter uma conversa coerente com as crianças tagarelando o tempo todo? Mas Addy *estava* à vista, e *não* pegamos um caminho solitário furtivamente. De fato, não era um dos mais frequentados, mas Addy estava lá o tempo todo, que importa isso? Dizer que eu estava me encontrando com Augustus *clandestinamente* é maldoso e injusto! Qualquer um pensaria num aventureiro odioso, e não numa pessoa que conheço a vida toda! Por que ele não deveria passear no parque? E se o faz, e nós nos encontramos, diga-me, por que eu não deveria falar com ele?

— Não há absolutamente qualquer razão. Aquela moça repulsiva fez-lhe uma reprimenda?

— A mim nem tanto quanto à pobre Addy. Ela está desesperada, pois Eugenia parece ter dito que ela estava traindo a confiança de mamãe e me encorajando a um comportamento impróprio. Ela foi realmente odiosa comigo, mas não pôde dizer muito mais, porque Augustus estava junto. Ela o fez caminhar junto dela e mandou Alfred dar-me o braço, e eu me senti aviltada, Sophy, *aviltada!*

— Qualquer uma se sentiria se fosse obrigada a aceitar o braço de Alfred — concordou Sophy.

— Por causa disso, não! Mas por causa da atitude de Eugenia! Como se ela tivesse me encontrado fazendo algo ignominioso! E isso não é o pior! Charles está passeando aqui, e nem bem um momento antes de você chegar ele passou por nós, com Eugenia sentada ao lado dele. E meu irmão me lançou o olhar mais frio do mundo! Ela lhe contou tudo, pode estar certa, e agora ele ficará furioso comigo e provavelmente influenciará mamãe também, e tudo ficará horrível!

— Não, não ficará — disse Sophy friamente. — Na verdade, eu não ficaria absolutamente surpresa se a situação se tornasse melhor. Agora não posso explicar tudo, porém peço-lhe encarecidamente, Cecy, que não fique tão angustiada. Não há necessidade. Asseguro-lhe que não há nenhuma necessidade! É muito provável que Charles não lhe diga uma palavra a respeito.

Cecilia dirigiu-lhe um olhar incrédulo.

— Charles não vai dizer uma palavra? Você não o conhece! Ele estava parecendo uma nuvem escura de tempestade!

— Não nego que parecesse; mas isso acontece com muita frequência, e você é uma pateta para, no mesmo instante, ficar tremendo como um manjar — respondeu Sophy. — Agora vou fazê-la descer e você vai juntar-se à pobrezinha da Addy e continuar seu passeio. Eu irei para casa, onde estou muito certa de encontrar seu irmão, pois acabamos de fazer a volta por todo o parque e não há sinal dele, e sei que terá de regressar a Berkeley Square, pois o ouvi dizer a meu tio que alguém chamado Eckington estaria lá às cinco da tarde.

— O secretário do papai — informou Cecilia apaticamente. — E não vejo, querida Sophy, que importância tem isso, se você vai encontrar Charles em casa ou não, porque ele não vai falar com você sobre o assunto. Por que falaria?

— Ah, não vai falar? — retorquiu Sophy. — Pode estar certa, a esta altura ele estará convencido de que tudo foi culpa minha, do princípio ao fim! Além disso, está furioso comigo por ter comprado esta carruagem sem a ajuda dele e por ter alugado um estábulo também. Deve estar ansioso que eu volte para casa de modo a poder brigar comigo sem recear interrupções. Pobre homem! Acho que vou fazê-la descer imediatamente, Cecy.

— Como você é corajosa! — disse Cecilia, assombrada. — Não sei mesmo como pode suportar!

— O quê, os acessos de raiva do seu irmão? Não me assustam nem um pouco!

Cecilia estremeceu.

— Não é questão de medo exatamente, mas tenho pavor de pessoas que ficam zangadas e me fazem ameaças! Não consigo evitar, Sophy, sei que é covardia de minha parte, mas meus joelhos tremem e sinto náuseas!

— Bem, hoje não devem tremer — disse Sophy alegremente. — Vou estragar os planos de Charles. Ah, veja! Lá está Francis Wolvey! A pessoa perfeita! Ele a restituirá a Addy por mim.

Parou enquanto falava, e lorde Francis, que estivera conversando com duas senhoras em um landau, aproximou-se do fáeton, exclamando:

— Sophy, que carruagem excelente! Seu criado, Srta. Rivenhall! Admira-me vê-la confiar numa pessoa avoada como esta, admira-me mesmo! Certa vez ela me fez capotar num cabriolé. Num *cabriolé!*

— Que coisa feia para se dizer! — replicou Sophy, indignada.

— Como se eu pudesse ter evitado, naquele tipo de estrada. Meu Deus, parece que foi há tanto tempo! Cheguei com Sir Horace e hospedei-me com a Sra... Sra...

— Scovell — ajudou lorde Francis. — Naquele inverno era a única senhora morando no quartel-general, e ela dava festas com jogos de *lanterloo*. Lembra-se?

— É claro que me lembro! E com mais clareza ainda das pulgas naquele vilarejo horrível! Francis, preciso apanhar John Potton e ir embora. Quer acompanhar minha prima, que vai ao encontro de seus irmãozinhos? Estavam passeando com a governanta em algum lugar junto à via.

Lorde Francis, sobre quem a beleza de Cecilia causara grande impressão quando ele a conhecera por ocasião da sua visita a Berkeley Square, respondeu prontamente que nada lhe daria mais prazer e estendeu as mãos para ajudá-la a descer do fáeton. Afirmou esperar que não encontrassem muito rapidamente o grupo de estudantes, e Cecilia, sensível às maneiras tranquilas e cordiais do rapaz e à sua evidente admiração, começou a demonstrar mais alegria. Muito satisfeita, Sophy viu-os afastarem-se e seguiu para onde seu cavalariço a aguardava, nas proximidades do Stanhope Gate. Informou que vira o Sr. Rivenhall passar por ali há poucos minutos, e acrescentou, com uma risadinha insípida, que ele ainda parecia enfurecido.

— Maldita seja a minha insolência, Srta. Sophy, mas ele chegava a ferir a boca dos cavalos com o freio!

— Ora, o que você disse a ele para enfurecê-lo?

— Eu só disse que a senhorita jamais tivera freios, e considerando que ele está de acordo comigo e não é capaz de dizê-lo, não havia remédio senão amaldiçoar-me e partir. *Eu* não o culpo! Encrenca, Srta. Sophy, é o que a senhorita representa!

Quando chegou a Berkeley Square, Sophy descobriu que o Sr. Rivenhall acabara de entrar em casa, depois de ter perambulado nas imediações ao deixar os estábulos. Ainda usava a capa e parara ao lado da mesa do vestíbulo para apanhar e ler um bilhete enviado por um dos seus amigos. Carrancudo, ergueu os olhos quando Dassett anunciou Sophy, mas não falou nada. Tina, que manifestara (segundo a opinião da sua dona) uma paixão insensata pela companhia dele, saltou alegremente na direção de Charles e empregou toda arte que conhecia para atrair a atenção dele. Na verdade ele não deixou de lançar-lhe um olhar, porém, longe de encorajá-la a prosseguir, disse bruscamente:

— Quieta!

— Ah, então chegou antes de mim! — comentou Sophy, retirando as luvas. — Bem, me dê sua opinião sincera sobre aqueles baios.

O Sr. Wychbold desconfia de que você mesmo pode ter estado de olho neles. É verdade?

— Estavam muito além do *meu* alcance, prima — respondeu ele.

— Não diga, é mesmo? Dei 400 guinéus por eles, e acho que fiz bom negócio.

— Estava falando sério quando me deu a entender que já providenciou seu próprio estábulo? — perguntou.

— Certamente que sim. Como iria forçar minha tia a arcar com a guarda dos meus cavalos? Além disso, é provável que eu compre mais dois, se puder encontrar uma dupla que se harmonize com os baios. Soube que é uma especialidade conduzir um fáeton puxado a quatro cavalos, embora acredite que isso deve levar a uma adaptação dos varais, o que seria um aborrecimento.

— Não tenho controle sobre suas ações, *prima* — disse ele friamente. — Sem dúvida, se lhe parece divertido servir de espetáculo no parque, você servirá. Contudo, por favor, não leve uma de minhas irmãs ao seu lado.

— Mas isso não me diverte — disse ela. — Já levei Cecilia numa volta em torno do parque. Você tem ideias muito antiquadas, não tem? Vi diversos veículos extremamente elegantes dirigidos por senhoras da mais alta classe social.

— Não faço particular objeção a um fáeton com uma parelha — replicou ele ainda mais friamente —, embora um modelo com o banco do cocheiro em destaque não seja muito adequado para uma dama. Perdoe-me, mas devo lhe dizer que há algo mais do que extravagante nesse tipo de carruagem.

— Ora, quem teria sido tão despeitado para meter essa ideia na sua cabeça? — quis saber Sophy.

Ele corou, mas não respondeu.

— Viu Cecilia? — perguntou ela. — Tinha uma aparência arrebatadora naquele novo chapéu que sua mãe, com tanto bom gosto, comprou para ela.

— Eu de fato vi Cecilia — respondeu ele severamente. — Além disso, eu, como você, prima, sei exatamente como minha irmã estava passando o tempo! Vou ser extremamente claro com você!

— Se deseja ser extremamente claro comigo — interrompeu ela — venha para a biblioteca. É muito impróprio de sua parte ficar falando de assuntos de família onde pode ser ouvido. Além do mais, tenho algo de natureza delicada para lhe dizer.

Em largas passadas, Charles caminhou imediatamente para a porta da biblioteca e escancarou-a. Ela entrou no aposento passando por ele, e o rapaz a seguiu fechando a porta atrás de si, rápido demais para Tina, que ficou do lado de fora. Charles teve de abri-la de novo, pois as reclamações da cachorrinha eram ao mesmo tempo estridentes e imperiosas. Esse anticlímax insignificante nada contribuiu para melhorar o humor do rapaz, e foi com uma aspereza muito desagradável na voz que ele disse:

— Nada de benevolência entre nós, Sophy! Se foi você ou não quem providenciou um encontro clandestino no parque para minha irmã e o jovem Fawnhope, sei muito bem que...

— Cecilia não está causando boa impressão? — perguntou Sophy, de modo aprovador. — Passeou com Fawnhope, e depois com Alfred Wraxton, e a deixei com lorde Francis! É sobre isso, querido primo Charles, que gostaria de falar com você. Longe, está *longe* de mim a ideia de interferir nos assuntos da sua família, mas acho que devo, talvez, fazer-lhe uma sugestão. Sei que é constrangedor para você, na sua situação, porém você saberá como lançar uma palavra no ouvido de Cecy.

Ele ficou desconcertado por este lance inesperado e arregalou os olhos ao fitá-la.

— Do que diabos está falando?

— Não é nem um pouco do meu agrado mencionar o fato — disse Sophy, mentindo —, mas você sabe quanto gosto de Cecy! O caso é que tenho viajado muito e aprendi a cuidar de mim mesma.

Cecy é tão inocente! Não há uma única partícula de maldade em Augustus Fawnhope, e Francis Wolvey, até o momento, tem sido cavalheiro demais para ultrapassar os limites. Mas você não devia encorajar uma jovem tão encantadora quanto sua irmã a caminhar pelo parque com o terrível Alfred, Charles!

Ele ficou tão confuso que por um momento não disse uma palavra. Depois exigiu uma explicação.

— Ele é o tipo do sujeitinho odioso e desprezível que beija as criadas nas escadas — respondeu com franqueza.

— Minha irmã não é uma criada!

— Não é, e realmente confio que ela saiba como conservá-lo à distância de um braço.

— Posso saber se tem o mais leve motivo para fazer essa acusação contra Wraxton?

— Se quer saber se já o vi beijando uma criada, não vi, querido Charles, não vi mesmo. Se, por outro lado, você pergunta se ele tentou me beijar, sim, querido Charles, ele já tentou. A propósito, nesta sala mesmo.

Ele parecia zangado e ofendido.

— Lamento muitíssimo que tenha sido molestada desse modo, debaixo deste teto — respondeu, pronunciando as palavras com esforço.

— Ah, não me preocupo com isso! Já lhe disse que sou capaz de cuidar de mim mesma. Mas duvido que qualquer pessoa consiga tolher os... os hábitos dele de abraçar e passar a mão, ou convencê-lo de que seu tipo de conversa é muito impróprio.

Ela retirava a peliça enquanto falava, e agora a colocava de lado e sentava-se numa *bergère* junto à lareira. Após um instante, Charles falou, num tom mais brando.

— Não fingirei que tenho alguma simpatia por Wraxton, pois não tenho. No que estiver ao meu alcance, sem dúvida não encorajarei suas visitas a esta casa. Entretanto, minha situação é constrangedora, como você mesma disse. Eu não permitiria de modo algum que isso chegasse aos ouvidos da Srta. Wraxton.

— Não mesmo! — concordou ela calorosamente. — Seria muito indigno de sua parte ficar contando histórias do irmão para ela.

Ele apoiava o braço ao longo do consolo da lareira e estivera olhando para o fogo, porém, diante dessas palavras, levantou a cabeça e lançou um olhar penetrante para Sophy. Ela achou que havia muita compreensão nos olhos de Charles, contudo ele disse apenas:

— Exatamente, prima.

— Não se estenda demais sobre o assunto — aconselhou ela gentilmente. — Não pretendo dizer que Cecy sente uma *tendre* por ele, pois entre nós duas é ela quem o julga mais odioso.

— Estou bem ciente de que ela não sente nenhuma *tendre* por ele. Obrigado! — retorquiu o primo. — Está apaixonada por aquele peralvilho do Fawnhope!

— É claro que está — confirmou Sophy.

— Também sei que você tem se encarregado do caso desde o dia em que entrou nesta casa, procurando encorajar essa loucura por todos os meios ao seu alcance! Você e Cecilia têm sido vistas constantemente na companhia de Fawnhope; você fingiu que ele era um amigo seu, assim ele tem uma desculpa para aparecer aqui seis dias em cada sete; você...

— Em suma, Charles, eu os tenho reunido com frequência. É verdade, e se você tivesse um pingo de bom senso, teria feito o mesmo semanas antes de eu chegar à cidade.

O rapaz conteve-se por um instante, em seguida perguntou, um tanto incrédulo:

— Imagina que vai curar Cecilia, procedendo assim? Ou devo acreditar que tem alguma intenção em mente?

— Bem, não sei — respondeu Sophy, pensando um pouquinho sobre o assunto. — Das duas, uma, você sabe. Ou ela se cansará de

Augustus, e devo dizer que realmente acho isso muito provável, porque, embora ele seja bonito e consiga ser muito cativante quando quer, é também muito maçante, além de esquecer a existência de Cecilia exatamente quando deveria ser mais solícito, ou ela continuará a amá-lo, apesar das suas faltas. E se isso acontecer, Charles, você saberá que não se trata de mero capricho e terá de consentir no casamento deles.

— Jamais! — bradou ele com violência.

— Mas será obrigado — insistiu ela. — Seria perverso tentar forçá-la a outro casamento, e você seria cruel se tentasse.

— Não a forçarei a nenhum casamento! — interrompeu ele. — Talvez lhe interesse saber que sou muito ligado a Cecilia, e é por essa razão, e não por simples teimosia, que não darei apoio à união dela com um homem do tipo de Fawnhope! Quanto a essa ideia tola que você tem, de que reunindo-os sempre Cecilia acabará enjoando dele, nunca esteve mais enganada! Longe de se cansar, Cecilia não perde oportunidade de ficar a sós com ele! E já perdeu todo o senso de decoro, a ponto de enganar Addy! Ainda esta tarde a Srta. Wraxton deu com ela numa alameda isolada do parque, sozinha com Fawnhope, depois de livrar-se da barreira que era a presença de Addy. Encontros clandestinos! Belo comportamento da Srta. Rivenhall de Ombersley, palavra de honra!

— Meu querido Charles — disse Sophy com uma calma inigualável —, sabe muito bem que está forjando essa história.

— Não estou fazendo uma coisa dessas! Imagina que eu *forjaria* uma história sobre minha irmã?

— Para dizer a verdade, acho que faria qualquer coisa quando cai num dos seus acessos de fúria — replicou ela, sorridente. — Não há segredo algum sobre ela ter passeado com Fawnhope, e o resto brotou da sua serenidade perturbada. Ora, não me diga que a Srta. Wraxton lhe contou isso dessa maneira, porque estou certa de que ela jamais lhe contaria tais mentiras sobre Cecilia! *Livrou-se* de Addy, francamente! Ela nunca ficou um só minuto afastada do olhar vigilante de Addy! Santo Deus, você já não conhece mais Cecilia para ousar acusá-la de um comportamento clandestino. Que expressão vulgar, sem dúvida! Pare de fazer esse papel de bobo! Logo estará arengando aos ouvidos da pobre Cecilia porque permitiu que um rapaz respeitável, que ela conhece desde que ambos eram crianças, caminhasse ao lado dela sob os olhos atentos da governanta!

Outra vez Sophy caiu sob aquele intenso olhar perscrutador.

— Sabe disso com certeza? — perguntou ele, num tom de voz alterado.

— Certamente que sim, pois Cecy me contou o que aconteceu. Parece que a Srta. Wraxton disse algo que constrangeu muito Addy, sem dúvida ela a interpretou mal. Talvez a Srta. Wraxton achasse que Addy deveria ter enxotado Augustus, mas como ela poderia fazer isso eu dificilmente imagino! Mas Addy é muito sensível, você sabe, e logo ficou transtornada.

Ele parecia aborrecido.

— Não devemos culpar Addy; Cecilia não está mais sob o seu controle. Se ela tivesse contado à minha mãe sobre esses encontros... Bem, de fato ela nunca foi de fazer mexerico sobre nenhum de nós!

Persuasiva, Sophy disse:

— Mostre-lhe que não está zangado com ela, Charles, e que não tenciona despedi-la depois de todos esses anos.

— Despedi-la? — repetiu Charles aturdido. — Que tolice!

— Foi exatamente o que eu disse a ela! Mas ela meteu na cabeça que seus métodos de ensinar as crianças são antiquados demais, e parece achar que deveria ser capaz de ensinar-lhes o italiano e mais uma infinidade de coisas que não conhece.

Houve uma ligeira pausa. O Sr. Rivenhall sentou-se do outro lado da lareira e, um tanto distraído, começou a puxar as orelhas de Tina. Sua expressão estava carrancuda, e depois de alguns instantes disse, com seu modo lacônico:

— Não tenho absolutamente nada a reclamar da educação das minhas irmãs. Isso é tarefa da minha mãe, e não posso imaginar que algum dia venha a ser de outra pessoa.

Sophy não viu necessidade de alongar-se nesse ponto e apenas concordou com ele. Com olhos semicerrados, o primo lançou-lhe um olhar de avaliação, inquisidor, mas ela preservou o semblante calmo. Ele disse:

— Nada disso tem relação com o que tenho reclamado de você. Tudo ia muito bem, prima, antes de você começar a virar esta casa de cabeça para baixo! Eu lhe ficarei grato se no futuro...

— Ora, o que eu tenho feito?

Charles viu-se incapaz de juntar em palavras as coisas que ela fizera e foi obrigado a recorrer ao único crime tangível:

— Para começar, trouxe aquele mico para cá! Não há dúvida quanto às suas gentis intenções. Porém é o animal mais inconveniente para presentear crianças, e agora, é claro, elas vão achar que somos cruéis obrigando-as a se livrarem dele, o que precisarão fazer.

Os olhos de Sophy começaram a dançar.

— Charles, você está apenas tentando ser desagradável. Você não pode, num dia, alimentar Jacko com pedacinhos de maçã, ensinar-lhe truques e aconselhar as crianças a agasalhá-lo com uma colcha à noite e, no outro, dizer que devem livrar-se dele!

Ele mordeu o lábio, mas seu deplorável sorriso largo e forçado não desapareceu de todo.

— Quem lhe contou que eu fiz isso?

— Theodore. E também que o trouxe aqui embaixo no ombro quando a Srta. Wraxton veio fazer uma visita, para mostrá-lo a ela. Devo dizer que foi uma tolice da sua parte, pois sabe que ela não gosta de animais; ela nos disse isso. Sem dúvida não há razão para que ela devesse gostar, e importuná-la com bichos não é nada gentil. Jamais deixei Tina provocá-la, você sabe.

— Está enganada! — replicou Charles rapidamente. — Ela não gosta de micos, Lady Brinklow é que não gosta de cães.

— Penso que ela sente o mesmo — disse Sophy, levantando-se e dando uma sacudida na saia. — Não se pode deixar de observar com que frequência as filhas se assemelham às mães. Não nos traços faciais, mas no temperamento. Você deve ter notado.

Ele pareceu ficar meio constrangido com essa afirmação.

— Não, não notei. Não creio no que está dizendo!

— Ora, avalie pela Cecy! Ela será exatamente igual à querida tia Lizzie quando for mais velha. — Observou que sua opinião estava causando efeito e considerou que, por um dia, lhe dera o suficiente para pensar. Dirigiu-se para a porta. — Tenho que mudar meu vestido.

Ele se levantou abruptamente.

— Não, espere!

Ela olhou por cima do ombro.

— Sim?

Charles parecia não saber exatamente o que queria dizer.

— Nada. Não tem importância. Da próxima vez que insistir em comprar cavalos, será melhor você falar comigo. Pedir a ajuda de estranhos é muito desagradável.

— Mas você me assegurou que não tomaria parte na compra! — salientou Sophy.

— Certo! — admitiu ele, furioso. — Nada agrada mais a você do que me constranger, não é?

Ela riu, mas afastou-se sem responder. No alto da escada foi agarrada por Cecilia, ansiosa para saber qual seria o seu destino.

— Se ele falar com você, será para preveni-la contra Alfred Wraxton! — informou Sophy, com uma divertida risadinha gutural. — Disse a ele exatamente como aquele tipo desprezível se conduziu e aconselhei-o a cuidar de você.

— Não fez isso!

— Fiz. Tive um excelente dia de trabalho, e da maneira mais inescrupulosa! Ah, diga a Addy que Charles não a culpa nem um pouco. Ele não dirá uma palavra à minha tia sobre o que aconteceu, e duvido se dirá alguma coisa a você. A única pessoa a quem ele *pode* dizer uma palavra é à sua preciosa Eugenia. Espero que ela o faça perder a paciência.

VII

Cecilia não podia acreditar que estava livre de mais uma reprimenda do irmão, e quando mais tarde encontrou-se inesperadamente com ele no patamar da escada, soltou um gemido sufocado e procurou firmar os trêmulos joelhos.

— Olá — disse ele, passando os olhos pelo seu requintado vestido de baile de tule com forro de cetim. — Está muito elegante. Aonde vai?

— Depois do jantar, Lady Sefton vai passar aqui para levar Sophy e eu ao Almack's — respondeu ela aliviada. — Mamãe não se sente em condições esta noite.

— Vai apagar o brilho das outras moças. Está esplêndida!

— Por que não nos acompanha? — perguntou a irmã, tomando coragem.

— Se eu fosse, você não passaria a noite toda na companhia de Fawnhope — comentou ele secamente.

Cecilia ergueu o queixo.

— Não passaria, de modo algum, a noite inteira na companhia de um só cavalheiro.

— Bem, acredito que não — concordou o irmão. — Não estou preocupado, Cilly. Além do mais, marquei um compromisso com um grupo de amigos.

O emprego do seu apelido infantil, já quase esquecido, a fez retorquir com muito menos constrangimento.

— No Daffy Club?

Ele esboçou um largo sorriso.

— Não. No Cribb's Parlour.

— Como você é horroroso! Pensei que fosse discutir as habilidades do pessoal de Bloomsbury ou do Black Diamond ou... ou...

— ...a Maravilha de Mayfair — completou. — Nada tão interessante. Vou fumar com amigos. E o que *você* sabe sobre o pessoal de Bloomsbury, senhorita?

Ela lançou-lhe um olhar atrevido enquanto passava por ele para descer as escadas.

— Apenas o que aprendi com meus irmãos, Charles.

Ele riu e a deixou ir, porém, antes que ela tivesse chegado ao final do lance de escada, inclinou-se sobre o corrimão e a chamou de modo imperativo:

— Cecilia! — Ela ergueu os olhos com uma expressão curiosa. — Aquele rapaz, Wraxton, tem aborrecido você?

Ela esteve a ponto de trair-se ao perder o ar de gravidade. Replicou:

— Hã... acho que eu poderia tratá-lo com bastante rudeza, se... bem, se me decidisse a isso.

— Não precisa ficar constrangida devido a uma consideração por terceiros. Acho desnecessário dizer que se Eugenia soubesse, seria a primeira a condenar o comportamento do irmão!

— É claro — disse ela.

Se ele iria dizer palavras de censura à Srta. Wraxton, era um mistério. Se disse alguma coisa, devem ter sido palavras brandas, Sophy imaginava, pois a moça não pareceu de modo algum ressentida. Quando, mais tarde, a Srta. Wraxton abordou o debatido assunto de Jacko, ao confiar a Lady Ombersley que vivia com medo de um dia o mico morder uma das crianças, Charles ouviu-a e respondeu de modo impaciente:

— Tolice!

— Acredito que a mordida de um mico seja venenosa.

— Nesse caso espero que ele morda Theodore.

Lady Ombersley esboçou um protesto, porém Theodore, que tinha recebido uns sonoros sopapos por acertar com uma bola de críquete, do jardim da praça, a janela de uma casa das vizinhanças, apenas esboçou um largo sorriso. A Srta. Wraxton, para quem ele não fora castigado o suficiente por essa indisciplina, já havia falado com Charles sobre o assunto, e ele se limitara a dizer: "De fato, mas foi uma rebatida excelente. Eu vi." Esse pouco caso por sua opinião exasperou a Srta. Wraxton, e então, com a sua malícia costumeira ao falar com as crianças, pregou um sermão jocoso a Theodore, dizendo-lhe que ele era um felizardo por não perder o direito ao seu novo bichinho de estimação como castigo pela sua travessura. Ele não lhe deu muita atenção, apenas lançou-lhe um olhar ressentido, porém Gertrude soltou sem pensar:

— Acho que você não gosta de Jacko porque foi Sophy quem o deu para nós!

A verdade dessa declaração franca e constrangedora causou a quase todos os presentes um efeito difícil de descrever. Nas faces da Srta. Wraxton surgiram duas manchas vermelhas; Lady Ombersley emitiu um grito sufocado, e Cecilia conteve uma risada. Só Charles e Sophy permaneceram impassíveis: Sophy não levantou os olhos da costura em que estava entretida, e Charles, estarrecido, disse:

— Uma observação idiota e impertinente, Gertrude. Você pode voltar aos estudos se não consegue comportar-se de maneira mais apropriada.

Gertrude, que chegara à idade em que ficava tão constrangida quanto os mais velhos, enrubescera intensamente e agora fugia da sala, transtornada. No mesmo instante Lady Ombersley começou a falar sobre a sua excursão, com Cecilia e Sophy, para visitar a marquesa de Villacañas em Merton.

— Quando se trata de cortesias, ninguém gosta de ficar para trás — disse ela —, portanto farei um esforço. Esperemos que não chova, pois tornaria o passeio muito desagradável. Gostaria que viesse conosco, Charles. Afinal, é a noiva do seu tio, você sabe. Confesso que não me importo de sair da cidade sem a companhia de um cavalheiro, embora esteja certa de que Radnor é perfeitamente digno de confiança, e, é claro, devo levar meus lacaios.

— Minha querida mãe, três homens robustos seriam suficientes para protegê-la nessa arriscada viagem! — respondeu ele, um tanto divertido.

— Não obrigue Charles a ir, tia Lizzie! — disse Sophy, cortando a linha com a tesoura. — Sir Vincent prometeu que irá conosco, pois não vê Sancia desde os tempos de Madri, quando o marido dela ainda era vivo e eles davam esplêndidas festas para os oficiais ingleses.

Houve uma ligeira pausa antes de Charles dizer:

— Se deseja mesmo, mãe, irei com vocês. Posso levar minha prima no cabriolé, assim não ficarão apertadas na sua carruagem.

— Ora, pretendo ir no meu fáeton — disse Sophy despreocupada.

— Pensei que sua ambição fosse conduzir meus cavalos cinzentos.

— Ora, você deixaria?

— Talvez.

Ela riu.

— Ah, não, não! Não acredito em *talvez!* Leve Cecilia!

— Cecilia preferiria ir no pequeno landau de minha mãe. Deixo você tomar as rédeas durante parte do trajeto.

Reanimando-se, ela replicou:

— Isso é tentador! Você me convenceu, Charles, e desconfio de que não esteja passando muito bem.

— Será uma excursão encantadora — aparteou a Srta. Wraxton, alegre. — Sinto-me quase tentada, querida Lady Ombersley, a pedir um lugar na sua carruagem.

Lady Ombersley era muito bem-educada para demonstrar consternação, contudo disse, um pouco em dúvida:

— Bem, minha querida, é claro... se Sophy não achar que não seremos gente demais para a marquesa... Não gostaria de aborrecê--la de modo algum.

— Absolutamente! — replicou Sophy no mesmo instante. — Não está em meu poder aborrecer Sancia, querida tia Lizzie! Ela não irá atarefar-se nem um pouco, deixará tudo por conta do mordomo. É um francês que ficará encantado em cuidar de um grupo tão pequeno quanto o nosso. Tenho apenas de escrever uma carta para Sancia, pedir a meu tio que a envie, e tudo estará resolvido, isso se ao menos ela acordar a tempo de transmitir minha mensagem a Gaston.

— Que interessante será conhecer uma dama espanhola de verdade! — comentou a Srta. Wraxton.

— Santo Deus, como se Sancia fosse uma girafa! — comentou Sophy a Cecilia mais tarde.

— Se ao menos eu soubesse que você pretendia acompanhar minha mãe! — disse o Sr. Rivenhall logo depois, ao acompanhar a Srta. Wraxton até a carruagem. — Eu devia ter-*lhe* oferecido um lugar no meu cabriolé. Agora não posso voltar atrás, é uma amolação. Eu não teria concordado em ir se não tivesse ouvido que Talgarth estaria no grupo. Deus sabe que não me importo com quem minha prima vai se casar, porém imagino que, nas circunstâncias, devemos isso a meu tio: não encorajar *essa* ligação!

— Receio que a visita dela trouxe preocupações extras para você, meu querido Charles. Muito deve ser perdoado a uma jovem que não conheceu os cuidados de uma mãe, mas eu tinha esperanças de que, sob a orientação de sua mãe, ela tentasse adaptar-se aos padrões de decoro ingleses.

— Ela *não!* — respondeu ele. — Acredito que Sophy se diverte em nos deixar pisando em ovos. Não se pode adivinhar o que fará a seguir; ela mantém amizade com todo tagarela que já usou casaca vermelha... Não que eu me importe com isso. Mas ficar encorajando Talgarth a ser seu pretendente ultrapassa os limites. Não basta dizer que ela pode cuidar de si mesma. Não nego que possa, mas se for vista demais na companhia dele, todos os abelhudos da cidade logo estarão falando dela!

A Srta. Wraxton, assimilando essas palavras precipitadas, foi muito imprudente para resumi-las a Sophy menos de 48 horas depois. À hora do elegante passeio público, enquanto caminhava no parque com sua criada, ela deu com o fáeton de Sophy parado, enquanto a jovem trocava algumas palavras com o tão censurável Sir Vincent. Ele tinha uma das mãos negligentemente pousada no estribo do veículo, e Sophy estava um pouco inclinada para dizer algo que parecia ter muita graça. Ela viu a Srta. Wraxton e, sorridente, cumprimentou-a com a cabeça, porém ficou um tanto surpresa quando Eugenia se aproximou do fáeton e dirigiu-lhe a palavra.

— Como vai? Ah, esta é a carruagem da qual ouvi falar tanto! Vejo que tem uma bela parelha de cavalos. Você os conduz um atrás do outro. Merece congratulações. Acho que não teria confiança em mim mesma para tanto.

— Creio que você já conhece Sir Vincent Talgarth — disse Sophy.

Sir Vincent recebeu a mais fria das mesuras e a levíssima insinuação de um sorriso.

— Sabe de uma coisa? — disse a Srta. Wraxton, erguendo os olhos para Sophy. — Penso que devo lhe pedir para me levar ao seu lado numa volta! Estou realmente com ciúmes da sua carruagem, creia!

Sophy fez sinal para John descer, dizendo cortesmente:

— Por favor, venha comigo, Srta. Wraxton! Naturalmente serei posta à prova. Sir Vincent, nos veremos na sexta-feira, então. Visite-nos em Berkeley Square!

Auxiliada por John Potton, a Srta. Wraxton subiu com incrível graça na carruagem incomodamente alta e sentou-se ao lado de Sophy, ajeitando a saia e tomando conhecimento da presença de Tina ao pronunciar:

— Que amor de cãozinho! — Uma saudação que fez o pequeno galgo estremecer e achegar-se mais à sua dona. — Estou tão feliz por ter oportunidade de lhe falar, Srta. Stanton-Lacy! Cheguei a imaginar que seria impossível encontrá-la sozinha! Você conhece tantas pessoas!

— Conheço sim, não sou uma felizarda?

— Na verdade, é! — concordou a Srta. Wraxton, em tom doce como mel. — Embora, às vezes, querida Srta. Stanton-Lacy, quando se tem um grande número de amigos, talvez não sejamos tão cuidadosos como deveríamos ser. Pergunto a mim mesma se eu poderia aventurar-me a deixá-la em alerta. Estou certa de que você seria capaz de me dizer como eu deveria proceder em Paris ou Viena; em Londres, porém, devo estar mais à vontade do que você.

— Ah, eu jamais seria tão impertinente a ponto de lhe dizer como deveria proceder, em qualquer lugar! — declarou Sophy.

— Bem, talvez não fosse necessário — reconheceu a Srta. Wraxton, de modo gracioso. — Minha mãe sempre foi muito cuidadosa e muito rígida na escolha das governantas para as filhas. Sinto muita pena de você, querida Srta. Stanton-Lacy, pela situação em que se encontra. Deve ter sentido falta de uma mãe com bastante frequência!

— De maneira alguma. Não desperdice sua compaixão comigo, peço-lhe! Jamais quis uma mãe enquanto tive Sir Horace.

— Os homens são diferentes — declarou a Srta. Wraxton.

— Uma afirmativa incontestável. Gosta dos meus baios?

A Srta. Wraxton colocou a mão no joelho de Sophy.

— Permite que lhe fale sem reservas? — pediu.

— Dificilmente poderia impedi-la, a não ser derrubando-a do carro — respondeu Sophy. — Porém seria aconselhável não fazer isso, sabe? Se eu perdesse a calma talvez me lamentasse mais tarde.

— Mas preciso falar! — insistiu a Srta. Wraxton, com seriedade. — Devo isso ao seu primo!

— É mesmo? Por que razão?

— Compreenda que ele não gosta de mencionar o assunto diretamente. Sente certo constrangimento...

— Pensei que estivesse falando de Charles! — interrompeu Sophy. — De que primo está falando?

— Estou falando de Charles.

— Tolice! Ele não tem escrúpulos para se constranger.

— Srta. Stanton-Lacy, acredite-me, esse ar de leviandade não lhe cai bem — disse a Srta. Wraxton, perdendo um pouco de sua doçura. — Eu de fato acho que você não sabe o que se espera de uma boa moça. Ou, perdoe-me, quanto é perigoso atiçar as pessoas e despertar mexericos que tanto podem ser dolorosos para os Rivenhalls quanto para você, não tenho dúvidas!

— Ora, em nome de Deus, o que vem a seguir? — indagou Sophy, muito surpresa. — Você não pode ser antiquada a ponto de supor que por conduzir um fáeton da última moda eu dê motivo para mexericos.

— Não é isso, embora fosse preferível que fosse vista em um veículo mais discreto. Mas seu hábito de manter relações afáveis com tantos cavalheiros militares, tagarelas de casacos vermelhos, como diz Charles para zombar, e em particular aquele homem com quem a vi conversando há pouco, faz você parecer um pouco *leviana*, querida Srta. Stanton-Lacy, algo que sei que você não desejaria ser! A companhia de Sir Vincent não pode lhe acrescentar nada, muito ao contrário! Uma certa dama, da mais alta consideração, comentou comigo hoje mesmo sobre como ele se apega a você de modo tão especial.

— Acho que essa dama tem um interesse pessoal nisso — observou Sophy. — Ele é um galanteador impossível! E meu primo Charles quis que você me prevenisse contra esses mexeriqueiros?

— Ele não quis exatamente que eu fizesse isso — respondeu a Srta. Wraxton, hesitando —, contudo falou comigo a respeito, e sei quais são os sentimentos dele. Olhe, a sociedade só verá com indulgência certas brincadeiras, como por exemplo conduzir o cabriolé de Charles, porque você conta com a proteção de Lady Ombersley.

— Que felizarda eu sou! — exclamou Sophy. — Mas considera sensato de sua parte ser vista em minha companhia?

— Agora você está zombando de mim, Srta. Stanton-Lacy!

— Não, só estou com medo do que possa sofrer por ser vista num veículo como este e com uma mulher tão leviana!

— Há pouca possibilidade — respondeu gentilmente a Srta. Wraxton. — Talvez julguem um tanto *estranho* de minha parte, pois não conduzo carruagens em Londres, contudo creio que meu caráter já adquiriu suficiente reputação para possibilitar-me fazer, se eu desejasse, o que outros talvez possam ser imprudentes tentando.

Nessa altura estavam à vista da entrada junto a Apsley House.

— Bem, deixe-me ver se entendi — disse Sophy. — Se eu fizesse algo ultrajante estando na sua companhia, sua influência seria boa o bastante para fazer-me sair bem da situação?

— Digamos a influência da minha família, Srta. Stanton-Lacy. Posso arriscar-me a responder, sem hesitação, que seria.

— Excelente — replicou Sophy rapidamente e voltou os cavalos em direção à entrada.

Perdendo um pouco a autoconfiança, a Srta. Wraxton perguntou rispidamente:

— Diga-me, o que pretende fazer?

— Vou fazer algo a que me sinto tentada desde o dia em que me disseram que eu não deveria fazê-lo de forma alguma — respondeu Sophy. — É uma curiosidade igual à da mulher do Barba-Azul quando resolveu abrir o quarto secreto, coisa que estava proibida de fazer.

O fáeton transpôs a passagem sacudindo-se muito e fez uma curva abrupta para a esquerda, escapando por um triz de colidir com uma maciça carruagem com brasão. A Srta. Wraxton soltou um grito sufocado e agarrou-se à parte lateral do fáeton.

— Cuidado! Por favor, pare os cavalos imediatamente! Não quero continuar rodando pelas ruas! Você perdeu o juízo?

— Não, não, não tenha medo! Não perdi o juízo. Como estou contente por você ter resolvido passear comigo! Uma oportunidade como esta talvez nunca mais surja!

— Srta. Stanton-Lacy, não sei o que realmente pretende, e devo pedir-lhe de novo que pare! Não estou achando graça alguma nesta brincadeira, quero descer agora mesmo do seu fáeton!

— O quê? E caminhar ao longo de Piccadilly desacompanhada? Não pode estar falando sério.

— *Pare!* — mandou a Srta. Wraxton, com a voz meio esganiçada.

— De modo algum. Meu Deus, quanto tráfego! Talvez seja melhor não falar comigo até nos afastarmos deste caminho tortuoso e apinhado de carruagens e carroças.

— Pelo amor de Deus, ao menos diminua a marcha! — suplicou a Srta. Wraxton, alarmadíssima.

— Diminuirei quando chegarmos no cruzamento — prometeu Sophy, passando entre um carroção e uma diligência postal com apenas uns poucos centímetros de folga. Um gemido da companheira a fez acrescentar, com delicadeza: — Não precisa ficar

144

assustada. Sir Horace me fez atravessar passagens estreitas até eu aprender a evitar o menor arranhão no verniz.

Agora subiam a ladeira de Piccadilly. Num grande esforço de autocontrole, a Srta. Wraxton perguntou:

— Diga-me agora mesmo para onde estamos indo!

— Vamos descer a St. James's Street — respondeu Sophy friamente.

— O quê? — indagou a Srta. Wraxton, com voz sufocada, empalidecendo bastante. — Não fará tal coisa! Nenhuma senhora seria vista conduzindo uma carruagem ali! Em meio a todos os clubes, o refúgio de todos os desocupados da cidade. Nem imagina o que diriam de você! Pare neste instante!

— Não, quero ver as janelas arredondadas dos clubes, das quais tanto ouvi falar, e todos os dândis que ali circulam. Que desventura o Sr. Brummell ter sido obrigado a partir para o estrangeiro! Sabe que nunca o vi? Você seria capaz de me mostrar alguns? Será que reconheceremos o White's ou há outras casas parecidas?

— É brincadeira, Srta. Stanton-Lacy? Não está falando sério!

— Sim, falo sério. É claro, eu não teria ousado fazer isso sem você ao meu lado, concedendo-me sua influência, mas você assegurou-me que sua posição é inatacável, e vejo que não preciso ter escrúpulos em satisfazer minha ambição. Ouso afirmar que sua importância é grande o bastante para tornar este passeio muito elegante para damas. Veremos!

Nenhum argumento que a Srta. Wraxton pudesse expressar, e ela expressou muitos, teve o poder de demovê-la. Sophy prosseguia inexoravelmente. Ideias absurdas de pular do fáeton passavam pela mente da Srta. Wraxton, apenas para serem rejeitadas. Era perigoso demais ficar tentada. Se estivesse usando um véu, talvez pudesse cobrir o rosto, na esperança de escapar que a reconhecessem, mas seu chapéu era muito simples e trazia apenas um modesto laço de fita. Não tinha nem mesmo uma sombrinha

145

e era obrigada a sentar-se ereta, olhando fixa e rigidamente à sua frente toda a extensão daquela rua ignominiosa. Não pronunciou qualquer palavra até os cavalos dobrarem na Pall Mall; só então disse em voz baixa, trêmula de raiva e vergonha:

— Jamais a perdoarei! Jamais!

— Que severidade a sua! — disse Sophy alegremente. — Devo agora deixá-la aqui?

— Se ousar abandonar-me neste local...

— Muito bem, eu a levarei para Berkeley Square. Realmente não sei se encontrará meu primo em casa a esta hora; contudo, seja como for, você pode se queixar de mim a minha tia, sei que deve estar ansiando por fazer isso.

— Não fale comigo! — advertiu a Srta. Wraxton, com voz palpitante.

Sophy riu.

À porta da casa dos Ombersleys, ela rompeu o silêncio:

— Pode descer sem ajuda? Depois de ter rejeitado a companhia do meu cavalariço e de sua criada, eu mesma devo conduzir o fáeton até os estábulos.

Sem dar resposta, a Srta. Wraxton desceu do veículo e alcançou os degraus em frente à porta.

Só meia hora depois Dassett introduziu Sophy em casa. Ela encontrou o Sr. Rivenhall no momento exato em que ele descia as escadas e disse imediatamente:

— Ah, vejo que já está em casa! Fico muito satisfeita!

Ele exibia uma expressão muito severa e respondeu em um tom equilibrado:

— Quer vir até a biblioteca por alguns minutos?

Ela o seguiu, começando a tirar as luvas com mãos não muito firmes. Seus olhos ainda cintilavam, e um rubor que lhe assentava bem cobria suas faces.

— Prima, em nome de Deus, o que houve com você? — perguntou o Sr. Rivenhall.

— Ora, a Srta. Wraxton não lhe disse? Realizei um grande desejo!

— Você deve estar louca! Não sabe quanto foi impróprio você fazer uma coisa dessas?

— Sim, na verdade eu sei, e jamais teria ousado realizá-lo sem a presença protetora da Srta. Wraxton. Não fique tão desalentado! Ela me garantiu que mesmo que eu fizesse algo ultrajante na sua companhia, a boa reputação dela era suficiente para tornar a situação aceitável! Certamente você não duvida!

— Sophy, ela não pode ter dito tal coisa!

A jovem deu de ombros e se pôs de costas.

— Não? Acredite se quiser.

— O que aconteceu? Que motivo você teve para lhe causar tal vexame?

— Deixarei que a Srta. Wraxton lhe conte o que quiser. Já falei demais. Não gosto nem um pouco de mexeriqueiros e não descerei a esse nível. Minhas ações não lhe dizem respeito, primo Charles, e menos ainda à Srta. Wraxton.

— O que você acabou de fazer diz respeito a ela!

— Certo. Dou a mão à palmatória.

— Também me diz respeito cuidar para que não lhe aconteça nada enquanto for hóspede desta casa. O procedimento ao qual se entregou esta tarde poderia causar-lhe um grande mal, permita-me dizer!

— Meu caro Charles, como amiga íntima de libertinos e tagarelas, sou um caso perdido! — afirmou repentinamente.

Ele enrijeceu.

— Quem disse isso?

— Você, pelo que entendi, mas estava constrangido demais para me dizer isso diretamente. Contudo, não devia ter acreditado que eu ouviria a Srta. Wraxton impassível.

— E você não devia ter acreditado que eu faria minha crítica através da Srta. Wraxton ou de qualquer outra pessoa.

Ela levou a mão ao rosto, e Charles observou que era para enxugar uma lágrima.

— Ah, cale-se! Não vê que estou zangada demais para falar com moderação? Minha deplorável língua! Contudo, embora você não desejasse que a Srta. Wraxton me repreendesse em seu nome, discutiu com ela a meu respeito, não discutiu?

— O que quer que eu possa ter dito, não pretendia que fosse repetido. Entretanto, foi extremamente impróprio de minha parte eu ter feito críticas a você numa conversa com a Srta. Wraxton. Queira me perdoar.

Ela retirou um lenço da manga de seu traje de montaria e assoou o nariz. O corado das faces desaparecera; arrependida, disse:

— Agora estou desarmada. Isso é irritante! Por que não se zangou comigo? Você é muito descortês! Foi tão ruim assim passar pela St. James's Street?

— Claro que sim, e a Srta. Wraxton avisou-a. Você lhe causou muita angústia, Sophy.

— Meu Deus, faço coisas tão abomináveis quando perco o controle! Muito bem, foi errado da minha parte... muito errado. Devo pedir a ela que me perdoe?

— Precisa compreender que lhe deve desculpas. Se alguma coisa que ela disse a deixou zangada, creia que não teve essa intenção. Não pretendia senão demonstrar boa vontade, e está muito transtornada com o resultado. A culpa é minha, por tê-la levado a imaginar que eu desejava que ela a repreendesse.

Sophy sorriu.

— Que atitude bonita a sua, Charles! Desculpe-me. Criei uma situação embaraçosa. Onde está a Srta. Wraxton? Na sala de estar? Leve-me até ela, e farei o que puder para consertar as coisas.

— Obrigado — disse ele, abrindo a porta para deixá-la passar.

Ambos constataram que a Srta. Wraxton já se recuperara da sua agitação e estava passando os olhos de relance pelas páginas da *Gentleman's Magazine*. Ela olhou com frieza para Sophy e baixou novamente os olhos para a revista. Sophy atravessou a sala, dizendo à sua maneira franca:

— Poderia perdoar-me? Peço-lhe que me perdoe, lamento muitíssimo! Foi uma conduta terrível!

— Tão terrível, Srta. Stanton-Lacy, que prefiro não falar sobre isso.

— Se acha que tentará esquecer, ficarei muito grata.

— Certamente que tentarei esquecer.

— Obrigada! — disse Sophy. — Você é muito bondosa!

Deu meia-volta e dirigiu-se rapidamente para a porta. O Sr. Rivenhall deteve a prima por um momento, dizendo no tom de voz mais caloroso que ela já o ouvira empregar:

— Se alguém mencionar o assunto, direi que depois de ter comprado aqueles baios contra meus conselhos, você teve o que merecia, pois eles dispararam e você custou muito a freá-los.

Ela sorriu, porém disse:

— Gostaria que fizesse o possível para desfazer qualquer mal que eu possa ter causado.

— Minha querida, não faça o assunto render demais! Não há necessidade, asseguro.

A prima lançou-lhe um olhar de gratidão e deixou a sala.

— Você não foi muito generosa, não é, Eugenia? — disse o Sr. Rivenhall.

— Considero o comportamento dela imperdoável.

— É desnecessário dizer; você deixou bastante claro o que pensa.

O peito dela avolumou-se.

— Não pensei que você pudesse ficar do lado dela e contra mim, Charles.

— Não fiz isso, mas a culpa não foi só dela. Não tinha o direito de censurá-la, Eugenia, e menos ainda de repetir qualquer palavra que eu possa ter pronunciado. Não estou surpreso por ela ter se zangado. Eu também tenho brio!

— Você não parece considerar a mortificação que fui obrigada a sofrer! O que mamãe diria se soubesse...

— Ah, basta, basta! — disse ele, impaciente. — Está dando importância demais ao caso! Pelo amor de Deus, vamos esquecê-lo!

Ela estava ofendida, mas percebeu que insistir a diminuiria aos olhos dele. Aborrecia-a pensar que demonstrara menos superioridade do que Sophy na ceninha que se desenrolara. Forçou-se a sorrir, dizendo de maneira empolada:

— Tem razão. Permiti a mim mesma ficar demasiado perturbada. Por favor, convença sua prima de que não pensarei mais no ocorrido.

Ela teve sua recompensa, pois Charles tomou sua mão imediatamente e disse:

— Assim combina melhor com você. Eu sabia que não estava enganado a seu respeito.

VIII

As duas moças não se encontraram de novo senão no dia do passeio a Merton; a Srta. Wraxton, convencida de que chamara muita atenção, fora fazer uma visita há muito adiada à sua irmã mais velha, que vivia em Kent e era famosa por aproveitar-se de seus hóspedes. Eugenia não gostava de ficar executando pequenas tarefas para Lady Louisa nem de brincar com sua numerosa prole, contudo pareceu-lhe que seria sensato ausentar-se de Londres até que os inevitáveis cochichos tivessem se atenuado. Assim, durante sete dias os Rivenhalls deleitaram-se com a ausência de seus ataques punitivos, o que foi sentido por quase todos como um benefício muito mais importante do que os males causados pela imprudência de Sophy. Tal imprudência não chegou aos ouvidos de Lady Ombersley, porém, como era natural, tornou-se conhecida dos membros mais jovens da família, alguns dos quais ficaram muito chocados, enquanto outros, notadamente Hubert e Selina, consideraram que a prima cometera uma esplêndida travessura. Aparentemente, nenhuma repercussão seguiu-se à sua façanha, e embora fosse obrigada a suportar muita zombaria dos primos, até isso logo tomou outro rumo. Um tópico muito mais fértil para brincadeiras apresentou-se na forma do jovem lorde Bromford, que de repente passou a frequentar o círculo dos Rivenhalls e foi considerado por eles como um maná caído do céu.

Lorde Bromford, que era quase desconhecido na alta-roda, apenas recentemente, com a morte do pai, recebera uma modesta baronia. Era o único filho sobrevivente, seus irmãos e irmãs (que variavam, segundo o dito popular, de 7 a 17) morreram todos na infância. Talvez tenha sido por essa razão que a mãe, desde o princípio, o considerara muito frágil para ser tirado de seus cuidados. Não havia nenhuma outra razão digna de nota; mas, como Sophy destacara imparcialmente para os primos, uma tez corada e um aspecto físico perfeito não eram sinais infalíveis de uma constituição robusta. Ele fora educado em casa, e embora tivesse havido um projeto para enviá-lo a Oxford, uma providencial queda brusca de temperatura interviera para salvá-lo dos perigos de uma vida na universidade. Lorde Bromford, o pai, sabia muito bem que os pulmões do seu herdeiro eram delicados, e bastou Lady Bromford alertá-lo todos os dias, durante várias semanas, para os perigos que resultariam de expor Henry aos rigores de Oxford, induzindo-o a dar seu consentimento para um plano alternativo. Em companhia de um clérigo em quem Lady Bromford depositava a maior confiança, Henry foi enviado para a Jamaica, de visita ao seu tio, o governador. Diziam que o clima era benéfico para pessoas com pulmões fracos, e só depois de Henry estar em alto-mar havia bem uns quatro dias sua mãe descobriu que a ilha era periodicamente devastada por furacões. Tarde demais para ser trazido de volta, Henry prosseguiu em sua viagem. Ficou extremamente mareado, mas chegou a Port Royal sem vestígio da tosse que lançara sua mãe em estado de febril ansiedade. Durante a sua visita não ocorreu nenhum furacão, e ao regressar à Inglaterra, alguns meses antes de atingir a maioridade, ele estava tão forte que a mãe pôde congratular-se pelo sucesso do seu plano. Ela não percebeu logo que a estada de dezoito meses longe dela tivera o efeito de torná-lo um pouco avesso à submissão anterior. Sob os conselhos dela, Henry mudava as meias, enrolava cachecóis no pescoço, envolvia as pernas em mantas quentes e evitava qualquer alimento que lhe fosse contraindicado; entretanto, quando a mãe o advertiu para não se submeter à movimentada vida de Londres, ele afirmou, com todo o respeito, que era justamente em Londres que gostaria de viver; e quando ela lhe propôs um casamento muito vantajoso, o rapaz disse que ficava muito grato, mas não se decidira ainda com que tipo de mulher gostaria de casar. Evitou discutir. Apenas recusou o vantajoso casamento e fixou residência em Londres. A mãe passou a assegurar aos amigos que Henry poderia ser persuadido, porém não pressionado; quanto ao seu criado pessoal, um homem franco, dizia que o patrão era teimoso como uma mula.

Só depois de ele já estar na cidade há algum tempo que os Rivenhalls começaram a tomar conhecimento da sua existência. Os amigos íntimos de Bromford (que Hubert estigmatizava como um maçante bando de tolos) não se incluíam entre os amigos da família, e só após conhecer Sophy no Almack's e ser seu par numa quadrilha, o brilho total da sua personalidade subitamente invadiu o círculo deles. Pois lorde Bromford, impermeável à beleza de Cecilia exatamente como se mostrara impermeável à vantajosa proposta matrimonial da mãe, resolvera que Sophy seria uma esposa conveniente para ele. O rapaz apareceu intempestivamente em Berkeley Square numa ocasião em que Hubert e Selina estavam com Lady Ombersley. Permaneceu durante meia hora dando aos seus anfitriões esclarecimentos sobre variados assuntos, tais como a vegetação da Jamaica e o efeito de poções calmantes no organismo, e os Rivenhalls ficaram a ouvi-lo, bastante aborrecidos, até Sophy entrar no aposento. Então a névoa dissipou-se dos seus olhos, eles perceberam a razão por que lorde Bromford os honrara com uma visita matutina, e o aborrecimento deles transformou-se num prazer incrível. Logo o namorado de Sophy tornou-se o sólido alicerce sobre o qual um grupo de alegres jovens passou a construir suas tolices mais absurdas. Nenhum cantor de rua podia erguer a voz junto na praça sem que Hubert ou Cecilia declarassem ser lorde Bromford fazendo uma serenata para Sophy; quando ele ficou preso em sua casa, durante três dias, por uma doença, acreditaram que tinha se batido em duelo por amor aos belos olhos da amada; e as histórias das suas aventuras nas Índias Ocidentais, concebidas, desenvolvidas e aperfeiçoadas por três cérebros férteis, tornaram-se tão ultrajantes que chegaram a provocar protestos de Lady Ombersley e da Srta. Adderbury. Todavia Lady Ombersley, embora pudesse reprovar tal excesso de bom humor, não podia deixar de se surpreender com a firme determinação de lorde Bromford em fazer a corte à sua sobrinha. Estava sempre presente em Berkeley Square sob os mais insignificantes pretextos; passeava diariamente no parque só para abordar Sophy de surpresa e ser conduzido em seu fáeton; ele chegou a comprar um vistoso cavalo e, solenemente, cavalgava para cima e para baixo todas as manhãs, na esperança de encontrá-la exercitando Salamanca. Mais assombroso ainda, convenceu a mãe a cultivar a amizade de Lady Ombersley e convidar Sophy para acompanhá-la em um concerto de música. Era impermeável às censuras, e quando a mãe insinuou que Sophy dificilmente seria uma esposa adequada para um homem sério por ser totalmente dedicada a frivolidades, ele respondeu que estava confiante de ser capaz de conduzir os pensamentos de Sophy para vias mais sóbrias.

O melhor da brincadeira, achavam os jovens Rivenhalls, era que Charles, em geral tão intolerante em sua pretensão, por razões inescrutáveis encorajava o rapaz. Charles dizia que encontrava muitas qualidades em lorde Bromford. Garantia que, por suas conversas, ele demonstrava ser uma pessoa sensível, e que sua descrição da Jamaica era muitíssimo interessante.

Apenas Selina (que evoluía, como dizia Charles, para ser desagradavelmente esperta) arriscou-se a observar que a entrada de lorde Bromford naquela casa parecia ser o sinal para a partida de Charles rumo ao clube.

Em consequência da corte de lorde Bromford, dos planos para o baile, do afluxo de visitantes à casa e até mesmo do comportamento indiscreto de Sophy, a vida em Berkeley Square tornara-se repentinamente repleta de prazer e agitação. Até lorde Ombersley notou o fato.

— Santo Deus, não sei o que aconteceu com vocês todos, pois a casa costumava ser animada como um túmulo! — declarou. — Quer saber de uma coisa, Lady Ombersley? Acho que posso convencer York a comparecer a sua festa. Nada formal, você sabe, mas no momento ele se encontra em Stableyard e provavelmente ficará muito satisfeito em fazer uma visita de meia hora.

— Convencer o duque de York a aparecer na minha festa? — repetiu Lady Ombersley, aturdida. — Meu querido Ombersley, você deve ter perdido o juízo! Serão dez ou talvez doze casais vestidos para um baile na sala de estar e algumas mesas de jogo espalhadas no Salão Vermelho! Peço-lhe, não faça tal coisa!

— Dez ou doze casais? Não, não, Dassett não estaria falando de tapetes vermelhos e toldos para um acontecimento insignificante como esse! — replicou o marido.

Essas palavras funestas provocaram um calafrio na alma da esposa. Exceto fixar a data da festa e avisar Cecilia para não esquecer de mandar um convite a uma moça insípida, que era sua afilhada e precisava ser convidada, quase não havia mais pensado na festa. Agora tomava ânimo para perguntar à sobrinha quantas pessoas eram esperadas na noite fatal. A resposta quase lhe provocou um de seus espasmos. Foi obrigada a recorrer a seus sais, prudentemente postos em sua mão por Cecilia, antes que ela pudesse recuperar-se o suficiente para protestar. Depois ficou sentada, bebendo o calmante aos golinhos, cheirando sais aromáticos e gemendo porque tremia só em pensar na reação de Charles. Sophy levou vinte minutos para convencê-la de que não era assunto dele, visto que Charles não iria custear as despesas, mas mesmo assim Lady Ombersley temia o momento inevitável e dificilmente podia vê-lo entrar na sala sem sentir um sobressalto.

Felizmente para o sucesso do passeio, Charles ainda não conhecia a verdade quando o grupo Ombersley partiu para visitar a marquesa de Villacañas em Merton. Os augúrios pareciam propícios. A marquesa escrevera uma carta muito gentil para Lady Ombersley, na qual expressava seu prazer no encontro proposto e pedia-lhe que levasse quantos dos seus interessantes filhos desejassem ir; o sol brilhava e o dia estava quente, sem ameaças das chuvas de abril. A Srta. Wraxton, que regressara à metrópole a tempo de compartilhar do prazeroso passeio, achava-se num estado de humor muito amável, sem sequer excluir Sophy da sua consideração. No último momento, Hubert anunciou de repente a intenção de acompanhar o grupo, afirmando que também queria ver a girafa. Sophy censurou-o, franzindo a testa, e como a mãe, sem compreender o que ele dissera, começasse imediatamente a expressar seu prazer ao ter a companhia dele, o instante constrangedor passou despercebido. Depois de cumprimentar Sir Vincent Talgarth com perfeita civilidade, o Sr. Rivenhall ficou conversando com ele, enquanto as três senhoras que deviam viajar no pequeno landau acomodavam-se, a Srta. Wraxton pedindo que lhe fosse permitido ocupar o assento traseiro e Cecilia insistindo que ela não o fizesse. Tudo parecia estar em ordem para um dia de divertimento quando o Sr. Fawnhope dobrou a esquina da praça, viu a cavalgada e imediatamente atravessou a rua naquela direção.

As feições do Sr. Rivenhall enrijeceram; lançou um olhar acusador para Sophy, mas ela balançou a cabeça. O Sr. Fawnhope, cumprimentando Lady Ombersley com um aperto de mão, perguntou para onde iam partir. Merton, informou ela, e ele replicou elipticamente.

— Do Estatuto de Merton? *Nolumes leges Angliae mutare.*

— Talvez — respondeu Lady Ombersley, quase mordaz.

A Srta. Wraxton, que jamais podia resistir à tentação de exibir sua educação superior, sorriu muito gentilmente para o Sr. Fawnhope e disse:

— Muito correto. Como sabe, dizem que o rei João dormiu no priorado na noite anterior à assinatura da Magna Carta. É um lugar muito histórico, pois nos informaram que foi o cenário do assassinato de Cenulf, rei de Wessex. Naturalmente tem ligações históricas mais recentes — acrescentou ela, porém de forma contida, pois essas ligações históricas mais recentes lamentavelmente incluíam uma mulher cujo nome não se devia mencionar.

— Nelson! — exclamou o Sr. Fawnhope. — Romântica Merton! Irei com vocês. — Em seguida subiu na carruagem e sentou-se ao lado de Cecilia, sorrindo de forma angelical para Lady Ombersley e dizendo: — Agora sei o que desejo fazer. Quando levantei esta manhã não tinha ideia, mas sentia-me descontente. Irei a Merton.

— Não pode ir a Merton! — replicou Lady Ombersley muito mais aborrecida e esperando que Charles não a fizesse corar ao dizer algo sarcástico a esse rapaz maçante.

— Posso, sim — respondeu o Sr. Fawnhope. — Irei para o campo e isso, creio eu, é o que a minha alma pede. Eu, com minha loura Cecilia, para Merton irei, onde suavemente corre o Wandle, e os narcisos cultivarei... Que palavra feia é Wandle! Que desagradável ao ouvido! Por que me olha assim carrancuda? Não posso ir com vocês?

Essa mudança súbita de um poeta enlevado para um menino mimado descontrolou Lady Ombersley, e ela replicou num tom de voz mais brando:

— Sem dúvida teríamos o prazer de levá-lo, Augustus, mas vamos visitar a marquesa de Villacañas, e ela não está contando com você.

— Aí está um lindo nome! — disse o Sr. Fawnhope. — Villacañas! É muito sofisticado! Uma dama espanhola, com "trajes alegres e requintados como, talvez/ As joias com as quais se adornar!"

— Realmente não sei — respondeu Lady Ombersley, irritada.

Sophy, muito divertida com a impermeabilidade do Sr. Fawnhope às insinuações de que não era desejado, disse, rindo:

— Isso mesmo, pérolas dignas do resgate de um rei. Ela inclusive ama um inglês, meu pai.

— Que esplêndido! — exclamou o Sr. Fawnhope. — Estou muito contente por ter vindo!

Impotentes para mandá-lo descer da carruagem, eles não conseguiam encontrar meios de se livrarem dele. Lady Ombersley lançou para o filho mais velho um olhar desesperançado; Cecilia, um olhar suplicante; e a Srta. Wraxton sorria de modo tranquilo para mostrar ao noivo como sua compreensão era perfeita e o quão firme era sua determinação de não perder Cecilia de vista.

— Quem é esse Adônis? — perguntou Sir Vincent ao Sr. Rivenhall. — Ele e sua irmã, sentados lado a lado, são de tirar o fôlego de qualquer um!

— Augustus Fawnhope — respondeu o Sr. Rivenhall laconicamente. — Prima, se está pronta, eu a ajudarei a subir.

Ao considerar que havia recebido um consentimento implícito para a presença do Sr. Fawnhope, Lady Ombersley deu ordem ao cocheiro para partir, Sir Vincent e Hubert entraram em forma atrás da carruagem, e o Sr. Rivenhall disse a Sophy:

— Se isto for obra sua...

— Asseguro-lhe que não. Se eu achasse que ele tem a mínima noção da sua hostilidade, eu diria que ele enrolou você, Charles, completamente.

Ele foi obrigado a rir.

— Duvido que ele tenha a mínima noção de algo menos óbvio que o golpe de um porrete. Como pode tolerar esse sujeito?

— Eu lhe disse que não era de modo algum equilibrada. Venha, não vamos falar dele! Fiz um juramento solene aos céus de que não brigaria com você hoje.

— Você me espanta! Por quê?

— Não seja tolo! Quero conduzir seus cavalos, é claro!

Charles sentou-se ao lado dela no cabriolé e fez sinal com a cabeça ao cavalariço para sair da frente.

— Ah, sim! Quando estivermos afastados da cidade, passo-lhe as rédeas.

— Eis uma observação calculada, ouso afirmar, para me fazer perder a calma logo de início. Contudo, não a perderei — disse Sophy.

— Não duvido da sua habilidade — comentou ele.

— Bela admissão. Foi um esforço fazê-la, talvez, o que a torna mais valiosa. Mas na Inglaterra as estradas são tão boas que não é preciso muita habilidade. Devia ver algumas da Espanha!

— Que provocação deliberada, Sophy! — disse o Sr. Rivenhall.

Ela riu, desculpou-se e começou a fazer-lhe perguntas sobre caçadas. Assim que as ruas estreitas ficaram para trás, ele deixou os cavalos estirarem o passo, alcançarem o pequeno landau e o ultrapassarem. A Srta. Wraxton foi vista conversando amigavelmente com o Sr. Fawnhope, enquanto Cecilia parecia aborrecida. A razão foi explicada por Hubert, que cavalgou ao lado do cabriolé por um pequeno trecho e revelou que o assunto em discussão era o *Inferno*, de Dante.

— E devo elogiar Fawnhope! — acrescentou, generoso. — Ele entende desse assunto muito mais do que a sua Eugenia, Charles, e pode continuar falando durante horas, jamais inseguro! Além disso, há outro sujeito, chamado Uberti ou algo parecido, que ele também conhece. É triste, se quer saber minha opinião, mas Talgarth... afinal, um sujeito extraordinário, não... diz que é muito culto. Cecilia não gosta nem um pouco. Por Deus, eu haveria de rir se Eugenia a desbancasse com o poeta!

Por não receber encorajamento do irmão para discorrer sobre esse tema, ele tornou a ficar para trás e foi se reunir a Sir Vincent. O Sr. Rivenhall entregou as rédeas a Sophy, notando, ao fazê-lo, que estava satisfeito por não se encontrar no pequeno landau.

Sophy absteve-se de fazer qualquer comentário, e o resto do passeio transcorreu agradavelmente, sem tópicos controversos para estragar o bom relacionamento entre eles.

A casa que Sir Horace adquirira para a marquesa era uma espaçosa vila palladiana lindamente situada em meio a jardins encantadores, e com um bosque de lírios-do-vale que, embora afastado das áreas mais aprazíveis, podia ser visitado ao se atravessar os graciosos portões de ferro trazidos da Itália pelo proprietário anterior. Alguns degraus baixos ligavam o caminho para carruagens até a porta principal, e esta, à aproximação do cabriolé, foi aberta de par em par. Um homem magro, vestido de preto, saiu da casa e ficou parado, fazendo reverências no último degrau. Sophy cumprimentou-o à sua moda cordial de sempre e imediatamente perguntou onde o Sr. Rivenhall poderia alojar os cavalos. O homem magro estalou os dedos como um mágico, autoritário, e um cavalariço surgiu não se sabe de onde, correndo para se postar à frente dos cavalos.

— Vou ver onde serão alojados, Sophy, e logo entrarei com minha mãe — avisou o Sr. Rivenhall.

Sophy assentiu com a cabeça e subiu os degraus, dizendo:

— No grupo há duas pessoas além das que você esperava, Gaston. Acho que não se importará com isso, não é?

— De modo algum, *mademoiselle* — respondeu ele com imponência. — Madame a aguarda no salão.

Ela encontrou a marquesa reclinada em um sofá na sala de estar que dava para os gramados do lado sul. Havia pouca claridade, porque as cortinas estavam semicerradas para impedir que os raios de sol de abril entrassem pelas janelas. Como eram verdes, como o estofado das poltronas, uma luz subaquática iluminava indistintamente o aposento. No mesmo instante Sophy abriu totalmente as cortinas com certa violência, exclamando:

— Sancia, você não pode dormir quando suas visitas estão quase à porta!

Um débil gemido veio do sofá.

— Sofia, a minha pele! Não há nada mais prejudicial do que a luz do sol! Quantas vezes já lhe disse isso?

Sophy aproximou-se dela e curvou-se para beijá-la.

— Certo, querida Sancia, mas minha tia achará você muito estranha se ficar deitada no escuro enquanto ela vem à sua procura, querendo conhecê-la. Por favor, levante-se!

— *Bien entendido,* eu me levanto quando sua tia entrar — disse a marquesa, com dignidade. — Se ela está à porta, será agora. Não preciso fazer esforços em vão.

Como prova dessa declaração, ela se desvencilhou de um xale bordado particularmente bonito em torno dos pés, jogou-o no chão e deixou que Sophy a ajudasse a se levantar.

Era uma morena opulenta, estava vestida mais no estilo francês do que no inglês. Tinha um luxuriante cabelo negro ondulado, coberto apenas por uma mantilha, que caía de um pente alto. O vestido era de um tecido fino sobre cetim, firmemente ajustado debaixo dos seios fartos e revelando muito mais de seu corpo do que Lady Ombersley acharia decente. Isso, entretanto, era ligeiramente disfarçado pelos vários xales e echarpes com que ela se envolvia como proteção contra correntes de ar traiçoeiras. A mantilha estava presa ao corpete por um grande broche de esmeralda; mais esmeraldas, engastadas em ouro maciço, pendiam dos lóbulos de suas orelhas; e ela usava as famosas pérolas que davam duas voltas em torno de seu pescoço e caíam quase até a cintura. Era extremamente bonita, com grandes olhos castanhos sonolentos e uma pele cor de creme, delicadamente colorida pela mão de um artista. Tinha pouco mais de 35 anos, mas o aspecto roliço a fazia aparentar mais idade. Não parecia nem um pouco uma viúva, e esse foi o primeiro pensamento que ocorreu a Lady Ombersley ao entrar logo depois na sala e aceitar a mão lânguida que lhe era oferecida.

— *Cómo está?* — perguntou a marquesa com sua voz opulenta, indolente.

Isso assustou Hubert, porque haviam lhe assegurado que ela falava excelente inglês. Ele lançou um olhar de censura para Sophy, que imediatamente interveio, chamando a futura madrasta à realidade. A marquesa sorriu placidamente e disse:

— *De seguro!* Falo francês e inglês, e ambas as línguas muito bem. Também alemão, mas não tão bem, contudo melhor do que muita gente. É uma felicidade imensa conhecer a irmã de Sir Horace, embora você não se pareça com ele, eu acho, *señora. Valgamé!* Então todos esses são seus filhos e filhas?

Lady Ombersley apressou-se em tranquilizá-la e em fazer as apresentações necessárias. A marquesa perdeu o interesse muito depressa, mas, de modo geral, sorriu para os seus convidados e pediu a todos que se sentassem. Sophy lembrou-a de que Sir Vincent era um velho amigo, após o que ela deu-lhe a mão e disse que se lembrava dele perfeitamente. Ninguém acreditou, e Sir Vincent muito menos; entretanto, levada a lembrar-se de certa noite no Prado, ela começou a rir e a dizer que sim, agora realmente se lembrava dele, *pechero* que ele era! Então, depois de assimilar a perfeição dos traços de Cecilia, ela cumprimentou Lady Ombersley pela beleza da jovem, que, disse ela, era do melhor estilo inglês, muito admirado no Continente. Obviamente, sentindo que devia algo à Srta. Wraxton, ela sorriu com gentileza e disse que era também muito inglesa. A Srta. Wraxton, que não reconhecia a beleza de Cecilia (pois fora educada para considerar a beleza apenas ilusória), respondeu que temia não estar acima do comum e que na Inglaterra preferia-se mulheres morenas.

Depois de o assunto ter sido razoavelmente esgotado, recaiu o silêncio. A marquesa recostou-se nas almofadas em um canto do sofá, e Lady Ombersley perguntou a si mesma que tópico interessaria a essa dama letárgica. O Sr. Fawnhope, que se retirara para os assentos junto à janela forrados de brocado, sentou-se, contemplando os campos verdes que sua alma absorvia; Hubert observava sua anfitriã com olhar fascinado; e o Sr. Rivenhall, que procurava adaptar-se ao grupo, apanhou um jornal da mesa ao lado e folheou casualmente suas páginas. Restou a Srta. Wraxton, com seu refinado senso social, para preencher o silêncio, o que ela fez ao dizer à marquesa que era grande admiradora de *Dom Quixote.*

— Todos os ingleses são — respondeu a marquesa, um pouco divertida. — E nenhum deles pronuncia esse nome corretamente. Em Madri, quando o exército inglês estava lá, todo oficial me dizia que admirava muito Cervantes, embora na maioria das vezes não fosse a verdade. Contudo, também temos Quevedo, Espinel e Montalban, para mencionar só alguns. Também na poesia...

— *El Fenix de España* — acrescentou o Sr. Fawnhope, entrando subitamente na conversa.

A marquesa olhou-o de maneira aprovadora.

— Isso mesmo. Conhece a obra de Lope de Vega? Sophy — disse ela com forte sotaque —, este rapaz com rosto de anjo lê em espanhol!

— De forma medíocre — replicou o Sr. Fawnhope, bastante calmo com essa descrição embaraçosa do seu rosto.

— Conversaremos, nós dois — disse a marquesa.

— Certamente que não — aparteou Sophy, com firmeza. — Não se pretenderem fazê-lo em espanhol.

Felizmente para o grupo, Gaston entrou naquele momento para anunciar que uma colação achava-se pronta na sala de jantar. Logo se descobriu que, por mais que a marquesa pudesse ser uma anfitriã indolente, seu *maître d'hôtel* não deixava nada ao acaso. Aguardava os convidados uma profusão de suculentos pratos estrangeiros, guarnecidos com galantinas ou feitos com molhos delicados, acompanhados de vários vinhos suaves. Gelatinas, bolo, mousses, amêndoas, frutas e cafés servidos em taças com pasta de amêndoas completavam a ligeira *merienda,* como dizia a marquesa. A julgar pela frugalidade com que a Srta. Wraxton comeu algumas das guloseimas, não era difícil perceber que considerava vulgar essa hospitalidade generosa; contudo Hubert, ao fazer uma refeição com bom apetite, começou a agradecer à marquesa, uma mulher muito boa, afinal. Quando viu quantos cafés, biscoitos italianos e doses de licor de cerejas ela própria consumira da maneira mais negligente, sua atitude para com ela ganhou um respeito que chegava às raias da admiração.

Terminado o repasto, Gaston inclinou-se para falar algo nos ouvidos da patroa, lembrando-a de que o portão para o bosque fora destrancado. Ela disse:

— Ah, sim! O bosque de lírios-do-vale! Tão bonito! Será que esses jovens gostariam de perambular por ele, *señora,* enquanto nós duas repousamos um pouco?

Jamais teria ocorrido a Lady Ombersley sugerir uma *siesta* a suas visitas, mas como ela invariavelmente cochilava durante a tarde, não tinha a menor objeção a esse programa, e acompanhou a marquesa à sala de estar. A princípio esforçou-se para envolvê-la numa conversa sobre o irmão, porém sem muito sucesso. A marquesa disse:

— Não é divertido ser viúva, e além disso prefiro a Inglaterra à Espanha, que agora está muito empobrecida. Mas ser *madrasta* de Sophy! Não, mil vezes não!

— Todos nós gostamos muito da minha querida sobrinha — disse Lady Ombersley, melindrada.

— Eu também, mas ela é muito cansativa. Não se sabe o que fará a seguir ou, o que é pior ainda, o que obrigará alguém a fazer absolutamente contra a vontade.

Lady Ombersley sentiu-se totalmente incapaz de resistir à tentação de se deliciar com um pouco de malícia gentil.

— Minha querida senhora, estou certa de que minha sobrinha jamais poderia convencê-la a se entregar a uma atividade que lhe fosse desagradável.

— Mas é claro! — concordou a marquesa, com simplicidade. — É óbvio que não conhece Sophy. Resistir a ela é ainda muito, muito mais cansativo.

Nesse meio-tempo, o assunto desse diálogo ajeitava uma flor na lapela de Hubert no jardim. O Sr. Rivenhall afastara-se em direção aos estábulos, e os outros quatro seguiam seu caminho através dos arbustos para o bosque de lírios-do-vale. O Sr. Fawnhope tinha sido visitado pela inspiração que a imagem de Cecilia no bosque, dissera ele, podia despertar. Até agora, obtivera apenas um verso do seu poema, mas ele o sentia promissor.

— Quando em meio aos lírios minha querida Cecilia caminha — murmurou ele.

— Tão carolino! — comentou a Srta. Wraxton.

Os versos do Sr. Fawnhope nunca eram originais, mas ele gostava que o distinguissem desse modo, como qualquer outro poeta, portanto pegou na mão de Cecilia e a teria conduzido junto de si não estivesse a Srta. Wraxton alerta para impedir exatamente que isso acontecesse. Determinada, ela permaneceu ao lado dos apaixonados, e pouco depois, devido a uma feliz referência a Cowper, teve êxito em desviar a atenção do Sr. Fawnhope de Cecilia para si mesma. Sir Vincent, ao perceber um alívio para o tédio na graça dessa situação, esperou o momento propício e logo foi recompensado. Cecilia, incapaz de participar da elevada discussão que se seguiu (pois não era grande leitora), começou a ficar para trás. Sir Vincent surgiu ao lado dela, e, num espaço de tempo bem curto, com lisonjas e agrados, conseguiu livrá-la do mau humor; e, aliás, do bosque também. Disse que embora sua admiração pela inteligência da Srta. Wraxton fosse profunda, achava a conversa dela opressiva. Bosques e mulheres com interesses intelectuais e literários, disse ele, exerciam um efeito sombrio sobre seu ânimo. Achava que a terra estava úmida, sem dúvida inadequada para uma dama de fina educação caminhar. Em vez disso levou Cecilia para inspecionar o pombal, e visto ser ele um perito na arte do flerte, e ela encantadora o bastante para tornar seus galanteios um meio agradável de passar uma tarde insípida, eles conseguiram usufruir juntos uma hora satisfatória.

Enquanto tudo isso acontecia, Sophy passeava com Hubert pelos arbustos. Não lhe passara despercebido que nesses últimos dias ele oscilava entre um ânimo exageradamente agitado e crises de atroz depressão. Mencionara o assunto a Cecilia, mas ela respondera apenas que Hubert sempre fora melancólico, não parecendo inclinada a pensar mais a respeito. Contudo, Sophy não podia ver alguém no auge da ansiedade sem no mesmo instante desejar descobrir a causa, e, se possível, destruí-la.

Parecia-lhe que agora estava em relações cordiais com ele para aventurar-se a abordar a questão, e concluiu que realmente estava, pois embora não se pudesse dizer que Hubert confiasse nela, ele não assumiu um ar recluso, como Sophy temera que fizesse. Sim, confessou, sentia-se um pouco preocupado, mas não era nada de importância, esperava superar tudo dentro de poucos dias.

Sophy, que fora a primeira a ocupar um banco rústico, agora obrigava-o a sentar-se ao lado dela. Enquanto fazia um desenho na trilha de cascalho com a ponta da sombrinha, disse:

— Se for dinheiro, e quase sempre é, pois dinheiro é a coisa mais odiosa, e você não quiser pedir a seu pai, creio que poderei ajudá-lo.

— Belo proveito eu teria se pedisse a meu pai! — confessou Hubert. — Ele não tem um vintém, mas assim mesmo é frustrante pensar que, na única vez que apelei para ele, ele se enfureceu mais do que Charles!

— Charles se enfureceu?

— Ah, não, não exatamente, mas não sei, eu teria preferido de bom grado que ele tivesse se enfurecido — respondeu Hubert amargamente.

Ela assentiu com a cabeça.

— Então você não deseja abordá-lo. Por favor, diga-me!

— Certamente que não! — respondeu Hubert, com um ar de dignidade. — Muita bondade sua, Sophy, mas ainda não cheguei a *esse ponto*!

— Chegou ao quê? — perguntou ela.

— A pedir dinheiro emprestado a uma mulher, é claro! Além disso, não há necessidade. Eu conseguirei resolver tudo, e antes de voltar para Oxford, se Deus quiser!

— Como?

— Não importa, mas não pode falhar! Se falhar... mas não vai! Posso ter um pai que... bem, não há sentido em falar *dele!* E posso ter um irmão muito desagradável, apegado ao próprio bolso. Felizmente tenho alguns bons amigos, independentemente do que Charles possa dizer.

— Ah! — exclamou Sophy ao compreender essa informação. Desagradável Charles podia ser, porém ela era bastante sagaz para desconfiar de que, se ele condenava algum dos amigos de Hubert, talvez houvesse muito a ser dito em sua defesa. — Ele não gosta dos seus amigos?

Hubert soltou uma curta risada.

— Meu Deus, não gosta, não! Só porque são espertos e caem na farra de vez em quando. Charles fala como um carola, e... Escute aqui, Sophy, você não vai falar com Charles, vai?

— É claro que não farei uma coisa dessa! — respondeu ela, indignada. — Ora, que criatura você julga que sou?

— Não, eu não julgo, só que... Ah, não tem importância! Dentro de uma semana estarei alegre como um passarinho, e não pretendo me meter em apuros de novo, asseguro-lhe.

Sophy foi obrigada a contentar-se com essa afirmação, pois ele não diria mais nada. Depois de dar outra volta pelos arbustos, ela o deixou e voltou para a casa.

Encontrou o Sr. Rivenhall sentado debaixo do olmeiro no gramado do lado sul com Tina, que dormia a seus pés depois de um grande repasto.

— Se deseja ver um quadro raro, Sophy — disse ele —, dê uma espiada pela janela da sala de estar! Minha mãe dorme profundamente num sofá e a marquesa em outro.

— Bem, se essa é a ideia que elas têm de divertimento, acho que não devemos perturbá-las — respondeu Sophy. — Não seria a minha ideia, porém *tento* lembrar que algumas pessoas gostam de passar metade do dia sem fazer absolutamente nada.

Charles abriu espaço para ela se sentar ao lado dele.

— Não seria mesmo; imagino que a ociosidade não seja seu pecado principal — concordou ele. — Às vezes me pergunto se não seria melhor se fosse, mas concordamos em não brigar hoje, portanto não insistirei nessa ideia. Contudo, Sophy, que história é essa do meu tio se casar com essa mulher absurda?

Ela franziu a testa.

— Sancia é muito bondosa, saiba disso, e Sir Horace diz que gosta de mulheres tranquilas.

— Estou surpreso por você ter aprovado uma união tão inadequada.

— Tolice! Não tenho nada a dizer a respeito.

— Imagino que tenha tudo a dizer — retorquiu ele. — Não finja esses ares de inocente comigo, prima! Conheço você o suficiente para ter certeza de que controla meu tio com punho de ferro, e provavelmente, durante o seu tempo livre, o protege contra dezenas de marquesas!

Ela riu.

— Ora, é isso mesmo — admitiu. — Mas, por outro lado, nenhuma delas teria feito o pobre anjo feliz, e penso que talvez Sancia possa fazê-lo. Há muito tempo decidi que ele deveria se casar de novo, sabe?

— A seguir dirá que essa união é obra sua.

— Ah, não! Jamais houve a mínima necessidade de providenciar casamentos para Sir Horace — replicou ela francamente. — Ele é a criatura mais suscetível que se possa imaginar, e, o que é muito perigoso, se uma mulher bonita chorar no seu ombro, ele fará qualquer coisa que ela quiser.

Charles não respondeu, e ela viu que a atenção dele se fixava em Cecilia e Sir Vincent, que, naquele momento, dobravam uma esquina com teixos podados. Um ligeiro franzido dominou-lhe a testa, o que fez Sophy dizer com severidade.

— Ora, não fique mal-humorado porque Cecilia flerta um pouco com Sir Vincent! Devia ficar grato por vê-la interessar-se por outro homem que não seja o Sr. Fawnhope. Mas você não fica satisfeito com nada.

— Certamente não estou satisfeito com *essa* amizade!

— Ora, você não tem motivo para se sentir alarmado. Sir Vincent só está interessado em herdeiras e não tem intenção de propor casamento a Cecy.

— Obrigado, mas não é sobre esse aspecto que me sinto alarmado — respondeu ele.

Ela não pôde continuar falando, porque, a essa altura, o outro casal já se aproximara deles. Cecilia, que parecia mais bonita do que nunca, contou como Sir Vincent fora cortês a ponto de encontrar um criado que lhe deu um pouco de milho para os pombos. Ela os alimentara, e achava que sentira muito mais prazer ao encorajá-los a apanhar o milho do que ouvindo os hábeis elogios de Sir Vincent.

Logo Hubert reuniu-se a eles. Lançou sobre Sophy um olhar de relance tão repleto de malícia, que, apesar do colarinho de pontas altas, do lenço atado com esmero e do colete elegante, ele parecia muito mais um estudante do que o rapaz citadino que imaginava ser. Ela não fazia ideia de que travessura ele teria feito no pequeno espaço de tempo desde que o deixara, porém, antes que ela pudesse especular muito sobre esse problema, sua atenção foi desviada pela marquesa, que apareceu na janela da sala de estar e fazia sinais convidando todos a entrarem em casa. A cortesia obrigava até o Sr. Rivenhall a obedecer à convocação. Encontraram a marquesa tão revigorada pela soneca que chegava a estar animada. Lady Ombersley despertara de seu cochilo, pronunciando as palavras místicas *Lotion of the Ladies of Denmark*, que surtiram efeito muito poderoso sobre sua anfitriã a ponto de fazê-la sentar-se ereta no sofá, exclamando:

— Mas não! É melhor água destilada de abacaxis verdes, garanto-lhe! — Quando o grupo que se achava no gramado entrou na casa, as duas senhoras mais velhas já haviam explorado tudo que conheciam e que levava à preservação da cútis, e se não concordavam em tais pontos como, por exemplo, o valor da carne de vitela crua sobre o rosto à noite para remover as rugas, eram unânimes quanto aos efeitos benéficos da água de cerefólio e morangos amassados.

Agora já faziam pelo menos duas horas desde que a leve *merienda* fora consumida, e a marquesa tinha necessidade urgente de mais alimento. Entusiasticamente, ela convidou seus hóspedes para tomarem chá com bolo de anjo. Foi então que Lady Ombersley notou a ausência da Srta. Wraxton e do Sr. Fawnhope e quis saber onde estavam. Cecilia respondeu, com um dar de ombros, que sem dúvida continuavam no bosque, recitando poesias um para o outro; porém, quando mais vinte minutos se passaram sem que aparecessem, Lady Ombersley e também seu filho mais velho ficaram um pouco impacientes. Foi então que Sophy lembrou-se do olhar malicioso de Hubert. Ela lançou-lhe um olhar de relance e viu que a expressão dele estava despreocupada a ponto de parecer completamente falsa. Possuída de forte pressentimento, ela pediu desculpas para mudar de lugar, sentou-se ao lado dele e sussurrou-lhe disfarçadamente em meio à conversa geral:

— Criatura horrorosa, o que fez você?

— Tranquei-os no bosque! — sussurrou ele em resposta. — Isso a ensinará a agir com decoro!

Sophy teve de reprimir uma risada, mas conseguiu dizer com adequada severidade:

— Isso não dará certo! Se tem a chave, dê-me de maneira que ninguém veja!

Ele respondeu:

— Que desmancha-prazeres você é! — Mas logo encontrou uma oportunidade para jogar a chave no colo dela, pois embora na ocasião tivesse parecido uma ideia esplêndida trancar o portão do bosque, ficara imaginando, por alguns minutos, que liberar o casal aprisionado sem escândalo talvez fosse um tanto mais difícil.

— Ele é tão diferente da querida Eugenia! — exclamou Lady Ombersley. — Não consigo imaginar em que estarão ocupados!

— *En verdad*, não é difícil imaginar! — comentou a marquesa, bastante divertida. — Um rapaz tão bonito e um cenário tão romântico!

— Vou procurá-los — declarou o Sr. Rivenhall, levantando-se e saindo da sala.

Hubert começou a mostrar-se um pouco alarmado, mas Sophy exclamou de repente:

— Quem sabe se um dos jardineiros não tornou a trancar o portão, pensando que já tínhamos deixado o bosque. Desculpe-me, Sancia!

Pouco depois alcançou o Sr. Rivenhall junto aos arbustos e gritou:

— Que coisa idiota! Sancia, você sabe, vive apavorada por causa dos ladrões e treinou todos os criados para jamais deixarem um portão ou uma porta sem trancar! Um dos jardineiros, supondo que todos nós já tínhamos voltado para casa, trancou o portão do bosque. Gaston tinha a chave, ei-la!

Uma curva no caminho de cascalho revelou os portões do bosque. A Srta. Wraxton estava ali, e era evidente para o mais medíocre dos raciocínios que não se encontrava numa disposição de espírito muito amável. Atrás dela, sentado num banco e absorvido numa composição métrica, achava-se o Sr. Fawnhope, em todos os aspectos desligado do mundo.

Enquanto o Sr. Rivenhall introduzia a chave na fechadura, Sophy disse:

— Lamento muito! Tudo é culpa do medo absurdo de Sancia! Está muito aborrecida e com frio, Srta. Wraxton?

Esta passara uma penosa meia hora. Ao descobrir-se trancada no bosque, primeiro pedira ao Sr. Fawnhope para escalar o muro, e quando o rapaz replicara simplesmente que não conseguiria, ela lhe pediu que gritasse. Todavia, a ode que desabrochara em sua mente a essa altura apoderara-se dele, e o rapaz dissera que o cenário silvestre era exatamente a inspiração que precisava. Depois sentou-se no banco, apanhou seu bloquinho de anotações, um lápis, e sempre que ela lhe suplicava para agir, para tentar libertá-la, tudo que ele dizia, e isso num tom de voz que demonstrava quão distante seus pensamentos estavam, era "psssiu". Consequentemente, ela se achava num humor mortífero quando seus salvadores finalmente entraram em cena e ela os atacou com uma acusação insensata.

— Foi você quem fez isso! — Ela precipitou-se para Sophy, pálida de raiva.

Sophy, que lamentava o fato de Eugenia ter sido descoberta numa situação tão ridícula, respondeu calmamente:

— Não fui eu, foi um criado tolo que julgou que todos já estavam em casa. Não importa. Venha beber um pouco do excelente chá de Sancia.

— Não acredito em você! É uma criatura sem princípios, vulgar e...

— Eugenia! — exclamou o Sr. Rivenhall com aspereza.

Ela deixou escapar um soluço zangado, mas não disse mais nada. Sophy entrou no bosque para fazer o Sr. Fawnhope despertar da sua abstração, e o Sr. Rivenhall disse:

— Tudo não passou de um acidente e não há necessidade de ficar transtornada.

— Estou convencida de que sua prima fez isso para me tornar motivo de riso — disse ela em voz baixa.

— Tolice! — replicou ele friamente.

Eugenia viu que ele de modo algum concordaria com ela.

— Você bem sabe que meu propósito era evitar que sua irmã passasse a tarde toda na companhia desse rapaz odioso.

— E daí resultou que ela passou a tarde na companhia de Talgarth — retorquiu Charles. — Não havia razão para você ficar tão preocupada, Eugenia. A presença de minha mãe, sem mencionar a minha, tornou sua atitude... eu diria... *desnecessária*.

Essas palavras de censura poderiam ter sido a gota d'agua para a Srta. Wraxton, porém, ao entrar na sala de estar, ela constatou que ainda tinha de suportar os comentários da marquesa. Esta brindou os visitantes com uma dissertação sobre o excesso de liberdade concedido às jovens senhoras inglesas, em contraste com a rigorosa tutela das damas de companhia das donzelas espanholas, e todos, com exceção do Sr. Rivenhall, que estava incomumente silencioso, condoeram-se do vexame da Srta. Wraxton e fizeram grandes esforços para acalmá-la. Sophy chegou a ceder-lhe seu lugar no cabriolé na viagem de volta para casa. Ela não demonstrou ficar apaziguada, mas quando, mais tarde, procurou justificar suas ações junto ao noivo, ele a interrompeu abruptamente, dizendo que já se fizera alarde demais em torno de uma ocorrência trivial.

— Não posso acreditar que um dos criados seja o responsável — insistiu ela.

— Contudo, seria melhor você fingir que acredita.

— Então você também não acredita!

— Não, creio que Hubert é o responsável — respondeu o noivo friamente. — E se eu estou certo, você deve agradecer à minha prima por soltá-la tão rapidamente.

— Hubert! Por que faria algo tão indigno de um cavalheiro, diga-me?

Ele deu de ombros.

— Talvez por troça, talvez porque tenha se ressentido com a sua interferência no romance de Cecilia, minha querida Eugenia. Ele é muito ligado à irmã.

Ela replicou num tom profundamente magoado:

— Se é isso, espero que você o repreenda!

— Não farei nada tão insensato — respondeu o Sr. Rivenhall em seu tom de voz mais seco.

IX

Pouco depois desse dia não muito auspicioso no campo, o Sr. Rivenhall anunciou sua intenção de partir para Ombersley, onde permaneceria por tempo indeterminado. A mãe não tinha objeção a fazer; contudo, ao perceber que era o momento assustador da grande revelação, disse, aparentando uma calma que estava longe de sentir, que esperava tê-lo de volta em Londres a tempo para a festa de Sophy.

— É importante assim? — perguntou ele. — Não tenho inclinação para a dança, mamãe, e uma noite como essa é a mais insípida de todas!

— Bem, é realmente importante — confessou ela. — Seria considerado estranho, querido Charles, se você estivesse ausente!

— Santo Deus, mamãe, tenho estado sempre ausente desta casa quando ocorre esse tipo de evento.

— Bem, essa festa deve ser um pouco maior do que a princípio achamos que seria — disse ela, sentindo-se desesperada.

Ele lançou-lhe um dos seus olhares desconcertantes.

— É mesmo? Pelo que deduzi, seriam convidadas umas vinte pessoas, não é?

— Haverá... um pouco mais do que isso.

— Quantos mais?

Ela se concentrou em desembaraçar a franja do xale que se enrolava no braço da sua cadeira.

— Bem, achamos que talvez fosse melhor... uma vez que é a nossa primeira festa para sua prima e seu tio particularmente deseja que eu a apresente à sociedade... dar um baile formal, Charles. E seu pai prometeu trazer o duque de York, ao menos por meia hora. Parece que ele é muito amigo de Horace. Estou certa de que será bem agradável.

— Quantas pessoas, mamãe, convidou para esse precioso baile? — perguntou o Sr. Rivenhall, não achando nada agradável.

— Não... não mais de quatrocentas — gaguejou a mãe, medrosa. — Mas, Charles, muitas não virão!

— Quatrocentas! — exclamou ele. — Não preciso perguntar de quem é a façanha! E quem, mamãe, vai pagar a conta desse entretenimento?

— Sophy... isto é, seu tio, é claro! Asseguro-lhe que o custo não vai desabar sobre você!

Ele não ficou aliviado com isso; ao contrário, perguntou, usando uma linguagem rude:

— Imagina que permitirei que essa deplorável criatura pague pelas festas nesta casa? Se foi louca o bastante, mamãe, para consentir nesse esquema...

Prudente, Lady Ombersley buscou refúgio nas lágrimas e começou a procurar às apalpadelas os sais aromáticos. O filho olhou-a de modo desconcertante e disse com cuidadosa moderação:

— Por favor, mamãe, não chore! Sei muito bem a quem devo agradecer por isso.

Uma interrupção bem-vinda a Lady Ombersley ocorreu na figura de Selina, que entrou impetuosamente na sala, exclamando:

— Ah, mamãe! Quando demos o baile para Cecilia, nós... — Então percebeu o irmão mais velho e interrompeu-se, parecendo extremamente constrangida.

— Continue! — disse o Sr. Rivenhall com severidade.

Selina inclinou a cabeça ligeiramente para trás, num gesto de impaciência.

— Suponho que já saiba tudo sobre o baile de Sophy. Bem, sem dúvida não me importo porque não poderá impedi-lo, agora que todos os convites foram enviados e 387 pessoas o aceitaram! Mamãe, Sophy disse que quando ela e Sir Horace deram uma grande recepção em Viena, Sir Horace avisou à polícia, para manterem as ruas desimpedidas e informarem os cocheiros para onde deviam ir, e assim por diante. Não fizemos o mesmo para o baile de Cecilia?

— Fizemos, e pusemos pajens com archotes também — respondeu Lady Ombersley surgindo brevemente de trás do lenço, porém voltando a retirar-se para sua proteção.

— Certo, mamãe, e o champanhe? — disse Selina, resolvida a desobrigar-se de suas incumbências. — Deve ser encomendado do Gunter's, como tudo mais? Ou...

— Pode informar nossa prima — interrompeu o Sr. Rivenhall — que o champanhe sairá das nossas adegas. — Em seguida deu as costas à jovem irmã e perguntou à mãe: — Como Eugenia não me falou sobre a festa? Ela não foi convidada para o baile?

Um par de olhos desesperados e inquisitivos surgiu de trás do lenço, procurando um esclarecimento de Selina.

— Santo Deus, Charles! — exclamou a donzela, chocada. — Esqueceu o infortúnio que se abateu sobre a família da Srta. Wraxton? Estou certa de que ela não só nos disse uma vez, mas dezenas de vezes que o decoro a proíbe de comparecer a festas, exceto as mais tranquilas!

— Tal decisão também é obra da minha prima, deduzo! — disse ele, comprimindo os lábios. — Devo dizer, mamãe, que eu teria imaginado, se a senhora aprovasse essa loucura, que enviaria um convite à minha futura esposa!

— É claro, Charles, é claro! — disse Lady Ombersley. — Se não foi feito, houve uma falha. Embora seja verdade que Eugenia nos afirmou que enquanto estiver de preto...

— Ah, mamãe, não! — exclamou Selina impetuosamente. — Sabe que ela vai injetar desânimo em tudo, com aquela cara comprida de cavalo...

— Como ousa? — interrompeu o Sr. Rivenhall, furioso.

Selina ficou um pouco assustada, porém murmurou:

— Bem, ela *faz* isso mesmo, pense o que quiser, Charles.

— Outra obra da minha prima, sem dúvida.

Selina enrubesceu e baixou os olhos. O Sr. Rivenhall voltou-se para a mãe:

— Seja gentil e diga-me, mamãe, de que modo esse assunto ficou acertado entre a senhora e Sophy? Ela vai lhe dar um cheque da conta bancária do meu tio ou o quê?

— Eu... eu não sei exatamente — disse Lady Ombersley. — Quero dizer, isso ainda não foi discutido. Na verdade, Charles, eu mesma não sabia, até bem pouco tempo, que tantas pessoas iam ser convidadas!

— Bem, mamãe, *eu* sei! — declarou Selina. Todas as contas devem ser enviadas para Sophy, vocês não precisam se preocupar com elas.

— Obrigado! — disse Charles e saiu abruptamente da sala.

Encontrou a prima no pequeno salão nos fundos da casa, conhecido como o Salão das Senhoritas. Ela estava ocupada em fazer uma lista, mas ergueu os olhos quando a porta se abriu e sorriu para Charles.

— Procura Cecilia? Ela saiu com a Srta. Adderbury para fazer algumas compras na Bond Street.

— Não, não procuro Cecilia! — respondeu ele. — Meu assunto é com você, prima, e não demorarei muito tempo. Estou informado de que minha mãe vai dar um baile em sua honra na terça-feira, e por algum extraordinário equívoco as contas foram enviadas a você. Quer ter a gentileza de procurá-las e entregá-las a mim?

— Exasperado de novo, Charles? — disse ela, erguendo as sobrancelhas. — Este baile é de Sir Horace, não da minha tia. Não há equívoco algum.

— Sir Horace pode ser o dono da sua própria casa, embora eu duvide, mas não daqui! Se minha mãe resolveu realizar um baile, ela pode fazê-lo, porém em nenhuma circunstância meu tio arcará com as despesas. É intolerável que você a tenha convencido a consentir em tal esquema. Entregue-me as contas, por favor!

— Não lhe faço esse favor — respondeu Sophy. — Nem Sir Horace nem você, querido primo, é o senhor desta casa. Tenho o consentimento de meu tio Ombersley. — Com satisfação, ela viu que o confundira totalmente e acrescentou: — Se eu fosse você, Charles, iria dar um belo passeio no parque. Sempre achei que não há nada mais benéfico para os nervos do que um passeio ao ar livre.

Ele se controlou com grande esforço.

— Prima, estou falando sério! Não posso nem vou tolerar uma situação como essa!

— Mas ninguém lhe pediu que tolerasse coisa alguma. Se meu tio e minha tia estão satisfeitos com as minhas resoluções, diga-me, o que tem você a ver com isso?

Ele respondeu com os dentes cerrados:

— Acho que já lhe disse antes, prima, que vivíamos bem aqui antes de você chegar e demolir o nosso bem-estar!

— Sim, você disse isso, e o que quis dizer, Charles, era que até eu chegar ninguém ousou zombar de você. Devia ser grato a mim; de qualquer maneira, a Srta. Wraxton devia, pois estou certa de que você teria sido um marido odioso antes de eu vir para ficar com sua mãe.

Isso o fez lembrar-se de uma queixa que, com justiça, poderia fazer. Disse friamente:

181

— Uma vez que trouxe à baila o nome da Srta. Wraxton, ficar-lhe-ei muito grato, prima, se se abster de mencionar às minhas irmãs que ela tem cara de cavalo!

— Mas, Charles, não se pode associar nenhuma culpa à Srta. Wraxton! Ela não poderia evitar, e isso, *garanto-lhe,* sempre salientei às suas irmãs.

— Considero o semblante da Srta. Wraxton particularmente de boa estirpe.

— Sim, realmente, mas você interpretou mal a declaração! Eu *quis dizer* um cavalo particularmente de boa estirpe.

— Você pretendia, estou ciente, depreciar a Srta. Wraxton.

— Não, não! Gosto muito de cavalos! — replicou Sophy com veemência.

Antes que pudesse conter-se, ele se viu respondendo:

— Entretanto Selina, que repetiu a observação para mim, *não* gosta de cavalos, e ela... — Charles parou, percebendo o absurdo que era discutir esse assunto.

— Espero que ela venha a gostar, depois de viver na mesma casa com a Srta. Wraxton durante alguns meses — disse Sophy, animada.

O Sr. Rivenhall conteve o impulso de dar um tabefe na prima e saiu da sala, indignado, batendo a porta atrás de si. Ao pé da escada encontrou lorde Bromford, que entregava o chapéu e o sobretudo a um lacaio. O Sr. Rivenhall, ao perceber um modo de, até certo ponto, desforrar-se de Sophy, cumprimentou-o com grande afabilidade, perguntando-lhe se pretendia comparecer ao baile de terça-feira, e ao saber que o rapaz aguardava o acontecimento com muita ansiedade, acrescentou:

— Veio convidar minha prima para o cotilhão? Você é inteligente! Sem dúvida ela estará cheia de pedidos. Dassett, você encontrará a Srta. Stanton-Lacy no Salão Amarelo. Leve lorde Bromford até ela.

— Acha realmente que eu deveria? — perguntou lorde Bromford, ansioso. — Não se dançava isso na Jamaica, sabe, mas estive tomando aulas, e dois dos passos já sei toleravelmente bem. Haverá valsas também? Não danço valsa. Não a considero decente. Espero que a Srta. Stanton-Lacy não dance valsa. Na verdade, não gosto de ver uma dama dançando valsa.

— Hoje em dia todo mundo dança valsa — replicou o Sr. Rivenhall, determinado ao seu propósito cruel. — Devia tomar aulas de valsa também, Bromford, ou será completamente eliminado.

— Não creio — respondeu lorde Bromford, depois de considerar o assunto com seriedade — que alguém deva sacrificar seus princípios para satisfazer o capricho de uma mulher. Não julgo o cotilhão censurável, embora saiba que muita gente de fato não permite que seja dançado em sua casa. Quanto à quadrilha, estou preparado para tomar parte. Há permissão para a prática da dança, que, no meu entender, é a quadrilha, nas obras dos antigos. Platão, como sabe, recomendava ensinar as crianças a dançar; e diversos autores clássicos a consideravam excelente recreação depois de um estudo sério.

Nessa altura o Sr. Rivenhall lembrou-se de um compromisso urgente e saiu às pressas. Lorde Bromford acompanhou Dassett até o andar de cima, à sala de estar. O mordomo tinha suas próprias opiniões sobre a inconveniência de introduzir cavalheiros solitários no Salão das Senhoritas. Quando Sophy, devidamente acompanhada de Selina, reuniu-se a ele, o rapaz não perdeu tempo em pedir-lhe que fosse seu par no cotilhão. Sophy, esperando que um dos seus amigos da Península Ibérica viesse em seu socorro, expressou o quanto lamentava ser obrigada a recusar. Alegou que já estava comprometida. Ele assumiu uma expressão de desalento e pareceu até ficar um pouco ofendido ao exclamar:

— Como pode dizer isso, se seu primo me disse para me apressar a fim de ser o primeiro?

— Meu primo Charles? — indagou Sophy, de modo curioso. — Bem, por certo ele não sabia que minha participação foi requisitada nestes três últimos dias. Talvez possamos dançar juntos uma das quadrilhas.

Ele fez uma reverência e disse:

— Estive informando a seu primo que tenho boas opiniões a respeito das quadrilhas. Creio que não podem ser consideradas inconvenientes. Por outro lado, não posso aprovar a valsa.

— Ah, não dança valsa? Fico tão contente... quero dizer, ninguém o julgaria capaz de gostar de algo tão frívolo, lorde Bromford!

Ele pareceu ficar satisfeito com isso; deixou-se afundar na poltrona e disse:

— Apreciei muito a sua interessante tese, senhorita. Já é conhecida a frase *diga-me com quem andas e te direi quem és;* seria possível também ser avaliado pelas danças que gostamos de dançar?

Uma vez que nenhuma das moças tinha qualquer opinião sobre o assunto, era uma sorte ser a pergunta do rapaz apenas retórica. Ele começou a estender o tópico e só foi interrompido com a chegada do Sr. Wychbold, que veio se oferecer para levar Sophy e seus primos a um espetáculo de animais selvagens e também para solicitar a honra de ser o par de Sophy no cotilhão. Ela foi obrigada a recusar, porém pesarosa, pois o Sr. Wychbold era notável dançarino e executava cada passo do cotilhão com graça e elegância.

Contudo, quando a terça-feira despontou, ela adquirira um parceiro nada desprezível na pessoa de lorde Francis Wolvey. Ela suportou com grande coragem o fato de ele requisitar primeiro a participação da Srta. Rivenhall, dizendo que num ato de compaixão cristã em relação às outras jovens, Cecilia não devia perder tempo em se preparar para o casamento.

Logo ficou evidente que o baile seria um dos sucessos da temporada. Até o clima o favoreceu. Desde a aurora até a hora do jantar, a Mansão Ombersley foi o cenário de uma atividade incansável, e a rua, do lado de fora, ficou ruidosa com as rodas das carretas dos fornecedores e os assobios dos incontáveis mensageiros. O Sr. Rivenhall chegou do campo no momento exato em que dois homens em mangas de camisa e calças de couro instalavam um toldo desde o caminho lajeado até o passeio, e um outro homem, usando avental, estendia uma passadeira vermelha nos degraus, sob a supervisão arrogante de Dassett. Dentro da casa, o Sr. Rivenhall quase colidiu com um lacaio que, cambaleando, se dirigia ao salão de baile com uma gigantesca palmeira num vaso junto ao peito, e evitou-o apenas para deparar com a governanta. Ela deixou escapar um grito abafado e se dirigiu para a sala de jantar levando a melhor toalha de mesa adamascada nos braços. Dassett, que seguira o Sr. Rivenhall ao entrar em casa, informou-o com satisfação que teriam trinta pessoas sentadas para o jantar às oito horas. Acrescentou que a patroa se achava deitada, em preparo para a festa, e que o patrão selecionara pessoalmente os vinhos para o jantar. O Sr. Rivenhall, que mais parecia estar resignado do que encantado, assentiu com a cabeça e perguntou se havia alguma carta para ele.

— Não, senhor — respondeu Dassett. — Devo informar que a banda de música do 2º Regimento de Cavalaria tocará durante a ceia, pois a Srta. Sophy conhece o coronel, que estará entre os convidados do jantar. Um progresso imenso, se me permite dizer, senhor, em relação às flautas de Pã, que se tornaram muito comuns desde que as tivemos por ocasião do baile da Srta. Cecilia no ano passado. A Srta. Sophy, aventuro-me a dizer, é uma dama que sabe exatamente como as coisas devem ser feitas. É um grande prazer, queira me perdoar a liberdade, trabalhar para a Srta. Sophy, pois ela pensa em tudo, e imagino que não haverá obstáculo para estragar a festa.

O Sr. Rivenhall proferiu algo misturado a resmungos e afastou-se para os seus aposentos. Quando reapareceu, foi para juntar-se ao resto da família na sala de estar apenas alguns minutos antes das oito horas. As duas irmãs mais jovens, divertindo-se muito debruçadas sobre o corrimão da escada que levava ao andar da sala de aula, asseguraram-lhe em sussurros agudos que estava tão elegante que não podiam acreditar que houvesse outro cavalheiro capaz de rivalizar com ele. Rindo, ergueu os olhos, pois embora tivesse boa figura e estivesse elegante no seu traje de calças pretas de cetim, colete branco, meias com barra e uma casaca, ele sabia que, se dependesse do alfaiate, seria eclipsado pela metade dos convidados masculinos. Mas a sincera admiração das irmãzinhas certamente suavizou seu mau humor, e depois de prometer le-almente que mais tarde mandaria um criado à sala de aula com sorvetes, continuou seu caminho em direção à sala de estar, e até cumprimentou a irmã e a prima, elogiando os respectivos trajes.

Sophy escolhera um vestido de crepe da sua cor favorita: verde com enfeites amarelos, com um forro branco de cetim. Tinha mi-núsculas mangas bufantes e pérolas miúdas, e era prodigamente rematado com rendas. Pingentes de diamantes lindíssimos pen-diam de suas orelhas; e um colar de pérolas cingia-lhe o pescoço; um pente de rico material destacava-se atrás do elaborado coque no alto da cabeça. Jane Storridge escovara e passara brilhantina nos cachinhos laterais, de modo que à luz das velas reluzia o magnífico tom dos cabelos castanhos. Sapatilhas de cetim listrado de verde, luvas longas e um leque de crepe branco sobre varetas de marfim completavam sua toalete. Lady Ombersley, embora aprovasse o efeito do conjunto, não podia abster-se de olhar para Cecilia com olhos úmidos de orgulho materno. Toda a juventude e beleza da aristocracia estava presente no baile dessa noite, pensava ela, bem-humorada, mas não haveria uma jovem capaz de superar sua filha, uma princesa encantada em seu vestido branco de tecido finíssimo, que chegava a cintilar um pouco quando ela se movia e a luz captava os enfeites argênteos bordados no tecido primoroso.

Os cabelos encaracolados, apenas com uma fita prateada passando entre eles, assemelhavam-se a uma espuma de ouro; seus olhos eram de um azul claro translúcido; e os lábios formavam um arco perfeito. Ao lado de Sophy, parecia etérea; o pai, examinando-a com indulgente afeto, disse que ela o fazia pensar numa fada — Rainha Mab ou Titania, qual delas? Precisava de Eugenia Wraxton para esclarecê-lo.

E ele a teria. Depois de prolongada consideração, a Srta. Wraxton decidira comparecer ao baile de Sophy, obtendo o consentimento da mãe ao prometer-lhe que, sem dúvida, não participaria de nenhuma dança. Dos convidados para o jantar ela foi a primeira a chegar, acompanhada de seu irmão Alfred, que, através do monóculo, lançou olhares cobiçosos para Cecilia e Sophy, fazendo-lhes elogios tão extravagantes que chegou a provocar um leve rubor nas faces de Cecilia e uma expressão sombria nos olhos de Sophy. A Srta. Wraxton, trajada num discreto vestido de crepe lavanda, viera determinada a ser gentil e até cumprimentou as primas pela aparência de ambas. Suas observações, entretanto, foram muito elegantes, e ela ganhou um olhar fervoroso de Charles. Na primeira oportunidade, absorveu a atenção dela ao aproximar-se para oferecer-lhe uma cadeira, dizendo:

— Não ousava esperar que estivesse presente esta noite. Obrigado.

Eugenia sorriu e apertou ligeiramente a mão dele.

— Mamãe não gostou muito, mas concordou que seria adequado eu comparecer. Nem preciso dizer que não vou dançar.

— Fico satisfeito por ouvir isso; você acaba de presentear-me com uma excelente desculpa para seguir seu exemplo!

Ela parecia contente, porém disse:

— Não, não, você deve cumprir o seu dever, Charles! Eu insisto.

— A marquesa de Villacañas! — anunciou Dassett.

— Santo Deus! — exclamou Charles, num sussurro.

Magnífica e exótica, a marquesa entrou na sala num vestido de cetim dourado e, visando um estilo pretensamente casual, adornada de broches, correntes e colares de rubis e esmeraldas. No cabelo trazia um pente extremamente alto com uma mantilha por cima; um aroma de perfume forte a envolvia, e uma cauda bem longa varria o chão atrás dela. Lorde Ombersley tomou fôlego e adiantou-se para cumprimentar com verdadeiro entusiasmo uma convidada tão digna de atenção.

Esquecendo que ele e a prima estavam estremecidos, o Sr. Rivenhall disse em seu ouvido:

— Como conseguiu animá-la a fazer tanto esforço?

Sophy riu.

— Ah, ela queria passar alguns dias em Londres; assim, tudo que precisei fazer foi reservar alguns aposentos para ela no Pulteney Hotel e encarregar diretamente Pepita, sua criada, de trazê-la até aqui esta noite.

— Estou satisfeito por ela ter vindo, ao menos para contemplarmos tanto esforço!

— Ah, ela sabia que eu mesma iria buscá-la se se recusasse a vir.

Mais convidados chegavam; o Sr. Rivenhall foi ajudar os pais a recebê-los; a grande sala de dois ambientes começava a ficar cheia. Apenas alguns minutos depois das oito horas, Dassett anunciou o jantar.

Os convidados eram do tipo que encheria de orgulho qualquer anfitriã, e entre eles se podia incluir muitos membros do corpo diplomático e titulares de dois gabinetes ministeriais com suas respectivas esposas. Lady Ombersley poderia apinhar seus salões com tantos membros da nobreza quantos quisesse convidar, porém, visto que o marido se interessava pouco por política, os círculos governamentais estavam um tanto fora do seu alcance. Mas Sophy, que não conhecia tantas pessoas bem-nascidas, mas conhecia, de suas viagens, muitas intimamente ligadas ao universo governamental, fazia as honras da casa para pessoas ilustres desde o dia em que pela primeira vez prendera os cabelos em um coque e usara saias longas, e com elas mantinha um relacionamento em termos da mais cordial amizade. À mesa da tia predominavam as amizades de Sophy ou, talvez, de Sir Horace, mas nem mesmo a Srta. Wraxton, atenta a possíveis sinais de presunção na moça, pôde encontrar qualquer falha em seu comportamento. Seria talvez de esperar, uma vez que todas as medidas para a festa foram tomadas por ela, que Sophy se pusesse em evidência mais do que seria adequado, mas longe de assim proceder, ela parecia estar com uma disposição de espírito reservada, não participando da recepção aos convidados no andar superior, restringindo sua conversa à mesa, mais precisamente aos cavalheiros que a ladeavam. A Srta. Wraxton, que a rotulara de grosseira, fora obrigada a admitir que os modos dela, pelo menos ante as visitas, eram irrepreensíveis.

O baile começou às dez horas no imenso salão de festas que ficava nos fundos da casa. Era iluminado por centenas de velas num enorme candelabro que pendia do teto, e como ele fora despido de sua capa de holanda três dias antes para que os lacaios e os copeiros pudessem lavar e polir seus lustres, cintilava agora como uma coleção de diamantes imensos. Grande quantidade de flores destacava-se num grupo de floreiras em cada extremidade do salão, e uma excelente orquestra fora contratada, sem levar em consideração (o Sr. Rivenhall refletiu amargamente) as despesas.

O aposento, embora vasto, foi sendo ocupado por pessoas elegantes, e logo a festa recebeu sua consagração final: o salão ficou completamente lotado. Nenhuma anfitriã poderia desejar nada além disso.

O baile foi iniciado com uma quadrilha, na qual o Sr. Rivenhall sentiu-se moralmente obrigado a fazer par com a prima. Ele desempenhou seu papel com dignidade, ela desempenhou o seu com graça; e a Srta. Wraxton, observando de uma das cadeiras arrumadas em um lado do salão, sorria graciosamente para ambos.

O Sr. Fawnhope, o mais belo parceiro, conduzira Cecilia até o seu grupo de amigos, fato que muito aborreceu o Sr. Rivenhall. Ele achava que Cecilia devia ter reservado a primeira dança para um convidado mais importante, e não ficou satisfeito ao ouvir elogios à graça e à beleza daquele casal tão impressionante. Em nenhum outro lugar o Sr. Fawnhope se distinguia mais do que num salão de baile, e feliz era a dama que fazia par com ele. Olhos invejosos seguiam Cecilia, e mais de uma beldade morena desejou, visto que o Sr. Fawnhope, louro como um anjo, inexplicavelmente preferia louras a morenas, poder mudar a cor dos seus cabelos para satisfazer a fantasia do rapaz.

Lorde Bromford, um dos primeiros a chegar, não teve êxito, devido ao senso de dever do Sr. Rivenhall, em segurar a mão de Sophy durante a primeira dança, e como uma valsa se seguiu à quadrilha, só algum tempo depois conseguiu fazer par com a moça. Enquanto a valsa prosseguia, ele ficou parado, observando os que dançavam, e, num dado momento, foi atraído para o lado da Srta. Wraxton, pondo-se a distraí-la expondo a sua opinião sobre a valsa. Até certo ponto, ela se mostrou solidária, contudo expressou-se de maneira mais moderada ao dizer que embora não se sentisse inclinada a dançar a valsa, a dança não podia ser inteiramente censurada agora que fora admitida no Almack's.

— Não a vi dançar na residência do governador — declarou lorde Bromford.

A Srta. Wraxton, que gostava de ler livros sobre viagens, exclamou:

— Jamaica! Como invejo, senhor, a sua estada naquela ilha interessante! Estou certa de que deve ser um dos lugares mais românticos que se pode imaginar.

Lorde Bromford, que na adolescência jamais ficara fascinado pelos contos sobre a parte meridional dos domínios espanhóis na América, respondeu que o lugar tinha muito a ser elogiado e continuou descrevendo as qualidades das suas fontes medicinais e a grande variedade de mármore que se poderia encontrar nas montanhas. A Srta. Wraxton ouvia tudo com interesse, e mais tarde informou ao Sr. Rivenhall que ela considerava lorde Bromford uma pessoa bem-informada.

Metade da noite já havia passado. Sophy, ofegante depois de uma valsa vigorosa com o Sr. Wychbold, permanecia na lateral do aposento, abanando-se e observando os casais que ainda rodopiavam pelo salão enquanto seu parceiro ia à procura de um copo de refresco gelado para ela. De repente, foi abordada por um cavalheiro de aspecto agradável, que se aproximou e disse com um sorriso franco:

— Meu amigo, o major Quinton, prometeu apresentar-me à Magnífica Sophy, porém o miserável vai de grupo em grupo sem jamais me dispensar atenção! Como está, Srta. Stanton-Lacy? Perdoará minha informalidade, não? De fato eu não devia estar aqui, pois não fui convidado, mas Charles me garantiu que se não me julgasse ainda acamado, certamente me mandaria um convite.

Ela olhou-o daquele seu jeito franco, analisando-o. Gostou do que viu. Era um homem de 30 e poucos anos, não exatamente bonito, mas com um semblante agradável, salvo do medíocre por um par de jocosos olhos cinzentos. Era de estatura acima da mediana, possuía ombros largos e pernas fortes em botas de montaria.

— Sem dúvida é uma lástima da parte do major Quinton — disse Sophy, sorridente. — Mas sabe como é tagarela! Devíamos ter lhe enviado um convite? Queira perdoar! Espero que sua doença não tenha sido de natureza grave.

— Ai de mim, apenas dolorosa e humilhante! — respondeu ele. — Acreditaria que um homem da minha idade pudesse prostrar-se vítima de uma enfermidade infantil, senhora? Caxumba!

Sophy, deixando cair o leque, exclamou:

— *O que disse? Caxumba!*

— Caxumba — repetiu ele, apanhando o leque e devolvendo-o.
— Não é de admirar o seu assombro.

— Então você é... — começou Sophy — ... Lorde Charlbury.
Ele fez uma reverência..

— Eu mesmo, e percebo que minha fama chegou antes de mim. Admito que eu não devia ter achado conveniente aparecer-lhe como um homem com caxumba, mas assim aconteceu.

— Vamos nos sentar — sugeriu Sophy.
Ele pareceu surpreso, porém acompanhou-a imediatamente até um sofá encostado na parede.

— Sem dúvida! Mas não quer que eu apanhe um copo de limonada?

— O Sr. Wychbold, espero que o conheça, já foi fazer isso. Eu gostaria de conversar com você um momentinho, pois ouvi falar muito a seu respeito, sabe?

— Nada poderia me dar mais prazer, pois também ouvi falar muito sobre a senhora, o que me inspirou o mais vivo desejo de conhecê-la.

— O major Quinton é um trocista irrecuperável, e acho que lhe deu uma ideia bastante falsa de mim.

— Devo salientar, senhora, que estamos no mesmo caso, pois *me* conhece apenas como um homem com caxumba, e, correndo o risco de lhe parecer um peralvilho, posso assegurar-lhe que *isso* deve ter-lhe dado de *mim* uma ideia igualmente falsa.

— Está certo — disse Sophy, séria. — Tive uma falsa ideia a seu respeito. — Os olhos dela seguiram Cecilia e o Sr. Fawnhope rodopiando pelo salão; ela tomou fôlego e disse: — Talvez as coisas sejam um pouco difíceis.

— Isso eu já havia percebido — replicou lorde Charlbury, seus olhos seguindo os dela.

— Não consigo imaginar — disse Sophy, com forte emoção — o que poderia tê-lo afetado, senhor, para contrair caxumba num momento destes!

— Não foi de propósito — respondeu ele, humildemente.

— Nada poderia ter sido mais imprudente.

— Imprudente! — declarou ele. — Uma infelicidade!

Nesse exato momento chegou o Sr. Wychbold com o refresco de Sophy.

— Olá, Everard! — cumprimentou. — Não sabia que já estava bem a ponto de fazer visitas! Como vai, caro rapaz?

— Com a alma ferida, Cyprian, com a alma ferida! Os sofrimentos causados pela doença que se abateu sobre mim não foram nada comparados com os que agora padeço. Será que um dia conseguirei me reabilitar?

— Ah, não sei! — respondeu o Sr. Wychbold tentando consolá-lo. — Uma coisa miserável e chocante para acontecer, é claro, mas as pessoas têm memória fraca! Ora, você se lembra do pobre Balton, quando levou aquele tombo no Serpentine, voando por cima da cabeça do seu cavalo? Ninguém falou em outra coisa durante quase uma semana! Pobre rapaz, teve que ir para o campo por uns tempos, mas depois tudo dissipou-se, como você sabe.

— Então seria conveniente uma temporada no campo? — perguntou lorde Charlbury.

— De modo algum! — respondeu Sophy, decidida. Ela aguardou até que a atenção do Sr. Wychbold fosse solicitada por uma dama em cetim marrom-arroxeado, em seguida virou-se para o seu acompanhante e indagou com franqueza: — É bom dançarino, senhor?

— Imagino estar dentro da média, senhora. Sem dúvida não chego a me comparar com o belo rapaz que estamos observando.

— Nesse caso, se eu fosse você, pediria a Cecilia para dançar a valsa!

— Já fiz isso, mas sua recomendação é desnecessária; ela está comprometida para todas as valsas e também para a quadrilha. O máximo que posso esperar é ser par de Cecilia numa contradança.

— Não se deve ficar tentando conversar com uma dama quando a ideia é convidá-la para dançar. Isso é sempre fatal, acredite em mim.

Ele fitou-a, e, da mesma maneira franca, disse:

— Srta. Stanton-Lacy, a senhora conhece plenamente a minha posição. Diga-me, por favor, que atitude devo tomar e quem é o Adônis que no momento monopoliza a Srta. Rivenhall.

— Ele é Augustus Fawnhope, e é um poeta.

— Isso soa de forma sinistra — comentou ele alegremente. — Conheço a família, é claro, mas creio que nunca encontrei esse rapaz antes.

— É provável que não, porque ele trabalhava com Sir Charles Stuart em Bruxelas. Lorde Charlbury, o senhor me parece um homem sensato.

— Quem me dera parecer com uma das efígies de uma moeda grega — comentou ele, pesaroso.

— Precisa compreender — disse Sophy, não dando atenção a essa frivolidade — que metade das senhoritas de Londres estão apaixonadas pelo Sr. Fawnhope.

— Acredito prontamente nisso e invejo apenas uma de suas conquistas.

Ela preparava uma resposta quando foram interrompidos. Lorde Ombersley, que saíra depois do jantar, reaparecia agora acompanhado de um homem idoso, extremamente corpulento, em quem ninguém teve a mínima dificuldade em reconhecer um membro da família real. De fato, era o duque de York, um dos filhos de Jorge III e o que mais se assemelhava ao pai. Tinha os mesmos olhos azuis proeminentes, um nariz adunco, as mesmas faces inchadas e lábios salientes, contudo era um homem muito mais avantajado. Parecia estar sempre correndo o iminente perigo de explodir de suas calças justíssimas; falava com voz chiada e era um príncipe simplesmente genial, sempre

194

disposto a ficar satisfeito, quase não fazia cerimônias e conversava afavelmente com todos que a ele se apresentavam. Cecilia e Sophy tiveram essa honra. Sua Alteza Real não poupou elogios à beleza de Cecilia, expressando-se exatamente com o mesmo exagero empregado pelo Sr. Wraxton, e ninguém duvidava de que se ele a tivesse encontrado em um lugar menos público, não teria levado muito tempo para que seu braço ducal a enlaçasse pela cintura. Sophy não despertou tal tendência amorosa nele, porém o duque conversou muito jovialmente com ela, perguntou-lhe como o pai estava, sugerindo, com uma sonora gargalhada, que a essa altura Sir Horace se divertia entre as beldades brasileiras, tão malandro ele era! Depois disso, cumprimentou diversos amigos, circulou pelo salão durante algum tempo e finalmente retirou-se para a biblioteca com seu anfitrião e mais dois amigos íntimos para uma partida de uíste.

Cecilia, ao escapar da presença real com as faces afogueadas (pois detestava ser alvo de elogios excessivos), foi interceptada pelo Sr. Fawnhope, que disse com grande simplicidade:

— Você está mais linda esta noite do que eu julgara possível.

— Ah, não! — exclamou ela involuntariamente. — Como este salão está insuportável de quente!

— Você está corada, mas isso lhe assenta bem. Vou levá-la para o balcão.

Ela não fez objeção, embora esse termo pomposo descrevesse na verdade um lugar onde se podia esticar os pés, construído do lado de fora de cada uma das doze janelas envidraçadas do salão de baile e protegido com baixos balaústres de ferro. O Sr. Fawnhope abriu as cortinas que ocultavam a janela na extremidade mais afastada do salão, e a jovem passou por elas para um vão pouco profundo. Depois de alguma dificuldade com o trinco, o Sr. Fawnhope conseguiu abrir as portas duplas, e Cecilia saiu para o balcão estreito. Uma brisa fria soprou em seu rosto. Ela exclamou:

— Ah, que noite! Quantas estrelas!

— Estrela da noite, arauto do amor! — declamou o poeta um tanto vagamente, perscrutando o céu.

Esse idílio foi rudemente interrompido. Depois de presenciar a retirada do jovem casal, o Sr. Rivenhall os seguira e afastara as cortinas de brocado, dizendo, em tom áspero:

— Cecilia, você perdeu *todo* o senso de decoro? Volte já para o salão!

Surpresa, Cecilia virou-se rapidamente. Já agitada devido ao encontro inesperado com lorde Charlbury, os nervos da moça explodiram numa resposta impetuosa:

— Como ousa, Charles? — perguntou com voz trêmula. — Diga-me, de que falta de decoro sou acusada quando busco um pouco de ar fresco na companhia do meu noivo?

Ela segurou a mão do Sr. Fawnhope enquanto falava e encarou o irmão com o queixo erguido e as faces muito rubras. Lorde Charlbury, que com uma das mãos segurava a cortina, ficou perfeitamente imóvel, tão pálido quanto ela estava corada, olhando-a com firmeza.

— Ah! — exclamou Cecilia, soltando sua mão da do Sr. Fawnhope e pressionando-a contra o rosto.

— Posso saber, Cecilia, se o que acabou de anunciar é verdade? — perguntou Charlbury, sem um vestígio de emoção na voz cortês.

— É verdade — respondeu ela.

— Com os diabos que não é! — disse o Sr. Rivenhall.

— Permita-me externar minhas congratulações — replicou lorde Charlbury, fazendo uma reverência. Em seguida deixou a cortina cair e afastou-se, caminhando pelo salão até a porta.

Sophy, que ia ocupar seu lugar ao lado do major Quinton na dança, abandonou o parceiro com uma palavra de desculpa e alcançou lorde Charlbury na antessala.

— Lorde Charlbury!

Ele se voltou.

— Srta. Stanton-Lacy! Poderia apresentar minhas desculpas a Lady Ombersley por não me despedir dela formalmente? Ela não se encontra no salão de baile no momento.

— Sim, não se preocupe com isso! O que aconteceu para fazê-lo sair tão cedo?

— Eu vim, senhora, com um único objetivo. Agora tornou-se inútil ficar, devido à participação feita por sua prima, um momento atrás, de que ficou noiva do jovem Fawnhope.

— Que tonta ela é! — comentou Sophy alegremente. — Eu a observei afastar-se com Augustus e vi Charles segui-la. Pode estar certo, tudo isso é obra dele! Tenho vontade de dar-lhe uma bofetada! Costuma cavalgar no parque?

— Eu costumo *o quê*? — perguntou o rapaz, aturdido.

— Cavalgar no parque.

— Certamente que sim, mas...

— Então faça isso amanhã de manhã. Não muito cedo, pois acho que não me deitarei antes das quatro. Às dez horas, então; não deixe de ir!

Ela não esperou pela resposta e voltou para o salão de baile, deixando-o de olhos arregalados, muito surpreso. Em qualquer outra ocasião, teria sorrido diante das maneiras estranhas e abruptas de Sophy; sendo, porém, um homem apaixonado, encontrava-se sob o peso daquela decepção, e embora procurasse manter uma atitude calma, naquele momento estava além das suas forças considerá-la divertida.

X

Foi sem muita esperança de encontrar Sophy que, na manhã seguinte, lorde Charlbury mandou selar um cavalo e dirigiu-se ao Hyde Park, pois parecia-lhe que uma jovem que dançara a noite toda provavelmente não seria encontrada cavalgando no parque por volta das dez horas no dia seguinte.

Todavia, ele não chegara a completar sequer uma volta a meio-galope na pista para cavalos quando viu um belíssimo cavalo negro vindo em sua direção e reconheceu Sophy no lombo do animal. Ele fez o cavalo parar puxando as rédeas e tirou o chapéu:

— Eu supunha que você ainda estaria na cama dormindo profundamente. É feita de ferro, Srta. Stanton-Lacy?

Ela deteve Salamanca, que pateou para o lado com grande arrogância.

— Ora, ora! — exclamou ela, rindo. — Considera-me tão fraca criatura para ficar prostrada por causa de um baile, senhor?

Ele fez seu cavalo emparelhar com o dela. John Potton acompanhava a uma distância discreta. Lorde Charlbury elogiou Salamanca, mas foi interrompido de maneira brusca.

— Bem, bem, é um cavalo soberbo, mas não nos encontramos para falar de cavalos depois *daquela* confusão em Berkeley Square. Por causa de Charles, naturalmente, tudo por causa de Charles! A coisa mais divertida do mundo, serviu como distração! Na verdade, não há motivo para essa expressão grave. No fim, Augustus Fawnhope ficou tão confuso quanto você ou Charles.

— Está me dizendo que ele realmente não *quer* se casar com Cecilia? — perguntou Charlbury.

— Ora, talvez num futuro remoto. Já, por certo que não! Sabe, sendo ele um poeta, preferirá ser vítima de uma paixão insolúvel. — disse Sophy alegremente.

— Tipo pretensioso!

— Como preferir. A noite passada, quando você já nos havia deixado, dancei uma valsa com ele, e creio que lhe vou ser muito útil; sugeri a ele várias ocupações de natureza lucrativa e prometi procurar entre meus conhecidos um homem importante que precise de um secretário.

— Espero que tenha ficado grato a você — respondeu Charlbury, soturno.

— Nem um pouco! Augustus não quer ser secretário de ninguém, pois sua alma está acima de assuntos mundanos como, por exemplo, dedicar-se a algo rentável. Apontei-lhe o seu provável futuro da maneira mais encantadora possível! Amor e uma cabana, você sabe, e uma dúzia de crianças esfaimadas balbuciando à sua volta.

— Você é uma jovem enigmática! — exclamou o lorde, olhando-a bastante divertido. — Esse quadro deixou-o consternado?

— É claro que sim, mas ele é muito cavalheiro e agora já se conformou com o casamento. Que eu saiba, ele talvez esteja planejando fugir para a fronteira.

— O quê?! — exclamou novamente lorde Charlbury.

— Ah, não tenha receio! Cecilia é bem adulta para concordar com algo tão escandaloso. Vamos dar uma volta. Não vamos chamar atenção, parece haver unicamente babás no parque esta manhã. Santo Deus, enganei-me redondamente! Lá está lorde Bromford e seu robusto cavalo. É preciso que eu lhe informe que lorde Bromford saiu do baile por volta da meia-noite, porque a madrugada é prejudicial a sua saúde. Agora *precisamos* dar uma volta pelo parque ou ele se reunirá a nós e nos falará sobre a Jamaica.

Precipitaram-se pela pista, Salamanca sempre à frente do cavalo cinzento com rabo de rato de Charlbury. O jovem não escondeu o entusiasmo.

— Por Deus, que cavalo excelente! — disse ele. — Não sei como consegue controlá-lo, senhora! Afinal, ele não é forte demais para uma moça?

— Não nego, mas possui maneiras encantadoras, é compreensivo. Agora podemos nos conduzir com mais sobriedade. Você poderia me contar se ainda deseja se casar com minha prima? Pode me censurar, se isso lhe aprouver!

Ele respondeu, um tanto pesaroso:

— Vai me considerar desprezível se eu lhe disser que sim?

— De modo algum. Seria um tolo se desse importância demais ao que aconteceu ontem à noite. Mas considere uma coisa. Em vez de primeiro revelar seu interesse a Cecilia, você foi pedir permissão a meu tio para fazer-lhe a corte...

— É costume proceder assim — respondeu ele.

— Pode ser uma atitude formal, mas é também uma tolice, principalmente quando se pretende contrair caxumba antes mesmo de pedir a moça em casamento.

— Penso que seria inútil assegurar-lhe que eu *não* pretendia contrair caxumba! E tinha motivos para acreditar que meu pedido de casamento não seria desagradável a Cecilia.

— Creio que a disposição dela era favorável — concordou Sophy cordialmente. — Mas então ela ainda não havia visto Augustus Fawnhope. Na verdade, ela o conhecia, mas parece que na ocasião ele tinha o rosto coberto de espinhas e ninguém poderia supor que ela fosse se apaixonar por ele.

— Não acho esse pensamento muito confortador, Srta. Stanton-Lacy.

— Chame-me Sophy! Todos me chamam assim, e acho que vamos nos tornar amicíssimos.

— Va... vamos? — indagou ele. — Bem, estou encantado por ouvi-la dizer isso, é claro!

Ela riu.

— Ah, por favor. Não fique alarmado. Se ainda quer casar-se com Cecilia, e devo lhe dizer que embora eu pensasse o contrário antes de conhecê-lo, agora cheguei à conclusão de que você seria muitíssimo conveniente, vou mostrar-lhe exatamente como deve proceder daqui para a frente.

Ele não pôde deixar de sorrir.

— Fico-lhe muito grato! Mas se ela ama o jovem Fawnhope...

— Por favor, queira refletir por um momento! — atalhou ela, séria. — Pense apenas como aconteceu! Nem bem se declarou a meu tio, você contraiu uma doença ridícula. E *ela* foi informada de que deveria tornar-se sua esposa... Muito antiquado e, sobretudo, imprudente... E ao mesmo tempo surge Augustus Fawnhope, que parece, você deve admitir, um príncipe de conto de fadas, e então ele despreza todas as pobres mulheres que tentavam conquistá-lo e se apaixona pela beleza de Cecilia. Meu caro senhor, ele escreve poemas em louvor a ela. Ele a chama de ninfa e diz que seus olhos envergonham as estrelas... e todo esse tipo de coisa.

— Santo Deus! — exclamou lorde Charlbury.

— Exatamente! Portanto, não pode admirar-se de ela ter ficado arrebatada. Ouso afirmar que você jamais teria pensado em chamá-la de ninfa!

— Srta. Stanton... Sophy, mesmo para Cecilia, não sei escrever poesia, e se soubesse, macacos me mordam se eu faria tal... Bem, de qualquer modo, não tenho vocação para isso!

— Ah, não, não deve tentar eclipsar Augustus *nesse* aspecto! — declarou Sophy. — Sua força consiste em ser exatamente o tipo de homem que arranjaria uma liteira para alguém se começasse a chover.

— Como disse?

— Não arranjaria? — perguntou ela, virando a cabeça para olhá-lo com as sobrancelhas erguidas.

— Creio que sim, mas...

— Creia-me, decididamente isso é mais importante do que aprimorar um verso. Augustus é totalmente inepto. Sei disso porque, lamentavelmente, ele se revelou um fracasso no Chelsea Gardens. Pensei que ele fosse outro tipo de homem, razão pela qual o fiz acompanhar Cecilia e a mim até lá, certo dia, quando ameaçava chover. Nossos vestidos de musselina ficaram ensopados, e acho que teríamos morrido de pneumonia se um dos meus velhos amigos não tivesse providenciado um coche de aluguel para nos levar para casa. Pobre Cecy! Ela quase ficou zangada com Augustus.

O lorde desatou a rir.

— O major Quinton só falou a verdade a seu respeito! — declarou. — Já estou até assustado com você!

Ela sorriu.

— Não se assuste, só pretendo ajudá-lo.

— Pois é o que me assusta.

— Tolice! Está tentando zombar de mim... Já sabemos que você pode providenciar uma liteira durante uma tempestade; também sou de opinião que quando você convidar um grupo para jantar no Piazza, os garçons não tentarão lhe impingir uma mesa com corrente de ar.

— Não — concordou ele, olhando-a com expressão fascinada.

— É claro que Augustus não está em condição de nos convidar para jantar no Piazza, porque minha tia certamente não permitiria que aceitássemos; contudo, certa vez, ele nos ofereceu chá aqui no parque, e pude ver que ele é exatamente o tipo de homem a quem os garçons servem por último. Estou certa de que posso confiar em você para cuidar que tudo corra sem a mínima dificuldade quando nos convidar para um teatro seguido de um jantar. É claro que será obrigado a convidar minha tia também, mas...

— Pelo amor de Deus! — interrompeu ele. — Na situação em que estamos, você imagina que Cecilia consentiria em participar de um jantar oferecido por mim?

— Por certo que imagino — respondeu ela friamente. — Ainda mais: você convidará também Augustus.

— Não, eu não farei isso!

— Então será um grande tolo. Precisa entender que Cecilia se sentiu impelida a anunciar que pretende se casar com Augustus. Você não estava presente para cativar seu afeto; Augustus, com suspiros, dizia versos em seus ouvidos; e para finalizar, meu primo Charles comportou-se da maneira mais tirânica ao proibi-la de pensar em Augustus e mandando-a claramente casar-se com você. Asseguro-lhe, teria sido maravilhoso se ela não se visse forçada a fazer o que fez!

Por alguns momentos, ele cavalgou em silêncio ao lado dela, sua expressão carrancuda aparecendo entre as orelhas do cavalo.

— Compreendo — disse ele finalmente. — Pelo menos... Bem, de qualquer modo você não me aconselhou a perder as esperanças.

— Não creio que algum dia venha a aconselhar alguém a perder as esperanças, pois considero isso uma conduta covarde.

— O que me *aconselha* a fazer? — perguntou ele. — Pareço estar inteiramente em suas mãos!

— Retire o seu pedido — declarou Sophy.

Ele lançou-lhe um olhar penetrante.

— Não! Pretendo fazer uma grande investida...

— Esta tarde você fará uma visita a Berkeley Square — interrompeu Sophy, com a máxima paciência — e solicitará o favor de alguns minutos a sós com Cecilia. Quando estiver com ela...

— Eu não a verei. Ela se negará a me receber! — replicou ele, com amargura.

— Ela o verá, porque lhe direi que deve fazer isso. Gostaria que não ficasse me interrompendo! — Ele pediu humildemente perdão, e Sophy continuou: — Quando estiver com ela, diga-lhe que não deseja constrangê-la, que nunca mais vai mencionar o assunto casamento. Será extremamente nobre, e Cecilia sentirá que você é solidário com ela; e se puder também transmitir-lhe a impressão de que tem o coração partido, por mais que se esforce para esconder isso, tanto melhor!

— Sou de opinião que o major Quinton atenuou flagrantemente os fatos! — declarou lorde Charlbury, emocionado.

— Provavelmente. Os cavalheiros jamais conseguem perceber quando uma tênue duplicidade é necessária. Não tenho dúvida de que se eu o deixasse agir por conta própria, você iria enfurecer-se e usar uma linguagem irritada diante de Cecilia, tudo acabaria em discussão, e você acharia praticamente impossível até mesmo visitar a casa! Contudo, se ela observar que você não desempenha nenhum papel trágico, ficará muito satisfeita de vê-lo quantas vezes você quiser aparecer em Berkeley Square.

— Como posso fazer visitas a Berkeley Square se ela está noiva de outro homem? Se você imagina que concordo em representar o papel de pretendente desprezado na esperança de despertar a piedade de Cecilia, nunca esteve mais enganada! Melhor ser o cãozinho de uma dama.

— Muito melhor — replicou Sophy. — Você aparecerá em Berkeley Square para me ver. Você não pode demonstrar que, de repente, transferiu seu interesse para a minha pessoa, é claro, mas seria um excelente começo se criasse uma oportunidade, hoje, de contar a Cecilia o quanto você me acha divertida.

— Sabe de uma coisa — disse ele, sério —, você é a mulher mais surpreendente que já tive a sorte de conhecer. Observe que não disse boa ou má sorte, pois ainda não faço a mínima ideia do que será!

Ela riu.

— Mas fará o que lhe disse?

— Farei. O máximo que permitir minha medíocre capacidade. Contudo, gostaria de conhecer a extensão do sombrio plano que você está concebendo em sua mente.

Ela virou a cabeça para fitá-lo, seus expressivos olhos questionando, e, ao mesmo tempo, achando válida a irônica observação.

— Mas eu já lhe disse!

— Tenho uma vaga ideia de que há algo além do que você me disse.

Parecia maliciosa, mas limitou-se a balançar a cabeça. Chegaram novamente ao Stanhope Gate, e ela fez parar o cavalo puxando a rédea. Estendeu a mão.

— Preciso ir agora. Por favor, não tenha medo de mim! Nunca faço mal às pessoas... realmente não faço! Adeus! Por volta das quatro horas, não esqueça!

Ela voltou a Berkeley Square para encontrar a casa num estado de grande agitação; lorde Ombersley, informado pela esposa sobre a participação de Cecilia na noite anterior, enfureceu-se com a loucura, a ingratidão e o egoísmo peculiar às filhas; Hubert e Theodore tinham escolhido esse momento singularmente impróprio para deixar Jacko escapar da sala de aula. Ao chegar, Sophy era esperada por várias pessoas desnorteadas, que não perderam tempo em despejar seus infortúnios e suas queixas em seus ouvidos. Cecilia, abalada pela entrevista com o pai, queria levá-la imediatamente para o isolamento do seu quarto; a Srta. Adderbury desejava explicar que avisara repetidas vezes ao Sr. Hubert para não deixar o mico agitado; Theodore queria convencer todo mundo que tudo acontecera por culpa de Hubert; Hubert pedia que ela o ajudasse a recuperar o mico antes que a fuga chegasse aos ouvidos de Charles; Dassett, depois de ter observado com desagrado o entusiasmo com que os dois lacaios tomavam parte na caçada, entregou-se a um monólogo gelidamente educado, cujo ponto principal parecia ser o de que animais selvagens perambulando à solta na residência de um nobre não era coisa que pudesse tolerar. Como esse discurso incluía a velada ameaça de informar lorde Ombersley, pareceu a Sophy que sua obrigação mais urgente era acalmar as suscetibilidades de Dassett, sobretudo depois que umas seis pessoas a informaram de que o tio se achava num estado de irritação pavoroso. Assim, ela prometeu a Cecilia que logo iria até seu quarto e apaziguou o mordomo ao dispensar os serviços dos lacaios. Cecilia, que além da entrevista com lorde Ombersley tinha suportado alguns maus momentos com o irmão mais velho e meia hora com Lady Ombersley, não estava com disposição para micos e declarou, um tanto histericamente, admitir que já deveria ter previsto que Jacko seria considerado mais importante que ela. Selina, que se deleitava com a atmosfera de drama e desgraça iminente que ameaçava a casa, sibilou:

— Psiu! Charles está na biblioteca!

Cecilia replicou que pouco lhe importava onde ele estivesse e precipitou-se escada acima em direção ao seu quarto.

— Que agitação! — exclamou Sophy, divertida.

Sua voz, ao penetrar pela porta fechada da biblioteca, chegou aos ouvidos aguçados de Tina, que, durante sua ausência da casa, se aconchegara ao Sr. Rivenhall. Imediatamente exigiu que a deixassem encontrar sua dona, com uma insistência que levou o Sr. Rivenhall ao cenário da confusão, pois ele se viu obrigado a abrir a porta. Ao perceber que grande parte da família parecia estar reunida no vestíbulo, com um modo um tanto frio indagou a razão. Antes que alguém pudesse responder-lhe, Amabel, no portão, soltou um grito agudo, e Jacko subitamente lançou-se no vestíbulo, vindo do andar inferior. Tagarelando de modo incoerente ao avistar Tina, ele trepou nas cortinas da janela em busca de um lugar seguro, fora do alcance de todos. Amabel subiu esbravejando as escadas do porão, seguida de perto pela governanta, que apresentou um protesto arrebatado ao Sr. Rivenhall. O amaldiçoado mico, disse ela, destruíra dois dos melhores panos de prato e espalhara uma tigela de passas pelo chão da cozinha.

— Se esse maldito mico não pode ser controlado — disse o Sr. Rivenhall, sem pedir desculpas pela própria linguagem —, é preciso que se livrem dele!

No mesmo instante Theodore, Gertrude e Amabel explodiram numa violenta acusação contra Hubert, que, afirmaram, provocara Jacko. Consciente de um rasgão no bolso do seu casaco, Hubert retirou-se para os fundos do aposento, e o Sr. Rivenhall, olhando para os irmãos menores com desagrado, dirigiu-se à janela e estendeu a mão, dizendo calmamente para o mico:

— Venha!

A resposta de Jacko a essa ordem, embora loquaz, foi incompreensível. Contudo, como sua atitude de um modo geral era de insubordinação, todos se surpreenderam quando, à repetição da ordem pelo Sr. Rivenhall, ele se pôs a descer da cortina. De entusiástico acordo com Dassett e a governanta sobre a inconveniência de micos nas residências dos nobres, Tina fez com que o animal recuasse ligeiramente ao latir, porém Sophy apanhou-a no colo e a escondeu antes que Jacko tivesse tempo de retirar-se novamente para o topo da janela. O Sr. Rivenhall, ao pedir com voz áspera à sua audiência que se abstivesse de fazer qualquer ruído ou movimento súbito, novamente mandou Jacko descer. Satisfeito porque Tina estava sob severa guarda, Jacko foi descendo com relutância, permitiu ser agarrado, e com os dois braços esqueléticos cingiu o pescoço do Sr. Rivenhall. Sem se impressionar por essa demonstração de afeto, o Sr. Rivenhall entregou-o a Gertrude e preveniu-a para que não o deixasse escapar outra vez. Então o grupo de crianças retirou-se com ar circunspecto, mal podendo acreditar que seu animalzinho de estimação não lhe seria arrebatado; e Sophy, sorrindo calorosamente para o Sr. Rivenhall, disse:

— Obrigada. Há uma certa magia que faz todos os animais confiarem em você, creio eu. Quando fico muito irritada com você, só consigo me lembrar disso.

— A única magia, prima, está no fato de não alarmar um animal já assustado — respondeu ele, desalentado, e voltou para a biblioteca e fechou a porta.

— Ufa! — exclamou Hubert, surgindo do vão no topo da escada do porão. — Sophy, veja só o que esse selvagem fez com meu casaco novo!

— Me dê esse casaco! Eu o consertarei, e, pelo amor de Deus, criatura abominável, não faça mais estripulias por hoje! — disse Sophy.

Hubert esboçou um largo sorriso, tirou o casaco e entregou-o a ela.

— O que *aconteceu* a noite passada? — indagou ele. — Não me lembro de ter visto meu pai tão apreensivo! Cecilia vai se casar com Fawnhope?

— Pergunte a ela! — aconselhou-o Sophy. — Aprontarei seu casaco dentro de vinte minutos. Venha até meu quarto, e você o terá!

Ela subiu correndo as escadas e, antes de tirar o traje de montaria, sentou-se junto à janela para consertar o rasgão produzido pela fúria de Jacko. Era hábil costureira e já consertara metade do rasgo com seus pontos miúdos quando Cecilia apareceu no quarto. Cecilia era de opinião que Hubert poderia ter arranjado outra pessoa para fazer o conserto e suplicou-lhe que pusesse o casaco de lado. Sophy recusou-se a fazer isso, dizendo apenas:

— Posso ouvi-la enquanto trabalho, você sabe. Que tonta pareceu a noite passada, Cecy!

Essa observação fez Cecilia erguer o queixo. Afirmou com muita clareza:

— Estou noiva de Augustus, e se não posso me casar com ele, não casarei com mais ninguém.

— Muito bem, mas fazer uma declaração dessas no meio do baile!

— Sophy, pensei que *você* se compadecesse de mim!

De repente ocorreu a Sophy que, quanto menos pessoas se mostrassem solidárias com Cecilia, melhor seria; por isso manteve a cabeça inclinada sobre o trabalho e disse rapidamente:

— Bem, eu me compadeço mesmo, mas ainda assim penso que você escolheu um momento ridículo para fazer tal anúncio.

Cecilia começou a lhe contar de novo sobre as provocações feitas por Charles; ela assentiu, porém numa atitude ausente, e parecia estar mais aflita com o rasgo no casaco de Hubert do que com as injustiças sofridas pela prima. Sacudiu o casaco no ar, alisou o cerzido que fizera, e, quando Hubert chegou batendo na porta, interrompendo Cecilia abruptamente, Sophy se levantou de um salto e devolveu o casaco ao rapaz. O resultado disso tudo foi que quando, às quatro horas, lorde Charlbury mandou entregar seu cartão com um pedido para ver a Srta. Rivenhall, Cecilia, quase forçada a aquiescer à vontade dele, acabou encontrando no rapaz seu único simpatizante. Um olhar de relance para o rosto pálido da jovem, para os lábios trágicos, baniu da mente dele toda a ideia de duplicidade. Rapidamente deu um passo à frente, pegou na mão temerosa estendida e disse num tom de voz profundamente preocupado:

— Não fique com esse ar infeliz! Na verdade, não vim para afligi-la!

Os olhos dela encheram-se de lágrimas; Cecilia retribuiu de leve o aperto da mão dele antes que fosse retirada e conseguiu dizer algo, com voz sufocada, sobre a gentileza dele e o pesar dela. Charlbury obrigou-a a se sentar, ocupando uma cadeira ao lado, e disse:

— Meus sentimentos não mudaram nada, jamais poderiam mudar! Contudo, segundo me contaram, e eu entendi, os seus nunca chegaram a se manifestar. Creia-me, se não pode retribuir minha afeição, respeito-a por ter a coragem de o dizer. Que você pudesse ficar constrangida a aceitar meu pedido de casamento quando seu coração pertencia a outro é um pensamento que me repugna! Perdoe-me! Acho que teve de suportar muito *esse* assunto, o que jamais pretendi, nem mesmo em sonho... Mas já falei o bastante! Permita-me apenas garantir uma coisa: farei tudo que estiver ao meu alcance para pôr um ponto final nessa insistência intolerável!

— Você é todo consideração e bondade! — disse Cecilia. — Lamento muito sobre... sobre as esperanças, não está em meu poder concretizá-las! Se minha gratidão por uma sensibilidade que lhe permite condoer-se de mim nesta situação difícil, por uma fidalguia que... — Sua voz ficou totalmente embargada pelas lágrimas; ela conseguiu apenas virar o rosto e fazer um gesto, implorando compreensão.

Ele tomou-lhe a mão e beijou-a.

— Não diga mais nada! Sempre considerei o prêmio além do meu alcance. Embora me negue esse relacionamento mais íntimo que tão ardentemente desejo, podemos continuar amigos? Se houver algum meio de lhe ser útil, você me dirá? Seria realmente uma felicidade!

— Ah, não fale assim! Você é tão bom!

A porta se abriu; o Sr. Rivenhall entrou no aposento, deteve-se um instante na soleira quando viu Charlbury e deu a impressão de que ia se retirar novamente. Contudo, Charlbury, levantou-se e disse:

— Estou contente por vê-lo em casa, Charles, pois acredito que posso resolver este problema melhor com você do que com qualquer outra pessoa. Sua irmã e eu concordamos que nossos gênios não combinam.

— Compreendo — respondeu o Sr. Rivenhall, seco. — Parece que não há nada que eu possa dizer de proveitoso, a não ser que lamento. Você deseja que eu informe meu pai de que não haverá casamento?

— Lorde Charlbury foi extremamente gentil, magnânimo! — disse Cecilia num sussurro.

— Nisso posso acreditar — respondeu o Sr. Rivenhall.

— Que nada! — replicou Charlbury, segurando a mão dela. — Eu a deixarei agora, mas espero que ainda possa visitar esta casa, em caráter de amizade. Sua amizade será sempre inestimável, saiba disso. Talvez não dance no seu casamento, mas desejo que venha a ser muito feliz, palavra de honra!

Apertou a mão da moça, soltou-a e saiu da sala, seguido do Sr. Rivenhall, que o acompanhou nas escadas até o vestíbulo, dizendo:

— É uma situação abominável, Everard. Ela perdeu o juízo! Mas quanto a se casar com aquele peralvilho... por Deus que não!

— Sua prima me assegurou que é tudo culpa minha por ter contraído caxumba de propósito! — disse Charlbury tristemente.

— Sophy! — exclamou o Sr. Rivenhall em tom de revolta. — Creio que não tivemos um dia de paz desde que essa moça entrou nesta casa!

— Não creio que tivessem — replicou o outro pensativamente.

— É a moça mais singular que já conheci, mas confesso que gosto dela. Você não?

— Não, é claro que não! — respondeu o Sr. Rivenhall.

Ele levou Charlbury até o jardim, depois voltou para dentro da casa no momento exato em que Hubert descia as escadas aos pulos.

— Ei, aonde vai com tanta pressa? — indagou.

— Ora, a nenhum lugar específico — respondeu Hubert. — Vou apenas sair.

— Quando volta para Oxford?

— Na próxima semana. Por quê?

— Gostaria de ir comigo a Thorpe Grange amanhã? Devo ir até lá amanhã e pernoitar, creio eu.

Hubert balançou a cabeça.

— Não, não posso. Parto para ficar algumas noites com Harpenden.

— Não sabia disso. Em Newmarket?

Hubert corou.

— Ora bolas, por que não posso ir a Newmarket?

— Não há razão para não ir, mas eu gostaria que escolhesse suas companhias com mais critério. Está resolvido a ir mesmo? Se quiser, poderíamos ir a Newmarket saindo de Thorpe.

— Muita gentileza sua, Charles, mas estou comprometido com Harpenden e não posso desistir agora — replicou Hubert com rispidez.

— Muito bem. Então vá com calma!

Hubert deu de ombros.

— Sabia que diria isso!

— E vou dizer mais uma coisa, e pode acreditar nas minhas palavras. Não posso e não vou arcar com a responsabilidade de suas apostas nas corridas, portanto não aposte além das suas posses!

Charles não aguardou resposta; subiu novamente para a sala de estar, onde encontrou a irmã ainda sentada no lugar em que a deixara, chorando num lenço em frangalhos. Jogou o seu lenço no colo dela.

— Se quer se debulhar em lágrimas, tome o meu! — recomendou. — Está satisfeita? Deveria estar! Não é qualquer moça que pode se vangloriar de ter rejeitado um homem como Charlbury!

— Não me vanglorio! — replicou ela, com raiva. — Não ligo a mínima para riqueza ou posição. São circunstâncias às quais meu afeto não se sente atraído.

— Contudo, talvez se importe com dignidade de caráter. Poderia procurar pela Inglaterra toda sem encontrar um rapaz melhor, Cecilia. Não fique lisonjeada por tê-lo encontrado na figura do seu poeta! Tomara que não venha a lamentar esse dia.

— Sei muito bem que lorde Charlbury tem todas as qualidades apreciáveis — disse ela com voz suavizada e secando as faces úmidas com o lenço do irmão. — Na verdade, creio que ele é o cavalheiro mais refinado que conheço, e se estou chorando é de pesar por ter sido obrigada a magoá-lo!

Ele encaminhou-se até a janela e ficou olhando a praça.

— Agora é inútil adverti-la. Depois da sua declaração da noite passada é pouquíssimo provável que Charlbury queira casar com você. O que pretende fazer? Posso lhe garantir que meu pai não consentirá que se case com Fawnhope.

— Porque você não permitirá que ele consinta! Não pode contentar-se em fazer um casamento de conveniência sem desejar que eu faça o mesmo? — perguntou, exaltada.

Ele assumiu uma postura rígida.

— Não é difícil perceber a influência de minha prima em ação — disse ele. — Antes de ela chegar a Londres, você não teria falado comigo assim!. Minha estima por Eugenia...

— Se você a *amasse*, Charles, não falaria de *estima* por Eugenia.

Foi nesse momento inoportuno que Dassett introduziu a Srta. Wraxton no aposento. Cecilia escondeu rapidamente o lenço do irmão, uma onda rubra invadiu suas faces; o Sr. Rivenhall afastou-se da janela e disse com visível esforço:

— Eugenia! Não contávamos com este prazer! Como vai?

Ela estendeu-lhe a mão, mas voltou seu olhar para Cecilia.

— Diga-me que não é verdade! Nunca fiquei tão chocada em minha vida como quando Alfred me contou o que aconteceu ontem à noite.

Quase sem sentir, os irmãos deram um passo à frente ao mesmo tempo.

— Alfred? — repetiu o Sr. Rivenhall.

— Ele me contou, enquanto íamos para casa depois do baile, que não pôde deixar de ouvir o que Cecilia lhe disse, Charles. E lorde Charlbury! Eu não acreditaria que isso fosse possível!

Lealdade, bem como os laços de afeição, conservaram o Sr. Rivenhall do lado da irmã; contudo, parecia muitíssimo aborrecido, o que, na verdade, ele estava, pois achava indesculpável Cecilia o ter colocado nessa situação. De modo reprovador, disse:

— Se está se referindo ao fato de Cecilia e lorde Charlbury terem chegado à conclusão de que não combinam, está totalmente certa. O que realmente não sei é qual o interesse de Alfred nisso ou por que ele deveria dirigir-se a você para contar o que... ouviu por acaso.

— Meu querido Charles, ele sabe que o que diz respeito à sua família também me diz respeito!

— Fico-lhe muito grato, mas não tenho vontade de discutir o assunto.

— Queiram me desculpar, preciso ir ver minha mãe — disse Cecilia e deixou o aposento.

A Srta. Wraxton olhou de maneira significativa para o Sr. Rivenhall.

— Não me admira que esteja aborrecido. Foi um assunto lamentavelmente malconduzido, e calculo que não precisamos procurar muito longe a influência que inspirou a querida Cecilia a comportar-se de um modo que não é do seu feitio.

— Não faço a mínima ideia do que quer dizer.

O tom de voz intimidativo do rapaz advertia-a de que ela mostraria sensatez em mudar de assunto, porém sua antipatia por Sophy tornara-se uma obsessão tão forte que a impeliu a continuar.

— Deve ter reparado, querido Charles, que nossa adorável irmã deixou-se cair totalmente sob o domínio da prima. Não consigo imaginar a que outra coisa isso possa levar senão ao desastre. Não há dúvida de que a Srta. Stanton-Lacy tem muitas qualidades excelentes, contudo sempre achei que você estava certo ao dizer que Sophy tem pouquíssima sensibilidade.

O Sr. Rivenhall, que já decidira que Sophy era a culpada pelo procedimento da irmã, sem um instante de hesitação, disse:

— Está enganada. Jamais fiz semelhante observação.

— Não fez? Acho que me disse algo desse tipo certa vez, mas pouco importa. É lamentável que a querida Lady Ombersley tenha sido forçada a hospedá-la neste momento. Toda vez que entro nesta casa, noto uma mudança. Até as crianças...

— Está decididamente muito mais animada, sem dúvida — interrompeu-a.

Ela soltou uma risada um tanto artificial.

— Sem dúvida está menos *pacífica*! — Ela começou a alisar as rugas formadas em suas luvas. — Sabe de uma coisa, Charles, sempre admirei muito a *atmosfera* desta casa. Obra sua, sei muito bem! Só sinto um pouco de melancolia quando vejo aquela calma disciplinada, uma certa dignidade, eu diria, destruída por um gênio rebelde. Pobrezinha da Amabel, pensei um dia desses, crescendo totalmente sem controle! É claro, a Srta. Stanton-Lacy a encoraja sem refletir. Não se pode esquecer que ela mesma recebeu uma educação estranhamente irregular.

— Minha prima — respondeu o Sr. Rivenhall, como quem não admite mais réplicas — tem sido extremamente bondosa com as crianças e tem tratado minha mãe com muito amor e ternura. Devo acrescentar que é um prazer para mim ver a disposição de espírito de minha mãe tão melhor com a presença de Sophy. Tem alguma incumbência nesta parte da cidade? Posso acompanhá-la? Devo estar em Bond Street dentro de vinte minutos.

Em face de uma falta de consideração inequívoca como essa, foi impossível para a Srta. Wraxton dizer mais alguma coisa. Um rubor subiu ao seu rosto, e seus lábios enrijeceram, contudo ela conseguiu reprimir uma resposta mordaz e dizer com uma aparência, ao menos, de amabilidade:

— Obrigada, tenho de passar na biblioteca para mamãe. Vim na caleça e ficaria realmente contente de levá-lo aonde quer que seja o seu destino.

Como o destino dele era o Salão de Boxe do Jackson, dificilmente ela ficaria contente, pois não gostava de nenhum tipo de esporte e considerava o boxe uma forma peculiarmente vulgar de atividade. Todavia, exceto zombar maliciosamente do Sr. Rivenhall por sua óbvia preferência pela companhia de pugilistas horríveis em vez da dela, Eugenia não fez outros comentários.

Nesse ínterim, Cecilia fugira da sala, não para junto de Lady Ombersley, mas para procurar a prima, a qual encontrou sentada diante da penteadeira, examinando uma tira de papel. Jane Storridge recolhia o traje de montaria do chão, mas quando Cecilia entrou no quarto ela sentiu que sua presença não era desejada. Deixou escapar uma fungadela ruidosa, apanhou as botas de montaria de Sophy e deixou o quarto com elas debaixo do braço.

— O que imagina que possa ser isso, Cecy? — perguntou Sophy, ainda analisando com o cenho franzido o papel em sua mão. — Jane disse que o encontrou ao lado da janela e achou que devia

ser meu. Que nomes engraçados! *Goldhanger, Bear Alley, Fleet Lane.*
Não conheço a letra e não posso imaginar como... Ah, que tonta!
Deve ter caído do bolso do casaco de Hubert!

— Sophy! — exclamou Cecilia. — Tive a conversa mais horrorosa do mundo com Charlbury.

Sophy pôs o papel de lado.

— Santo Deus! Como foi isso?

— Sinto minha alma totalmente oprimida — declarou Cecilia,
deixando-se afundar numa poltrona. — Ninguém... *ninguém* teria
se comportado com uma sensibilidade mais apurada. Gostaria
que você não tivesse me convencido a vê-lo! Nada poderia ter sido
mais doloroso.

— Ah, não pense mais nele! — disse Sophy, animada. — Em
vez disso, vamos pensar no que deve ser feito para arranjar uma
colocação adequada para Augustus.

— Como pode ser tão desalmada? — perguntou Cecilia. —
Enquanto ele estava sendo imensamente gentil, eu não via outra
coisa exceto o quanto eu o havia magoado.

— Ouso afirmar que ele vai se recuperar muito rapidamente
— respondeu Sophy, de modo descuidado. — Aposto dez contra
um que ele se apaixonará por outra mulher antes de findar o mês!

Cecilia não dava a impressão de achar essa profecia consola-
dora, porém, depois de um instante, disse:

— Sem dúvida desejo que ele consiga; não é uma coisa agradável saber que arruinei a vida de um homem, garanto-lhe!

— Acha que vai chover? Será que devo usar meu novo chapéu
de palha? Penso em eu mesma flertar com Charlbury. Gosto dele.

— Desejo que tenha êxito — respondeu Cecilia, um pouco em-
pertigada. — Embora não o considere um homem dado realmente
a flertes. Tem um modo de pensar muito distinto para se dedicar a
um passatempo desse gênero.

Sophy riu.

— Veremos! Diga-me, por favor, que chapéu devo usar? O de palha é tão arrebatador, porém se começar a garoar...

— Não me interessa que chapéu você vai usar! — interrompeu-a bruscamente Cecilia.

XI

O resto do dia transcorreu tranquilamente. Sophy conduziu Cecilia pelo Hyde Park em seu fáeton, deixando-a nas imediações de Riding House para usufruir de um passeio a pé com o Sr. Fawnhope. Levou no lugar da prima Sir Vincent Talgarth, que só deixou de cortejá-la quando notou a marquesa de Villacañas parada ao lado da cerca que separava Rotten Row do caminho para as carruagens. A marquesa, que chamava bastante atenção devido à quantidade e à altura das plumas de avestruz espiraladas no seu chapéu, cumprimentou-o com prazer, exibindo seu sorriso indolente, e contou a Sophy que achara as lojas de Londres muito inferiores às de Paris. Nada do que vira na Bond Street naquele dia a tentara a abrir a bolsa. Todavia Sir Vincent tinha conhecimento de uma *modiste* na Bruton Street que certamente reconheceria num relance o estilo e a qualidade de uma freguesa de tal categoria e ofereceu-se para acompanhar a marquesa àquele estabelecimento.

Sophy franziu o cenho ao ouvir isso, mas antes que tivesse tido tempo para pensar no assunto, sua atenção foi atraída por lorde Bromford. A educação a obrigava a convidá-lo para uma volta pelo parque no fáeton. Ele agradeceu e sentou-se ao seu lado, e depois

de lhe contar o quanto se divertira no baile dos Ombersleys, fez-
-lhe um pedido formal de casamento. Sem hesitação e sem constrangimento, Sophy recusou-o. Desconcertado apenas por alguns
instantes, lorde Bromford disse que seu ardor o tornara afoito demais, mas que ele não perdia as esperanças de um resultado feliz.

— Quando seu pai voltar a estas paragens, solicitarei formalmente permissão para lhe fazer a corte, Sophy. Você está certa em
fazer questão de muito decoro, e devo pedir-lhe perdão por ter in-
fringido as leis da etiqueta. Somente a forte paixão da qual padeço,
e devo acrescentar que nem os mais convincentes argumentos de
minha mãe, um ser a quem, em meu dever filial, dedico o mais
profundo respeito, tiveram o poder de alterar minha decisão...
Somente, como já disse, esta paixão teria me induzido a esquecer...

— Creio — disse Sophy — que você deveria ocupar uma cadeira
na Câmara dos Lordes. Já tentou isso?

— É estranho — respondeu ele, ligeiramente envaidecido —
que me faça tal pergunta, pois estou a ponto de fazer isso. Serei
apresentado por um padrinho ilustre por seu talento forense e não
menos ilustre pela alta linhagem, e confio...

— Não tenho dúvida nenhuma de que esteja destinado a se
tornar um grande homem. Não importa quanto suas frases possam
ser extensas ou complicadas, você *jamais* se perde nelas! Como é
encantadora a folhagem daquelas faias! Conhece alguma árvore
que se rivalize à faia? Pois eu não!

— Certamente é uma árvore graciosa — admitiu lorde Bromford.
Contudo, difícil de igualar-se em imponência ao mogno, que cresce
nas Índias Ocidentais, ou em utilidade às árvores das Antilhas,
de madeira resistente e flexível. Pergunto a mim mesmo, Srta.
Stanton-Lacy, quantas pessoas sabem que a madeira desse tipo
de árvore fornece varais para as suas carruagens?

— Nas províncias sulistas da Espanha — opôs-se Sophy — o
sobro se desenvolve em grande profusão.

— Outra árvore interessante que se pode encontrar na Jamaica é a *ballata*. Temos também o pau-rosa, o ébano, o guáiaco...

— A região norte da Espanha — interrompeu Sophy, desafiadora — é mais notável devido à grande variedade de arbustos que lá crescem, incluindo o que chamamos de *jarales* e o ládano, e... e... Ah, lá está lorde Francis! Terei de fazê-lo descer, lorde Bromford!

Ele mostrou-se relutante, porém, uma vez que lorde Francis acenava para Sophy e manifestava desejo de falar com ela, não pôde insistir. Quando o fáeton parou, ele desceu pesadamente do veículo, e lorde Francis subiu, lépido dizendo:

— Sophy, que baile excelente o da noite passada! Que criatura adorável é sua prima, sem dúvida!

Sophy pôs os cavalos em movimento outra vez.

— Francis, o sobro se desenvolve *mesmo* nas províncias do sul da Espanha?

— Santo Deus, Sophy, por que eu deveria saber? Você esteve em Cádis! Não se lembra? A propósito, quem se importa com sobros?

— Espero — disse Sophy afetuosamente — que quando não quiser mais ser o pior galanteador da Europa, Francis, você ganhe uma esposa *muito* bonita, pois você merece! Sabe alguma coisa a respeito da *ballata?*

— Nunca ouvi falar em toda a minha vida! O que é? Uma nova dança?

— Não, é uma árvore e se desenvolve na Jamaica. Espero que ela seja tão boa quanto bonita.

— Pode ter certeza! Mas sabe, Sophy, não é próprio de você ficar se aborrecendo por causa de árvores. O que aconteceu?

— Lorde Bromford. — Sophy suspirou.

— O que, aquele sujeito enfadonho que estava ao seu lado agora mesmo? Ontem à noite, ele estava contando para Sally Jersey como o capim-guiné era valioso para cavalos e gado; já ouvi falar dele! Nunca vi a pobre Silêncio tão silenciosa!

— Tomara que ela tenha lhe passado uma descompostura. Quando chegarmos a Riding House, terei de fazê-lo descer, pois Cecilia estará aguardando por mim.

Cecilia e seu namorado foram encontrados no lugar indicado. Lorde Francis desceu do fáeton num salto, e foi ele quem deu a mão a Cecilia para ajudá-la a subir, pois o Sr. Fawnhope ficara embevecido na contemplação de grande quantidade de narcisos, que o fizeram estender o braço e murmurar:

— Narcisos que surgem diante das andorinhas atrevidas!

A disposição de espírito de Cecilia não demonstrava ter se beneficiado muito do encontro com seu amado. Os planos dele para o futuro sustento de ambos pareciam um tanto vagos, porém o rapaz tinha em mente um poema épico, que poderia conferir-lhe fama da noite para o dia, achava ele. Enquanto o poema se achava em elaboração, ele não se oporia, disse, em aceitar uma colocação como bibliotecário. Mas, como Cecilia se achava incapaz de imaginar que o pai ou o irmão pudessem sentir muita alegria em fazê-la casar com um bibliotecário, essa bela concessão da parte do Sr. Fawnhope mal contribuiu para diminuir seu desânimo. Ela chegou até a sugerir que ele devia dedicar-se à profissão de político, porém ele apenas comentara: "Que sórdido!", o que não foi de bom augúrio para esse excelente plano. Quando ele acrescentara que desde a morte do Sr. Fox, dez anos antes, não havia um homem de sensibilidade, um líder ao qual se pudesse ligar, esta observação servira apenas para mostrar a Cecilia o quanto era improvável que os princípios políticos dele caíssem mais nas boas graças da sua família do que suas inspirações poéticas.

Sophy, ao apreender das observações um tanto elípticas de Cecilia o ponto principal, assumiu uma atitude animada, dizendo:

— Ora, muito bem! Precisamos encontrar um grande homem que esteja disposto a se tornar seu patrono! — Isso deu a Cecilia uma noção medíocre de sua inteligência.

Naquela noite, antes de descer para o jantar, Sophy pôde restituir a Hubert a tira de papel que caíra do seu bolso. Até esse momento, ela não pensara muito a respeito; contudo, o modo como ele recebeu o papel foi tão estranho que se estabeleceram em sua mente várias especulações que o rapaz estava longe de aprovar. Ele quase arrancou o papel da mão dela.

— Onde encontrou isso? — E quando a prima explicou, da forma mais comedida, que devia ter caído do bolso do casaco que consertara para ele, o rapaz disse: — Sim, é meu, mas eu não sabia que o colocara no bolso! Não posso lhe dizer o que significa, mas, por favor, não fale disto a ninguém!

Ela assegurou que não tinha intenção de fazê-lo, mas ele pareceu ficar tão perturbado que algumas cogitações inevitáveis começaram a se desenvolver na cabeça dela. Cogitações que não vieram a frutificar, até que o viu em seu regresso da visita ao amigo, Sr. Harpenden, ocasião em que seu comportamento tanto se assemelhava ao de um homem que recebera um golpe atordoante. Ela agarrou a primeira oportunidade para perguntar-lhe se havia acontecido algo. O Sr. Rivenhall, que partira havia vinte e quatro horas para Thorpe Grange, a propriedade em Leicestershire que herdara do tio-avô, ainda não voltara para Londres; mas Hubert deixou claro à sua prima que mesmo que seu irmão mais velho estivesse em Londres, nem a mais terrível necessidade o teria induzido a recorrer a ele.

— Ele não tem papas na língua! Já me disse em termos categóricos que não... Ah, muito bem! Não tem importância!

— Ouso afirmar — disse Sophy, com seu modo calmo — que é bem provável que Charles diga mais do que você pensa. Gostaria que me informasse o que foi que saiu errado, Hubert! Presumo que talvez tenha perdido uma grande importância em Newmarket, não foi?

— Se fosse só isso! — exclamou ele sem hesitar.

— Bem, se não foi só isso, gostaria que me contasse tudo, Hubert! — insistiu ela com um dos seus sorrisos amistosos. — Asseguro-lhe que está a salvo em minhas mãos, pois Sir Horace ensinou-me a julgar que nada é mais odioso do que ser o tipo de pessoa que dá com a língua nos dentes. Mas sei que está em apuros, e não tenho dúvidas de que devo, caso não me conte nada, segredar uma indireta no ouvido do seu irmão, porque aposto que irá de mal a muito pior se continuar nesse caminho, sem ninguém para aconselhá-lo.

Ele empalideceu.

— Sophy, você não iria...

Ela chegou a piscar.

— Não, é claro que não iria! — admitiu. — Você está *tão* relutante para me contar seu problema que sou forçada a lhe perguntar: teria algo a ver com mulher... como Sir Horace chamaria... um pedaço de mau caminho, talvez?

— *Sophy*! Palavra de honra, não! Nada disso!

— Dinheiro, então?

Ele se calou, e depois de um instante, Sophy deu um tapinha convidativo no lugar ao seu lado do sofá.

— Por favor, sente-se aqui. Não creio que seja tão ruim quanto receia.

Ele soltou uma pequena risada, porém, depois de um pouco mais de persuasão, sentou-se ao lado dela e afundou a cabeça entre os punhos fechados.

— Atenderei ao seu pedido. Se acontecer o pior, um homem sempre pode se alistar.

— Exatamente — concordou ela. — Mas sei algumas coisas sobre o exército e não creio realmente que a vida nas fileiras conviria a você. Além disso, iria afligir demais a minha tia, como sabe.

Não era de supor que um jovem cavalheiro da classe de Hubert confiasse prontamente suas dificuldades aos ouvidos de uma mulher, e uma mulher não exatamente da mesma idade dele; contudo, depois de muita adulação, Sophy conseguiu extrair a história. Não era muito coerente, e diversas vezes durante o relato ela foi obrigada a fazê-lo lembrar-se de detalhes, porém finalmente concluiu que ele caíra nas garras de um agiota. Surgiram alguns problemas com débitos contraídos no ano anterior em Oxford, cujo total não ousara revelar ao irmão, na esperança de que, à antiquíssima maneira otimista da juventude, pudesse pagá-los ele mesmo. Conhecera amigos que estavam bem informados sobre todas as casas de jogo em Londres; com um pouco de sorte nos dados franceses ou na roleta, teria endireitado tudo; porém, durante as férias de Natal, quando ele buscara esse método de recuperar dinheiro, só um grande azar resultou dos seus esforços. Ele ainda estremecia ao recordar aquelas noites desastrosas, na verdade aterradoras, uma circunstância que levou sua sagaz prima a deduzir que o jogo não o atraía muito. Diante das grandes dívidas de honra, e já em apuros com seu severo irmão por causa de dívidas bem menores, o que poderia fazer senão atirar-se no rio ou procurar um agiota? E ainda assim, garantiu a Sophy, jamais teria se aproximado de um maldito agiota se não estivesse certo de poder saldar a dívida em seis meses.

— Quer dizer, quando completar a maioridade no mês que vem? — indagou Sophy.

— Bem, não exatamente — admitiu, corando. — Embora eu imagine que foi isso o que o velho Goldhanger pensou quando concordou em emprestar-me o dinheiro. Jamais lhe prometi isso, veja bem! Tudo que eu disse foi que eu estava prestes a tomar posse de uma grande importância... e eu *estava*, Sophy! Achava que seria impossível não acontecer! Bob Gilmorton, um dos meus mais íntimos amigos, conhece bem o proprietário, e ele me garantiu que o cavalo não poderia perder!

Sophy, que tinha uma excelente memória, no mesmo instante reconheceu o nome Goldhanger como um dos que lera na tira de papel encontrada em seu quarto, mas não fez qualquer comentário, apenas indagando se o cavalo traiçoeiro perdera a corrida.

— Ficou fora do páreo! — respondeu Hubert com um gemido. Ela assentiu com a cabeça de forma sensata.

— Sir Horace diz que quando confiamos num cavalo para pôr em ordem nossa fortuna, ele *sempre* fica fora do páreo — comentou. — Ele diz também que quando jogamos sem dinheiro em nossas algibeiras, perdemos. Só quando estamos *muito bem providos* podemos esperar ganhar. Sir Horace tem *sempre* razão.

Depois de se recusar a discutir esse ponto, Hubert falou durante alguns exacerbados minutos sobre a corrida do seu cavalo, lançando graves queixas contra o proprietário, o treinador e o jóquei, do tipo que o teriam tornado passível de denúncia por calúnia se fossem ouvidas por alguém menos discreto que sua prima. Sophy o deixou continuar sem interrupção, ouvindo com simpatia, e só quando ele esgotou o assunto e se calou, fê-lo voltar para o que considerava o ponto mais importante.

— Hubert, você ainda não atingiu a maioridade — disse. — E sei que é totalmente ilegal emprestar dinheiro a menores, porque quando o jovem senhor... bem, não importa o nome, mas nós o conhecíamos bem... quando um rapaz amigo meu ficou num apuro semelhante, ele foi procurar Sir Horace para pedir conselhos, e foi isso o que Sir Horace disse. Creio que há punições extremamente pesadas para quem faz tal coisa.

— Bem, eu sei disso — retrucou Hubert. — A maioria dos agiotas não faria isso, mas... o negócio é que um amigo meu conhecia esse sujeito, o Goldhanger, e me deu o endereço dele, e... e me informou o que eu devia dizer, o tipo de juros que teria de pagar... Não que isso parecesse importar *naquela ocasião*, porque eu acreditava que...

— É muito alto? — perguntou Sophy.

Ele assentiu com a cabeça.

— É, porque, embora eu mentisse sobre a minha idade, ele sabia, é claro, que eu ainda não tinha 21 anos, e... me pôs à sua mercê. E eu achava que seria capaz de liquidar tudo depois daquela corrida.

— Quanto pediu emprestado, Hubert?

— Quinhentas libras — disse ele baixinho.

— Santo Deus, perdeu tudo isso nas cartas?

— Não, mas eu queria 100 libras para apostar naquele maldito cavalo, compreende? Não adiantava pedir emprestado apenas o suficiente para pagar minhas dívidas, porque como eu pagaria depois a Goldhanger?

Sophy não pôde deixar de rir diante desse ingênuo planejamento financeiro, porém, como Hubert parecia bastante magoado, ela pediu-lhe perdão e disse:

— É evidente que o seu Sr. Goldhanger é um velhaco infame!

— Sim, é — concordou Hubert, parecendo um pouco desfigurado. — É um velho cruel, e fui tolo inclusive em aproximar-me dele. Eu não sabia tanto a respeito dele como sei agora, é claro, mas ainda assim, tão logo o vi... Bem, agora é tarde demais para ficar insistindo nesse assunto.

— Sim, tarde demais. Contudo, não há necessidade de perder as esperanças! Estou certa de que não tem nada a recear, porque ele deve saber que não pode recuperar seu dinheiro de um menor e jamais ousaria processá-lo por isso.

— Ora, Sophy. Preciso pagar ao sujeito o que devo! Além do mais, há uma coisa pior. Ele insistiu em que eu lhe desse uma garantia, e... e eu dei!

Ele parecia tão culpado que várias possibilidades de arrepiar os cabelos passaram como um relâmpago pela cabeça de Sophy.

— Hubert, você não deu em garantia bens de família transmitidos de geração em geração ou... ou algo desse tipo, deu?

— Santo Deus, não! Não sou *tão ruim assim*! — exclamou ele, indignado. — Era meu, e eu não o chamaria exatamente de um bem de família, embora se algum dia se descobrisse que o perdi acho que haveria uma confusão dos diabos e eu seria tratado como um batedor de carteira! Vovô Stanton-Lacy deixou-o para mim... uma coisa idiota, *acho*, porque homens não usam mais isso. Ele usava, é claro, e minha mãe diz que vê-lo a faz lembrar-se do pai como nada mais, porque nunca viu o pai sem ele... portanto você pode avaliar a situação se ela soubesse que eu o dei como garantia. É um anel, sabe, uma grande esmeralda quadrada, com diamantes em toda a volta. Imagine alguém usando uma coisa dessas! Ora, haveria de assemelhar-se a um Creso ou a um milionário excêntrico! Mamãe o guardava sempre e eu não soube que era meu até ir a um baile de máscaras no ano passado, quando ela o deu a mim para usar e disse que era meu. E quando Goldhanger exigiu uma garantia, eu... não pude pensar em outra coisa e... bem, eu sabia onde mamãe o guardava... E não me diga que o roubei dela, não foi isso. Ela o guardava porque, para mim, não tinha utilidade.

— Não, não, é claro que sei que você não roubaria! — Sophy apressou-se em dizer.

Ele ficou examinando os nós dos dedos com estranho interesse.

— Não roubaria. Veja bem, não estou dizendo que foi certo ou errado tirar do estojo de mamãe, mas... afinal, era meu!

— Ora, naturalmente que não devia ter tirado! Acho que ela ficaria aborrecida com você, portanto precisamos recuperá-lo imediatamente.

— Eu adoraria, mas não vejo como fazê-lo agora. Não sei o que fazer! Quando aquele cavalo não correu, eu estava pronto para estourar meus miolos! Não farei tal coisa, porque suponho que não consertaria nada, só iria provocar um escândalo enorme.

— Que bom você ter me contado tudo! Sei exatamente o que deverá fazer. Confesse a história toda ao seu irmão! É provável que ele lhe passe uma tremenda descompostura, mas pode estar certo de que depois o ajudará a sair dessa enrascada.

— Você não o conhece! Descompostura, pois sim! Ele me faria sair de Oxford e me meteria no exército ou algo parecido! Tentarei tudo antes de recorrer a ele!

— Muito bem, emprestarei as 500 libras a você.

Ele corou.

— Você é uma grande figura, Sophy... Uma moça extraordinária! Fico-lhe muitíssimo grato, mas é claro que não posso pegar dinheiro emprestado com você. Não, não, por favor não diga mais nada! Está fora de questão. Além disso, você não entende. O velho sanguessuga me fez assinar uma nota promissória estabelecendo juros de 15 por cento ao mês.

— Santo Deus, você jamais deveria ter concordado com algo tão iníquo!

— Que mais poderia fazer? Precisava ter o dinheiro para pagar minhas dívidas de jogo e sabia que era inútil dirigir-me a Howard & Gibbs ou a qualquer um desses sujeitos, pois teriam me mostrado a porta da rua.

— Hubert, estou convencida de que não há nada que ele possa fazer para extorquir quaisquer juros de você! Ora, por lei ele nem poderia cobrar a importância emprestada! Deixe-me emprestar-lhe 500 libras, leve esse dinheiro a ele e insista para que restitua a promissória que você assinou e o anel! Diga-lhe que se ele não se resolver a aceitar isso, que faça todo mal que puder.

— E deixá-lo informar tudo a Oxford? Ouça, Sophy, ele é um rematado canalha! Ele me faria todo mal que pudesse. Não se trata de um agiota comum; na verdade, estou certo de que ele é o que chamam de receptador de objetos roubados, você sabe. Além disso, ele se recusaria a me devolver o anel, e mesmo se eu o obrigasse a prestar contas, diria que o vendeu, imagino.

231

Nada do que Sophy alegou teve o poder de convencê-lo. Ele simplesmente sentia um grande pavor do Sr. Goldhanger, e uma vez que ela achava isso incompreensível, pôs-se a imaginar que alguma ameaça ainda mais sombria pairava sobre a cabeça dele. Não fez nova tentativa para descobrir o que seria, pois estava razoavelmente certa de que não a teria impressionado. Assim, Sophy perguntou o que ele pretendia fazer para se livrar do problema, se preferia não recorrer ao irmão nem aceitar um empréstimo dela. A resposta foi vaga; Hubert ainda era bastante jovem e alimentava a inabalável crença da juventude em milagres oportunos. Diversas vezes disse que lhe restava um mês antes de se ver obrigado a fazer algo desesperador, e embora concordasse com relutância que poderia ser forçado a dirigir-se ao irmão, evidentemente sentia que algo aconteceria para tornar isso desnecessário. Procurando mostrar-se despreocupado, pediu a Sophy para não se inquietar a respeito, e ela, percebendo que seria inútil continuar a discussão, nada mais disse.

Quando Hubert a deixou, ela ficou sentada durante algum tempo com o queixo apoiado numa das mãos, refletindo sobre o assunto. Seu primeiro impulso, que fora o de colocar o assunto nas mãos do advogado de Sir Horace, ela descartou pesarosamente. Conhecia muito bem o Sr. Meriden para saber que ele combateria tenazmente a sua determinação de entregar 500 libras a um agiota. Qualquer conselho que ele lhe desse apenas exporia a loucura de Hubert, o que, naturalmente, era inconcebível. Pensou rapidamente nos inúmeros amigos, porém eles tiveram de ser descartados pela mesma razão. Mas, como não era de abandonar nenhum projeto uma vez que o iniciasse, nem por um instante alimentou a ideia de deixar o jovem primo resolver sozinho suas dificuldades. Parecia-lhe não haver outro caminho a seguir senão enfrentar o velhaco do Sr. Goldhanger. Essa decisão não foi tomada sem cuidadosa consideração, pois, embora não tivesse o menor medo do Sr. Goldhanger, sabia muito bem que senhoritas não visitavam usurários e que tal conduta seria considerada ultrajante por qualquer pessoa educada. Entretanto, como não havia razão para que alguém, exceto, talvez, Hubert, soubesse do que se passava, ela acabou concluindo que preocupar-se com escrúpulos seria tolo e desinteressante — não o tipo de comportamento que se esperaria da filha de Sir Horace Stanton-Lacy.

Depois de ter resolvido intervir no caso de Hubert, era típico dela não perder tempo com exacerbadas disposições de espírito. Também era típico dela não tentar se convencer de que poderia, justificadamente, sacar dinheiro da conta de Sir Horace para saldar a dívida de Hubert. Na sua opinião, da qual o pai sem dúvida teria compartilhado, gastar 500 libras num baile para lançar-se à sociedade londrina era uma coisa, e forçá-lo a um ato de generosidade para com um sobrinho de cuja existência provavelmente nem tinha lembrança era outra coisa muito diferente. Foi buscar seu porta--joias, abriu-o e, depois de despejar o conteúdo, separou os brincos de diamantes que Sir Horace comprara para ela em Rundell & Bridge havia apenas um ano. Eram pedras particularmente belas, e custou-lhe uma ligeira pontada no coração separar-se delas; mas o resto das suas joias mais valiosas eram herdadas de sua mãe, e, embora não tivesse a mínima lembrança dela, seus escrúpulos proibiam-na de se desfazer das peças.

No dia seguinte, ela conseguiu eximir-se de acompanhar Lady Ombersley e Cecilia a um grande estabelecimento de tecidos na Strand e saiu sozinha em direção aos famosos joalheiros Rundell & Bridge. Quando chegou, não havia nenhum freguês na loja, e, ao ver uma senhorita de altura e presença imponente, vestida no maior requinte e elegância, o gerente avançou apressado, ansioso para agradar. Era um excelente homem de negócios, que se orgulhava de jamais esquecer o rosto de um freguês considerado. Num relance reconheceu a Srta. Stanton-Lacy, providenciou uma cadeira para ela com suas próprias augustas mãos, e pediu que lhe dissesse o que poderia ter a honra de lhe mostrar. Ao descobrir a verdadeira natureza da visita, ficou boquiaberto, contudo ocultou rapidamente seu assombro, e, por um meneio das pálpebras, transmitiu a um inteligente subordinado uma ordem para convocar o próprio Sr. Bridge. Este, ao entrar na loja com passos leves, como quem desliza, e fazer uma reverência cortês à filha de um cliente que já comprara dele muitas quinquilharias dispendiosas (embora a maioria para uma classe de mulheres bem diferente), solicitou a Sophy que o acompanhasse ao seu escritório particular, atrás da loja. O que quer que possa ter pensado sobre o desejo dela de se desfazer de um par de brincos escolhidos com todo o cuidado por ela mesma apenas um ano antes, ele guardou para si mesmo. Depois de perguntar educadamente a respeito de Sir Horace e de saber que ele, naquele momento, se achava no Brasil, o Sr. Bridge tirou suas conclusões e resolveu no mesmo instante comprar os brincos por um preço generoso, em vez de, como fora sua primeira intenção e segundo o costume tradicional, explicar ao cliente por que o preço dos diamantes caíra tanto. Não tinha intenção de vender os brincos imediatamente; ele os guardaria até que Sir Horace voltasse do Brasil. Sagaz como era, desconfiava de que Sir Horace os compraria de novo, e ficaria satisfeito em poder fazer isso, demonstrando sua gratidão, no futuro, com a compra de quinquilharias muito mais dispendiosas dos joalheiros que se comportaram de modo tão cavalheiresco com sua filha única. Portanto, a transação entre a Srta. Stanton-Lacy e o Sr. Bridge foi conduzida dentro das normas mais corteses, cada qual ficando perfeitamente satisfeito com a barganha. O Sr. Bridge, um modelo de discrição, manteve a Srta. Stanton-Lacy no seu escritório particular até que dois outros fregueses deixassem o estabelecimento. Imaginava que Sir Horace não iria gostar que soubessem que sua filha se vira reduzida a vender suas joias. Sem pestanejar, concordou em pagar a Sophy 500 libras em dinheiro; sem pestanejar, contou-as sobre a mesa diante dela; e com o devido respeito, fez-lhe uma reverência do lado de fora da loja.

Com as notas no regalo, Sophy alugou um coche e pediu ao condutor que a levasse a Bear Alley. De modo algum o veículo que escolhera era de primeira qualidade ou o mais elegante entre os que passaram estrondeando por ela, mas era conduzido pelo cocheiro mais simpático. Era um homem troncudo, de meia-idade, com um rosto corado e expressão jovial, em quem Sophy sentiu que podia depositar certo grau de confiança, sendo essa crença fortalecida pelo modo como ele recebeu sua ordem. Depois de lançar-lhe um olhar sagaz e coçar o queixo com a mão enluvada, ele opinou que ela teria se enganado de endereço, pois Bear Alley não era, no seu modo de pensar, o tipo de lugar ao qual uma dama de alta classe desejaria ser conduzida.

— Não me diga, trata-se de um bairro pobre e afastado? — perguntou Sophy.

— Não é lugar para uma senhorita — repetiu o cocheiro, recusando-se a se comprometer. Pedindo que o perdoasse, acrescentou que tinha também duas filhas.

— Bem, bairro pobre e afastado ou não, é para onde desejo ir — disse Sophy. — Tenho um negócio a tratar lá com o Sr. Goldhanger, que, ouso afirmar, é um grande trapaceiro; e você me parece exatamente o tipo de homem que não partiria de lá deixando-me para trás.

Em seguida subiu no coche; o cocheiro fechou a porta, voltou para a boleia e, depois de dizer para si mesmo que ficaria arruinado se algum dia voltasse a dar sua opinião de novo, incitou o cavalo a iniciar a marcha.

A leste de Fleet Market, Bear Alley era uma rua estreita e malcheirosa, onde lixo de toda espécie se deteriorava entre as pedras redondas e desniveladas da pavimentação. A sombra da grande prisão parecia estender-se sobre o distrito inteiro, e até as pessoas que caminhavam pelas ruas ou cochilavam na soleira das portas tinham um aspecto desanimado. O cocheiro perguntou a um homem que usava um cachecol seboso no pescoço se ele sabia onde ficava a residência do Sr. Goldhanger, e indicaram-lhe uma casa na metade da rua; o informante hesitara obviamente antes de responder e não parecia inclinado a manter qualquer tipo de conversa.

Um coche desbotado, que outrora teria pertencido a um cavalheiro, atraía pouca atenção, mas quando ele parou e uma mulher jovem, alta e bem-vestida desceu, suspendendo as saias de folhos para evitar sujá-las num monte de lixo, alguns vadios e dois meninos andrajosos aproximaram-se para observar com seus olhos arregalados. Foram feitos vários comentários, felizmente com um linguajar que os tornou totalmente incompreensíveis para Sophy. Ela se sentira desconcertada em muitos povoados espanhóis e portugueses, mas agora já não ficava perturbada pela atenção que atraía, e depois de lançar um olhar de censura à sua plateia, acenou para um dos meninos e disse, com um sorriso:

— Diga-me, um homem chamado Goldhanger mora aqui?

O garoto ficou embasbacado diante dela, mas quando Sophy estendeu-lhe um xelim, tomou fôlego com animação, e, esticando a mão que mais parecia uma garra, disse:

— Primeiro andar. — Depois agarrou a moeda e desapareceu antes que algum dos mais velhos arrancasse do dinheiro dele.

À vista da liberalidade da moça, a turba convergiu para Sophy; então o cocheiro desceu da boleia e jovialmente convidou aqueles que quisessem sentir seu chicote artesanal que se aproximassem. Ninguém aceitou o convite, e Sophy disse:

— Obrigada, mas por favor, não comece a brigar! Quero que espere por mim aqui, por favor.

— Se eu fosse a senhora, dona — disse o cocheiro, sério —, ficaria longe de um lugar como este, é o que eu faria! Não sabe o que lhe pode acontecer!

— Bem, se alguma coisa me acontecer — respondeu Sophy alegremente —, darei um grito altíssimo e você poderá vir e me resgatar. Eu não o deixarei, imagino, esperando por muito tempo.

Em seguida avançou com cuidado pela sarjeta e entrou na casa que lhe fora indicada. A porta estava aberta, e um lance de escada sem tapete levava até o final de um pequeno corredor. Ela subiu os degraus e encontrou-se num pequeno patamar. Duas portas davam para esse patamar, portanto bateu nas duas de modo imperativo. Houve uma pausa, e ela teve a desagradável sensação de que estava sendo observada. Olhou para todos os lados, mas não havia ninguém à vista, e só quando tornou a virar a cabeça observou que um olho inconfundível a espreitava por um buraquinho em um dos painéis da porta nos fundos da casa. O olho desapareceu no mesmo instante; ouviu-se o ruído da chave girando na fechadura, e a porta abriu-se lentamente para revelar um indivíduo franzino, trigueiro, com longos cabelos crespos e sebosos, um nariz de semita e um olhar de soslaio insinuante. Usava um traje preto desbotado, e nada à sua volta sugeria riqueza suficiente para emprestar 500 libras a alguém. Seus olhos de marginal rapidamente abrangeram cada detalhe da aparência de Sophy, desde as plumas espiraladas no chapéu de copa alta até as botas bem-feitas de pelica em seus pés.

— Bom dia! — cumprimentou Sophy. — É o Sr. Goldhanger?

Ele estava parado diante dela, um pouco curvado, esfregando as mãos.

— E o que poderia querer com o Sr. Goldhanger, minha senhora? — indagou ele.

— Tenho um assunto a tratar com ele — respondeu Sophy. — Portanto, se for ele, por favor, não me deixe parada aqui neste corredor sujo por mais tempo! Não consigo imaginar por que ao menos não varre o chão!

O Sr. Goldhanger ficou bastante confuso, uma coisa que há muito tempo não acontecia. Estava acostumado a receber visitantes de todos os tipos e condições, desde pessoas furtivas que se introduziam clandestinamente na casa protegidas pela escuridão e que despejavam estranhas mercadorias sobre a escrivaninha, debaixo da luz de uma única lamparina, até rapazes elegantes com expressões desfiguradas pela ansiedade que precisavam aliviar--se de obrigações imediatas. Contudo, jamais abrira a porta para uma jovem dama tão senhora de si e que o repreendia por não varrer o chão.

— Gostaria que deixasse de olhar espantado para mim desse modo tolo — disse Sophy. — Já teve oportunidade de me examinar por aquele buraco na porta, e nesta altura deve ter se convencido de que não sou um oficial de justiça disfarçado.

O Sr. Goldhanger protestou. A insinuação de que não receberia com prazer a visita de um oficial de justiça pareceu ofendê-lo. Recuou para permitir que Sophy entrasse na sala e convidou-a a se sentar na cadeira em um dos lados da enorme escrivaninha que ocupava o centro do aposento.

— Concordo, mas ficar-lhe-ia grata se a espanasse primeiro — disse ela.

O Sr. Goldhanger desempenhava sua função nesse escritório usando um dos seus longos fraques. Ouviu a chave ranger atrás de si e voltou-se subitamente para ver a visitante retirá-la da fechadura.

— Não fará objeção a que eu tranque a porta — disse Sophy. — Não quero ser interrompida por algum dos seus conhecidos, compreenda. E como eu detestaria ser espionada, permita-me que meta meu lenço naquele seu visor traiçoeiro. — Enquanto falava, retirava uma das mãos do regalo de plumas de cisne e enfiava uma ponta do lenço no buraco.

O Sr. Goldhanger tinha a estranha sensação de que o mundo começara a girar ao contrário. Durante anos tomara o cuidado de jamais meter-se numa situação que ele não fosse capaz de controlar, e seus visitantes estavam mais acostumados a barganhar com ele do que a trancar a porta e mandá-lo espanar a mobília. Não via nenhum mal em particular ao permitir que Sophy ficasse com a chave, pois embora ela fosse jovem e forte, não duvidava de poder recuperá-la se houvesse tal necessidade. Seu instinto o fazia preferir, sempre que possível, manter uma atitude da máxima educação; por isso sorriu, fez uma reverência e disse que a senhora tinha toda a liberdade de fazer o que lhe agradasse em sua humilde residência. Em seguida dirigiu-se à cadeira do outro lado da escrivaninha e perguntou o que poderia ter a honra de fazer por ela.

— Estou aqui por uma questão muito simples — respondeu Sophy. — Vim apenas reaver uma promissória do Sr. Hubert Rivenhall e o anel de esmeralda que o senhor recebeu como garantia de uma dívida.

— Na verdade, trata-se de uma questão simples — concordou o Sr. Goldhanger, sorrindo da maneira mais insinuante. — Ficarei encantado em servi-la, minha senhora. Não preciso perguntar se trouxe o dinheiro, pois estou certo de que uma dama que cuida tão bem de seus negócios...

— Ora, isso é ótimo! — interrompeu Sophy cordialmente. — Noto que muitas pessoas imaginam que uma mulher não tem cabeça para negócios e isso, é claro, leva a uma triste perda de tempo. Devo informá-lo sem demora de que, ao emprestar 500 libras ao Sr. Rivenhall, o senhor fez empréstimo a um menor. Julgo não precisar explicar-lhe o que *isso* significa.

Enquanto falava, sorria da maneira mais cordial, e o Sr. Goldhanger retribuiu-lhe o sorriso, dizendo com voz suave:

— Sem dúvida alguma, uma senhorita bem-informada! Se eu promovesse uma ação contra o Sr. Rivenhall por causa do meu dinheiro, jamais iria recebê-lo. Mas não creio que o Sr. Rivenhall gostaria que eu promovesse uma ação por causa disso.

— É claro que ele não gostaria — concordou Sophy. — Além disso, embora tenha sido extremamente errado de sua parte ter emprestado dinheiro a ele, parece injusto que o senhor não recebesse pelo menos o principal da dívida.

— Muito injusto — respondeu o Sr. Goldhanger. — Há também a questãozinha dos juros, minha senhora.

Sophy balançou a cabeça.

— Não, não lhe pagarei um níquel de juros, o que talvez lhe sirva de lição para ser mais cuidadoso no futuro. Trouxe comigo 500 libras em notas, e quando me tiver restituído a promissória e o anel eu lhe darei o dinheiro.

O Sr. Goldhanger não pôde deixar de esboçar uma curta risada diante dessas palavras, pois, embora não tivesse muito senso de humor, ele só podia achar engraçada a ideia de privar-se de seus juros por ordem de uma senhorita.

— Acho que prefiro conservar a promissória e o anel — disse.

— Já esperava que preferisse — replicou Sophy.

— Deve considerar, minha senhora, que eu poderia prejudicar muito o Sr. Rivenhall. Ele está cursando Oxford, não está? Pois bem, creio que não ficariam satisfeitos se soubessem da sua transação comigo, ou...

— Não ficariam nada satisfeitos — respondeu Sophy. — Contudo, seria um pouco constrangedor, não seria? E talvez pudesse convencê-los de que o senhor não tinha ideia de que o Sr. Rivenhall fosse menor de idade.

— Uma senhorita tão inteligente! — O Sr. Goldhanger sorriu.

— Inteligente não, mas tenho muito bom senso, e ele me diz que se o senhor se recusar a me entregar a promissória e o anel, o melhor caminho que eu teria a seguir seria procurar imediatamente a Bow Street e expor a questão toda diante do juiz.

O sorriso murchou; o Sr. Goldhanger a observava com os olhos estreitados.

— Não creio que fosse inteligente para tanto — disse.

— Não crê? Bem, acho que seria a coisa mais sensata a fazer, e tenho um forte pressentimento de que gostarão de ter notícias suas em Bow Street.

O Sr. Goldhanger compartilhava do mesmo pressentimento. Mas não acreditava que Sophy estivesse falando sério; seus clientes tinham a mais profunda aversão à publicidade.

— Penso que lorde Ombersley preferiria me dar o dinheiro.

— Não nego que ele preferiria, razão pela qual não disse nada a ele a respeito, pois acho absurdo ser chantageado por uma criatura como o senhor só pela falta de um pouco de coragem.

Esse ponto de vista sem precedentes começou a produzir no Sr. Goldhanger certo desagrado pela sua visitante. Sabia que as mulheres eram imprevisíveis. Inclinou-se para a frente em sua cadeira e tentou explicar algumas das consequências mais desagradáveis que recairiam sobre o Sr. Rivenhall caso ele negasse qualquer parte de sua dívida. Falou bem, um pequeno e sinistro discurso que raramente deixava de causar impressão aos seus ouvintes. Dessa vez não causou.

— Tudo o que diz — falou Sophy, interrompendo-o bruscamente — é tolice, e deve saber disso tão bem quanto eu. Tudo que poderia acontecer ao Sr. Rivenhall seria ele receber uma repreensão e ficar desacreditado perante o pai por algum tempo, e quanto a ser expulso de Oxford, nada disso! Jamais saberão de coisa alguma, pois acredito que o senhor faça transações piores do que emprestar dinheiro com juros exorbitantes para menores de idade, e depois que eu tiver ido a Bow Street, aposto dez contra um que conseguirão pô-lo atrás das grades sob uma acusação diferente. Além disso, no momento em que se tornar conhecido dos oficiais de justiça que o senhor empresta dinheiro a menores, o senhor não irá recuperar um único níquel. Portanto, por favor, não me fale mais dessa maneira absurda. Não tenho um pingo de medo do senhor ou do que quer que possa fazer.

— É muito corajosa — declarou o Sr. Goldhanger gentilmente. — E tem muito bom senso, conforme me disse. Porém eu também tenho bom senso, minha senhora, e de fato não acredito que veio me ver com o consentimento ou sequer conhecimento de seus pais ou da sua criada ou mesmo do Sr. Hubert Rivenhall. Na verdade, talvez prestasse informações contra mim na Bow Street. Eu de fato não sei, talvez nem lhe dessem a oportunidade. Ora, eu não gostaria de ser rude com uma senhorita tão bonita, portanto vamos fazer um pequeno acordo? Você me dará as 500 libras que trouxe e essas lindas pérolas que pendem de suas orelhas, e eu entregarei a promissória do Sr. Rivenhall, e ficaremos ambos satisfeitos.

Sophy riu.

— Imagino que o senhor ficaria mais do que satisfeito! — ironizou. — Eu lhe darei as 500 libras pela promissória e o anel, e nada mais.

— Mas talvez tenha pais amantíssimos que estariam dispostos a me dar mais, muito mais para tê-la de volta, viva e ilesa, minha senhora.

Ele se levantou da cadeira enquanto falava, contudo, sua desagradável visitante, em vez de se mostrar alarmada, apenas retirou a mão direita do regalo. Nela empunhava uma arma pequena, porém muito útil.

— Por favor, sente-se de novo, Sr. Goldhanger! — ordenou.

O Sr. Goldhanger sentou-se. Acreditava que nenhuma mulher pudesse suportar sequer o som de uma arma, quanto mais puxar o gatilho, mas agora tinha visto mais que o suficiente de Sophy para colocar sua crença à prova. Suplicou-lhe que não fosse tola.

— Não precisa ficar com medo, pensando que não sei como manejar armas — disse-lhe Sophy tranquilamente. — Sou uma atiradora bastante hábil. Talvez deva lhe dizer que passei algum tempo na Espanha, onde, é claro, existem muitas pessoas desagradáveis, como bandidos. Meu pai me ensinou a atirar. Não sou tão boa atiradora como ele, mas a esta distância garanto que faço uma bala atravessar qualquer parte de seu corpo, à minha escolha.

— Está tentando me assustar — disse o Sr. Goldhanger, queixoso —, mas não me assusto com armas em mãos de mulheres, e até sei que não está carregada.

— Bem, se sair dessa cadeira, vai descobrir que ela *está* carregada. Poderá estar morto, mas creio que saberá como aconteceu.

O Sr. Goldhanger soltou uma risada nervosa.

— E o que aconteceria a *você*? — perguntou ele.

— Não julgo que muita coisa acontecesse comigo. E não posso imaginar como isso interessaria ao senhor depois de estar morto. Entretanto, se acontecer, lhe direi exatamente o que eu diria aos oficiais de justiça.

Esquecendo sua civilidade, o Sr. Goldhanger, de mau humor, afirmou que não queria ouvir.

— Sabe de uma coisa — disse Sophy, fazendo uma ligeira carranca —, não posso deixar de pensar que seria uma coisa muito boa se eu afinal atirasse no senhor. Não era a minha intenção quando vim para cá, porque naturalmente não aprovo assassinatos, mas vejo agora que é um homem muito perverso e não posso deixar de perguntar a mim mesma se uma pessoa realmente corajosa não o mataria já, livrando o mundo de alguém que tem causado tanto mal.

— Largue essa arma e falemos de negócios — rogou-lhe o Sr. Goldhanger.

— Não há mais nada para falar, e me sinto muito mais confortável com a arma na mão. Dê-me o que vim buscar ou irei a Bow Street denunciar o senhor por tentar me raptar.

— Minha senhora — disse o Sr. Goldhanger num tom lamuriento —, sou apenas um pobre homem! A senhora...

243

— Estará muito mais rico quando eu lhe devolver suas 500 libras — frisou Sophy.

Ele se animou, pois de fato tinha-lhe parecido, por alguns minutos, que talvez fosse forçado a esquecer até dessa quantia.

— Muito bem — disse. — Não desejo nenhum desentendimento, portanto devolverei a promissória. O anel não posso devolver, porque me foi roubado.

— Nesse caso — declarou Sophy — irei mesmo a Bow Street, porque estou convencida de que eles não vão acreditar nisso mais do que eu. Se não o tem, deve tê-lo vendido, e *isso* significa que pode ser processado. Perguntei a um joalheiro dos mais conceituados, esta manhã mesmo, o que reza a lei sobre artigos penhorados.

O Sr. Goldhanger, revoltado com esse conhecimento pouco feminino da lei, lançou-lhe um olhar cheio de ódio e disse:

— Eu não o vendi!

— Não vendeu e tampouco lhe foi roubado. Suponho que esteja numa dessas gavetas da escrivaninha, juntamente com a promissória, pois não posso imaginar por que o senhor teria comprado uma peça tão bonita, a menos que fosse para guardar objetos de valor. E pode ser que o senhor até conserve uma arma de sua propriedade nela, assim talvez eu deva avisá-lo, caso puxe o gatilho mais rápido do que eu, que deixei uma carta em casa informando meus pais exatamente aonde eu ia e com que objetivo.

— Se eu tivesse uma filha como você, ficaria envergonhado de reconhecê-la! — berrou o Sr. Goldhanger, com real sinceridade.

— Que nada! Provavelmente ficaria muito orgulhoso e me ensinaria a bater carteiras. E se tivesse uma filha como eu, ela teria esfregado este chão para o senhor e lavado sua camisa, assim estaria com aparência muito melhor do que está agora. Por favor, não me faça esperar mais, pois me cansei de conversar com o senhor, na verdade eu o achei, desde o início, um rematado maçante!

O Sr. Goldhanger já fora chamado de canalha, sanguessuga, trapaceiro, demônio, asqueroso e inúmeros nomes diferentes e cruéis, mas jamais alguém lhe dissera que era um rematado maçante, e jamais alguma de suas vítimas o olhara com tal divertido desprezo. Teria gostado de apertar seus dedos longos e ossudos em torno do pescoço de Sophy e estrangulá-la lentamente até a morte. Mas Sophy empunhava uma arma e por isso, em vez de matá-la, destrancou uma gaveta da escrivaninha e, com mãos trêmulas, procurou o que queria. Atirou um anel e um retângulo de papel sobre a mesa, rugindo:

— O dinheiro! Me dê o meu dinheiro!

Sophy apanhou a promissória e conferiu; depois colocou-a, juntamente com o anel, dentro do regalo, e retirou dessa bolsa conveniente um maço de notas, depositando-o sobre a mesa.

— Aqui está — disse ela.

Mecanicamente, ele começou a contar. Sophy se levantou.

— E, agora, por favor, queira ter a gentileza de virar a sua cadeira com o espaldar para a porta.

O Sr. Goldhanger chegou quase a rosnar, porém aquiesceu ao pedido, dizendo por sobre o ombro:

— Não precisa ter medo! Fico muito satisfeito de vê-la partir — acrescentou, tremendo de raiva. — Meretriz!

Sophy deu uma risadinha. Introduzindo a chave na fechadura e girando-a, disse:

— Bem, acredito de fato que preferiria ser uma meretriz a ser um bicho-papão que assusta meninos bobos!

— Bicho-papão? — repetiu o Sr. Goldhanger. — *Bicho-papão...?*

Mas sua indesejada visitante se fora.

XII

Naquela noite Hubert subia as escadas para o seu quarto quando encontrou a prima descendo do andar da sala de aula Ela exclamou:

— Hubert! É com você que eu queria falar. Espere, tenho algo para lhe dar! — Ela entrou no seu quarto e voltou alguns minutos depois com um ar malicioso, dizendo: — Feche os olhos e estenda a mão!

— Ora, Sophy, é alguma coisa ruim? — perguntou, desconfiado.

— É claro que não!

— Bem, você está com a expressão de alguém que pretende pregar uma peça — disse ele. Contudo, obediente, fechou os olhos e estendeu a mão. Sophy depositou nela o anel e a promissória, e disse que agora ele podia abrir os olhos Hubert assim o fez e sentiu um choque tão grande que deixou cair o anel. — *Sophy!*

— Que criatura descuidada você é! Não deixe de queimar esse tolo pedaço de papel. Quase fiz isso eu mesma, pois estou certa de que seria bem próprio de você deixá-lo no bolso, mas por outro lado achei que gostaria de se assegurar que realmente foi recuperado.

Ele se abaixou para apanhar o anel.

— M-mas, Sophy, como... quem... como isto veio parar nas suas mãos?

— Foi-me entregue pelo seu Sr. Goldhanger, é claro.

O jovem soltou um grito sufocado.

— Obteve do... Você não foi à casa daquele velho demônio! Não *poderia* fazer isso!

— Sim, fiz. O que me impediria?

— Santo Deus! — exclamou. Agarrou-a pelo pulso e perguntou com voz áspera: — Por que ele cedeu a você? Diga-me, pagou-lhe o dinheiro que eu devia?

— Ora, não pense mais nisso! Por casualidade eu tinha 500 libras comigo, e você me pagará algum dia, suponho. Não há necessidade de ficar tão chocado, seu menino tolo!

— Sophy, não posso *admitir* isso! — disse, com voz estrangulada. — Além do mais, ele me emprestou o dinheiro a 15 por cento ao mês e sei muito bem que jamais iria desfazer-se da minha promissória por um níquel a menos do que lhe era devido! Sophy, diga-me a verdade!

— Eu consegui isso. É claro que ele não gostou muito, mas foi obrigado a fazer o que eu queria, porque lhe disse que iria a Bow Street se ele se recusasse. Acho que tinha razão a respeito dele, Hubert. Provavelmente negocia com todo ladrão de Londres, porque no momento em que fiz a ameaça pude notar como ficou inquieto, portanto é certo que ele não deseja de modo algum chamar a atenção dos magistrados.

— Goldhanger deixou-se intimidar a ponto de lhe entregar estas coisas? Goldhanger? — perguntou, incrédulo.

— Bem, que mais ele poderia fazer? Eu lhe disse que era ridículo supor que algo muito ruim aconteceria a você se o caso *fosse* descoberto, e ele sabia que se eu chegasse a ir a Bow Street, ele jamais conseguiria reaver um centavo do seu dinheiro.

— *Você* com aquele velhaco nojento! Não ficou com medo, Sophy? — perguntou, admirado.

— Não, nem um pouco. — Depois acrescentou, justificando-se: — Sabe, eu não tenho um pingo de sensibilidade. Sir Horace diz que é muito chocante, e *principalmente* nada feminino. Mas, para ser sincera, achei Goldhanger uma pessoa ridícula. Decididamente fiquei com muito mais medo de El Moro! Um *guerrilheiro* e um patife horroroso. Certa noite ele e seus homens entraram em nossa casa à força na ausência de Sir Horace... mas isso não tem importância. Pessoas que ficam contando suas aventuras a vida inteira são as mais tediosas!

— Sophy, ele poderia ter lhe feito alguma maldade...!

— Poderia, mas eu levei minha arma, por isso logo mudou de ideia — explicou ela.

— Sophy, Sophy, o que devo fazer? — perguntou Hubert.

— Nada. Não restou nada a ser feito. Devo ir ou me atrasarei para o jantar. Não esqueça de queimar esse papel!

Ela desapareceu em seu quarto, interrompendo bruscamente os agradecimentos e protestos gaguejantes, e visto que não voltou a vê-la sozinha naquela noite, Hubert não pôde repeti-los. Tinha um compromisso com um grupo de amigos, e eles o acharam numa disposição de espírito insociável. Na verdade, seus pensamentos estavam num melancólico tumulto, e embora o alívio por se ver livre da dívida com Goldhanger tivesse sido irresistível a princípio, esse alívio foi superado, tão logo ele teve tempo para refletir sobre o assunto, por uma sensação de culpa das mais constrangedoras. Que Sophy, uma simples mulher (e mais jovem do que ele), não só liquidasse sua dívida, como também fosse visitar, em benefício dele, uma pessoa como Goldhanger, o fazia contorcer-se na cadeira. Seu esforço para se distrair pouco fez para clarear suas ideias, e quando voltou para Berkeley Square, nas primeiras horas da manhã, ele não estava mais próximo da solução do seu novo problema do que estivera no começo da noite. A única ideia coerente em sua cabeça era que, de um modo ainda impreciso, ele tinha que pagar 500 libras à sua prima imediatamente.

No dia seguinte, o Sr. Rivenhall voltou de Leicestershire, chegando em Berkeley Square numa hora meio infeliz. Jane Storridge, cuja vigilância Sophy subestimara, não só descobrira que os pingentes de diamantes estavam faltando na caixa de joias da sua patroa, como também abordara o assunto no alojamento dos criados. A Sra. Ludstock, a governanta, se sentiu na obrigação de informar a Lady Ombersley que, embora não soubesse o que os criados de hoje pretendiam, ela prestaria juramento de morte que nenhuma das criadas sob sua supervisão tocara nos brincos da Srta. Sophy; e, além disso, qualquer um poderia ser perdoado por pensar que a criada de uma dama deveria tomar mais cuidado com os objetos de valor de sua patroa do que a Srta. Storridge parecia supor necessário. Dassett também uniu-se a esses protestos, e sua atitude era tão ofendida que Lady Ombersley se aborreceu ao compreender que se encontrava à beira de uma calamidade doméstica. Mandou chamar Jane Storridge, e o Sr. Rivenhall chegou a tempo de ouvir o final de um diálogo entre os três serviçais, diálogo esse de uma civilidade tão gelada, tão encrespada com insinuações veladas, que aterrorizou a pobre Lady Ombersley. Antes que ele tivesse a oportunidade de exigir uma explicação, a própria Sophy entrou, vestindo seu traje de passeio e dizendo que ela e Cecilia iam sair para fazer algumas compras: por acaso a tia tinha alguma incumbência para elas? Lady Ombersley recebeu-a com alívio, e imediatamente lhe perguntou por que ela não havia revelado o desaparecimento dos brincos.

Sophy manteve-se impassível, porém um ligeiro rosado subiu-lhe às faces. Respondeu com perfeita calma:

— Não desapareceram brincos meus, querida senhora. De que se trata?

250

— Ah, meu bem, sua criada queixou-se de que seus brincos de diamante desapareceram da sua caixa de joias, e não vou admitir que aqui aconteça uma coisa dessas por nada neste mundo!

Sophy inclinou-se para beijá-la no rosto.

— Tia Lizzie, lamento muito! É tudo culpa minha, fui tão idiota ao esquecer de avisar Jane! Não estão desaparecidos. Levei-os ao joalheiro para que os limpassem e reajustassem. Um dos ganchos estava um pouco frouxo. Que tolice preocupar minha tia, Jane, antes de me perguntar primeiro se eu sabia onde estavam os brincos!

— Limpá-los? — perguntou a Srta. Storridge. — Ora, Sophy, como se eu não tivesse levado todas as suas joias para Rundell & Bridge para serem limpas quando viemos para Londres!

— Certo, mas na noite do baile achei que eles pareciam muito opacos — respondeu Sophy. — Pode ir agora, Jane; minha tia já ficou bastante aborrecida!

Tinha perfeita noção dos olhos do primo fixos no seu rosto, e um olhar de relance em sua direção informou-a de que havia neles uma desagradável expressão indagadora. Contudo, ele nada disse, portanto livrou-se da criada, assegurou-se de que a tia não tinha nenhuma incumbência a lhe dar e foi embora, desejando que nem ela nem o Sr. Rivenhall notassem a ausência definitiva dos seus brincos de diamantes.

Contudo, no dia seguinte, no momento exato em que ela se sentava para fazer um lanche rápido com Lady Ombersley, Cecilia, Selina e Hubert, o Sr. Rivenhall entrou na sala e entregou-lhe um pequeno embrulho.

— Seu brincos, prima — disse ele brevemente. — Creio que vai achar que, agora, limparam-nos a contento.

Uma vez na vida, Sophy perdeu de todo o poder da fala. Felizmente, ele não pareceu esperar que ela dissesse alguma coisa, pois voltou-se para cortar uma fatia de presunto e se pôs a conversar com a mãe, desejando saber se, nesse ano, ela gostaria de passar uma parte do verão em Brighton. Lady Ombersley dirigiu a pergunta a Sophy. Brighton não fazia bem à sua constituição física, mas o Regente tornara a estação de veraneio tão elegante que grande número de pessoas ilustres afluía para lá em junho, e, se Sophy quisesse, ela alugaria uma casa para uma parte do verão.

Cecilia, que tinha suas próprias razões para querer permanecer na capital, disse:

— Ah, mamãe, sabe que nunca passa bem em Brighton! Por favor, não vamos! Sem dúvida não há nada mais tolo do que aquelas festas no Pavilion, e o excessivo calor nos quartos lhe tira totalmente o ânimo!

Imediatamente, Sophy negou qualquer desejo de visitar o local; e no restante da refeição passou-se a discutir outras opções, Ombersley, Thorpe Grange e Scarborough, com algumas reminiscências de Lady Ombersley sobre um verão passado em Ramsgate antes do patrocínio do Regente a Brighton, o que lançara aquela estação de veraneio à obscuridade.

Quando se levantaram da mesa, Hubert, que durante certo tempo estivera tentando infrutiferamente ficar a sós com a prima, perguntou de modo abrupto:

— Está ocupada, Sophy? Gostaria de caminhar um pouco no jardim?

— Obrigada! Daqui a pouco, talvez. Charles, posso trocar duas palavras com você, quando for possível?

Ele encontrou seu olhar direto, sério.

— Perfeitamente! Agora, se desejar.

Lady Ombersley pareceu vagamente surpresa; Selina exclamou:

— Segredos! Gostaria de saber: estão maquinando uma conspiração? Não podemos saber?

— Nada tão excitante — respondeu Sophy rapidamente. — Apenas Charles executou uma incumbência para mim.

Ela o acompanhou pelo vestíbulo até a biblioteca. Não era de ficar com rodeios; nem bem ele fechou a porta, ela perguntou:

— Por favor, diga-me o que isto significa! Como soube que eu tinha vendido meus brincos e por que os comprou, como imagino, de novo?

— Comprei-os porque só posso imaginar duas razões pelas quais você os teria alienado.

— É mesmo? E quais podem ser, primo Charles?

— Nunca tive permissão para ver as contas do seu baile, porém tenho certa experiência nesses assuntos e posso fazer um cálculo aproximado do total. Se essa for a sua explicação, não precisa de nenhuma outra. Desde o início, as providências não foram do meu agrado, sabe muito bem.

— Meu querido Charles, tenho muitas despesas das quais você não sabe absolutamente nada. Está sendo absurdo, saiba disso.

— Não creio que tenha despesas que seu pai não estivesse preparado para pagar.

Ela ficou calada por um momento. Depois disse:

— Ainda não me contou qual é a segunda razão que lhe ocorreu.

Ele lançou-lhe um olhar sob as sobrancelhas franzidas.

— Meu receio é que tenha emprestado o dinheiro a Hubert.

— Santo Deus! Nem pense nisso! — exclamou ela, rindo. — Diga-me, por que eu faria tal coisa?

— Espero que não o tenha feito. O jovem idiota estava em Newmarket com um grupo de sujeitos que eu gostaria de ver bem longe. Ele perdeu uma grande importância por lá?

— Sem dúvida ele contaria a você se tivesse perdido, em vez de contar a mim.

Charles encaminhou-se até a escrivaninha e, um tanto distraído, arrumou alguns papéis que ali estavam.

— Talvez estivesse com medo de me contar — disse. Ergueu os olhos. — Foi isso?

253

— Precisei do dinheiro por razões que não vou lhe contar — respondeu ela. — Devo salientar, Charles, que ainda não respondeu à minha outra pergunta. Como adivinhou que eu tinha vendido os brincos?

— Não foi uma suposição. Eu sabia.

— Como é possível? Não estava escondido na loja, presumo.

— Não, eu não estava. Mas ontem, ao voltar para casa, dei uma passada em Brook Street e vi a Srta. Wraxton. — Ele hesitou e olhou para a prima de novo. — Deve compreender que a Srta. Wraxton achou que devia transmitir-me o seu receio de que você estaria em alguma dificuldade. Ela esteve na Rundell & Bridge com Lady Brinklow enquanto você efetuava essa venda. Parece que Bridge não fechou a porta do seu escritório como devia; a Srta. Wraxton reconheceu sua voz e não pôde deixar de ouvir algo que você disse a ele.

A mão dela, pousada no espaldar de uma cadeira, fechou-se com força na madeira envernizada, porém tornou a relaxar depois de uns instantes. Num tom de voz sem qualquer emoção, ela disse:

— Não há limite para a solicitude da Srta. Wraxton. Quanta gentileza da parte dela ter se interessado por meus assuntos! Espero que tenha sido a sua sensibilidade que a impediu de falar comigo em vez de com você.

Ele corou.

— Precisa lembrar-se de que estou noivo da Srta. Wraxton. Nessas circunstâncias, ela achou seu dever mencionar-me o fato. Por não haver entre vocês um bom relacionamento, do tipo que possibilitaria a ela pedir-lhe uma explicação...

— Bem, isso sem dúvida é certo. Nem entre nós, meu querido primo, há esse tipo de relacionamento. E se tem ideia de me pedir uma explicação sobre algo que resolvi fazer, deixe-me dizer-lhe que pode ir para o inferno!

Charles sorriu.

— Então talvez tenha sido por isso que Eugenia não se arriscou a falar com você sobre o assunto, pois teria ficado muito chocada se a mandasse para o inferno! Sempre fala como seu pai quando perde a calma, Sophy?

— Não, nem sempre. Queira perdoar-me! Mas foi realmente intolerável!

— Não nego, mas eu não teria lhe pedido uma explicação se você não tivesse pedido esta entrevista.

— Você não devia ter dado atenção à Srta. Wraxton! Quanto a comprar novamente meus brincos, santo Deus, em que apuro você me colocou!

Enquanto ela falava, a porta se abriu atrás dela e Hubert entrou no aposento. Parecia muito pálido, contudo perfeitamente determinado, e disse, nervoso:

— Perdoem-me, mas estive querendo falar com Sophy o dia todo, e... e com Charles. Por isso, eu vim.

O Sr. Rivenhall permaneceu mudo, apenas lançou-lhe mais um dos seus olhares penetrantes. Sophy voltou-se e estendeu a mão.

— Sim, por favor, entre, Hubert! — disse ela, sorrindo.

Ele tomou-lhe a mão e apertou-a, tremendo um pouco.

— Cecilia me contou sobre os seus brincos e toda a confusão... Sophy, foi para *aquilo*? Pois se foi mesmo, de qualquer maneira não posso e não vou admitir! Eu preferiria ter contado tudo a Charles.

A mão dela retribuiu ao aperto antes de soltá-la. Depois disse na sua maneira tranquila de falar:

— Bem, você sabe, Hubert, sempre achei que cometia um erro não contando a Charles, pois o Sr. Wychbold me disse certa vez que a mais ninguém exceto Charles, de bom grado, recorreria numa dificuldade. E se *ele* podia confiar em Charles, de quantos motivos precisaria para fazer o mesmo? Estou convencida de que ficarão melhor sem a minha presença, portanto vou deixá-los.

Não olhou para o Sr. Rivenhall em busca do efeito que suas palavras teriam causado, mas caminhou rapidamente para fora da sala.

Haviam de fato causado certo efeito; o Sr. Rivenhall disse em voz baixa:

— Creio que já sei do que se trata, mas diga-me. Newmarket?

— Pior do que isso. Ah, sim perdi em Newmarket, mas é a parte menos importante — respondeu Hubert.

O Sr. Rivenhall indicou uma cadeira com um gesto de cabeça.

— Sente-se. Qual é a pior parte?

Hubert não se aproveitou desse convite. A apreensão o fez assumir um tom beligerante que de modo algum expressava seus sentimentos.

— Bem pode avaliar que não lhe contei o montante das minhas dívidas no ano passado.

— Jovem tolo! — disse o irmão, sem entusiasmo.

— Sei disso, mas você me falou... Ah, bem, não tem importância falar sobre isso agora.

— Você já devia saber que quando estou zangado nem tudo que digo tenho a intenção de fazer. Entretanto, se minha língua deve levar a culpa, lamento. Continue.

— Sei que minha obrigação era ter lhe contado — murmurou Hubert. — E oxalá tivesse, em vez de... — Ele parou, tomou fôlego e recomeçou: — Achei que talvez fosse capaz de resolver sozinho. Eu... você não vai gostar disso. Não precisa me dizer que estava errado, pois já sei! Mas outros sujeitos...

— Bem, então não direi que estava errado. Mas permita-me saber do que se trata, pois ainda continuo no escuro.

— Fui com... um homem que conheço... a... a um lugar em Pall Mall. E com outro em St. James's Place. Roleta e dados franceses. E perdi uma quantia enorme de dinheiro!

256

— Meu Deus! — exclamou o Sr. Rivenhall com aspereza. — Já não tivemos o bastante a respeito de jogo em nossa família?

A amargura em sua voz, que de repente se tornara ríspida, fez Hubert estremecer e escudar-se por trás da barreira da casmurrice.

— Bem, sabia que você ficaria furioso, mas não vejo por que foi tão ruim assim. Tomara eu não tivesse uma sorte tão abominável, afinal todo mundo joga.

Por um instante pareceu que o irmão ia dar uma resposta mordaz, mas ele se controlou, foi até a janela e ficou olhando para fora com o cenho franzido. Depois de uma pausa, perguntou abruptamente:

— Sabe qual é o montante das dívidas de jogo do nosso pai?

Hubert sentiu-se surpreso, pois o assunto jamais fora mencionado entre eles. Respondeu:

— Não. Isto é, sei que deve ter sido bastante grande, é claro, mas jamais soube da importância exata.

O Sr. Rivenhall contou-lhe.

Fez-se um silêncio opressivo. Hubert rompeu-o finalmente.

— Mas... mas... Meu *Deus*, Charles! Você... você não está me pregando uma peça, está?

O Sr. Rivenhall soltou uma risada breve.

— Mas... Charles, *você* não pagou tudo isso, pagou?

— Quase. Liquidei uma parte, mas a propriedade ainda está muito onerada. Não preciso envolver você nisso. Agora que nosso pai passou o controle de tudo às minhas mãos, tenho alguma esperança de tirar a família do mar de dívidas. Porém entrar em acordo com credores e passar a vida maquinando recursos orçamentários com o nosso administrador é algo ruim como o diabo!

— Santo Deus, eu diria que sim, sem dúvida! Ouça, Charles, lamento muitíssimo ter acrescentado mais problemas.

O Sr. Rivenhall voltou para a escrivaninha.

— Sim, eu sei. Sua dívida não é grande coisa, mas se o jogo estiver em seu sangue também...

— Ora, não está! Não precisa ter medo disso, pois nunca me importei com cartas, e posso garantir que não tive prazer em ir àquelas malditas espeluncas. — Deu uma volta pelo aposento, a testa franzida. Parou de repente. — Por que não me contou? Ora bolas, já não sou criança! Devia ter me contado.

O Sr. Rivenhall fitou-o, esboçando um meio sorriso.

— Sim, talvez devesse — admitiu. — Porém, quanto menos pessoas souberem, melhor. Nem nossa mãe sabe de tudo.

— Mamãe! De fato ela não sabe mesmo! Eu julgaria que não. Mas eu tinha o direito de saber, em vez de me deixarem continuar como se... É bem próprio de você, Charles, arcar com tudo e imaginar que ninguém pode fazer nada exceto você mesmo. Ouso afirmar que deve haver uma dúzia de maneiras de eu poder ajudá-lo. Parece-me que devo deixar Oxford imediatamente e procurar uma colocação adequada ou entrar para o exército... Não, isso não serve, porque teria de comprar um posto para mim, e mesmo se não me unisse ao regimento de cavalaria ou à guarda real...

— Certamente que não servirá! — interrompeu o irmão, divertido e um tanto comovido. — Você me obsequiará ficando onde está. Ainda não chegamos às últimas. Ora, seu tolinho simplório, o que imagina ser meu objetivo senão providenciar para que você, Theodore e as meninas não sofram as consequências da maldita loucura de nosso pai? Se resolver ajudar-me na administração da propriedade, pode fazê-lo, e ficarei grato, pois Eckington está ficando sem condições. Não posso me desfazer dele, tem estado conosco há tanto tempo que ouso afirmar que isso partiria seu coração, mas é de bem pouca utilidade e ainda não deposito um grau suficiente de confiança no jovem Badsey. Você tem aptidão para negócios?

— Não sei, mas aprendo muito rapidamente — respondeu Hubert, com determinação. — Quando eu vier para as férias, você poderá me ensinar. E, lembre-se, Charles: sem me ocultar nada.

— Muito bem, não ocultarei. Mas você ainda está me ocultando alguma coisa, sabe disso. Quando perdeu todo esse dinheiro? Sem dúvida não foi há poucos dias, não é?

— No Natal. Bem, seria aconselhável eu confessar tudo minuciosamente. Procurei um agiota infame e pedi a ele 500 libras emprestadas por seis meses. Eu achava que recuperaria cada níquel desse dinheiro, e mais ainda, em Newmarket. Mas o maldito cavalo não correu! — Viu a expressão do irmão e disse: — Não precisa ficar com essa cara! Juro que jamais farei isso de novo enquanto viver. É claro que eu devia ter vindo primeiro a você, mas...

— Você devia ter vindo a mim, e o fato de não ter feito isso é mais culpa minha do que sua.

— Ah, bem, isso não sei! — respondeu Hubert, sentindo-se inquieto. — Suponho que se nosso relacionamento estivesse melhor, eu o teria feito. Desde o princípio Sophy disse que eu deveria proceder assim, e Deus do céu, se eu tivesse tido a mínima ideia do que ela pretendia fazer, eu me dirigiria a você diretamente.

— Então você não lhe pediu dinheiro?

— Santo Deus, não! Charles, você não *pode* pensar que eu pedi dinheiro emprestado a Sophy, não é?

— Não pensei. Mas também não pensei que nosso relacionamento fosse tão ruim que... Bem, não importa. Como Sophy veio a saber disso? E se você não lhe pediu dinheiro emprestado, por que ela vendeu os brincos?

— Ela calculou que eu estava completamente descontrolado. Obrigou-me a contar, e quando eu disse que preferiria não contar nem uma palavra a você, ofereceu-se para me emprestar o dinheiro. É claro que recusei! Mas ela soube onde Goldhanger morava, e, sem me dizer o que pretendia fazer, foi vê-lo e obteve de volta a minha nota promissória e meu anel. Tive de dar como garantia a esmeralda do vovô Stanton-Lacy. Não sei como ela fez, pois jura que não pagou ao velho demônio um centavo de juros. Ela é uma moça formidável! Mas não consegui engolir isso, como pode ver.

— Sophy foi à casa do agiota? — repetiu o Sr. Rivenhall, incrédulo. — Não é possível! Ela não pode ter feito uma coisa dessa.

— Bem, ela não é de contar mentiras, e foi o que ela disse!

Poucos minutos depois, Sophy, que estava lendo no Salão Amarelo, foi interrompida pela chegada do Sr. Rivenhall, que entrou e fechou a porta atrás de si, dizendo sem preâmbulos:

— Parece que estou lhe devendo muito, prima. Isso mesmo, Hubert contou-me tudo. É difícil encontrar palavras...

— Não está me devendo absolutamente nada — respondeu Sophy. — Já me restituiu os brincos. Não há nada a ser dito, realmente. Sabe que a Srta. Wraxton está na sala de estar com sua mãe? E também lorde Bromford, razão pela qual procurei refúgio aqui.

— Há muita coisa a ser dita, sim — respondeu ele, contestando. — Poderia ter me contado!

— Estou convencida de que não poderia esperar que eu traísse a confiança de Hubert. Contudo, não deve pensar que o encorajei a conservá-lo na ignorância. Aconselhei-o, na verdade, a contar-lhe o apuro em que se encontrava, porém ele parecia estar com tanto medo que eu não poderia insistir. — Notou a expressão ligeiramente rígida do rapaz e acrescentou: — Creio que em geral é assim entre irmãos, quando há uma boa diferença de idade. E você é daqueles que de vez em quando inspiram temor, estou certa?

— Parece que é isso, de fato. Não pense que eu não estou grato a você, Sophy! Não sei como descobriu o apuro em que ele se envolveu.

— Ah, não foi tão difícil! Desde que cheguei a Londres o pobrezinho tem estado com uma aparência de quem anda perturbado por pesadelos! Depois que ele voltou de Newmarket, ficou evidente que algo de natureza catastrófica devia ter se abatido sobre ele. Hubert não queria confiar em mim, porém uma ameaça de contar a você sobre minhas desconfianças fez vir à tona toda a ridícula história.

Ele olhou-a com uma expressão profunda e brilhante.

— Sei muito bem que eu é quem deveria ter percebido que havia algo afligindo a mente de Hubert.

Ele parecia bastante mortificado; ela disse:

— Você tem muitas outras coisas em que pensar, percebe-se. Os homens não observam com a mesma rapidez das mulheres. Estou muito contente por ele ter lhe contado tudo. Não fique estendendo muito o assunto! Tenho certeza de que ele aprendeu uma lição e não se arriscará a esquecê-la.

— Creio que tem razão. Habituei-me a considerá-lo volúvel como... Bem, habituei-me a considerá-lo volúvel, porém ele não me dava motivos para alimentar a esperança de que eu estava enganado. Contudo, Sophy, ainda não sei como aconteceu toda essa história deplorável! Quem você contratou?

— Ninguém, palavra de honra! — garantiu-lhe ela imediatamente. — Considerei a questão em seus mínimos detalhes, e, embora estivesse muito inclinada, no início, a consultar o advogado de meu pai, logo compreendi que não conviria. Não havia ninguém a quem pudesse recorrer sem divulgar a participação de Hubert no negócio. Portanto resolvi agir sozinha.

— Sophy, não pode ter ido até aquela criatura sozinha.

— Sim, fui. Ah, sei que foi horrivelmente insensato e audacioso da minha parte, mas pensei que ninguém jamais saberia. Além disso, imaginei que você não gostaria que o caso de Hubert se tornasse conhecido fora do nosso círculo mais íntimo.

Ela viu que ele a fitava com visível descrença e ergueu as sobrancelhas de maneira indagadora.

— Hubert me contou o bastante sobre Goldhanger para tornar perfeitamente claro que tipo de homem ele é — disse Charles. — Não me diga que ele, de boa vontade, devolveu-lhe a nota promissória e um objeto valioso que era a garantia da dívida?

Ela sorriu.

— De muita má vontade! Mas imagine só a desvantagem em que ele estava. Emprestara dinheiro a um menor, e, se fosse a juízo, não receberia um níquel. Calculo que tenha ficado satisfeito por ver de novo seu dinheiro. No instante em que eu ameacei ir a Bow Street, pude perceber que o inquietara. Meu querido Charles, o que Hubert achou naquela criatura para alarmá-lo, não consigo imaginar! Um bicho-papão para assustar crianças!

Com o cenho franzido, ele a observava atentamente.

— Isso me parece pura fantasia, Sophy! Pelo que deduzo, ele não era um agiota, e sim um rematado velhaco! Você disse que ele não fez nenhum esforço para extorquir os juros?

— Não é bem isso, ele tentou me assustar para que eu o pagasse ou lhe desse meus brincos de pérolas. Mas Hubert avisara-me com que espécie de pessoa eu teria de lidar, e tomei a precaução de levar minha pistola.

— *O quê?*

Ela se surpreendeu e tornou a erguer as sobrancelhas.

— Minha pistola — repetiu.

Novamente o orgulho ferido de Charles exprimiu-se por descrença.

— Isso só pode ser tapeação! Gostaria que contasse a verdade! Não me peça que acredite que carrega uma pistola na bolsa. Pois eu lhe digo que nisso não acredito!

Ela se levantou rapidamente com uma centelha no olhar.

— Deveras? Espere! Não me demoro mais do que uns minutinhos!

Movendo-se agilmente, ela saiu da sala, reaparecendo logo depois com sua arma de prata na mão.

— Não acredita, Charles? Não mesmo? — perguntou ela.

Com olhos arregalados, ele olhava para a arma.

— Santo Deus! Você? — Estendeu a mão, como se quisesse tirar a arma da mão dela, mas Sophy recuou.

— Cuidado! Está carregada!

Impaciente, ele ordenou:

— Deixe-me ver.

— Sir Horace — disse ela, desafiadora — sempre me aconselhou a ser cuidadosa e jamais entregar a arma nas mãos de alguém em quem eu não pudesse confiar plenamente.

Por um momento estarrecedor, o Sr. Rivenhall, que não era um atirador comum, olhou-a atentamente. As emoções enclausuradas em seu peito levaram a melhor. Ele precipitou-se em direção à lareira e arrancou da bela peça de marcenaria um convite que fora metido num canto do grande espelho com moldura dourada.

— Mantenha isto erguido, fique parada aí e me dê essa arma! — ordenou.

Sophy riu e obedeceu, conservando-se imóvel, sem demonstrar o menor medo, mantendo as costas contra a parede e erguendo o convite para o lado.

— É melhor avisá-lo de que a arma dispara levemente para a esquerda — disse ela friamente.

Ele estava pálido de raiva, uma raiva que bem pouco tinha a ver com a insignificante referência que ela fizera à sua capacidade de manejar uma pistola, porém, mesmo enquanto apontava a arma, ele pareceu, até certo ponto, controlar-se, pois tornou a abaixá-la.

— Não posso! Não com uma pistola que não conheço!

— Medroso! — zombou Sophy.

Ele lançou-lhe um olhar de desagrado, avançou para arrancar o convite da mão dela e meteu-o no canto de um quadro pendurado na parede. Com grande interesse, Sophy viu-o afastar-se para a outra extremidade da sala, virar-se, levantar bruscamente o braço e atirar. Uma explosão, ecoando no espaço limitado da sala, rompeu o silêncio, e a bala, lascando uma borda do convite, enterrou-se na parede.

— Eu avisei que ela tendia para a esquerda — lembrou Sophy, examinando a obra com olhos críticos. — Vamos recarregá-la para que eu possa lhe mostrar o que *eu* consigo fazer?

Trocaram um olhar. De repente o Sr. Rivenhall deu-se conta da barbaridade do seu procedimento e pôs-se a rir.

— Sophy, sua... seu demônio!

Isso fez Sophy rir também; assim, quando um grupo de pessoas assustadas irrompeu na sala alguns minutos depois, elas apenas depararam com uma cena de alegria desenfreada. Lady Ombersley, Cecilia, a Srta. Wraxton, lorde Bromford, Hubert, um dos lacaios e duas criadas, todos se agruparam na soleira da porta, evidentemente na expectativa de contemplar os resultados de um terrível acidente.

— Eu podia matar você, Sophy! — exclamou o Sr. Rivenhall.

— Injusto! *Eu* lhe disse para fazer isso? Querida tia Lizzie, não faça essa cara tão alarmada! Charles estava... apenas certificando-se de que minha pistola funciona bem.

A essa altura, os olhares da maioria do grupo descobriram o buraco na parede. Lady Ombersley, agarrando-se ao braço de Hubert em busca de apoio, perguntou debilmente:

— *Você enlouqueceu*, Charles?

Ele parecia ter a consciência um pouco pesada pelo estrago que fizera.

— Devo ter enlouquecido, imagino. Contudo, o estrago logo será restaurado. Ela *realmente* dispara para a esquerda, Sophy. Daria um bocado para vê-la atirar. É uma pena que eu não possa levá-la ao Manton's!

— É a pistola de Sophy? — perguntou Hubert, muito interessado. — Santo Deus, Sophy, você é uma jovem perfeita! Mas o que deu em você, Charles para atirar aqui? *Deve* estar louco!

— Foi um acidente, é claro — manifestou-se lorde Bromford. — Um homem em seu juízo, o que não colocamos em dúvida no caso de Rivenhall, não atira de propósito na presença de senhoras. Minha prezada Srta. Stanton-Lacy, deve ter sofrido um sério abalo nervoso. Não poderia ser o contrário. Permite que eu lhe peça para repousar alguns instantes?

— Não sou uma criatura tão frágil! — respondeu Sophy, seus olhos ainda risonhos. — Charles confirmará minhas palavras, se houver alguma honestidade nele, de que não dei um pio nem tremi! Hábitos maus como esses, Sir Horace cortava pela raiz, dando-me um forte tabefe.

— Sem dúvida você é sempre um exemplo para todos nós — disse a Srta. Wraxton, com ironia. — Só se pode invejar seu controle de ferro! Eu, pobre de mim, sou feita de matéria mais fraca e devo confessar que fiquei muito sobressaltada com esse barulho sem precedentes nesta casa. Realmente, não sei o que esteve fazendo, Charles. Essa é mesmo a pistola da Srta. Stanton-Lacy e ela exibia sua habilidade para você?

— Ao contrário! Fui eu quem atirou, e por infelicidade fora do meu alvo. Posso limpá-la para você, Sophy?

Ela balançou a cabeça e estendeu a mão para que Charles lhe devolvesse a arma.

— Obrigada, mas gosto de limpá-la e carregá-la eu mesma.

— Carregá-la? — perguntou Lady Ombersley com voz sufocada. — Sophy, não pretende carregar essa coisa horrível de novo, não é certo?

Hubert riu.

— Eu disse que ela era uma jovem formidável, Charles! Sophy, você sempre a mantém carregada?

— Sempre, pois como saber quando se vai precisar dela, e qual a utilidade de uma pistola descarregada? Você deve saber que é uma tarefa delicada. Não nego que Charles possa fazer isso num instante, mas eu não.

Ele devolveu-lhe a arma.

— Se neste verão formos a Ombersley, precisamos disputar uma partida, você e eu — disse ele. Quando as mãos de ambos se encontraram e ela pegou a arma, a dele agarrou-a pelo pulso e reteve-a por um instante. — O que fizemos foi abominável! — disse ele, num tom ligeiramente mais baixo. — Queira me perdoar... e obrigado.

XIII

Era de se supor que esse incidente não fosse agradar a Srta. Wraxton. Parecia haver entre o Sr. Rivenhall e a prima certo entendimento que de modo algum era do seu agrado; embora não estivesse apaixonada por ele — na verdade, teria considerado tal emoção decididamente indigna da sua posição —, decidira ser sua esposa e era feminina o bastante para se ressentir ao vê-lo dar, por mínima que fosse, atenção a outra mulher.

A sorte não sorrira para a Srta. Wraxton. Já nos tempos de escola, ela estivera comprometida por contrato com um nobre de impecável linhagem e respeitável fortuna, que morrera vítima de um surto de varíola antes de ela ter idade para ser formalmente sua noiva. Assim que que chegara à idade de casar, diversos cavalheiros aceitáveis mostraram tímidas iniciativas para pretenderem sua mão, pois era uma jovem bonita e tinha um belo dote; contudo, por variadas razões, nenhum deles dera prova de coragem, como o irmão mais velho dela, lorde Orsett, um tanto vulgarmente dissera. O pedido do Sr. Rivenhall fora feito num momento em que ela começara a temer que ficaria solteirona, e então ele fora aceito com gratidão. Educada dentro dos mais rigorosos padrões de decoro, a Srta. Wraxton nunca metera ideias românticas indesejáveis na cabeça e não hesitara ao informar ao pai que estava disposta a aceitar a corte do Sr. Rivenhall. Lorde Brinklow, que nutria a maior aversão por lorde Ombersley, certamente não teria tomado em consideração o pedido do Sr. Rivenhall não fosse a morte providencial de Matthew Rivenhall. Porém a fortuna do velho nababo não era algo a desprezar, mesmo pelo mais hipócrita dos pares. Lorde Brinklow informara à filha que o pedido de Charles Rivenhall trazia consigo sua bênção; e Lady Brinklow, uma moralista até mais severa que o esposo, indicara claramente a Eugenia onde o seu dever se impunha e através de que meios poderia talvez desvencilhar Charles de sua incorrigível família.

Sendo discípula competente, a Srta. Wraxton, depois disso, não perdera oportunidade de apontar a Charles, da maneira mais diplomática, as faltas e as características indesejáveis de seu pai e de seus irmãos e irmãs. Era movida pelos mais puros motivos; julgava que o caráter volúvel de lorde Ombersley e de Hubert era prejudicial aos interesses de Charles; desprezava sinceramente Lady Ombersley e com igual sinceridade condenara o exagerado sentimento com que Cecilia contemplava o matrimônio com o filho caçula e sem vintém da família Fawnhope. Parecia-lhe que desvencilhar Charles de sua família devia ser seu primeiro objetivo; contudo, às vezes seduzia-a entreter-se com a ideia de recuperar a família Ombersley do abismo de impropriedade em que caíra.

Ao comprometer-se com o Sr. Rivenhall numa ocasião em que ele se achava irritado com os excessos do pai, suas palavras gentis caíram em solo fértil. De natureza genuinamente triste, educada sob princípios áridos, só conseguia perceber as ações mais deploráveis na busca do prazer de uma família animada. Charles, em luta ferrenha contra uma pilha colossal de contas, estava muito inclinado a pensar que ela tinha razão. Só depois da chegada de Sophy os seus sentimentos pareceram sofrer uma mudança. A

Srta. Wraxton não podia enganar-se ao menosprezar a influência prejudicial de Sophy no caráter de Charles; e por não ser muito inteligente, apesar de seus estudos, Eugenia tentou neutralizar essa influência de várias maneiras que somente serviram para irritar o rapaz. Quando ela indagou se Sophy lhe dera uma explicação sobre a sua visita a Rundell & Bridge, e, para fazer justiça à prima, ele se sentiu obrigado a contar-lhe uma parte da verdade, o gênio mau de Eugenia a inspirara a sublinhar ao noivo a absoluta irresponsabilidade do caráter de Hubert, sua semelhança com o pai e a natureza imprudente da pretensa conduta bondosa de Sophy no caso. Mas o Sr. Rivenhall já sofria os ataques de sua própria consciência, e uma vez que, com todas as suas faltas, não era do tipo que negasse um resultado evidente, essas observações não encontraram bom acolhimento por parte dele. Disse:

— Eu sou o culpado. O fato de que quaisquer palavras impensadas tivessem feito Hubert sentir que qualquer coisa seria melhor do que me confiar suas dificuldades será uma acusação eterna que farei a mim mesmo! Tenho de agradecer à minha prima por me mostrar quanto errei. Espero que eu possa fazer melhor no futuro. Não tive intenção... porém vejo agora como eu devia parecer insensível ao meu irmão. Tomarei muito cuidado para que o pobrezinho do Theodore não cresça pensando que ele deve me ocultar seus pecadilhos a qualquer preço!

— Meu querido Charles, asseguro-lhe que isso é um excesso de sensibilidade — disse a Srta. Wraxton com delicadeza. — *Você* não deve se considerar responsável pelo comportamento de seus irmãos.

— Engana-se, Eugenia. Sou seis anos mais velho que Hubert, e desde que eu soube, melhor do que ninguém, que meu pai jamais se preocuparia com qualquer um de nós, tornou-se meu dever cuidar dos mais jovens. Não tenho escrúpulos em dizer isto a você, pois sabe qual é a nossa situação.

Sem hesitar, ela respondeu:

— Estou convencida de que sempre cumpriu com seu dever. Tenho visto como procura introduzir na casa de seu pai padrões de comportamento mais corretos, maior noção de disciplina e controle. Hubert pode ter duvidado dos seus sentimentos nesta ocasião, e *justificar* seu comportamento, o qual devo considerar bem chocante, seria muito inadequado. A intervenção da Srta. Stanton-Lacy, expressa, é claro, do modo mais generoso, resultou de um impulso e não parece que foi ditada pela sua consciência. Embora pudesse ter sido doloroso para ela, certamente era sua obrigação contar-lhe tudo e imediatamente. Ter liquidado as dívidas de Hubert desse modo serviu apenas para encorajá-lo em sua tendência ao jogo. Calculo que um momento de reflexão deve tê-la convencido disso, porém, ai de mim, com todas as suas boas qualidades, receio que a Srta. Stanton-Lacy não é muito dada a nutrir pensamentos racionais!

Ele fitou-a de olhos arregalados e com uma expressão que ela não conseguiu interpretar.

— Se Hubert tivesse confiado em você, Eugenia, você teria vindo me contar essa história? — perguntou ele.

— Sem dúvida alguma — respondeu ela. — Sem um minuto de hesitação.

— Sem um minuto de hesitação! — repetiu ele. — Embora fosse uma confidência, embora ele acreditasse que você não o trairia?

Ela esboçou-lhe um sorriso.

— Isso, meu querido Charles, é uma grande tolice. Vacilar diante de tal fato, quando o dever da pessoa está tão claro, é algo com que não tenho paciência! Meu interesse pela carreira futura do seu irmão teria me convencido de que não existia outro caminho a não ser revelar a você sua má ação. Tendências desastrosas desse tipo devem ser reprimidas, e uma vez que seu pai, como você declarou, não se preocupa com...

Ele interrompeu-a sem se desculpar.

— Talvez esses sentimentos façam honra à sua razão, mas não ao seu coração, Eugenia. Você é mulher; talvez não entenda que uma confidência feita a você *deve* ser considerada sagrada. Eu disse que gostaria que ela tivesse me contado, mas não era a verdade. Eu não poderia desejar que alguém traísse uma confidência! Santo Deus, será que eu mesmo faria isso?

Essas palavras pronunciadas rapidamente provocaram um rubor nas faces da moça, que disse bruscamente:

— Deduzo que a Srta. Stanton-Lacy... presumo, sendo ela também mulher... entende isso?

— Entende, entende de fato. Talvez seja um dos efeitos de sua educação. Que, aliás, é excelente! Talvez ela soubesse qual seria o resultado da sua atitude; talvez tenha ido resgatar Hubert apenas por motivo de generosidade. Não sei; não lhe perguntei sobre isso. O resultado foi feliz... muito mais feliz do que teria sido se ela tivesse me revelado tudo. Hubert é muito homem e não se protegeu atrás da prima; confessou-me tudo!

Ela sorriu.

— Receio que sua parcialidade o torne um pouco cego. Depois de descobrir que a Srta. Stanton-Lacy tinha vendido seus brincos, você se dedicou a descobrir o resto. Se eu não tivesse estado na posição de informá-lo dessa ocorrência, gostaria de saber se Hubert teria confessado. Teria?

Sério, ele respondeu:

— Tais palavras não lhe fazem honra! Não sei por que você deveria ser tão injusta com Hubert ou por que deveria estar sempre querendo que eu pense mal dele. *Pensei* mal dele e agora sei que eu estava enganado! A culpa foi minha; tratei-o como se ele ainda fosse uma criança e eu seu mentor. Eu deveria ter procedido melhor para levá-lo a aceitar meus conselhos. Nada disso teria acontecido nós fôssemos mais amigos. Ele me disse: *se tivéssemos um relacio-*

namento melhor...! Você pode avaliar meus sentimentos ao ouvir *isso* do meu irmão. — Soltou uma meia risada. — Foi implacável! O próprio Jackson não teria me derrotado de forma mais eficaz.

— Receio que se você pretende — disse a Srta. Wraxton, no seu tom de voz mais suave — usar o jargão do boxe, não poderei jamais esperar entendê-lo, Charles. Talvez sua prima, com seu conhecimento superior, aprecie essa linguagem.

— Não ficaria de modo algum surpreso! — retorquiu ele, irritado.

Nem todo o seu comedimento impediu-a de dizer:

— Você parece nutrir uma consideração extraordinária pela Srta. Stanton-Lacy.

— Eu? — perguntou ele, estupefato. — Por Sophy? Santo Deus! Pensei que meus sentimentos para com ela fossem suficientemente conhecidos! Tomara que Deus nos livre dela, contudo julgo que não preciso ser tão preconceituoso a ponto de não ver suas boas qualidades.

Ela ficou mais calma.

— Não precisa, realmente, e espero que nem eu tampouco! Que pena ela não aceitar a corte de lorde Bromford. Ele é um excelente homem, tem bom discernimento e uma sobriedade de juízo que devem exercer, imagino, um efeito benéfico em qualquer mulher. — Ela viu que ele a olhava com uma expressão muito divertida e acrescentou: — Pensei que estivesse inclinado a encorajar a corte dele, não?

— Nada tenho a ver com quem Sophy vai se casar — respondeu ele. — Contudo, ela nunca aceitaria Bromford! Melhor para ele!

— Receio que Lady Bromford tenha a mesma opinião que você — replicou a Srta. Wraxton. — É amiga de mamãe, você sabe, e pude conversar com ela sobre o assunto. Que mulher extraordinária! Esteve me contando sobre a fragilidade da constituição física de lorde Bromford e de quanto se preocupa com isso. Quanta pena

272

me causou! Não se pode deixar de concordar com ela de que sua prima jamais daria uma boa esposa para o filho.

— A pior! — respondeu ele, rindo. — Só Deus sabe por que esse rapaz meteu na cabeça a ideia de se apaixonar por Sophy! Pode imaginar como Cecilia e Hubert zombam dela por causa disso! Quanto às histórias que inventam sobre as aventuras dele nas Índias Ocidentais, até minha mãe divertiu-se muito com elas! Ele é uma pessoa da mais absurda esquisitice!

— Não posso concordar com você — declarou ela. — E mesmo que concordasse, não poderia ouvir a não ser com tristeza a sensibilidade de um homem ser transformada em motivo de zombaria.

Essa censura teve o efeito de fazer o Sr. Rivenhall lembrar-se de um compromisso nos arredores que o obrigou a uma partida imediata. Nunca antes discordara tanto da noiva.

Por outro lado, jamais estivera em tal disposição afetiva com relação à prima, uma situação feliz que durou quase uma semana. O que o inspirou a satisfazer um desejo expresso por ela de ver Kemble representar. Embora não fizesse segredo do fato de achar insuportáveis o modo afetado do grande artista e a estranha pronúncia incorreta que destruía seus brilhantíssimos arroubos teatrais, ele comprou um camarote no Covent Garden e acompanhou Sophy, juntamente com Cecilia e o Sr. Wychbold. Sophy ficou um pouco desapontada com o ator, sobre o qual ouvira tantos elogios, porém a noite transcorreu muito agradável, terminando no sofisticado hotel da Henrietta Street, conhecido como a Estrela. No hotel, provando ser um excelente anfitrião, o Sr. Rivenhall reservara uma sala de refeições privativa e encomendara um jantar muito elegante. Seu humor estava tão amável que ele nem mesmo fez uma observação sobre a atuação de Kemble. O Sr. Wychbold mostrou-se conversador e obsequioso, Cecilia exibia sua grande beleza, e Sophy, encantadora, manteve desde o início o fluxo da conversa alegremente. De fato, Cecilia disse, quando mais tarde deu boa-noite ao irmão, que há vários meses não se divertia tanto.

— Nem eu — respondeu ele. — Não sei por que não saímos juntos com mais frequência, Cilly. Julga que nossa prima gostaria de ver Kean? Acho que ele está se apresentando em uma nova peça, no Lane.

Cecilia não tinha dúvidas a respeito, porém, antes que o Sr. Rivenhall tivesse tempo de pôr em execução um plano que estivera arquitetando, o bom entendimento iniciado entre ele e Sophy passara a declinar sensivelmente. Obedecendo às ordens de sua instrutora, lorde Charlbury solicitou a Lady Ombersley que o honrasse com sua presença, levando a filha e a sobrinha a uma pequena reunião organizada por ele, para irem ao teatro. O Sr. Rivenhall tolerou muito bem o fato, contudo, quando veio a saber, mais tarde, que o Sr. Fawnhope participara de tal reunião, sua calma sofreu um sério revés. Parecia que nada teria superado os prazeres da noite! Até Lady Ombersley, que ficara decididamente perturbada com a presença inesperada do Sr. Fawnhope, sucumbiu diante das atenções tanto do seu anfitrião como do seu amigo general Rarford, que por certo fora convidado para entretê-la. A peça, *Bertram*, foi considerada muito comovente; quanto à atuação de Kean, não havia elogio capaz de descrevê-la; e certamente um jantar encantador no Piazza rematara a noite. Grande parte disso o Sr. Rivenhall concluiu pelos relatos da mãe, mas alguma coisa soube por Cecilia, que fazia enorme esforço para contar-lhe quanto se divertira. Ela disse que Sophy estivera animadíssima, mas não mencionou que a disposição de espírito da prima tomara a forma de flerte com seu anfitrião. Naturalmente Cecilia estava satisfeita por saber que seu pretendente rejeitado não acalentava um coração partido e quase igualmente satisfeita por pensar que não tinha propensão a uma forma de divertimento que mostrava sua encantadora prima sob um aspecto pouco lisonjeiro. Quando lorde Charlbury ofereceu-se para mostrar a Sophy como o pai, um lamentável libertino, levava tapas das mulheres, e Sophy, no

274

mesmo instante, estendeu a mão, Cecilia pensou que isso ultra-passara os limites. Estava feliz em pensar que Augustus jamais se comportaria de maneira tão audaciosa. Por certo ele não teve ideia de fazer isso naquela noite. A tragédia a que assistira estimulou-o com a ambição de escrever uma ópera, e conquanto fosse impossível criticar suas maneiras como convidado, Cecilia tinha forte suspeita de que seus pensamentos estavam noutro lugar.

Embora essa noite houvesse sido ruim, o pior estava por vir, na opinião do Sr. Rivenhall. Até o reaparecimento de lorde Charl-bury, depois da sua enfermidade, o mais assíduo acompanhante de Sophy (ou, como o Sr. Rivenhall preferia cruelmente intitulá--lo, seu chichisbéu) fora Sir Vincent Talgarth. Todavia logo se viu lorde Charlbury superar Sir Vincent. Todas as manhãs, a cavalo, ele a encontrava no parque; à tarde, na hora do passeio, seria visto sentado em seu fáeton; era seu par em duas danças no Almack's; levava-a em seu próprio cabriolé para ver os desfiles militares, e até atuou como sua escolta numa visita que ela fez a Merton. Lorde Charlbury não fez segredo do fato de ter gostado sobremaneira da excursão, quando seu senso de humor foi muito instigado pela personalidade sofisticada e langorosa da marquesa. Ele contou a Sophy que teria ficado feliz se permanecesse o dobro do tempo na companhia dela. Declarou que uma mulher que, vencida pelo cansaço de receber visitas matutinas, fechasse os olhos e dormisse sob suas vistas aturdidas era algo realmente fora do comum e me-recia ser cultivado. Ela sorriu e concordou, porém, intimamente, ficou um pouco consternada. Para ela fora um choque encontrar Sir Vincent junto da marquesa.

Sir Vincent não fora seu único visitante; a breve estada da marquesa no Pulteney atraíra vários cavalheiros que já haviam usufruído da sua hospitalidade em Madri; mas ele era seu vi-sitante mais assíduo. O major Quinton também tinha estado lá, bem como lorde Francis Wolvey e o Sr. Fawnhope. A presença do

Sr. Fawnhope era facilmente explicada; sem dúvida ele pensou em escrever uma tragédia sobre Dom João da Áustria, cuja breve porém gloriosa carreira lhe parecia notavelmente adequada para uma ópera. Já havia composto alguns versos comoventes para o seu herói pronunciar em seu febril leito de morte, e julgava que era razoável esperar que a marquesa estivesse em condições de lhe contar muitos detalhes da vida e dos costumes espanhóis que provariam ser inestimáveis para ele ao escrever sua obra-prima. Nesse caso, o conhecimento da marquesa sobre os costumes existentes em seu país no século XVI era muito menor do que o dele, mas ela jamais desencorajaria um rapaz bonito a visitá-la, assim sorriu para ele, sonolenta, e convidou-o para que voltasse quando ela não tivesse outra companhia para dedicar sua atenção.

Sophy, que jamais relacionara o Sr. Fawnhope com algum atributo másculo, ficou muito surpresa ao descobrir que ele cavalgara para visitar a marquesa numa mula puro-sangue que ela mesma não teria desdenhado possuir. Ele voltou para Londres cavalgando atrás do fáeton, e Sophy observou que o rapaz conduzia bem a bela e alegre montaria. Sophy segredou a lorde Charlbury que achava que seria conveniente para ele Cecilia não ver seu poeta sobre um cavalo.

Ele suspirou.

— Querida Sophy, não pense que eu não tenho muito prazer em sua companhia, mas para onde tudo isso está me levando? Talvez você saiba, mas eu não!

— Pode estar certo de que o está levando exatamente para onde deseja ir — respondeu ela, séria. — Por favor, confie em mim. De modo algum Cecilia gosta de vê-lo servindo-me obsequiosamente, asseguro-lhe!

Cecilia não era a única a não obter prazer com esse espetáculo. O Sr. Rivenhall, possivelmente porque ainda alimentava esperanças de um casamento entre Charlbury e sua irmã, olhava tudo isso com o maior desagrado; e lorde Bromford, encontrando-se praticamente eliminado, manifestou contra seu rival tal grau de hostilidade que quase o impossibilitava de fitá-lo com ao menos uma aparência de amabilidade.

— Parece-me uma circunstância muito extraordinária — contou ele a uma de suas maiores simpatizantes — que um homem que fica saracoteando atrás de uma mulher durante mais semanas do que desejo enumerar seja volúvel a ponto de transferir suas atenções para outra mulher em tão curto espaço de tempo! Confesso, não compreendo uma conduta dessa natureza. Prezada Srta. Wraxton, não tivesse viajado um pouco e aprendido alguma coisa sobre a fragilidade humana, eu ficaria totalmente perplexo. Porém não tenho escrúpulos de *lhe* dizer que jamais gostei muito de Charlbury. O procedimento *dele* não me surpreende. Só estou magoado e, posso acrescentar, surpreso, por ver a Srta. Stanton-Lacy tão iludida!

— Sem dúvida — respondeu a Srta. Wraxton suavemente — era de esperar que uma dama acostumada a viver no Continente considerasse essas questões sob um prisma um tanto diverso daquele em que pessoas humildes e caseiras como eu consideram. Creio que o flerte é realmente um passatempo entre as senhoras estrangeiras.

— Minha cara senhora — replicou o rapaz —, devo dizer-lhe que, de modo algum, sou defensor da ideia de viagens para as senhoras. Não me parece ser uma coisa necessária à educação do sexo frágil, embora julgue ser indispensável para um homem. Não me causaria espanto saber que Charlbury jamais pôs o pé fora desta ilha, uma particularidade que me faz estranhar mais do que nunca a predileção da Srta. Stanton-Lacy pela companhia dele.

A hostilidade de lorde Bromford era do perfeito conhecimento de seu alvo. Charlbury, conduzindo o cavalo a meio-galope ao longo da alameda com Sophy, disse-lhe sem demora:

— Se eu sair desta pantomima inteiro devo julgar-me um felizardo! Sophy, por acaso está querendo que eu seja assassinado, sua perversa?

Ela riu.

— Bromford?

— Ele ou Charles. Dos dois, espero que seja ele a me desafiar. Ouso afirmar que não consegue atingir um monte de feno a dez metros de distância, mas sei que Rivenhall é um excelente atirador.

Ela virou a cabeça para olhá-lo.

— Acha mesmo? Charles?

Ele retribuiu o olhar, seus olhos zombando dela.

— Isso mesmo, Madame Inocência! Sem dúvida devido à desfeita à irmã! Diga-me, você que é sempre sincera, tem o costume de determinar parceiros para todos, aonde quer que vá?

— Não — respondeu ela. — Não, a menos que seja o melhor para eles.

Ele riu, e ainda ria quando se encontraram com o Sr. e a Srta. Rivenhall, cavalgando lado a lado na direção deles.

Sophy cumprimentou a prima com verdadeiro prazer, deixando totalmente de expressar sua surpresa ao ver Cecilia entregar-se a uma forma de divertimento ao qual não estava muito habituada. Ela e Charlbury alinharam os cavalos para cavalgarem com os Rivenhalls, e ela não se opôs quando, depois de um pequeno avanço, o Sr. Rivenhall obrigou-a a ficar para trás, e prosseguiu a um passo tranquilo alameda abaixo. Ela disse:

— Gosto desse seu baio, Charles.

— Pode gostar dele — respondeu o Sr. Rivenhall de modo desagradável —, mas não irá montá-lo!

Ela lançou-lhe um olhar de esguelha, transbordante de malícia.

— Não, querido Charles?

— Sophy — disse o Sr. Rivenhall, passando do modo autocrático à pura ameaça —, se *ousar* colocar sua sela no meu Thunderer, eu a estrangulo e jogo seu corpo no Serpentine!

Ela emitiu aquela risada que nunca deixava de provocar o sorriso enviesado de Charles.

— Ah, não, Charles, você faria isso? Bem, não posso culpá-lo. Se algum dia eu o encontrar escarranchado em Salamanca, certamente dou-lhe um tiro, *e eu* estarei ciente de que arma dispara um pouco para a esquerda.

— É mesmo? — replicou o Sr. Rivenhall. — Bem, minha querida prima, quando formos a Ombersley, terei muita satisfação de conferir a sua pontaria certeira. Você me mostrará o que consegue fazer com as minhas pistolas de duelo. Elas não disparam para a esquerda nem para a direita. Sou um tanto exigente na escolha das minhas armas.

— Pistolas de duelo! — exclamou Sophy, muito impressionada. — Não o havia julgado capaz disso, Charles! Quantas vezes já participou de um? Sempre mata seu adversário?

— Raramente! — replicou ele. — É triste, mas o duelo saiu de moda, querida Sophy. Lamento ser obrigado a desapontá-la.

— Desapontar-me, não — disse ela, balançando a cabeça. — Eu realmente não esperava ouvir que você já havia feito algo tão chocante.

Isso o fez rir. Lançou a mão para o alto, no gesto característico de um espadachim ao reconhecer um golpe certeiro.

— Muito bem, Sophy! *Touché!*

— Você esgrima?

— Sofrivelmente. Por quê?

— Ah, eis uma coisa que jamais aprendi!

— Santo Deus, como isso aconteceu? Julgara que Sir Horace *devia* ter-lhe ensinado a manejar um espadim.

— Não — respondeu Sophy, dando aos lábios um aspecto afetado. — E não me ensinou a boxear tampouco, portanto são duas coisas, Charles, que você deve ser capaz de fazer melhor do que eu.

— Na realidade você me deixou para trás — concordou ele suavemente. — Sobretudo na arte dos jogos amorosos.

No mesmo instante ela o desconcertou ao fazer um ataque direto.

— Jogos amorosos, Charles? Você não está, espero, me acusando de *flertar*, está?

— Então não estou? — perguntou ele, carrancudo. — Esclareça-me, eu lhe peço, a natureza da sua conduta com Charlbury.

Ela exibiu-lhe um rosto inocente.

— Mas, Charles, qual é a razão disso? Sem dúvida eu não poderia estar enganada! Está tudo acabado entre ele e Cecilia. Não é possível que você acredite que eu encorajaria as investidas dele se assim não fosse.

O cavalo baio tentou forçar uma marcha a meio-galope e foi detido. Furioso, o Sr. Rivenhall disse:

— Tolice! Não procure me tapear, Sophy! Charlbury e você! Ora, que imbecil deve me julgar!

— Ora, nada disso! — assegurou-lhe Sophy, de modo comovente. — Mas não há nada que eu não faça para agradar a Sir Horace, e eu gostaria muito mais de casar com Charlbury do que com Bromford!

— Às vezes me parece — replicou o Sr. Rivenhall — que a *sensibilidade* é uma virtude totalmente desconhecida para você.

— É mesmo, fale-me sobre ela! — disse Sophy, com imensa cordialidade.

Ele não se aproveitou desse convite, porém disse em tom cortante:

— Eu talvez devesse preveni-la de que a insistente perseguição de Charlbury está rapidamente fazendo de você o tema de falatório da cidade. Se dá alguma importância a isso não sei, mas como minha mãe é responsável por você, devo confessar que lhe ficaria grato se pudesse comportar-se com um pouco mais de discrição.

— Certa vez você me falou sobre algo mais que eu poderia fazer algum dia se desejasse agradá-lo — comentou Sophy, pensativa. — Confesso, espero que jamais venha a desejar isso, pois, por mais que eu tente, *não consigo* me lembrar do que se tratava.

— Esteve determinada, não esteve, a fazer-me não gostar de você desde o dia que nos conhecemos? — perguntou ele.

— De modo algum. Não gostou de mim sem o mínimo encorajamento.

Ele cavalgou em silêncio durante alguns instantes, dizendo finalmente com um tom de voz tenso:

— Está enganada. Não desgosto de você. Isto é, houve muitas ocasiões em que gostei muito de você. Não ache que esqueci o quanto lhe devo.

Ela interrompeu-o:

— Não me deve nada! Poupe-me de continuar ouvindo a respeito, por favor! Fale-me sobre Hubert. Ouvi você contar à minha tia que recebeu uma carta dele. Ele está bem?

— Perfeitamente, imagino. Apenas escreveu para me pedir que lhe mande um livro que ele esqueceu. — Esboçou um sorriso amplo de repente. — E para informar-me sobre sua determinação de comparecer a todas as aulas! Se eu não julgasse que *essa* revolução deve falhar, iria a Oxford imediatamente! Tal virtude só poderia levá-lo a buscar alívio no mais chocante dos excessos. Deixe-me dizer-lhe uma coisa, Sophy, algo que eu nunca disse. Fomos interrompidos antes que eu pudesse fazê-lo, e nunca encontrei uma oportunidade desde então. Serei sempre grato a você por me mostrar, conforme o fez, quanto estava errado no meu modo de lidar com Hubert.

— Isso é tolice, mas eu poderia mostrar-lhe, se me permitisse, quanto está errado no modo como trata Cecilia — disse ela.

A expressão do rosto dele enrijeceu.

— Obrigado! Sobre esse assunto é provável que não concordemos.

Ela não disse mais nada e permitiu que Salamanca desenvolvesse uma marcha a meio-galope e alcançasse lorde Charlbury e Cecilia.

Encontrou-os conversando à vontade, depois que o constrangimento que Cecilia sentira ao ver-se obrigada a cavalgar só com ele foi rapidamente banido pela cordial naturalidade das suas maneiras. Nem por uma palavra ou por um olhar ele a fez lembrar-se do que houvera entre eles; ao contrário, Charlbury começou logo a falar sobre um assunto genérico que ele sabia que iria interessá-la. Isso proporcionou a ela uma mudança agradável, pois a conversa do Sr. Fawnhope no momento se limitava quase inteiramente ao objetivo e à estrutura da sua grande tragédia. Ouvir um poeta discutir consigo mesmo — pois dificilmente teriam dito que ela participara da discussão — sobre os méritos dos versos brancos como um recurso dramático era naturalmente um privilégio do qual qualquer senhorita deveria orgulhar-se, contudo não se poderia negar que conversar durante meia hora com um homem que ouvia com interesse qualquer coisa dita por ela, era, se não exatamente um alívio, pelo menos uma variação recebida com prazer. Não era à toa que lorde Charlbury era dez anos mais velho que seu jovem rival. O rosto bonito e o sorriso cativante do Sr. Fawnhope poderiam deslumbrar os olhos femininos, porém ele ainda não aprendera a arte de transmitir a uma dama a impressão agradável de que ele a via como uma criatura frágil, a ser tratada com carinho e considerada sob todos os aspectos. Talvez por temperamento lorde Charlbury fosse incapaz de consagrá-la como ninfa ou de comparar de modo favorável os lírios com os olhos dela, porém ele infalivelmente providenciaria uma capa para se o tempo estivesse inclemente, a suspenderia diante de um obstáculo que ela não pudesse superar sozinha e a convenceria de todas as maneiras de que, aos olhos dele, ela era um ser precioso que deve ser protegido com todo o cuidado.

Seria exagero dizer que Cecilia estava lamentando a rejeição de lorde Charlbury, mas quando Sophy e Charles se juntaram ao casal, a moça sem dúvida sentiu uma vaga sensação de descontentamento depois que seu *tête-à-tête* foi interrompido.

Mais tarde, como que desinteressada, ela tentou discutir o assunto com Sophy, porém achou curiosamente difícil expressar qualquer um dos sentimentos que a envolviam. Por fim, inclinou a cabeça para o bordado que fazia e perguntou à prima se lorde Charlbury já pedira para lhe fazer a corte.

Sophy riu.

— Santo Deus, não, sua tonta! Charlbury não tem intenções sérias a meu respeito.

Cecilia continuou de olhos baixos.

— Deveras? Eu diria que ele mostrava o mais decidido interesse por você.

— Minha querida Cecy, não vou provocá-la referindo-me a esse assunto, mas estou convencida de que Charlbury oculta o que sente. Não me admiraria se ele acabasse seus dias como solteirão.

— Não creio — respondeu Cecilia, cortando com a tesoura o fio de seda. — E calculo que nem você, Sophy. Ele a pedirá em casamento e... e espero que o aceite, porque se não estiverem apaixonados um pelo outro, não posso imaginar que outro cavalheiro você poderia preferir a ele.

— Bem, veremos! — foi só o que Sophy disse.

XIV

Depois que a ideia de escrever uma tragédia apoderou-se com todo o vigor de sua mente, o Sr. Fawnhope pareceu banir qualquer plano imediato de procurar um emprego remunerado. Em várias ocasiões ele chegou a Berkeley Square, totalmente imune às rudes afrontas do Sr. Rivenhall, levando no bolso o mais recente trecho de sua peça, que lia para Cecilia e Sophy, e uma vez até para Lady Ombersley que, depois, queixou-se de não ter entendido uma palavra. Ele parecia também passar muitas tardes em Merton, mas quando Sophy lhe perguntava sobre os outros convidados de Sancia, ele jamais conseguia lembrar com muita clareza quem estivera presente. Todavia, quando Sir Vincent veio fazer uma visita em Berkeley Square, não fez segredo do fato de que ele ia a Merton com muita frequência. Sophy, uma criatura sem cerimônia, disse-lhe francamente que não confiava nele e agradeceria se ele se lembrasse de que Sancia era noiva de Sir Horace.

Sir Vincent riu gentilmente e pegou em seu queixo com força, segurando-o por um longo instante e elevando o rosto dela.

— Agradeceria, Sophy? — perguntou ele, zombando. — Mas quando lhe propus casamento você não quis nada comigo! Seja razoável, Juno! Se você me rejeita, não pode esperar que eu reaja docilmente à sua vontade de controlar meus movimentos.

Ela ergueu a mão para agarrar o pulso dele.

— Sir Vincent, o senhor *não* vai cometer uma traição contra Sir Horace! — disse ela.

— Por que não? — perguntou ele friamente. — Pensa que ele não faria o mesmo comigo? Você é uma ingênua esplêndida, adorável Juno!

Visto que o Sr. Rivenhall escolheu esse momento mais impróprio para entrar na sala de estar, Sophy não pôde dizer mais nada. Sem constrangimento, Sir Vincent soltou-a e encaminhou-se na direção do seu anfitrião para cumprimentá-lo. A recepção do outro, porém, foi gélida; não o encorajou a prolongar sua visita; e nem bem ele se despedira, o Sr. Rivenhall deu à prima, sem reserva, o benefício da sua opinião sobre o seu comportamento ao encorajar um notório libertino a usar de familiaridades com ela. Sophy ouviu-o com ar de grande interesse, mas, se ele esperara desconcertá-la, ficou desapontado, pois tudo que ela disse em resposta foi:

— Considero suas repreensões de primeira ordem, Charles, pois jamais tem dificuldade de escolher uma palavra. Mas você me chamaria de namoradeira *incorrigível*.

— Sim, chamaria! Você encoraja todo militar que um dia conheceu a frequentar esta casa! Provoca comentários na cidade com sua conduta escandalosa ao conservar Charlbury atrás de si, e não contente com isso, permite que um tipo como Talgarth se comporte como se você tivesse sido criada de uma estalagem.

Ela arregalou os olhos.

— *Charles!* É isso que vocês fazem? Seguram com força os queixos das moças? Ora, nunca fiquei tão assombrada! Não pensei que o fizessem!

— Não teste minha paciência, Sophy! — disse ele em tom de ameaça. — Se soubesse a comichão que minhas mãos sentem de lhe dar um tabefe, tomaria cuidado!

— Ah, estou certa de que jamais fariam isso — disse ela, sorrindo. — Sabe que Sir Horace não me ensinou a lutar boxe, e seria injusto. Além disso, por que você haveria de dar alguma importância ao que faço? Não sou uma de suas irmãs!

— Graças a Deus!

— Graças a Deus mesmo, pois você é o mais horrível dos irmãos, saiba disso! Pare de fazer papel de bobo! Sir Vincent é um caso lamentável, mas jamais me faria qualquer mal, eu lhe asseguro. *Isso* estaria totalmente contra seu código de honra, pois me conheceu quando eu era menina e é amigo de Sir Horace. Devo dizer que ele é uma criatura muito estranha. Quanto à Sancia, está perfeitamente claro que ele não a considera nem um pouco intocável. — Ela franziu a testa. — Estou muito mais receosa sobre o que ele pode fazer quanto a isso. Gostaria de saber se devo dizer que me casarei com ele, afinal!

— O quê?! — exclamou o Sr. Rivenhall. — Casar-se com aquele tipo? Não enquanto estiver sob este teto!

— Certo, mas não posso deixar de pensar que talvez deva isso a Sir Horace. Admito, seria um sacrifício, mas estou certa de que ele confia em que tomo conta de Sancia enquanto ele está ausente, e não sei como posso impedir que Sir Vincent roube o afeto dela, a menos que eu me case com ele. Sir Vincent é um galanteador, você sabe.

— Você me parece — disse o Sr. Rivenhall com severidade — ter perdido o juízo. Difícil esperar que eu acredite que você alimenta a ideia de se casar com aquele homem.

— Mas, Charles, acho você muito contraditório — salientou ela. — Nem bem há uma semana você afirmou que quanto mais cedo me casasse e saísse desta casa, mais satisfeito você ficaria, mas quando eu disse que talvez me casasse com Charlbury, você se enfureceu, e agora também não quer nem ouvir falar no pobre Sir Vincent!

O Sr. Rivenhall não tentou dar uma resposta. Apenas lançou um olhar sombrio para a prima.

— Só uma coisa poderia me surpreender, e seria saber que Talgarth lhe propôs casamento!

— Bem, então pode surpreender-se — respondeu Sophy placidamente —, porque ele já o fez dezenas de vezes. Já se tornou um hábito dele, creio. Mas sei o que quer dizer, e tem razão; ele ficaria muito desconcertado se eu levasse a proposta a sério. Eu poderia, é claro, aceitar o compromisso e desistir quando Sir Horace regressasse, mas parece uma coisa meio indigna, não parece?

— Extremamente indigna!

Ela suspirou.

— Isso mesmo, e ele é tão inteligente que ouso afirmar que adivinharia o que eu estava tramando. Creio que poderia retirar-me para Merton, e isso, sem dúvida, seria constrangedor para Sir Vincent. Mas receio que Sancia não ia gostar nem um pouco.

— Sou solidário a ela!

Sophy fitou-o. Sob o olhar aturdido e estarrecido do rapaz, grandes lágrimas se empoçaram lentamente em suas pálpebras e rolaram pelo rosto. Ela não fungou nem conteve as lágrimas, nem mesmo soluçou; apenas deixou que se acumulassem e caíssem

— *Sophy!* — exclamou o Sr. Rivenhall, abalado. Involuntariamente, deu um passo para a frente, controlou-se e disse um tanto trêmulo: — Por favor, não faça isso! Não pretendia... Não tinha a intenção... Sabe o que se passa comigo? Digo mais do que pretendo e... Sophy, pelo amor de Deus, não chore!

— Ah, não me impeça! — pediu Sophy. — Sir Horace diz que é meu *único* dom.

O Sr. Rivenhall olhou-a, espantado.

— *O quê?*

— Pouquíssimas pessoas são capazes de fazê-lo — garantiu Sophy. — Descobri por puro acidente quando eu tinha apenas 7 anos. Sir Horace disse que eu devia cultivá-lo, pois viria a achar esse dom muito útil.

— Sua, sua... — O Sr. Rivenhall não encontrava as palavras. — Pare imediatamente com isso!

— Ah, já parei! — disse Sophy, enxugando as lágrimas cuidadosamente. — Não consigo continuar se não mantenho pensamentos tristes na minha cabeça, como, por exemplo, você dizendo coisas desagradáveis de mim ou...

— Não acredito que sinta a mínima vontade de chorar — afirmou o Sr. Rivenhall, sem rodeios. — Você só fez isso para me intimidar! Você é a criatura mais abominável... Não comece outra vez!

Ela riu.

— Muito bem, mas se sou tão horrível, talvez fosse melhor ficar com Sancia.

— Compreenda uma coisa: meu tio deixou-a expressamente aos cuidados de minha mãe, e nesta casa permanecerá até o dia em que ele retornar à Inglaterra. Quanto a essas ideias ridículas sobre a marquesa, *você* não é responsável por qualquer coisa que ela decida fazer.

— Quando se está em jogo o bem-estar de pessoas próximas, é impossível dizer que não se é responsável — respondeu Sophy simplesmente. — Deve-se fazer um esforço para ser útil. Embora eu não saiba o que fazer nesse caso. Gostaria que Sancia pudesse ficar na casa de Sir Horace.

— Em Ashtead? De que modo adiantaria?

— Não fica tão próximo da capital.

— Uns 26 ou 27 quilômetros apenas, creio.

— Duas vezes mais distante que Merton. Porém é inútil ficar falando a respeito. Sir Horace disse que o lugar está em mau estado, praticamente impróprio para morar. Ele pretende colocá-lo em ordem quando voltar para a Inglaterra. Só desejo que não seja tarde demais.

— Por que seria tarde demais? — perguntou o Sr. Rivenhall, interpretando-a mal de propósito. — Presumo que a Mansão Lacy não fiquei inteiramente vazia. Meu tio não deixa alguns criados para tomar conta da propriedade?

— Apenas os Claverings e um empregado, creio, para cuidar dos jardins e da fazenda. Mas você sabe muito bem que não foi isso o que eu quis dizer.

— Se quer um conselho — sentenciou o Sr. Rivenhall —, não se meta nos assuntos da marquesa. — Depois acrescentou com sarcasmo: — Ou nos de qualquer outra pessoa. E poupe-se o trabalho de me dizer que não pretende aceitar meu conselho, pois isso já sei.

Sophy cruzou as mãos no colo e começou a girar os polegares, tendo uma expressão tão absurda de docilidade no semblante que Charles foi obrigado a sorrir.

No entanto, à medida que a temporada de bailes prosseguia, ele passou a sorrir com menos frequência. Uma vez que ainda não fora apresentada à Corte, Sophy não recebeu convite para a grandiosa festa do Regente em Carlton House; contudo, dificilmente havia outro acontecimento social que ela não abrilhantasse. Moralmente obrigado, o Sr. Rivenhall acompanhava a mãe e as duas jovens sob os seus cuidados a muitos desses eventos, porém, como era forçado a passar boa parte do seu tempo observando a irmã a dançar com o Sr. Fawnhope e a prima a flertar de maneira ultrajante com Charlbury, quase não foi surpresa o fato de ele se sentir instigado a dizer que ficaria aliviado quando o verão encontrasse a família alojada a salvo na Mansão Ombersley. Ele expressou também o desejo de que Sophy fizesse sua escolha entre os vários pretendentes, de modo que ele pudesse um dia regressar a uma casa sem visitantes. A Srta. Wraxton disse que era de esperar que Sir Horace talvez não ficasse muito mais tempo ausente da Inglaterra; mas como a única missiva até agora recebida desse cavalheiro errante não mencionara uma perspectiva de breve regresso do Brasil, não se podia levar o retorno em grande consideração.

— Se — disse a Srta. Wraxton, baixando os olhos em sinal de grande acanhamento — ela ainda estiver com a querida Lady Ombersley em setembro, Charles, acho que devo pedir-lhe para que seja uma das minhas damas. Seria apenas por educação!

Ele concordou, mas só depois de um instante de pausa.

— A essa altura espero que meu tio já tenha regressado. Só Deus sabe o que ela irá fazer para me atormentar... nos atormentar... em Ombersley, mas sem dúvida descobrirá algo.

Quando julho chegou, não houve novas conversas sobre Ombersley. O Sr. Rivenhall, cumprindo uma velha promessa, levou as três irmãs mais jovens ao Anfiteatro Astley, para comemorar o aniversário de Gertrude e, uma semana depois, o Dr. Baillie foi chamado para atender Amabel.

Ela começara a mostrar sinais de enfermidade quase imediatamente, e embora o médico mais tarde garantisse reiteradas vezes ao Sr. Rivenhall que não havia como dizer onde ela teria contraído aquela febre, ele continuou obstinadamente culpando a si mesmo. Era evidente que a menina estava muito mal, a cabeça doendo sem parar, a febre aumentando de maneira alarmante à noite. O assustador espectro do tifo assombrava todos, e nem todas as garantias do Dr. Baillie — de que as lamúrias de Amabel externavam a forma mais branda da moléstia, nem tão infecciosa nem tão perigosa — conseguiram apaziguar os temores de Lady Ombersley. A Srta. Adderbury, Selina e Gertrude foram enviadas imediatamente para Ombersley; Hubert, que passava as primeiras semanas das férias com parentes em Yorkshire, recebera aviso expresso para não se aproximar de Berkeley Square até passar todo o perigo. Lady Ombersley teria afastado também Cecilia e Sophy se pudesse persuadi-las a atenderem às suas súplicas, porém ambas permaneceram irredutíveis. Sophy disse que tinha tido muita experiência com febres bem mais severas do que a de Amabel e que ainda não apanhara nenhuma infecção pior do que o sarampo; e Cecilia, agarrando-se afetuosamente à mãe, disse-lhe que nada poderia arrancá-la do seu lado. A pobre Lady Ombersley só pôde abraçar a filha e chorar. Sua constituição física não era forte o bastante para permitir-lhe suportar com coragem as doenças dos filhos. A despeito de todo o desejo do mundo para cuidar de Amabel com suas próprias mãos, não aguentou ver o mal-estar da filha. Sua sensibilidade foi mais forte que sua determinação; a mera visão do rubor febril nas faces de Amabel provocou um dos seus piores espasmos nervosos, de modo que Cecilia teve de tirá--la do quarto da doente, levá-la para o seu próprio leito e mandar sua criada pedir ao Dr. Baillie que lhe fizesse uma visita antes de deixar a casa. Lady Ombersley não podia esquecer a morte trágica, em circunstâncias semelhantes, da filhinha que nascera depois de Maria, e, desde o início da doença de Amabel, perdeu a esperança de que ela se recuperasse.

Era realmente lamentável que o Sr. Rivenhall também tivesse ido passar uns tempos com a tia em Yorkshire, pois sua presença sempre exercera um efeito calmante em sua mãe nas ocasiões de grande tensão; e Amabel, quando a febre aumentava, chamava com frequência pelo irmão. Confiava-se que uma voz masculina pudesse acalmá-la, assim o pai foi introduzido no quarto e tentou, desajeitadamente, com agrados e lisonjas, fazê-la recuperar o raciocínio. Ele não tinha medo do contágio depois que o médico lhe dissera que era raro uma pessoa adulta contrair a doença, porém, embora ficasse muito contrafeito ao ver o estado de Amabel, nunca dera muita atenção aos filhos e agora não conseguia acalmá-la. Na verdade, suas lágrimas corriam tão abundantemente que ele foi obrigado a sair do quarto.

Ao lançar à velha babá um olhar duvidoso, o Dr. Baillie balançou a cabeça e mandou que a Sra. Pebworth viesse a Berkeley Square. A Sra. Pebworth, uma mulher volumosa, de olhos lacrimosos e um chapéu enorme, sorriu ternamente para as duas senhoritas que a receberam e, numa voz rouca, garantiu-lhes que nada receassem, visto que a menina estaria segura sob os seus cuidados. Contudo, doze horas depois ela dirigia observações vituperiosas à porta fechada da mansão, depois de ter sido, por ordem da Srta. Stanton-Lacy, conduzida ao lado de fora da casa pela temível Jane Storridge. Uma enfermeira, Sophy informou claramente ao Dr. Baillie, que se revigorava continuamente com o conteúdo de uma garrafa sempre cheia e que dormia a noite inteira numa poltrona ao lado da lareira, enquanto sua paciente se agitava e gemia, elas bem que poderiam dispensar. Assim, quando o Sr. Rivenhall, depois de viajar apressadamente para o sul logo que recebeu as notícias de Londres, chegou em Berkeley Square, encontrou a mãe sofrendo de palpitações nervosas, o pai procurando refúgio no White's ou no Wattier's, a irmã tirando um cochilo de uma hora em sua cama e a prima no quarto da doente.

Quando as dificuldades se abatiam sobre seu lar, Lady Ombersley esquecia todas as maneiras desagradáveis de Charles e ficava muito inclinada a considerá-lo seu único apoio. Sua alegria ao vê-lo entrar em seu quarto de vestir só não foi completa devido ao medo de que ele pudesse apanhar o tifo. Ela se achava reclinada no sofá, porém ergueu-se para passar os braços em torno do pescoço do filho, exclamando:

— Charles! Ah, meu querido filho, graças a Deus que veio! É tão terrível, e sei que ela me será tomada como aconteceu com a minha pobre Clara!

Quando terminou de falar, rompeu em prantos, e durante alguns minutos ele se ocupou de acalmar seu espírito agitado. Logo que a mãe ficou mais calma, ele se arriscou a perguntar-lhe sobre a natureza da doença de Amabel. As respostas da mãe foram desconexas, mas ela disse o suficiente para convencê-lo de que o caso era desesperador e de que a enfermidade fora contraída no Anfiteatro Astley. O rapaz ficou tão consternado que não pôde falar por alguns momentos, porém levantou-se abruptamente da cadeira ao lado do sofá, caminhou em largas passadas até a janela e ficou olhando para fora. Enxugando os olhos, a mãe disse:

— Se ao menos eu não fosse tão deploravelmente fraca! Você sabe, Charles, quanto anseio ficar à cabeceira de minha filha. Contudo, vê-la tão esgotada, tão corada pela febre, provoca as minhas piores palpitações, e se ela me reconhece, logo se põe mais aflita. Quase não me permitem entrar no quarto!

— Não convém mesmo — respondeu ele, como um autômato. — Quem está cuidando dela? Addy está aqui?

— Não, não, o Dr. Baillie achou mais prudente mandar as outras crianças para Ombersley. Ele nos trouxe uma criatura pavorosa... Nunca vi a mulher, mas Cecilia disse que era uma bêbada miserável... e Sophy despediu-a. A velha babá está encarregada de tudo, e você sabe como ela é de confiança. E as meninas a ajudam, de modo que o Dr. Baillie me garantiu que não preciso ficar inquieta. Disse que a querida Sophy é uma excelente enfermeira e que a doença está seguindo seu curso normal, mas ah, Charles, não consigo me convencer de que ela me será poupada!

Imediatamente o filho voltou para o lado dela e devotou-se à tarefa de confortar seus receios com mais paciência do que se esperaria de alguém com um temperamento tão impaciente. Quando pôde escapar, ele foi para o andar de cima à procura da irmã. Ela acabara de levantar da cama e estava saindo do quarto quando Charles chegou ao patamar. O aspecto dela era de palidez e cansaço, contudo seu rosto iluminou-se ao vê-lo, e ela exclamou num tom de voz confidencial:

— Charles! Sabia que poderíamos contar com você! Já esteve com mamãe? Ela sentiu tanto a sua falta!

— Saí neste instante do quarto dela. Cilly, Cilly, ela me disse que Amabel adoeceu poucos dias depois daquela amaldiçoada noite no Astley!

— Psssiiu! Venha ao meu quarto! Amabel está no quarto azul, e você não deve falar tão alto aqui! *Nós* também julgávamos que fosse isso, mas o Dr. Baillie duvida. Lembre-se de que as outras duas estão bem! Ainda ontem recebemos notícias de Addy. — Ela fechou com cuidado a porta do quarto. — Não devo ficar mais de um minuto. Mamãe poderá precisar de mim.

— Minha pobre menina, parece morta de cansaço!

— Não, não, não estou! Ora, não há quase nada para eu fazer, às vezes fico terrivelmente irritada quando vejo Sophy, e aquela boa e gentil empregada que ela tem, carregando todos os fardos em seus ombros. Pois a babá está ficando muito velha para poder cuidar de tudo, você sabe, e além disso ela se põe muito triste por ver a coitadinha da Amabel naquele estado. Mas se uma de nós não fica o tempo todo com mamãe, ela chega a ter um dos seus espasmos de tanta agitação... você já conhece o temperamento dela. Mas agora que está aqui, poderá aliviar um pouco minhas obrigações. — Sorriu e apertou-lhe a mão. — Nunca pensei ficar tão contente em ver alguém! E Amabel ficará também! Chama por você o tempo todo e quer saber por onde anda. Se não soubesse que viria, eu teria mandado chamá-lo! Não receia contrair a infecção? — Ele fez um gesto de impaciência. — Não, eu estava certa de que você não pensaria nisso. Sophy saiu para dar uma volta. O Dr. Baillie nos fez recomendações quanto à necessidade de exercícios ao ar livre, e somos muito obedientes, asseguro-lhe! À tarde, a babá fica com Amabel.

— Posso vê-la? Não ficará agitada?

— Não mesmo. Creio que deve até acalmá-la. Se ela estiver acordada e... e consciente. Quer vir até o quarto dela agora? Você vai encontrá-la lamentavelmente mudada, coitadinha!

Ela o levou até o quarto da doente, e entraram de mansinho. Amabel estava inquieta e com muita febre, rejeitando, irritada, qualquer sugestão para o seu bem-estar; porém quando viu o irmão favorito, seus olhos apáticos animaram-se visivelmente e um débil sorriso dominou seu rosto afogueado. Estendeu a mão, que o irmão pegou, e ele falou gentil e alegremente com ela, de um modo que pareceu fazer-lhe bem. Ela não queria deixá-lo ir embora, mas diante de um sinal de Cecilia ele soltou a mão febril que agarrava a sua, prometendo voltar logo se Amabel fosse uma boa menina e bebesse o remédio que a babá lhe preparara.

Charles ficou muito chocado com a aparência da irmã e achou difícil acreditar na previsão de Cecilia de que, quando a febre passasse, a paciente recobraria logo o peso perdido. Ele também achava que a babá não era apta a organizar os cuidados com a doente. Cecilia concordou, mas confortou-o ao dizer que quem estava no comando era Sophy.

— O Dr. Baillie diz que ninguém faria isso melhor, e na verdade, Charles, você não duvidaria se pudesse ver como Amabel fica bem com ela. Sophy tem tal determinação, tal firmeza! A pobre babá não gosta de forçar a menina a fazer o que ela não quer, e além disso tem noções antiquadas que não combinam com o Dr. Baillie. Mas em nossa prima ele diz que tem confiança, que ela obedece às suas orientações. Ah, você não consegue afastá-la de Amabel! Seria fatal, pois ela fica agitada se Sophy se ausenta muito tempo do quarto.

— Somos muito gratos a Sophy — disse ele. — Mas não é justo que ela fique fazendo esse trabalho. Sem falar no risco de contaminação. Ela não veio à nossa casa para servir de enfermeira.

— Certo — concordou Cecilia. — Ela não veio para isso, é claro, mas... mas... não sei qual a razão, mas Sophy parece ser tanto parte da nossa família que não se pode considerar as coisas desse modo.

Ele ficou calado, e ela o deixou, dizendo que precisava ver a mãe. Mais tarde, quando ele viu Sophy e tentou se impor a ela, a moça o interrompeu bruscamente.

— Estou encantada por ter voltado, meu querido Charles, pois nada seria melhor para Amabel. Também sua pobre mãe precisa do apoio da sua presença. Mas se pretende falar comigo dessa maneira tola, logo desejarei que você esteja a centenas de quilômetros daqui!

— Você tem seus próprios compromissos — insistiu ele. — Acho que devo ter visto uma dúzia de convites sobre o consolo da lareira do Salão Amarelo! Não acho certo você renunciar a todos os seus divertimentos por causa da minha irmãzinha!

Os olhos de Sophy riram para ele.

— Não, realmente! Que coisa chocante o fato de eu ser obrigada a renunciar a alguns bailes! Como sobreviverei, gostaria de saber. Que encantador da minha parte ficar exigindo que minha tia me acompanhe às festas com a casa sofrendo tal perturbação. Ora, por favor, não me faça ouvir mais nada, e em vez de se aborrecer com essas tolices, veja o que pode fazer para distrair o espírito de minha tia. Você conhece o seu temperamento nervoso e sabe que a menor coisa abala sua constituição física. A incumbência de mantê-la animada e calma recai inteiramente sobre a pobre Cecy,, pois seu pai, se você não ficar ofendido por eu assim dizer, não é da menor utilidade nesta crise.

— Eu sei. Farei o que puder. Posso bem imaginar que tarefa árdua Cecilia deve enfrentar. Na verdade, fiquei chocado ao vê-la tão esgotada! — Ele hesitou e disse, um pouco rígido: — A Srta. Wraxton talvez pudesse ser útil neste caso. Eu não sugeriria que entrasse no quarto de Amabel, mas estou certo de que se ela ficasse com minha mãe de vez em quando, seria benéfico. Possui tal sensibilidade de espírito que... — Ele parou, percebendo uma mudança na expressão da prima, e disse, um tanto áspero: — Sei que não gosta da Srta. Wraxton, mas até você admitirá que seu tranquilo bom senso deve ser de valor nesta situação difícil.

— Meu querido Charles, não me reprove! Não tenho dúvidas de que é exatamente como diz — respondeu Sophy. — Veja se ela poderá vir.

Ela não diria mais nada, contudo não demorou muito para o Sr. Rivenhall descobrir que sua noiva, embora sinceramente solidária com a família dele nessa aflição, não queria expor-se aos perigos do contágio. Ela disse, apertando-lhe a mão afetuosamente, que a mãe a proibira expressamente de entrar na casa até que todo o perigo passasse. Era verdade. A própria Lady Brinklow disse isso ao Sr. Rivenhall. Ao saber que ele cometera a imprudência de visitar Amabel, ela alarmou-se visivelmente e pediu-lhe que não repetisse a visita. A Srta. Wraxton acrescentou a importância do seu próprio conselho:

— Na verdade, Charles, não é sensato. Além do mais, não há necessidade de você correr tal risco. Os cavalheiros ficam totalmente deslocados no quarto de uma doente.

— Está com medo de que eu possa apanhar a doença e transmiti-la a você? — perguntou ele, de modo indelicado. — Queira me perdoar! Eu não deveria ter vindo visitá-la. Não o farei de novo enquanto Amabel não estiver bem.

Lady Brinklow saudou sua decisão com evidente alívio, mas essa era uma medida extrema para a filha que, no mesmo instante, garantiu ao Sr. Rivenhall que ele dizia tolices e que sempre seria um visitante bem-vindo em Brook Street. Charles agradeceu, mas despediu-se dela quase imediatamente.

Sua opinião sobre a noiva não melhorou ao descobrir, no seu regresso a Berkeley Square, que lorde Charlbury estava sentado ao lado de Lady Ombersley. Logo se constatou que era um visitante regular da casa, e, quaisquer que pudessem ser os seus motivos, o Sr. Rivenhall só podia admirá-lo por sua indiferença ao perigo de contágio.

Outro visitante regular era o Sr. Fawnhope, mas como seu único objetivo era ver Cecilia, o Sr. Rivenhall pôde facilmente abster-se de sucumbir a qualquer sentimento de gratidão por suas intrépidas visitas. Cecilia, porém, parecia tão cansada e ansiosa que, com rara moderação, Charles reprimia a língua amarga e não fazia nenhuma referência à presença frequente do seu amado na casa.

Mas ele não sabia que as visitas do Sr. Fawnhope proporcionavam a Cecilia pouquíssimo prazer, como ele teria desejado. Estavam chegando à segunda semana da doença de Amabel, e o Dr. Baillie não negava às suas enfermeiras que ela estava seriamente doente. Cecilia não se sentia propensa a qualquer forma de frivolidade, nem tinha interesse em criar um drama poético. Ela levou para o quarto da doente um cacho de uvas de excelente qualidade, dizendo em voz baixa a Sophy que lorde Charlbury o oferecia a Amabel, depois de enviar um mensageiro até sua mansão no campo para trazê-lo. Diziam que ele possuía algumas das mais belas casas do país, herança de família, além de um pinheiral do qual, ele prometeu, daria os melhores frutos a Amabel logo que ficassem maduros o suficiente para serem comidos.

— Quanta gentileza! — exclamou Sophy, colocando o prato na mesa. — Eu não sabia que Charlbury tinha vindo. Pensei que fosse Augustus.

— Os dois estiveram aqui — respondeu Cecilia. — Augustus quis me dar um poema... sobre uma criança doente.

Seu tom de voz era neutro. Sophy disse:

— Que horror! Quero dizer, que encantador! Era bonito?

— Não nego que pudesse ser. Acho que não gosto de poemas sobre o assunto — respondeu Cecilia em voz baixa.

Sophy permaneceu calada. Depois de um instante, Cecilia acrescentou:

— Embora me seja impossível retribuir a consideração de lorde Charlbury, hei de ter sempre consciência da delicadeza do seu comportamento e a extrema gentileza que nos tem demonstrado em nossa aflição. Eu... eu desejo que você possa ser encarregada de recompensá-lo, Sophy! De modo geral, você está aqui em cima, e assim não pode saber as horas incontáveis que ele tem passado com minha mãe, conversando, jogando gamão, só, acredito, para nos aliviar um pouco dessa obrigação.

Sophy não pôde deixar de sorrir.

— Não para aliviar-me, Cecy, pois ele deve saber que a tarefa de cuidar da minha tia não recaiu sobre mim. Se a cortesia for intencional, certamente deve entender que é para você.

— Não, não, é apenas bondade! Que ele tenha um motivo oculto, não acredito. — Sorriu e acrescentou, zombeteira: — Gostaria que seu *outro* namorado fizesse pelo menos a metade.

— Bromford? Não me diga que ele tomou coragem de se aproximar cem passos da casa? Certamente não vou acreditar em você.

— Não mesmo! E soube por Charles que Bromford o evita como se ele também estivesse com a doença. Charles faz troça disso, mas a conduta da Eugenia ele nem menciona.

— Seria esperar demasiado dele.

Um movimento na cama pôs um fim na conversa, e as primas não voltaram a abordar o assunto. Ao atingir seu ápice, a doença de Amabel afastou todos os outros pensamentos. Durante vários dias, os mais graves temores dominaram a mente dos que viam a enferma, e a velha babá, obstinada, ao recusar-se a acreditar em doenças modernas, acarretou um dos piores ataques de espasmos nervosos a Lady Ombersley quando confiou-lhe que, desde o início, ela reconhecera a doença como sendo tifo. Foram precisos os esforços do médico, de Charles e de Cecilia para tirar da mente de Lady Ombersley o engano dessa convicção odiosa. Enquanto isso, lorde Ombersley, com quem ela comentara a respeito, buscou alívio

300

do único modo que lhe parecia possível, e, em consequência, não só teve de ser levado do clube para casa, como também sofreu um agravamento tão sério de sua gota que não pôde deixar o quarto por vários dias.

Todavia Amabel superou a crise. A febre começou a ceder; e embora seus danos a tivessem deixado apática e emaciada, o Dr. Baillie sentia-se capaz de assegurar à mãe que, contanto que não houvesse recaída, ele agora alimentava razoáveis esperanças de sua recuperação completa. Generoso, reconheceu muito o mérito de Sophy para a melhora no estado da menina; e Lady Ombersley, vertendo lágrimas, disse que estremecia ao pensar onde eles estariam sem a sua querida sobrinha.

— Ora, ora, ela é uma senhorita muito competente, bem como a Srta. Rivenhall — declarou o médico. — Enquanto *elas* estiverem com a Srta. Amabel, pode ficar tranquila!

Cinco minutos depois, o Sr. Fawnhope, ao ser introduzido no quarto, foi o primeiro a receber as notícias felizes, e no mesmo instante escreveu às pressas uns versinhos líricos em comemoração à recuperação de Amabel. Lady Ombersley achou-o particularmente comovente e pediu que lhe desse uma cópia; contudo, uma vez que o poeta tratava mais do belo quadro de Cecilia curvada sobre o leito da doente do que dos sofrimentos de Amabel, a obra literária não agradou nem um pouco à pessoa para quem foi dedicada. Com muito mais gratidão, Cecilia recebeu um belo buquê de flores trazido por lorde Charlbury para sua irmãzinha. Ela o viu apenas para agradecer-lhe. Ele não insistiu em permanecer em sua companhia, porém disse, ao vê-la desculpar-se imediatamente:

— Eu compreendo. Não tinha sequer esperança de que me concedesse um minuto do seu tempo. Muito próprio de você ter descido. Se ao menos pudesse estar certo de que não interrompi seu descanso tão duramente conquistado...

— Não, não! — protestou ela, mal podendo dominar a voz. — Estava com minha irmã, e quando suas flores foram levadas para o quarto dela, não pude deixar de vir correndo para informá-lo do prazer com que ela as recebeu. Muita bondade, muita gentileza! Perdoe-me! Preciso ir!

Julgara-se que, quando a enferma começasse a melhorar, a assistência constante da irmã e da prima se tornaria menos necessária; contudo logo se descobriu que ela estava fraca demais para ser paciente e ficava agitada se a abandonavam durante muito tempo aos cuidados da babá ou de Jane Storridge. Certa ocasião, um pouco depois da meia-noite, ao entrar de mansinho no quarto da doente, o Sr. Rivenhall ficou chocado ao descobrir que não era a babá e sim Sophy quem estava sentada ao lado do fogo mantido aceso na lareira. Ela costurava à luz de um candelabro, porém ergueu os olhos quando a porta se abriu e sorriu, pondo um dedo nos lábios a pedir silêncio. Havia um biombo entre as velas e a cama, de modo que o Sr. Rivenhall só conseguia distinguir a irmã indistintamente. Ela parecia estar dormindo. Charles fechou a porta silenciosamente e aproximou-se da lareira, sussurrando:

— Pensei que fosse a babá quem ficava com ela à noite. Como se explica isso? É muito esforço para você, Sophy!

Ela olhou de relance para o relógio sobre o consolo da lareira e começou a dobrar o trabalho. Fazendo um sinal com a cabeça em direção à porta entreaberta que dava para o quarto de vestir, respondeu em voz baixa:

— A babá está deitada no sofá, naquele quarto. Pobre alma, ficou arrasada! Amabel está muito inquieta esta noite e passou o dia todo assim. Não fique alarmado. É um bom sinal quando o paciente se põe animoso e difícil de lidar. A menina habituou-se tanto a impor sua vontade com a babá que já não lhe obedece como deveria. Sente-se. Vou esquentar um pouco de leite para ela, e, se quiser, pode fazer-lhe uns agrados e ver se consegue convencê-la a tomá-lo quando acordar.

— Você deve estar morta de cansaço — disse Charles.

— Não, de modo algum. Dormi a tarde toda — respondeu ela, colocando uma panelinha próxima do fogo. — Como o duque, posso dormir a qualquer hora! A pobre Cecy não consegue tirar uma soneca durante o dia, assim decidimos que ela não devia passar a noite acordada.

— Quer dizer que *você* decidiu.

Sophy sorriu apenas e balançou a cabeça. O primo não disse mais nada, porém ficou a observá-la enquanto ela se ajoelhava ao lado do fogo, com a atenção no leite que se aquecia lentamente na lareira. Alguns minutos depois, Amabel começou a se mexer. Antes que seu brado febril e lamentoso de "Sophy!" fosse pronunciado, a prima se levantou e se dirigiu até a cabeceira da cama. Amabel estava quente, com sede, inquieta, pouco inclinada a acreditar que algo lhe pudesse fazer bem. Quando foi erguida para que se sacudisse os travesseiros, pôs-se a chorar; ela queria que Sophy molhasse sua testa, e quando ela o fez, queixou-se de que a água de lavanda irritava seus olhos.

— Pssiiuu, você vai causar péssima impressão a sua visita se chorar! — disse Sophy, alisando os cabelos em caracóis emaranhados. — Sabe que um cavalheiro veio vê-la?

— Charles? — perguntou Amabel, esquecendo por um minuto seus infortúnios.

— Sim, Charles, portanto deve me deixar arrumá-la um pouco e ajeitar as cobertas. Pronto! Charles, agora a Srta. Rivenhall terá o prazer de recebê-lo!

Afastou o biombo, de modo que a luz das velas incidisse sobre o leito e assentiu com a cabeça para Charles, incentivando-o a sentar-se ao lado da irmã. Ele se sentou, pegou na mãozinha que se assemelhava a uma garra e ficou conversando com a menina de um modo alegre que logrou distraí-la até Sophy trazer uma xícara de leite à cabeceira da cama. À visão do leite, Amabel imediatamente ficou irritada. Não queria; beber leite lhe daria náuseas; por que Sophy não a deixava em paz?

— Espero que não pretenda ser tão indelicada a ponto de se recusar a bebê-lo quando vim especialmente para segurar a xícara para você — disse Charles, tirando a xícara da mão da prima. — Além do mais, uma xícara com rosas! Ora, onde conseguiu isto? Estou certo de que não a conheço.

— Cecilia deu-a para mim, para meu próprio uso — respondeu Amabel. — Mas não quero leite. Já é madrugada, uma hora imprópria para se beber leite!

— Espero que Charles de fato tenha apreciado suas rosas — disse Sophy, sentando-se na beira da cama e levantando Amabel para apoiar-se em seu ombro. — Estamos com tantos ciúmes, Charles, Cecilia e eu! Amabel tem um namorado tão encantador que nós duas fomos lançadas à sombra. Veja só o buquê que ele lhe trouxe!

— Charlbury? — perguntou ele, sorrindo.

— Ele mesmo, mas gosto mais do seu ramo de flores — disse Amabel.

— É claro que gosta — confirmou Sophy. — Então beba um gole do leite que ele está lhe oferecendo. Devo avisá-la que os sentimentos de um cavalheiro se ferem com muita facilidade, minha querida, e *isso*, você sabe, jamais seria bom!

— Exatamente — corroborou Charles. — Ficarei pensando que você tem mais consideração por Charlbury do que por mim, e isso provavelmente me deixará triste.

A frase fê-la rir debilmente, e assim, entre tolices e agrados, ela acabou persuadida a beber quase todo o leite. Delicadamente, Sophy tornou a deitá-la, mas nada a satisfaria se Charles e Sophy não ficassem ao lado dela.

— Ficaremos, mas sem mais conversa — disse Sophy. — Vou lhe contar mais uma de minhas aventuras, e se me interromper perderei o fio da história.

— Ah, sim, conte sobre aquela vez em que você ficou perdida nos Pireneus! — pediu Amabel, sonolenta.

Sophy contou, sua voz diminuindo quando as pálpebras da menina começaram a se fechar. Imóvel e calado, o Sr. Rivenhall achava-se do outro lado da cama, observando a menina. Logo a respiração mais profunda de Amabel revelava que ela dormia. A voz de Sophy cessou; ela ergueu os olhos e encontrou os do Sr. Rivenhall. Ele a fitava fixamente, como se uma ideia, ofuscante em sua novidade, lhe tivesse ocorrido. O olhar do primo permaneceu firme, um pouco indagador. Ele levantou-se abruptamente, fez menção de estender a mão, mas deixou-a cair de novo, e, voltando-se, saiu rapidamente do quarto.

XV

No dia seguinte Sophy não se encontrou com o primo. Ele visitou Amabel num período em que sabia que Sophy estava repousando e permaneceu fora de casa até a hora do jantar. Lady Ombersley temia que algo tivesse acontecido para aborrecê-lo, pois, embora suas maneiras com ela fossem, como sempre, pacientes, e ele não tivesse reduzido absolutamente os cuidados para o seu bem-estar, mostrava o cenho franzido e respondia às suas observações muito ao acaso. Foi buscar as cartas para a penitência de jogar uma partida de *cribbage* com ela, e quando o jogo foi interrompido com a chegada do Sr. Fawnhope, que trazia uma cópia do seu poema para Lady Ombersley e um buquê de rosas musgosas para Amabel, ele foi suficientemente senhor de si para cumprimentar o visitante, se não com entusiasmo, pelo menos com civilidade.

Depois de ter escrito uns trinta versos da sua tragédia no dia anterior, com os quais ficou satisfeito, o Sr. Fawnhope estava de um humor condescendente; não perseguia um epíteto evasivo nem meditava sobre um verso infeliz. Disse tudo que era adequado, e, quando todas as indagações sobre o estado de saúde da enferma se esgotaram, conversou sobre vários assuntos, tão parecido com um homem sensato que o Sr. Rivenhall sentiu-se muito benevolente com ele e só saiu da sala ante o pedido de Lady Ombersley para que o poeta lesse em voz alta seu poema lírico sobre a recuperação de Amabel. Nem essa abominável afetação conseguiu dissipar os sentimentos mais indulgentes com que ele considerava Fawnhope, cujas visitas constantes à casa deram-lhe uma opinião melhor do poeta do que realmente merecia. Cecilia poderia ter lhe dito que a intrepidez do Sr. Fawnhope procedia mais de uma sublime inconsciência do risco de contágio do que de qualquer heroísmo deliberado; porém, uma vez que ela não costumava comentar com o irmão sobre o bem-amado, Charles continuou num feliz estado de ignorância, um homem muito prático para compreender a densidade do véu em que um poeta poderia se envolver.

Ele nunca mais visitou o quarto da doente nas ocasiões em que poderia encontrar a prima, e quando se encontravam à mesa do jantar, seus modos com ela eram lacônicos a ponto de tocar as raias da brusquidão. Sabendo quanto ele se sentia grato a Sophy, Cecilia estava atônita, e mais de uma vez insistiu com a prima para lhe contar se tinham brigado. Mas Sophy apenas balançava a cabeça e lhe lançava um olhar malicioso.

Embora lentamente, com muitos retrocessos e todas as irracionais crises de irritação de uma convalescente, Amabel continuava a melhorar. Durante doze horas, nada estaria bom para ela a menos que lhe trouxessem Jacko para o quarto. Só os protestos enérgicos de Sophy impediram o Sr. Rivenhall de viajar até a Mansão Ombersley para trazer o mico, tão ansioso estava ele em que nada pudesse retardar a recuperação da irmãzinha. Contudo Tina, até agora excluída, para sua grande indignação, de acompanhar a dona ao quarto da doente, serviu de excelente substituta para Jacko, e ficou muito contente de se enroscar na colcha sob a mão acariciadora de Amabel.

No início da quarta semana da doença, o Dr. Baillie começou a falar sobre a conveniência de levar sua paciente para o campo. Contudo, nesse ponto ele encontrou uma oposição inesperada e firme de Lady Ombersley. Ele chegara a mencionar a possibilidade de uma recaída, e isso surtira tamanho impacto em sua mente que nenhum motivo a faria consentir em que Amabel ficasse fora do alcance dos seus hábeis cuidados clínicos. Ela o fez ver a insensatez de restituir Amabel à companhia das irmãs e do ruidoso irmão que logo estaria gozando as férias de verão em Ombersley. A menina ainda estava fraca, sem disposição para qualquer esforço e assustando-se aos ruídos súbitos. Seria melhor ela ficar em Londres, sob a observação do médico e os cuidados extremosos de sua mãe. Agora que todo o perigo passara, o instinto maternal de Lady Ombersley podia fazer valer seus direitos. Ela, e só ela, deveria assumir a responsabilidade da convalescença de sua filha mais jovem. Desse modo, deitar no sofá do quarto de vestir da mãe e passear tranquilamente com ela na caleça eram ações que harmonizavam-se bem ao humor atual de Amabel, e ficou estabelecido depois que Cecilia e Sophy também não tinham qualquer desejo de trocar Londres pelo campo.

A cidade estava bastante vazia, mas o tempo não era tão abafado que tornasse as ruas desagradáveis. Corria um mês de chuvas, e poucos eram os dias em que mesmo as jovens elegantes se arriscavam a sair sem uma peliça ou um xale.

Além da família Ombersley, outros mais resolveram permanecer na capital até agosto. Lorde Charlbury ainda seria encontrado em Mount Street; o Sr. Fawnhope em seus aposentos nas proximidades de St. James's; lorde Bromford, surdo às súplicas da mãe, recusou-se a partir para Kent; e os Brinklows encontraram diversas desculpas excelentes para permanecerem em Brook Street. Assim que todo o perigo de contágio passou, a Srta. Wraxton seria vista novamente em Berkeley Square, graciosa com todos, até mesmo carinhosa com Lady Ombersley e Amabel e repleta de planos para o casamento. O Sr. Rivenhall encontrou negócios urgentes para tratar em suas propriedades; e se a Srta. Wraxton decidisse supor que suas frequentes ausências da cidade eram responsáveis pelo desejo dele de pôr a casa em ordem a fim de recebê-la, tinha plena liberdade de fazê-lo.

Menos resistente que a prima, Cecilia não se recuperou tão rapidamente da ansiedade e do esforço despendido nas quatro semanas de confinamento. Estava muito desanimada e perdera um pouco do viço. Também permanecia um tanto calada, fato que não escapou aos olhos do irmão; ele lhe perguntou sobre isso e, quando ela deu uma resposta evasiva e procurou sair da sala, ele a deteve, pedindo:

— Não vá, Cilly!

Ela aguardou, lançando-lhe um olhar indagador. Um momento depois, ele perguntou abruptamente:

— Você não está feliz?

O rubor subiu-lhe às faces, os lábios tremeram contra a vontade dela. A moça fez um gesto de protesto e virou o rosto, pois era impossível explicar-lhe o remoinho que devastava seu coração.

Para sua surpresa, ele tomou sua mão, apertou-a e disse, constrangido, mas em tom suave:

— Nunca pretendi que fosse infeliz. Não julguei... Você é uma boa moça, Cilly! Veja, se o seu poeta se empenhar em alguma profissão respeitável, retirarei minha oposição e permitirei que você faça como quiser.

O assombro deixou-a sem ação, seus olhos espantados percorriam o rosto dele. Ela deixou que sua mão continuasse na dele até que o irmão a soltou e postou-se de costas, como se não quisesse encontrar os seus olhos arregalados.

— Você me considera cruel... insensível. Sem dúvida devo ter demonstrado isso, mas jamais desejei outra coisa senão a sua felicidade.

Não direi que estou contente com a sua escolha, mas se você já decidiu, Deus me livre de contribuir para o seu afastamento da pessoa a quem sinceramente ama ou para a promoção do seu casamento com um homem de quem não gosta.

— Charles! — exclamou ela debilmente.

Por sobre o ombro, ele disse com certa dificuldade:

— Parecia-me que nada exceto infelicidade resultaria desse casamento. Você pelo menos não ficará destinada a uma vida de arrependimento. Falarei com nosso pai. Sei que se ressentia com a minha influência sobre ele. *Desta* vez será exercida a seu favor.

Em qualquer outra ocasião estes termos a teriam levado a indagar sobre o seu real significado, porém o choque parecia ter paralisado todas as suas faculdades. Não encontrava uma palavra para dizer e não conseguia conter as lágrimas. Ele voltou a cabeça e disse, com um sorriso:

— Que monstro devo ter parecido a você, para que tenha essa reação, Cilly! Não me olhe dessa maneira tão descrente! Você se casará com seu poeta; conte comigo!

Automaticamente, ela estendeu a mão e conseguiu falar duas palavras:

— Muito obrigada! — E saiu correndo da sala, incapaz de acrescentar mais alguma coisa ou de controlar as emoções. Foi em busca do refúgio do seu quarto, seus pensamentos tão confusos que levou muito tempo para abrandar sua agitação.

Jamais uma oposição fora retirada num momento tão inoportuno; jamais uma vitória parecera tão vazia! Quase sem que ela mesma percebesse, seus sentimentos, nas últimas semanas, tinham sofrido uma mudança. Agora que o irmão lhe concedera permissão para casar com o homem da sua escolha, ela descobria que seus sentimentos por Augustus tinham sido apenas o capricho que Charles sempre julgara ser. A oposição é que o promovia, levando-a a cometer o fatal erro de anunciar quase publicamente sua inabalável determinação de casar-se com Augustus e só com ele. Lorde Charlbury, tão superior a Augustus sob todos os aspectos, aceitara a rejeição à sua corte e voltara a atenção para outro lugar, e quaisquer esperanças inconfessas que tivesse alimentado de ver seu afeto por ela reavivar-se estavam agora totalmente eliminadas. Confessar a Charles que desde o princípio ele estivera certo, e ela lamentavelmente enganada, parecia impossível. Ela fora longe demais; nada lhe restava agora senão aceitar o destino que insistira em determinar para si mesma, e, por orgulho, mostrar ao mundo um rosto sorridente.

Primeiro, exibiu-o a Sophy, pedindo-lhe resolutamente que a cumprimentasse, desejando-lhe felicidades. Sophy ficou estupefata.

— Santo Deus! — exclamou ela, assombrada. — Charles apoiará esse casamento?

— Ele não deseja que eu seja infeliz. Nunca desejou. Agora, convencido de que o caso é sério, não colocará obstáculos. Na verdade, ele foi muito bom e prometeu que falará com papai por mim. Isso deve resolver. Papai sempre fez a vontade de Charles. — Viu que a prima a olhava seriamente e continuou, falando rápido: — Nunca vi Charles tão gentil! Falou da infelicidade de ser forçado a um casamento contra a vontade. Disse que *eu* não passaria uma vida inteira de lamentações. Ah, Sophy, será que ele não gosta mais de Eugenia? Só se pode deduzir isso.

— Santo Deus, ele jamais gostou dela! — respondeu Sophy, desdenhosa. — E se só agora ele descobriu, *isso* não é motivo para... — interrompeu-se, lançando um olhar rápido para Cecilia e percebendo muito mais do que a prima teria desejado. — Bem, hoje é o dia dos milagres mesmo. É claro que a felicito, de todo o coração, querida Cecy! Quando irá anunciar o seu noivado?

— Bem, depois que Augustus estiver encaminhado numa... carreira respeitável. — respondeu Cecilia. — Mas *isso* não vai demorar, estou certa. Talvez sua tragédia seja bem-aceita, quem sabe.

Sophy concordou sem pestanejar e mostrou um simulado interesse pelos vários planos de Cecilia para o futuro. Que eram expressos em termos um tanto melancólicos, ela deixou passar sem fazer comentários; apenas repetia as congratulações e desejava à prima toda a felicidade. Todavia, por trás dessas mentiras, seu cérebro funcionava rápido. Entendeu perfeitamente o apuro em que Cecilia estava, e nem por um minuto pensou em perder tempo em conversas, requerendo explicações. Era preciso algo muito mais drástico do que explicações nesse caso, pois não seria de esperar que uma moça, depois de assumir um compromisso apesar da oposição paterna, desistisse no próprio instante em que obtinha o consentimento que com tanta insistência exigira. De bom grado Sophy teria esbofeteado o Sr. Rivenhall. Permanecer inflexível, quando a oposição só conseguiria fortalecer a resolução da irmã, fora muito ruim; retirar a oposição no momento em que provavelmente Charlbury devia expulsar o poeta da afeição da moça era um ato de tamanha insanidade que eliminava toda a paciência que Sophy tinha com ele. Graças à vocação de Alfred Wraxton para os mexericos, o noivado secreto de Cecilia com o Sr. Fawnhope tornou-se amplamente conhecido. Além disso, ela se dera o trabalho de mostrar à sociedade sua determinação de se casar com ele. Realmente ia ser preciso algo muito drástico para convencer uma jovem de educação tão requintada a contrariar todas as convenções. Se o Sr. Rivenhall havia concordado com o casamento, Sophy achava que o noivado oficial não demoraria muito para ser anunciado; e uma vez que fosse noticiado na *Gazette*, nada, ela julgava, faria Cecilia estigmatizar-se como "a moça que desfez o noivado". Seria até duvidoso convencê-la a romper o noivado antes do anúncio, pois ela talvez estivesse muito mais sujeita à força do afeto do Sr. Fawnhope do que a perspicaz prima estaria a par; e seu terno coração se esquivaria de levar tal dor a um apaixonado tão fiel.

Quanto à extraordinária mudança de expressão do Sr. Rivenhall, talvez não fosse tão inexplicável para Sophy quanto para a irmã; porém, embora só a gratificassem os sentimentos que inspiravam tal mudança, ela se sentia incapaz de se iludir ao pensar que ele tivesse alguma intenção de terminar o noivado com a Srta. Wraxton. Não era de se esperar isso dele; talvez Charles não desse muita atenção às aparências, mas nenhum homem da sua educação faria tal afronta a uma dama. Nem Sophy julgaria que a própria Srta. Wraxton, certamente ciente da natureza cálida da consideração dele pela prima, pusesse fim a uma aliança que pouca perspectiva de felicidade futura oferecia a qualquer uma das partes comprometidas. A constante conversa da Srta. Wraxton abordava unicamente as núpcias que se aproximavam, e era mais do que certo que o casamento com um homem com quem mal conversava fosse preferível à existência triste de solteirona.

Com o queixo apoiado na mão em concha, Sophy urdia os planos de uma árdua tarefa, impávida diante de uma situação que certamente teria desencorajado uma mulher menos implacável. Aqueles que a conheciam melhor teriam ficado um pouco alarmados, pois sabiam que, uma vez tomada uma decisão, nenhuma consideração pelo que era próprio ou impróprio a impediria de embarcar em planos que tanto poderiam ser ultrajantes como originais.

— A surpresa é a alma do ataque.

Essa frase, certa vez pronunciada em sua presença por um general, veio-lhe à mente. Refletiu sobre ela e considerou-a boa. Nada a não ser surpresa faria Charles ou Cecilia desistirem das convenções; portanto, surpresa teriam, e no mais alto grau.

O resultado imediato de toda essa cogitação foi uma entrevista com lorde Ombersley, apanhado em seu regresso a Berkeley Square depois de um dia nas corridas. Firmemente conduzido aos próprios aposentos, ele sentiu o perigo e apressou-se a informar à sobrinha que ele estava com pouco tempo, pois tinha um jantar e devia obedecer rigorosamente ao horário.

— Esqueça-o! — disse Sophy. — Viu Charles hoje, senhor?

— É claro que vi Charles! — respondeu lorde Ombersley, com mau humor. — Eu o vi pela manhã.

— Mas depois não o viu mais? Ele falou com o senhor sobre o caso de Cecilia?

— Não, não falou. E vou lhe dizer uma coisa, Sophy. Não quero mais ouvir falar do caso de Cecilia! Já resolvi. Não quero que ela se case com esse rapaz poeta!

— Meu querido senhor — disse Sophy, agarrando-lhe a mão calorosamente —, não mude de ideia. Devo informar-lhe que Charles está a ponto de aconselhá-lo a consentir nesse compromisso, e o senhor não deve concordar!

— O quê? — admirou-se lorde Ombersley. — Sem dúvida está enganada, Sophy! Charles nem quer ouvir falar nisso, e desta vez, ele tem razão. O que deu naquela tontinha para fazê-la rejeitar um homem tão bom, um homem como não se encontra igual... Jamais fiquei tão furioso! Dispensar Charlbury e toda a sua fortuna...

Com firmeza, a sobrinha arrastou-o até o sofá e obrigou-o a sentar-se ao lado dela.

— Querido tio Bernard, se fizer exatamente como eu disser, ela se casará com Charlbury — garantiu. — Mas deve prometer sinceramente que não permitirá que Charles mude sua opinião.

— Ora, Sophy, estou lhe dizendo...

— Charles prometeu a Cecilia que não irá mais negar seu consentimento.

— Santo Deus, ele também perdeu o juízo? Você deve estar enganada, menina!

— Palavra de honra que não estou! É uma idiotice e provavelmente vai estragar tudo, a menos que se possa confiar que o senhor vai permanecer firme. Meu querido tio, esqueça a razão por que

Charles tomou essa atitude inesperada. Apenas preste atenção: quando Charles falar com o senhor a respeito disso, é preciso que o senhor se recuse a alimentar a ideia de Cecilia casar-se com Augustus Fawnhope. Na realidade, seria um excelente estratagema se o senhor dissesse que não mudou de ideia e que pretende casá-la com Charlbury.

Ligeiramente desnorteado, lorde Ombersley entabulou um débil protesto:

— De que benefício seria, se Charlbury acabou de renunciar ao seu pedido?

— Isso não tem absolutamente nenhuma importância. Charlbury ainda deseja muitíssimo casar-se com Cecilia, e se o senhor quiser, pode dizer isso a ela. Cecilia responderá que pretende casar-se com o seu maçante Augustus, porque agora sente que é seu dever fazê-lo. Pode enfurecer-se com ela o quanto desejar, tanto quanto o fez quando ela tomou a resolução que o senhor bem conhece. Mas a coisa mais importante é que permaneça inflexível! Eu farei o resto.

Ele lançou-lhe um olhar desconfiado.

— Ora, Sophy, isso não vai funcionar. E foi você quem ajudou Cecilia a cair sob o domínio daquele poeta, segundo Charles me contou.

— Certo, e veja só com que esplêndidos resultados! Ela já não tem mais vontade de se casar com ele e veio a compreender o quanto Charlbury é superior. Se Charles não tivesse interferido, tudo teria saído exatamente como o senhor deseja.

— Não estou entendendo uma só palavra — queixou-se lorde Ombersley.

— Provavelmente não está. Em grande parte deve-se à doença da pobre Amabel.

— Mas — insistiu o tio, esforçando-se numa tentativa de acompanhar a argumentação da sobrinha — se ela agora está disposta a aceitar Charlbury, por que cargas d'água ele não renova seu pedido?

— Ouso afirmar que ele renovaria, se eu lhe permitisse. Seria inútil. Imagine só, senhor, em que apuro a pobre Cecilia se encontra. Durante meses ela manteve Augustus pavoneando-se atrás dela e jurou que se casaria com ele ou mais ninguém! Basta o senhor consentir no casamento, e ela se sentirá na obrigação de casar com ele. Custe o que custar, impeça qualquer anúncio de noivado oficial! O senhor pode cuidar disso e eu lhe peço que o faça! Não dê ouvidos a nada que Charles possa dizer! — Seus olhos expressivos sorriram para ele. — Seja desagradável com Cecilia como o senhor já foi antes. Nada conviria mais ao nosso objetivo.

Ele deu um beliscãozinho em sua face.

— Sua tratante! Mas se Charles mudou de ideia... o fato, Sophy, é que não sou hábil numa discussão.

— Então não discuta com ele! O senhor só precisa enfurecer-se vigorosamente, e *isso,* sei, está bem apto a fazer.

Ele deu uma risadinha, vendo um cumprimento nessa declaração.

— Certo, mas se não me deixarem em paz...

— Meu querido tio, o senhor pode refugiar-se no White's! Deixe o resto comigo! Se fizer ao menos a sua parte, imagino que poderei fazer a minha. Só preciso acrescentar uma coisa: de modo algum deve revelar que falei com o senhor sobre o assunto. Promete?

— Ah, muito bem! — concordou lorde Ombersley. — Quer saber de uma coisa, Sophy? Aceitaria o jovem Fawnhope na minha família com o mesmo estado de ânimo com que aceitaria aquela criatura azeda que Charles deve trazer para cá.

— Bem, estou certa disso! — respondeu ela friamente. —*Aquela* jamais nos serviria! Percebi desde que cheguei em Londres, e agora alimento uma razoável esperança de pôr um fim nessa complicação. Apenas faça a sua parte, e todos nós sairemos vitoriosos.

— Sophy! — exclamou o tio de repente. — Que diabo pretende fazer agora?

Mas ela limitou-se a rir e saiu rapidamente da sala.

O resultado final dessa entrevista deixou a família atordoada. Excepcionalmente, o Sr. Rivenhall não conseguiu submeter o pai à sua vontade. Sua exposição a lorde Ombersley sobre a natureza sofrida da paixão de Cecilia não conseguiu sequer de longe atingir seu objetivo e só serviu para causar um ataque de raiva que o surpreendeu. Sabendo que seu herdeiro se apressaria a discutir com ele — e o que mais temia era lutar contra uma vontade muito mais forte do que a sua —, lorde Ombersley mal lhe deu oportunidade de abrir a boca. Disse que, por mais arbitrário que Charles fosse na administração de suas propriedades, ainda não era o tutor da irmã. E acrescentou que sempre considerara Cecilia praticamente prometida a Charlbury e não consentiria que ela se casasse com outro.

— Infelizmente, senhor — disse Charles secamente —, Charlbury já não gosta mais da minha irmã. Seus olhos estão voltados para outra direção.

— Ora bolas! Tolice! O rapaz não sai desta casa!

— Exatamente, senhor! Encorajado por minha prima!

— Não acredito numa só palavra sua — replicou o pai. — Sophy não o teria encorajado. — Charles deu uma pequena risada. — E se ele a pedisse em casamento eu ainda assim não permitiria que Cecilia se unisse àquele seu paspalhão e pode dizer isso a ela!

O Sr. Rivenhall assim o fez, e quando acrescentou, para a consolar, que poucas dúvidas tinha de acabar convencendo o pai a pensar como ele, não ficou surpreso diante da maneira tranquila com que a irmã recebeu a notícia. Nem mesmo uma tirada de lorde Ombersley proferida à mesa do jantar abalou muito a sua serenidade, embora ela tivesse grande aversão por vozes zangadas, sendo incapaz de deixar de estremecer um pouco e mudar de cor.

A pessoa menos afetada pela decisão de lorde Ombersley foi o Sr. Fawnhope. Ao ser informado por Cecilia de que não poderiam publicar imediatamente a notícia do noivado nos jornais da sociedade, ele pestanejou e perguntou distraidamente:

— Estávamos prestes a fazer isso? Você falou comigo? Talvez eu não tivesse prestado atenção. Estou muito preocupado com Lepanto, como sabe. É inútil negar que as cenas de batalha no palco não são muito apropriadas, mas como evitá-las? Passei quase a noite toda andando de um lado para outro e não estou mais próximo de resolver o problema.

— Devo lhe dizer, Augustus, que provavelmente não nos casaremos este ano — acrescentou Cecilia.

— Ora essa, provavelmente não! — concordou ele. — Não creio que pudesse pensar em casamento até me livrar da peça.

— Além disso, não devemos esquecer que Charles estipulou que você deve encontrar um emprego respeitável antes de anunciarmos o noivado.

— Então isso resolve inteiramente o problema — disse o Sr. Fawnhope. — A questão é até onde se pode empregar com propriedade os métodos dos dramaturgos gregos para superar as dificuldades.

Augustus! — exclamou Cecilia, em tom desesperado. — Sua peça significa mais para você do que eu?

Surpreso, ele olhou-a e notou que ela não estava brincando; imediatamente tomou-lhe a mão, beijou-a e disse, sorrindo para a jovem:

— Que absurdo acaba de dizer, meu anjo lindo! Como poderia alguma coisa ou alguém significar mais para mim do que a minha Santa Cecilia? É por amor a você que estou escrevendo a peça. Desagrada-lhe a ideia de um coro, no estilo grego?

Ao descobrir que seu rival continuava, mesmo sem a desculpa de indagar sobre o estado de saúde de Amabel, a visitar Berkeley Square, lorde Charlbury assustou-se e passou a exigir uma explicação de sua instrutora. Ele a conduzia a Merton em seu cabriolé, e quando ela lhe contou com toda a franqueza o que tinha ocorrido, ele manteve os olhos fixos na estrada à sua frente e se manteve calado durante alguns minutos. Por fim, com visível esforço, disse:

— Compreendo. Quando poderei ler o anúncio?

— Nunca — respondeu Sophy. — Não fique com essa expressão tão assustada, meu caro Charlbury! Asseguro-lhe que não é preciso. A pobre Cecy descobriu nestas últimas semanas que interpretou mal o próprio coração.

Com isso, ele virou a cabeça rapidamente para fitá-la.

— Isso é verdade? Sophy, não brinque comigo! Confesso, cheguei a pensar... eu esperava... Então tentarei minha sorte mais uma vez, antes que seja tarde demais.

— Charlbury, para um homem sensível, você diz as coisas mais ridículas. Diga-me, como imagina que ela irá reagir a essa situação difícil?

— Mas se ela já não sente mais amor por Fawnhope... se ela talvez lamente ter acabado comigo...

— Ela lamenta, é claro, mas é uma dessas coisas que parecem ser fáceis até que se pensa um pouco mais profundamente. Pense, então! Se a situação de ambos fosse invertida, se você fosse o poeta pobre e Augustus o senhor de grande fortuna, talvez ela fosse levada a dar atenção a você. Mas esse não é o caso. É o seu poeta, com quem ela declarou que se casará, a despeito da oposição da família inteira... e você deve admitir que ele lhe tem sido fiel de uma maneira pouco comum.

— Ele...! Se ele desse atenção a outra coisa além dos seus versos insignificantes, eu me confessaria espantado!

— Ele não dá, é claro, porém dificilmente você poderá esperar que meu primo acredite nisso. Antes mesmo de eu chegar à Inglaterra, Augustus já se apegara tanto a Cecilia a ponto de excluir todas as demais mulheres, e isso, você sabe, aos olhos do mundo deve classificar-se como devoção do tipo mais extraordinário. Você, meu pobre Charlbury, encontra-se com todas as desvantagens de classificação e sorte. Como Cecilia seria cruel se rejeitasse o seu poeta e se casasse com você! Pode estar certo de que isso tem valor para Cecilia. Ela é de temperamento terno. Sem um forte motivo, não causará sofrimento a uma pessoa que ela acredita que a ama de todo o coração. Só há uma coisa a ser feita. Devemos dar-lhe um bom motivo.

Ele conhecia Sophy bastante bem para sentir certo grau de inquietação.

— Pelo amor de Deus, Sophy, o que pretende fazer?

— Ora, fazê-la sentir que é você quem deve, afinal, ser lamentado.

Um pressentimento ocupou o lugar da inquietação.

— Santo Deus! Como?

Ela riu.

— Devo afirmar que será mais conveniente que você não saiba, Charlbury.

— Ora, Sophy, quero que me escute...

— Não, por que eu deveria? Você não discute o que é realmente importante, e, além disso, já chegamos e não há tempo para começarmos uma discussão. Deve continuar confiando em mim, por favor!

O cabriolé já adentrava o caminho em curva que levava à porta da marquesa.

— Só Deus sabe que não confio e jamais confiei — retorquiu ele.

Encontraram a marquesa sozinha, e, o que mais surpreendeu, acordada. Ela recebeu Sophy afetuosamente, mas com certo constrangimento, e logo revelou que acabara de regressar, apenas há dois dias, de Brighton, onde passara um período de quinze dias.

— Brighton! — exclamou Sophy. — Você não me falou nada, Sancia! Diga-me, o que a levou tão de repente para lá?

— Mas, Sofia, como poderia lhe contar qualquer coisa se esteve confinada no quarto de sua prima doente e não me visitou mais? — queixou-se a marquesa. — Ficar sempre num lugar só... *majadero!*

— Certo, mas sua intenção era viver isolada até o regresso de Sir Horace. Acho que recebeu notícias dele...

— Não, asseguro-lhe! Nem uma palavra!

— Ah! — exclamou Sophy, ligeiramente desconcertada. — Bem, a viagem dele foi auspiciosa, e acho que estará conosco a qualquer momento. Pois não é provável que, nesta época do ano, eles venham a encontrar um tempo muito desfavorável, você sabe. O duque de York estava com o irmão?

A marquesa arregalou seus olhos sonolentos.

— Ora, Sofia, como eu iria saber? São parecidos, os príncipes reais... Corpulentos e... como se diz?... *Embotados!* Não consigo distinguir um do outro.

Sophy foi obrigada a ficar satisfeita. Quando foram embora, seu acompanhante, curioso, perguntou:

— Por que ficou aborrecida, Sophy? A marquesa não deveria ir a Brighton como todo mundo?

Ela suspirou.

— Não se Sir Vincent Talgarth também estivesse lá, e isso é o que eu temo. Nunca vi Sancia tão animada.

— Que decepção! Ela ganhou meu apreço ao adormecer diante dos meus olhos!

Sophy riu e não disse mais nada, um ligeiro alheamento dominou-a até chegar a Berkeley Square e encontrar o Sr. Rivenhall aguardando o seu regresso, bastante mal-humorado. No mesmo instante isso a reanimou, e, ao ser inquirida, ela não hesitou em informá-lo onde havia estado.

— Você foi sozinha?

— De jeito nenhum. Charlbury me levou.

— Compreendo. Primeiro você é alvo de mexericos com Talgarth, agora com Charlbury! Ótimo!

— Eu realmente não entendo você — retrucou Sophy, como uma pessoa inocente à procura de esclarecimento. — Pensei que sua objeção a Sir Vincent fosse por ele ter a reputação de grande libertino. Certamente não suspeita o mesmo de Charlbury. Ora, você inclusive já desejou, certa ocasião, casar sua irmã com ele!

— Estou mais desejoso ainda que minha prima não adquira a reputação de pessoa *volúvel.*

— Por quê? — perguntou Sophy, olhando-o diretamente nos olhos. Charles não respondeu, e depois de um instante ela perguntou: — Que direito você tem, Charles, de se opor ao que eu decido fazer?

— Se o seu bom gosto...

— Que direito, Charles?

— Nenhum! Faça como bem lhe aprouver! Para mim não tem importância! Com Everard, sua vitória será fácil! Eu não o julgava tão instável. Cuidado para não perder o seu outro pretendente ao encorajar este flerte... pois não creio que vá além disso.

— Bromford? Ora, que coisa chocante! Você fez bem em alertar-me. Charlbury vive com medo de ser desafiado por ele.

— Eu já devia saber que não encontraria outra coisa em você a não ser leviandade.

— Por que me repreende de maneira tão absurda? Não sou assim.

— Sophy...! — Impetuoso, ele deu um passo à frente na direção dela, a mão erguendo-se, porém quase imediatamente a abaixou de novo. — Nunca deveria ter vindo para esta casa! — disse ele e virou-se para apoiar o braço ao longo do consolo da lareira e olhar fixamente para a grade vazia.

— Isso não é gentil, Charles.

Ele permaneceu calado.

— Bem, logo ficará livre de mim, acho eu — continuou Sophy. — Conto ver Sir Horace a qualquer momento. Você ficará satisfeito.

— Devo ficar. — As palavras foram pronunciadas de forma quase inaudível, e ele não levantou a cabeça nem fez qualquer movimento para impedir que ela deixasse o aposento.

Essa troca de palavras acontecera na biblioteca. Ela saiu para o vestíbulo no momento exato em que Dassett abria a porta da frente para admitir o Sr. Wychbold, muito elegante numa capa de viagem, com várias pelerines, botas brilhantes e flores na lapela. Ele estava depositando a cartola numa mesa com tampo de mármore, porém, à vista de Sophy, usou-a para fazer um floreio à sua reverência.

— Srta. Stanton-Lacy! Seu humilde criado, senhora!

Sophy ficou surpresa ao vê-lo, pois ele estivera fora da cidade durante algumas semanas. Enquanto apertavam as mãos, ela disse:

— Que grande prazer! Eu não sabia que estava em Londres. Como vai?

— Só cheguei à cidade hoje, senhora. Soube dos problemas por Charlbury. Nunca fiquei tão chocado em minha vida! Vim imediatamente para saber das notícias!

— É bem do seu feitio! Obrigada, a menina está quase boa agora, embora assustadoramente magra, coitadinha, e ainda apática! O senhor é a pessoa que eu desejava ver. Precisa falar com meu primo neste instante ou me levaria antes a dar uma volta pelo parque?

Ele estava dirigindo o próprio fáeton, e só poderia haver uma resposta para esse pedido. Com a maior galanteria, fez uma mesura e a acompanhou até o lado de fora da casa, avisando-a, porém, de que, na presente estação, ela encontraria unicamente pessoas do povo no parque.

— O senhor tem algum recado para o Sr. Rivenhall? — perguntou Dassett, fixando seu olhar reprovador num ponto acima do ombro esquerdo do Sr. Wychbold.

— Ah, diga-lhe que estive aqui e que lamentei não encontrá-lo em casa — respondeu o Sr. Wychbold com uma despreocupação que o mordomo achou ofensiva. — Tem saído com o seu fáeton,

324

senhora? — perguntou ao estender a mão para que Sophy subisse na carruagem. — Como estão seus baios?

— Muito bem! Entretanto, hoje não saí com eles, mas estive em Merton com Charlbury.

— Ah... sim? — perguntou ele, com uma ligeira tosse e um olhar de esguelha.

— Isso mesmo, tornou-me o assunto da cidade! — disse Sophy alegremente. — Quem lhe contou? A arqui-inimiga?

Ele pôs a parelha em movimento, assentindo sombriamente com a cabeça.

— Encontrei-a ao passar pela Bond Street. Senti-me obrigado a parar. Ela tirou o luto.

— Isso significa que deve casar com Charles no próximo mês — replicou Sophy, que, depois de ter adquirido o hábito de conversar amigavelmente com o Sr. Wychbold, jamais fazia cerimônia com ele.

— Eu não lhe disse? — replicou ele, com certa satisfação melancólica.

— Disse, sim, e eu respondi que talvez precisasse dos seus bons ofícios. Vai fazer uma estada prolongada na cidade ou parte imediatamente de novo?

— Na próxima semana. Mas o que se há de fazer, senhora? É uma pena, mas é isso mesmo!

— Veremos. O que acha que aconteceria se o senhor contasse a Charles qualquer dia desses que me viu saindo da cidade com Charlbury numa carruagem puxada a quatro cavalos?

— Ele me acertaria um soco — respondeu o Sr. Wychbold, sem hesitar. — Aliás, não o culparia!

— Ah! — exclamou Sophy, desconcertada. — Bem, certamente não desejo que ele faça isso. Mas, e se for verdade?

— Ele não acreditaria em mim. Não há necessidade de você sair da cidade com Charlbury. Também ele não é o tipo de pessoa que se envolva nessas excentricidades.

— Sei disso, mas talvez isso possa ser arranjado. Ele não lhe daria um soco se o senhor apenas lhe perguntasse *por que* eu estava deixando a cidade com Charlbury como escolta, daria?

Depois de dar à pergunta a devida consideração, o Sr. Wychbold admitiu que, nessas condições, talvez fosse poupado.

— Fará isso? — pediu-lhe Sophy. — Se eu lhe mandasse um recado, o senhor se asseguraria de que chegasse a Charles? Ele não está sempre à tarde no White's?

— Bem, geralmente pode-se encontrá-lo lá, mas eu não diria que sempre — respondeu o Sr. Wychbold, cauteloso. — Além disso, eu não a verei deixando a cidade!

— Mas poderá ver, se resolver dar-se ao trabalho de passear nas proximidades de Berkeley Square — retorquiu ela. — Se receber um recado meu, saberá que é verdade e poderá contar a Charles com a consciência limpa. Cuidaria para que ele soubesse quando viesse para casa, contudo às vezes ele não chega para o jantar, e isso estragaria tudo! Bem, talvez não estrague tudo, mas acho que é uma excelente ideia matar dois coelhos com uma cajadada só!

O Sr. Wychbold considerou o assunto por um momento. Depois de revirar na mente todas as implicações das palavras de Sophy, perguntou de súbito:

— Sabe o que eu penso?

— Não, diga-me.

— Não quero levantar obstáculo, veja bem — respondeu o Sr. Wychbold. — Charlbury não é meu amigo íntimo. Muito bom sujeito, creio, porém acontece que ele não frequenta muito os mesmos lugares que eu.

— Mas o que acha? — perguntou Sophy, impaciente com essa divagação.

— Acho muito provável que Charles possa desafiá-lo — respondeu o Sr. Wychbold. — Pensando bem, será obrigado a desafiá-lo! Charles é um atirador extremamente bom. Apenas achei que deveria mencionar isso — acrescentou, como se justificando.

— Tem razão, fico-lhe muito grata por me lembrar dessa possibilidade. Por nada deste mundo eu colocaria Charlbury em perigo. Mas não haverá a mínima necessidade de tal medida, sabe?

— Ah, bem! — exclamou o Sr. Wychbold, aliviado. — Acho, então, que ele não fará mais do que derrubá-lo algumas vezes. Tirando algum sangue, esmurrando o nariz, quero dizer.

— Pugilismo? Ah, não! Sem dúvida ele não faria tal coisa!

— Bem, ele fará — garantiu o Sr. Wychbold, sem hesitar. — Da última vez que vi Charles, não tenho escrúpulos em lhe dizer, estava tão zangado com Charlbury que disse que seria maravilhoso dar um soco nele qualquer dia desses! Com suas luvas, Charles é um rapaz dos diabos! Não sei quanto a Charlbury; contudo, acho que não seria páreo para seu primo. — Entusiasmando-se, acrescentou: — Para um amador, o melhor pugilista que já vi na vida! Excelente habilidade e base, jamais brinca ou trapaceia! Não fica se exibindo e muito raramente não atinge o alvo. — De repente lembrou-se, interrompeu-se meio confuso e pediu desculpas.

— Está bem, esqueça! — disse Sophy, a testa franzida. — Preciso pensar nisso, pois não seria bom de modo algum. Se eu deixar Charles zangado, o que, devo confessar, pretendo fazer...

— Encontrará pouca dificuldade nessa parte — interrompeu o Sr. Wychbold, de modo encorajador. — Gênio irritadiço! Sempre teve!

Ela assentiu com a cabeça.

— Que serviria de esplêndida desculpa para atacar alguém, não tenho dúvidas. É claro, vejo como poderia impedir que ele cometesse um engano com Charlbury. — Ela tomou fôlego. — Só preciso de resolução! Afinal, nunca se deve recuar diante da execução de tarefas desagradáveis para obter um objetivo louvável! Sr. Wychbold, fico-lhe muitíssimo grata. Agora vejo exatamente o que devo fazer, e eu não ficaria nada surpresa se se ajustasse admiravelmente a *ambos* os propósitos.

XVI

Ao saber que o Sr. Rivenhall consentira o casamento da irmã com o Sr. Fawnhope, a Srta. Wraxton ficou tão chocada que não pôde abster-se de protestar. Com seu costumeiro bom senso, ela salientou as funestas consequências desse matrimônio, pedindo-lhe que considerasse bem antes de apoiar Cecilia em sua loucura. Ele ouviu-a em silêncio, e quando ela esgotou seus argumentos, replicou bruscamente:

— Dei minha palavra. Posso, porém, concordar com grande parte do que acaba de dizer. Realmente, o matrimônio não é do meu agrado, mas não vou forçar minha irmã a aceitar um casamento que ela não deseja. Eu acreditava que logo ela deveria recuperar-se do que me parecia um simples capricho. Isso não aconteceu. Sou forçado a reconhecer que seu coração foi conquistado, não é apenas um capricho.

Eugenia ergueu as sobrancelhas, sua expressão era de leve desagrado.

— Meu querido Charles, isso não é próprio de você! Ouso afirmar que não tenho de procurar muito longe a influência que o inspirou a pronunciar tal discurso, contudo confesso que dificilmente contava que você reiterasse sentimentos tão discordantes com o seu temperamento e, devo acrescentar, sua educação.

— Ora essa! Você terá de explicar o que quer dizer com mais detalhes se quiser que a compreenda, Eugenia, pois estou totalmente confuso.

Ela respondeu gentilmente:

— Nota-se que não está! Conversamos tantas vezes sobre esse assunto! Você não concorda que há algo muito errado no fato de uma filha fazer vingar sua vontade em oposição à dos pais?

— De um modo geral, concordo.

— E em *particular,* Charles, quando se trata do casamento dela. Os pais devem ser os melhores juízes daquilo que será mais adequado para a filha. Há algo muito petulante e desagradável numa moça *apaixonar-se,* como se diz. Sem dúvida, pessoas vulgares têm esse costume, mas imagino que um homem de alta linhagem e educação preferisse ver um pouco de comedimento na dama com quem se casa. A linguagem que você adotou, perdoe-me, querido Charles, certamente pertence mais ao palco do que à sala de estar de sua mãe!

— Pertence? Diga-me, Eugenia, se eu tivesse pedido sua mão sem o consentimento de seu pai, você teria aprovado minha corte?

Ela sorriu.

— Não precisamos pensar em coisas absurdas! De todos os homens, você não teria feito tal coisa.

— Mas se tivesse?

— Certamente eu não aprovaria — respondeu ela, serena.

— Fico-lhe grato! — replicou ele, irônico.

— Deveria ficar mesmo. Dificilmente teria desejado que a futura Lady Ombersley fosse uma mulher sem reserva ou obediência filial.

O olhar dele era duro e penetrante.

— Começo a compreendê-la.

— Eu sabia que compreenderia, pois é um homem de bom senso. Não defendo, é escusado dizer, um casamento onde não haja estima mútua. Dificilmente teria êxito! Sem dúvida, se Cecilia nutre aversão por Charlbury, teria sido um erro forçá-la a casar-se com ele.

— Generosa!

— Espero que sim — replicou ela gravemente. — Não desejaria ser outra coisa senão generosa com suas irmãs, com toda a sua família! Deve ser um dos meus principais objetivos promover o bem-estar deles, e asseguro-lhe que pretendo fazer isso.

— Obrigado — retrucou ele, num tom de voz insípido.

Ela virou o bracelete que enfeitava seu braço.

— Você está inclinado a considerar a Srta. Stanton-Lacy com indulgência, eu sei, mas creio que admitirá que a influência dela na casa não foi feliz em muitos aspectos. Sem o encorajamento da prima, arrisco-me a pensar que Cecilia não teria se comportado dessa forma.

— Não sei nada disso. Você não diria que a influência dela não foi feliz se a tivesse visto cuidando de Amabel, dando apoio a Cecilia e à minha mãe em sua aflição. Uma coisa que jamais esquecerei.

— Estou certa de que ninguém desejaria que o fizesse. Ficaria contente por elogiar sua conduta sem reserva naquela emergência.

— Também devo a ela o fato de que agora me encontro em ótimas relações de amizade com Hubert. Nesse aspecto ela não fez outra coisa a não ser o bem.

— Bem, nesse ponto sempre discordamos, não? — perguntou ela numa voz agradável. — Mas não tenho vontade de discutir com você sobre esse assunto. Só espero que Hubert continue se comportando bem.

— Muito bem. Eu quase poderia dizer bem *demais,* pois o que iria fazer aquele rapaz senão considerar-se na obrigação moral de recobrar o estudo perdido durante as férias? Foi a uma conferência! — Subitamente, riu. — Se não cair num estado de melancolia depois de toda essa virtude, sem dúvida devo esperar que ele logo esteja numa enrascada!

— Receio que esteja certo — concordou ela, séria. — Há aí uma instabilidade de propósitos que deve afligi-lo com frequência.

Incrédulo, ele olhou-a atentamente, porém, antes que pudesse falar, Dassett introduzira lorde Bromford no aposento. Imediatamente adiantou-se para dar um aperto de mão, cumprimentando o recém-chegado com mais amabilidade do que o habitual, porém, disse:

— Receio que esteja sem sorte; minha prima saiu com seu fáeton.

— Fui informado à porta... Como vai, senhora?... Contudo considerei apropriado subir para felicitá-lo sobre a recuperação de sua irmã. Tive oportunidade de consultar nosso bom Baillie, excelente homem, e ele jurou por sua honra que não havia mais o menor perigo de contágio.

A julgar, pelos lábios crispados do Sr. Rivenhall, que ele estava a ponto de dar uma resposta irônica, a Srta. Wraxton interveio às pressas!

— Não tem passado bem, caro lorde Bromford? É uma triste notícia! Espero que não seja grave, não é?

— Baillie não considera assim. Julga que a estação tem estado excepcionalmente insalubre com esse tempo inclemente, como sabe, e é provável que cause infecções de garganta, à qual tenho certa suscetibilidade peculiar. Como pode imaginar, minha mãe se preocupa muito, pois minha constituição física é delicada... Seria inútil negar. Fui obrigado a permanecer no quarto mais de uma semana.

O Sr. Rivenhall, apoiando os ombros largos no consolo da lareira, enfiou as mãos nos bolsos da calça e assumiu toda a aparência de um homem disposto a se divertir. Lorde Bromford não reconheceu os sinais, mas a Srta. Wraxton sim, o que a fez lançar-se num tormento de apreensão. Mais uma vez, apressou-se a falar:

— Creio que as infecções de garganta têm predominado ultimamente. Não é de admirar que Lady Bromford ficasse ansiosa. Sei que foi muito bem-cuidado.

— Sim. Não que meu problema de saúde seja dessa natureza, do tipo que... Enfim, até mamãe confessou-se comovida pela devoção da Srta. Stanton-Lacy à sua priminha. — Virou-se para o Sr. Rivenhall, que inclinou graciosamente a cabeça em sinal de reconhecimento pela cortesia, apenas estragando o efeito com um sorriso amplo e forçado, singularmente sombrio. — A propósito disso, lembrei-me de certos versos de *Marmion*.

A Srta. Wraxton, que já ouvira o suficiente sobre as perfeições de Sophy no quarto da doente, só pôde ser grata ao Sr. Rivenhall por interromper:

— Sim, nós os conhecemos bem!

Lorde Bromford, que começara a declamar "Ah, mulher, em nossas horas de alívio...", ficou desconcertado com a interrupção, porém recobrou-se prontamente e disse:

— Quaisquer dúvidas que se pudesse alimentar sobre a autêntica feminilidade do caráter da Srta. Stanton-Lacy, devem, arrisco-me a dizer, ter sido afastadas de vez.

Nesse momento, Dassett reapareceu para anunciar que a carruagem de Lady Brinklow estava à porta. A Srta. Wraxton, que só descera em Berkeley Square enquanto a mãe se desincumbia de uma missão na Bond Street, foi obrigada a despedir-se. Lorde Bromford disse que, uma vez que nem Lady Ombersley nem sua sobrinha estavam em casa, ele não abusaria da hospitalidade por mais tempo, e em poucos minutos o Sr. Rivenhall pôde soltar suas risadas à vontade. Lorde Bromford, pessoa de marcante popularidade junto a Lady Brinklow, foi convidado a ocupar um lugar no pequeno landau, e durante o curto trajeto até Brook Street foi convencido a fazer um relato minucioso dos sintomas da sua recente indisposição.

Não obstante sua recolução de manter a prima a distância, o Sr. Rivenhall não pôde resistir à tentação de contar-lhe essa passagem. Sophy gostou da brincadeira, exatamente como ele imaginara que ela gostaria, porém a prima pôs um fim abrupto ao divertimento ao exclamar involuntariamente:

— Como ele e a Srta. Wraxton combinariam bem! Ora, por que não pensei nisso antes?

— Possivelmente — respondeu o Sr. Rivenhall, gélido — você deve ter se lembrado de que a Srta. Wraxton é minha noiva.

— *Acho* que não foi essa a razão — replicou Sophy, pensativa. Ergueu uma sobrancelha ao fitá-lo. — Ofendido, Charles?

— Estou! — retrucou o Sr. Rivenhall.

— Ora, Charles, fico assombrada com você — disse ela, com sua irreprimível risada gutural de prazer. — Tão *falso*!

Enquanto ela batia em retirada estratégica depois de pronunciar essas palavras, ele ficou só, olhando com expressão feroz para a porta, impassível.

Sem rodeios, queixou-se à mãe que a conduta de Sophy ia de mal a pior, mas sua total iniquidade só recaiu sobre ele dois dias depois, quando, ao mandar o cavalariço atrelar sua mais recente aquisição ao tílburi, ficou abalado ao saber que a Srta. Stanton-Lacy saíra nessa carruagem havia menos de meia hora.

— Ela saiu no meu tílburi? — repetiu ele. Sua voz ficou mais exasperada. — Com que cavalo? — perguntou.

O cavalariço não pôde evitar um estremecimento.

— O... cavalo novo, senhor!

— Você... atrelou... o cavalo novo para a Srta. Stanton-Lacy? — perguntou o Sr. Rivenhall, dando às suas palavras um peso tão terrível que quase privou seu homem de confiança da capacidade de falar.

— A senhorita disse... a senhorita estava certa... de que o senhor não faria objeção, patrão — gaguejou o infeliz. — E vendo como ela por duas vezes conduziu seus cavalos cinzentos, senhor, e não tendo recebido nenhuma ordem contrária, pensei que tivesse sua permissão. E ela afirmou que tudo estava certo...

Em poucas e dolorosas palavras, o Sr. Rivenhall aboliu essa ilusão da mente do cavalariço, acrescentando imprecações que derrubavam sumariamente quaisquer pretensões que o empregado pudesse ter de ser capaz de pensar de fato. O desventurado rapaz, não ousando arriscar uma explicação sobre as circunstâncias, aguardou em triste silêncio a sua demissao Ela, porém, não veio. O Sr. Rivenhall era um patrão severo, mas também justo, e mesmo em sua ira teve uma noção bem clara dos meios que sua inescrupulosa prima empregara para alcançar seus fins. De repente conteve-se e perguntou de forma rude:

— Aonde ela foi? A Richmond? Responda!

Ao ver o culpado praticamente incapaz de manter a calma, o cavalariço de lorde Ombersley interveio, dizendo obsequiosamente:

— Oh, não, senhor! Não, mesmo! Lady Ombersley e a Srta. Cecilia partiram na caleça para Richmond há uma hora. E a Srta. Amabel foi com elas, senhor.

O Sr. Rivenhall, que sabia do acerto de uma visita à prima que morava em Richmond, olhou-o atentamente com as sobrancelhas franzidas. Sem dúvida ficara combinado que Sophy devia acompanhar a tia e as primas, e ele estava perplexo, imaginando o que teria feito a prima mudar de ideia. Todavia, esse era um problema insignificante. O baio novo, com que ela tivera a temeridade de sair, era um animal voluntarioso, totalmente desacostumado com o tráfego da cidade e por certo inadequado para uma dama. O Sr. Rivenhall podia controlá-lo, mas, mesmo um condutor notável como o Sr. Wychbold admitira que o animal era um bocado raro. Ao pensar em algumas das menores proezas do baio, o Sr. Rivenhall sentiu-se gelar de apreensão. Foi esse temor que deu margem à sua ira. Sentira raiva ao saber que Sophy tinha levado seu cavalo sem permissão, mas nada se comparava com a fúria assassina que agora o consumia. Ela se comportara de maneira imperdoável — que sua conduta, por estranho que pareça, não condizia com ela, Charles não estava disposto a considerar — e talvez agora mesmo estivesse estirada sobre as pedras que pavimentavam as ruas, com o pescoço quebrado.

— Selem Thunderer e o cavalo marrom — ordenou subitamente. — Rápido!

Os dois cavalariços precipitaram-se para executar sua ordem, trocando olhares significativos. Nem o cavalariço mais bem-treinado teria trabalhado mais rápido, e enquanto os dois empregados ainda permaneciam embasbacados diante daqueles acontecimentos extraordinários, o Sr. Rivenhall, seguido a uma discreta distância por seu cavalariço pessoal, seguia rapidamente na direção do Hyde Park.

Charles julgara corretamente, mas foi talvez uma infelicidade ele ter alcançado a prima no exato momento em que o baio novo, procurando erguer-se entre os varais à vista de um menino empinando um papagaio, tentou com todo seu vigor escoicear a tábua do assoalho da carruagem. O Sr. Rivenhall, que quase acreditara que poderia perdoar tudo se ao menos encontrasse a prima sã e salva, descobriu que estivera enganado. Pálido de raiva, desmontou, lançou as rédeas por cima da cabeça de Thunderer, meteu-as na mão do cavalariço com uma breve ordem para levar o cavalo para casa, subiu no tílburi e apoderou-se das rédeas. Por alguns instantes, ele ficou totalmente ocupado com o cavalo, e Sophy teve tempo para admirar suas habilidades. Não lhe parecia ter lidado tão mal com o cavalo, pois, com a melhor disposição do mundo, o baio não disparara com ela, mas Sophy não se conteve diante do domínio do Sr. Rivenhall sobre um animal nervoso e não muito domesticado. Atenuar a ira do Sr. Rivenhall não fazia parte dos seus planos, e foi contra a vontade que ela exclamou:

— Você é um excelente condutor! Não sabia quanto era bom até hoje!

— Não preciso que me diga isso — falou ele repentinamente, expressão e voz numa curiosa variação com suas mãos firmes.

— Como ousou fazer isso? Como ousou? Se tivesse quebrado o pescoço, seria uma recompensa merecida! Que não tenha quebrado os joelhos dos meus cavalos, devo considerar um milagre!

— Ora bolas! — respondeu Sophy, reparando o erro anterior de se pôr na defensiva.

O resultado foi o que ela esperava. A viagem de volta para Berkeley Square não levou muitos minutos, mas o Sr. Rivenhall preencheu-os com toda a exasperação reprimida nas duas últimas semanas. Destruiu o caráter da prima, condenou suas maneiras, falou-lhe do seu forte desejo de discipliná-la, e, no mesmo fôlego, lamentou o homem que seria tolo o bastante para casar-se com ela. Terminou assegurando que aguardava com ansiedade o dia em que ficaria livre da indesejável presença dela na sua casa.

Sophy não teria conseguido deter a maré da sua eloquência. Portanto, ela não tentou fazê-lo, apenas ficou sentada com as mãos cruzadas e os olhos baixos, ao lado do seu acusador. Que a fúria dele fora ativada, quase irracionalmente, a um estado de grande agitação ao encontrá-la sã e salva, Sophy não tinha a menor dúvida. Houve momentos durante a sua saída em que ela duvidara da própria capacidade — e a do cavalo — de escapar a salvo. Nunca ficara mais satisfeita de ver o primo; e um olhar de relance no seu rosto fora suficiente para assegurar-lhe que ele sofrera um grau de ansiedade desproporcional, maior do que se poderia esperar de um condutor zeloso com seu cavalo. Charles poderia dizer o que lhe aprouvesse; ela não estava decepcionada.

O primo fê-la desembarcar em Berkeley Square, dizendo-lhe rudemente que poderia descer sem a sua ajuda. Ela obedeceu, e sem aguardar ao menos vê-la entrar na casa, Charles afastou-se em direção às cavalariças.

Passava um pouco do meio-dia. O Sr. Rivenhall não regressou a casa, e, tão logo ela se convenceu de que não devia ter receio de ele entrar e surpreendê-la, a indisciplinada prima de Charles chamou um lacaio e mandou-o numa pequena missão aos estábulos de aluguel mais próximos; em seguida, sentou-se para escrever diversos bilhetes de conteúdo bastante delicado. Por volta das duas da tarde, John Potton, aturdido porém não desconfiado, percorria a trote o caminho que levava a Merton com um desses recados no bolso. Tivesse ele o privilégio de conhecer seu conteúdo, não teria cavalgado tão alegremente ao sair de Londres.

"Querida Sancia", Sophy escreveu. "Encontro-me numa situação das mais assustadoras e preciso sinceramente pedir-lhe que venha ter comigo na Mansão Lacy de imediato. Não deixe de me atender ou estarei totalmente desonrada. Ashtead fica apenas a 16 quilômetros de Merton, portanto não tema ficar fatigada. Deixo Londres dentro de uma hora e tudo depende de você. Para sempre sua devotada Sophy."

Ao voltar de sua incumbência, o lacaio ficou satisfeito ao receber meio guinéu por seu esforço e tornou a partir com alegria para entregar duas cartas lacradas. Uma delas ele deixou na residência do Sr. Wychbold; a outra levou da casa de lorde Charlbury até a Galeria de Tiro ao Alvo de Manton, e de lá até o Brooks's Club, onde ele finalmente encontrou o destinatário depois de longa procura. Lorde Charlbury, chamado ao vestíbulo para receber pessoalmente o bilhete, leu-o bastante aturdido, porém recompensou generosamente o portador e encarregou-o de informar à Srta. Stanton-Lacy que permanecia à sua disposição.

Nesse meio-tempo a Srta. Stanton-Lacy, que bondosamente dera à sua zelosa criada um dia de folga, instruiu a atônita empregada da casa que pusesse sua roupa de dormir numa valise e sentou-se para escrever mais duas cartas. Ainda estava ocupada com essa tarefa quando lorde Charlbury foi introduzido no salão. Ela ergueu os olhos, sorrindo, e disse:

— Sabia que podia contar com você! Obrigada! Deixe-me apenas terminar este bilhete.

Ele aguardou até que a porta se fechasse atrás de Dassett antes de perguntar:

— Em nome de Deus, Sophy, o que aconteceu? Por que precisa ir a Ashtead?

— É meu lar, a casa de Sir Horace!

— É mesmo? Eu não sabia... Mas tão de repente! Sua tia... sua prima...?

— Não se preocupe! Explicarei a você no caminho, se for bom o suficiente para me oferecer sua companhia. Não é longe... pode-se ir em um piscar de olhos.

— É claro que acompanharei você — respondeu ele imediatamente. — Rivenhall não está em casa?

— Para mim, é impossível pedir-lhe que vá comigo. Por favor, deixe-me terminar este bilhete para Cecilia.

O lorde pediu desculpas e se afastou até uma cadeira ao lado da janela. As boas maneiras o proibiam de insistir em uma explicação que Sophy visivelmente relutava em dar, mas ele estava muitíssimo confuso. O usual olhar malicioso desaparecera completamente dos olhos dela; a jovem parecia estar numa disposição de espírito séria, fora do comum — um fato que o fez relaxar a guarda e ficar apenas ansioso para lhe ser útil.

O bilhete para Cecilia logo estava pronto, fechado e lacrado. Sophy levantou-se da escrivaninha, e Charlbury arriscou-se a perguntar se ela desejava que ele a conduzisse a Ashtead em seu cabriolé

— Não, não, contratei uma diligência! Deve chegar aqui agora mesmo. Não veio no seu cabriolé, veio?

— Não, caminhei do Brook's até aqui. Vai passar uma temporada no campo?

— Ainda não sei. Espera por mim enquanto ponho meu chapéu e minha capa?

Ele assentiu com a cabeça, e Sophy afastou-se, mas logo regressou com Tina saltitando à sua volta, na expectativa de ser levada para um passeio. A carruagem de aluguel já aguardava à porta, e Dassett, tão aturdido quanto lorde Charlbury, mandara um lacaio amarrar a valise da Srta. Stanton-Lacy na traseira. Sophy passou às mãos dele os dois últimos bilhetes que escrevera, recomendando-lhe que se certificasse de que o Sr. e a Srta. Rivenhall os recebessem imediatamente após chegarem em casa. Cinco minutos mais tarde, ela encontrava-se sentada na diligência ao lado de Charlbury, expressando a esperança de que a tempestade que ameaçava desabar só caísse depois que tivessem alcançado a Mansão Lacy. Tina pulou para o colo de Sophy, e ela contou ao rapaz que havia encontrado no Green Park outro galgo italiano, que não fizera segredo de sua admiração por Tina. Ela descreveu o coquetismo de Tina, fazendo um relato divertido sobre os ciúmes do spaniel do Sr. Rivenhall, trazido por ele do campo há alguns dias; e desse modo, numa progressão tranquila, lorde Charlbury surpreendeu-se discutindo a caça ao faisão, à raposa, e várias outras atividades esportivas. Esses tópicos se prolongaram até passarem pela estrada de Kennington, e a essa altura as faculdades mentais do rapaz, a princípio atordoadas, estavam bem alertas. Pareceu-lhe que a malícia voltara aos olhos de Sophy. Em Lower Tooting, ele deixou que seu olhar se dirigisse à curiosa torre da igreja, com sua forma circular encimada por uma estrutura quadrada de madeira, com uma agulha não muita elevada no topo; mas quando Sophy tornou a se recostar em seu canto da diligência, ele perguntou, observando suas feições:

— Sophy, por acaso estamos fugindo juntos?

A melodiosa risadinha característica irrompeu de dentro dela:

— Não, não, não é tão ruim assim! Preciso lhe dizer?

— Sei muito bem que você tem algum plano abominável. Diga-me agora mesmo!

Ela lançou-lhe um olhar de esguelha, e agora ele já não tinha dúvidas de que a malícia voltara aos seus olhos.

— Bem, Charlbury, a verdade é que raptei você.

Depois de um instante de aturdimento, ele começou a rir. Nisso Sophy prontamente juntou-se a ele, e quando o rapaz recuperou-se do primeiro impacto do absurdo daquela ideia, disse:

— Eu já devia ter imaginado que havia alguma diabrura quando notei que seu fiel Potton estava ausente. Mas do que se trata, Sophy? Por que estou sendo raptado? Com que fim?

— Para minha reputação estar tão comprometida que você seja obrigado a se casar comigo, é claro — respondeu Sophy prosaicamente.

Essa explicação alegre teve o efeito de fazê-lo sentar-se ereto como um fuso, exclamando:

— *Sophy!*

Ela sorriu.

— Ah, não fique tão alarmado! Mandei John Potton com uma carta para Sancia pedindo-lhe para ir imediatamente à Mansão Lacy.

— Santo Deus, você inventou alguma coisa para forçá-la a proceder assim?

— Ah, sim, certamente! Ela tem um coração muito bom, sabe, e jamais deixaria de atender a um apelo meu.

Ele tornou a descansar, apoiado no encosto estofado, porém disse:

— Não sei o que você merece! Ainda estou completamente aturdido. Por que fez isso?

— Ora, não compreende? Deixei uma carta para Cecilia, contando-lhe que estou a ponto de me sacrificar.

— Obrigado! — interrompeu lorde Charlbury.

— ... *e* sacrificar você — continuou Sophy com serenidade — para que meu tio fique finalmente calado. Você sabe, pois já lhe contei, que o convenci a anunciar à pobre Cecy sua inalterável decisão de que ela devia casar-se com você. Se conheço Cecy, o choque irá trazê-la a Ashtead a toda pressa para nos resgatar. Meu querido Charlbury, se você não tirar proveito dessa eventualidade, lavo minhas mãos!

— No íntimo, sinto desejar que tivesse feito isso há mais tempo — Foi a ingrata resposta dele. — Ultrajante, Sophy, *ultrajante!* E se nem ela nem a marquesa aparecerem na Mansão Lacy? Permita-me dizer-lhe que de nada servirá para me convencer a me comprometer com você.

— Não, realmente! Isso me causaria excessivo desagrado! Se *isso* acontecer, receio que será obrigado a passar a noite em Leatherhead. Não fica muito distante da Mansão Lacy, e acredito que possa encontrar um conforto tolerável no Cisne. Ou poderá alugar um coche para levá-lo de volta a Londres. Mas Sancia, pelo menos, virá.

— Contou a Cecilia que me *raptou?* — perguntou ele. Sophy assentiu com a cabeça, e o lorde exclamou: — Eu poderia matá-la! Que sujeira! E que papelão devo estar fazendo!

— Ela não vai pensar nisso. Lembra-se do que falei no outro dia, que ela devia sentir pena de você e não de Augustus? Além disso, estou convencida de que Cecilia padecerá verdadeiros tormentos de ciúmes! Imagine só! Eu estava praticamente parada até que me lembrei do que certa vez ouvira de um militar muito importante: "A surpresa é a alma do ataque!" Que circunstância mais feliz!

— Não é? — indagou ele, com ironia. — Estou muito inclinado a descer desta diligência!

— Se o fizer, estragará tudo.

— É *abominável*, Sophy!

— Abominável seria se o motivo não fosse puro.

Ele não disse nada, e também ela permaneceu calada por alguns minutos. Por fim, depois de ter ponderado o assunto, Charlbury disse:

— Seria conveniente que me contasse tudo. Que eu apenas ouvi a metade da história não tenho a menor dúvida. Onde Charles Rivenhall se encaixa nisso tudo?

Ela cruzou as mãos sobre as costas de Tina.

— Pobre de mim! Tenho tido brigas tão horríveis com Charles que me sinto obrigada a buscar refúgio na Mansão Lacy — disse ela, pesarosa.

— E sem dúvida deixou um bilhete para informá-lo disso.

— É claro!

— Já prevejo uma feliz reunião! — comentou ele, com amargura.

— Essa — reconheceu ela — foi a dificuldade! Mas acho que posso superá-la. Prometo-lhe, Charlbury, você sairá disso com a pele intacta... bem, talvez, não muito intacta, mas quase isso.

— Você não sabe o quanto me tranquilizou. Ouso afirmar que não sou páreo para Rivenhall, seja com as pistolas, seja com os punhos. Contudo, faça-me justiça: não sou exatamente um grandessíssimo covarde para temer o encontro com ele.

— Faço, mas será inútil para Charles *pô-lo a nocaute...* falei corretamente?

— Muito corretamente!

— ...ou meter-lhe uma bala — concluiu ela com serenidade inabalável.

Ele foi obrigado a rir.

— Vejo que Rivenhall deve ser mais digno de pena do que eu! Por que brigou com ele?

— Eu tinha de arranjar uma desculpa para fugir de Berkeley Square. Não pude pensar em outra coisa a não ser sair com o novo baio que ele acabou de comprar. Uma belíssima criatura! Espáduas magníficas! Um porte e tanto! Mas totalmente indomável para o tráfego de Londres e decididamente forte demais para uma mulher.

— Já vi o cavalo. Está falando sério, Sophy, saiu com ele?

— Saí... chocante, não? Asseguro-lhe, senti verdadeiro remorso em minha consciência. Contudo, não houve dano nenhum. Ele não disparou comigo, e Charles veio em meu socorro antes que eu me encontrasse em apuro de verdade. As coisas que ele me disse...! Nunca o vi tão furioso! Se ao menos eu pudesse lembrar da metade dos insultos que me dirigiu... Mas não importa; eles me deram o motivo que eu precisava para me afastar de Charles.

Charlbury fechou os olhos por um momento angustiante.

— Informando-o, sem dúvida, que procurava *minha* proteção?

— Não, não havia necessidade; Cecy lhe contará isso.

— Que circunstância feliz, não há dúvida! Espero que pretenda contribuir com uma bela coroa de flores às minhas exéquias.

— Certamente! Pela ordem natural das coisas, é provável que você morra antes de mim.

— Se eu sobreviver a esta aventura, pode haver dúvidas sobre isso. Seu destino está claramente escrito: você será assassinada. Não consigo imaginar como não fizeram isso há mais tempo!

— Que estranho! Charles certa vez me disse o mesmo ou algo parecido.

— Não há nada estranho; qualquer homem sensato vai lhe dizer isso.

Ela riu.

— Não, você é injusto! Nunca fiz o menor mal a quem quer que seja. Pode ser que com relação a Charles meus estratagemas não tenham sucesso; no seu caso, estou convencida de que devem ter. Bem que isso pode nos deixar contentes. Pobre Cecy! Imagine só que horrível ser obrigada a casar com Augustus e passar o resto da vida ouvindo os poemas dele!

Esse aspecto da situação atingiu lorde Charlbury tão violentamente que ele ficou em silêncio. Não disse nada sobre abandonar Sophy quando parassem na estação seguinte; agora parecia resignado à sua sorte.

A Mansão Lacy, que ficava a pouca distância da estrada principal, era uma casa de estilo elisabetano, bastante ampliada pelas gerações subsequentes, mas ainda conservando muito da sua beleza original. Chegava-se a ela por uma alameda de árvores nobres que outrora fora construída em meio aos jardins em terreno montanhoso. Esses jardins, devido ao fato de Sir Horace ser não apenas um proprietário ausente, como também negligente, cresceram demais nos últimos anos, de modo que as moitas de arbustos não se distinguiam de uma selva, e as roseiras não podadas desenvolviam-se de maneira desenfreada nos canteiros de flores, junto com as ervas daninhas. O dia todo o céu ficara encoberto, porém um caprichoso raio de sol, filtrando-se pelas nuvens mais baixas, revelou as janelas com mainel da casa, muito carentes de limpeza. Um rastro de fumaça saía de uma chaminé, único sinal visível de que a casa ainda era habitada. Ao descer do coche, Sophy olhava em volta com olhos críticos, enquanto Charlbury puxava o cordão do sino de ferro ao lado da porta da frente.

— Tudo parece estar numa desordem impressionante! — observou Sophy. — Preciso falar com Sir Horace que assim não está certo. Ele não devia abandonar a casa dessa maneira. Há trabalho aqui para um exército de jardineiros! Meu pai jamais gostou do lugar, sabe? Muitas vezes perguntei a mim mesma se era porque minha mãe morreu aqui. — Lorde Charlbury produziu um som simpático com a garganta, e Sophy continuou alegremente: — Mas ouso afirmar que é só porque ele é extremamente indolente. Toque o sino de novo, Charlbury.

Depois de um prolongado intervalo, ouviram o ruído de passos dentro da casa, seguido imediatamente pelo rangido dos ferrolhos e o som agudo de uma corrente sendo retirada da porta.

— Sinto-me apaziguado, Sophy! — anunciou Charlbury. — Jamais esperei encontrar-me nas páginas de um romance. Haverá teias de aranha e um esqueleto debaixo da escada?

— Receio que não, mas imagine só que encantador se houvesse! — retorquiu ela. Acrescentou, quando a porta foi aberta e um rosto surpreso apareceu: — Bom dia, Clavering! Sim, sou eu mesma e vim para casa ver como você e Mathilda estão passando.

O mordomo, um homem magro de grisalhos cabelos encaracolados e costas curvas, perscrutou-a por um momento antes de dizer com voz entrecortada:

— Srta. Sophy! Deus do céu, senhorita, se imaginássemos que viria! Tamanho susto me deu ouvir o sino tocando! Venha cá, Matty, olhe! É a Srta. Sophy!

Uma figura feminina, tão robusta quanto a do marido era esguia, apareceu em segundo plano, pronunciando sons aflitos e tentando desatar as tiras do avental encardido. Muito atrapalhada, a Sra. Clavering pediu à jovem patroa para entrar na casa e desculpar a desordem em toda parte. Não tinham recebido aviso da sua chegada. O patrão dissera que tomaria medidas quando regressasse do estrangeiro. Ela duvidava que houvesse um pingo de chá na casa. Se ao menos tivesse sabido da intenção da Srta. Sophy de visitá-los, teria varrido a lareira, limpado a melhor sala e retirado os lençóis de holanda que cobriam os móveis.

Sophy procurou acalmar a agitada mulher com a certeza de que viera preparada para encontrar a casa em desarranjo e passou para o vestíbulo. Este era um cômodo grande, revestido de lambris; possuía um telhado de águas de pequena empena e, numa das extremidades, uma bonita escada de carvalho se elevava em lances que davam acesso aos andares superiores da casa. Todas as cadeiras estavam cobertas com holanda, e uma película de poeira jazia sobre a mesa dobrável que se encontrava no centro do aposento. O ar parecia desagradavelmente úmido, e uma grande mancha de mofo numa das paredes tornou esse fato facilmente compreensível.

— Precisamos abrir todas as janelas e acender as lareiras — disse Sophy animadamente. — A marquesa... uma dama espanhola já chegou?

Garantiram que nenhuma dama espanhola fora vista na mansão, circunstância pela qual os Claverings pareciam achar que mereciam ser parabenizados.

— Ótimo! — exclamou Sophy. — Ela estará logo aqui, e precisamos nos esforçar para tornar as coisas um pouco mais confortáveis antes de a recebermos. Traga um pouco de lenha e gravetos para esta lareira, Clavering, e você, Matty, tire essas capas dos móveis! Se não houver chá na casa, estou certa de que há cerveja! Traga um pouco para lorde Charlbury, por favor. Charlbury, queira me perdoar por convidá-lo para uma casa tão abandonada! Espere, Clavering! Os estábulos estão mais ou menos decentes? Não quero que o coche se afaste, os cavalos precisam receber ração e uma escovada, e os postilhões devem ser alimentados.

Ao abandonar os escrúpulos ao prazer da situação, lorde Charlbury disse:

— Você me permite cuidar desse assunto? Se Clavering me mostrar o caminho para os estábulos...

— Sim, por favor, faça isso! — disse Sophy, grata. — Preciso ver quais quartos podem ser usados e, até que a lareira seja acesa, aqui será muito desagradável para você.

Lorde Charlbury, interpretando corretamente que atrapalharia muito se ficasse na casa, saiu com Clavering para levar os postilhões aos estábulos, felizmente ainda perfeitos e sob a responsabilidade de um idoso, cujos olhos remelosos se iluminaram visivelmente à vista de animais tranquilos como os cavalos de aluguel. Um cavalo robusto de pernas curtas e uma parelha de cavalos de fazenda eram os únicos ocupantes dos espaçosos estábulos, mas o idoso garantiu-lhe que havia palha e forragem suficientes, e mais adiante incumbiu-se de regalar os postilhões em sua própria casa, que ficava anexa às cavalariças.

Então lorde Charlbury caminhou pelos jardins até que pesadas gotas de chuva o fizeram voltar para casa. Lá descobriu que as capas tinham sido retiradas dos móveis do vestíbulo, que um espanador fora usado, e um fogo aceso crepitava na gigantesca lareira.

— Não está frio — disse Sophy —, mas fará tudo parecer mais alegre.

O rapaz, olhando com expressão duvidosa para os rolos de fumaça que saíam da lareira e invadiam o aposento, concordou humildemente com o que ela dissera, e até fez menção de aquecer as mãos diante das pequenas labaredas azuis que apareciam em meio às brasas. Uma lufada mais violenta de fumaça o fez afastar-se, acometido de um acesso de tosse. Sophy ajoelhou-se para meter um atiçador de brasas sob a massa negra, levantando-a para permitir a passagem de uma corrente de ar.

— É capaz de haver uma ninhada na chaminé — observou ela calmamente. — Contudo, Mathilda diz que o fogo sempre faz fumaça durante algum tempo quando as chaminés estão frias. Veremos. Encontrei um pouco de chá em um dos armários da despensa, e Mathilda vai prepará-lo para nós agora mesmo. Ela não fazia ideia de que o chá estava lá. Gostaria de saber quanto tempo ficou escondido no armário.

— Gostaria de saber? — repetiu lorde Charlbury, fascinado com a ideia dessa relíquia dos tempos esquecidos da Mansão Lacy.

— Felizmente, o chá não estraga — disse Sophy. — Pelo menos... ou estraga?

— Não faço ideia, mas isso também veremos — respondeu Charlbury. Começou a caminhar pelo vestíbulo, inspecionando os quadros e os outros objetos de decoração. — Que pena esta casa ficar abandonada à ruína! — observou. — Ali está uma porcelana de Dresden encantadora, e apaixonei-me totalmente por aquele Arlequim ali. Pergunto a mim mesmo por que seu pai não prefere alugar esta casa para pessoas respeitáveis enquanto ele está ocupado no estrangeiro em vez de deixá-la se deteriorar.

— Bem, durante muitos anos ele permitiu que minha tia Clara morasse aqui — explicou Sophy. — Era muito excêntrica, mantinha gatos, e morreu há dois anos.

— Penso que ela não cuidava muito da casa — replicou Charlbury, colocando os óculos para examinar uma paisagem numa maciça moldura dourada.

— Não, receio que não cuidava. Esqueça! Logo Sir Horace colocará tudo em ordem. Nesse meio-tempo, Mathilda deve arrumar a sala de refeições, e podemos nos sentar lá e ficarmos aconchegados. — Ela franziu ligeiramente a testa. — A única coisa que me preocupa um pouco é quanto ao jantar — confessou. — Não me parece que Mathilda tenha alguma noção de cozinha, e devo confessar que também não tenho. Talvez você diga que esta é uma circunstância trivial, mas...

— Não — interrompeu o rapaz, com grande firmeza. — Eu não diria uma coisa desse tipo! Vamos jantar aqui? Precisamos?

— Ah, sim, estou certa de que precisaremos fazer isso. Estou em dúvida de quando iremos ver Cecilia, porém creio que dificilmente ela chegará aqui antes das sete da noite, pois ela foi a Richmond com minha tia, sabe, e é muito provável que passem a tarde lá. Está interessado em quadros? Gostaria de subir para que eu lhe mostre a Grande Galeria? Os melhores acham-se lá em cima, creio eu.

— Obrigado. Gostaria de vê-los. Espera que Rivenhall faça companhia à irmã?

— Bem, *imagino* que sim. Afinal, ela dificilmente sairá sozinha e sem dúvida ele deve ser a pessoa para quem ela se voltaria em tal situação. Não há como dizer, é claro, mas pode estar certo de que se Charles não vier com Cecy, ele a seguirá rapidamente. Vamos subir para a galeria até o chá ficar pronto.

Ela ia na frente em direção às escadas, parando ao lado de uma cadeira para apanhar sua grande bolsa de viagem. A galeria, que se estendia ao longo da ala norte da casa, estava numa escuridão sepulcral, pois havia pesadas cortinas em suas altas janelas. Sophy começou a puxá-las, dizendo:

— Há dois Van Dycks, e algo que *dizem* ser um Holbein, embora Sir Horace duvide. *Aquele* é o retrato de minha mãe, feito por Hoppner. Não me lembro dela, mas Sir Horace jamais se importou com esse retrato; diz que o quadro a mostrava pretensiosa, o que jamais foi.

— Você não se parece muito com ela — observou Charlbury, olhando para o retrato.

— Ah, não! Minha mãe era considerada uma beldade! — disse Sophy.

Ele sorriu, mas não fez comentários. Passaram para o quadro seguinte e foram percorrendo toda a extensão da galeria, até que Sophy se deu conta de que Mathilda já teria colocado a bandeja com o chá para eles. Pareceu-lhe que as cortinas deviam ser cerradas de novo, e Charlbury foi até as janelas para executar essa tarefa. Ele já havia fechado duas delas e tinha estendido a mão para agarrar uma das cortinas da terceira quando Sophy, atrás dele, disse:

— Fique exatamente como está por um instante, Charlbury. Consegue ver a casa de veraneio daí?

Ele ficou imóvel, o braço cruzando a janela:

— Posso ver algo entre as árvores que talvez seja... — Então ouviu-se um disparo, e ele moveu-se rápido para o lado, agarrando o antebraço, que caiu como se um ferro em brasa o tivesse cauterizado. Por um momento, seus sentidos ficaram inteiramente aturdidos pelo choque; depois ele percebeu que a manga do casaco estava chamuscada, com um furo, que havia sangue correndo entre seus dedos e que Sophy punha de lado uma pequena e elegante pistola.

Ela parecia um pouco pálida, mas sorriu para ele de maneira tranquilizadora, e disse, enquanto vinha em sua direção:

— Queira *realmente* me perdoar! Uma coisa infame de se fazer, mas julguei que provavelmente seria pior se eu o avisasse.

— Sophy, enlouqueceu? — perguntou, furioso, começando a enrolar o lenço no braço. — O que pretende com isso?

— Venha para um dos quartos e deixe-me amarrá-lo para você. Tenho tudo pronto. Receava que você pudesse ficar um pouco zangado, pois estou certa de que deve tê-lo machucado bastante. Fazer isso custou-me grande resolução — respondeu ela, empurrando-o gentilmente para a porta.

— Mas, *por quê?* Em nome de Deus, o que eu fiz para que você precisasse meter uma bala em mim?

— Você não fez absolutamente nada! Aquela porta, por favor, e tire o casaco. Tive pavor de que a minha pontaria falhasse e eu acabasse quebrando seu braço, mas estou certa de que não quebrei, quebrei?

— Não, é claro que não quebrou! A bala passou raspando, mas ainda não entendo por que...

Ela ajudou-o a tirar o casaco e a enrolar a manga da camisa.

— Não foi sério, apenas um ferimento superficial. Fico tão feliz!

— Eu também! — replicou o rapaz, carrancudo. — Posso considerar-me um felizardo por não estar morto, suponho!

Ela riu.

— Que tolice! Àquela distância? Entretanto, imagino que Sir Horace teria ficado orgulhoso de mim, pois minha mira era tão firme quanto se eu estivesse atirando numa hóstia, e não teria sido nada maravilhoso se minha mão tivesse tremido. Sente-se para que eu possa lavar o ferimento.

Ele obedeceu, sustentando o braço sobre a bacia de água que ela, tão prudentemente, providenciara. Charlbury tinha um senso de humor muito jovial, e agora que o primeiro choque passara, não pôde evitar que seu lábio tremesse.

— Sim, de fato! Pode-se prontamente calcular o prazer de um pai diante de tal façanha. A palavra coragem dificilmente caberia aqui, Sophy! Você nem faz menção de desmaiar à vista de sangue.

Ela levantou rapidamente os olhos da tarefa de passar uma esponja pelo ferimento.

— Santo Deus, não! Não sou *melindrosa*, fique sabendo!

Diante disso, ele lançou a cabeça para trás e desatou numa gargalhada.

— Não, não, Sophy! Você não é mesmo melindrosa! — disse, acrescentando, com voz sufocada pelo riso: — A Magnífica Sophy!

— Gostaria que não se mexesse! — disse ela com severidade, enxugando o braço dele e pressionando-o de vez em quando com uma toalha macia. — Veja, quase não sangra mais! Vou espalhar basilicão em pó e enfaixar seu braço para que se sinta novamente confortável.

— Não estou nem um pouco confortável e logo provavelmente ficarei com febre alta. Por que fez isso, Sophy?

— Bem — respondeu ela, muito séria. — O Sr. Wychbold disse que Charles desafiaria você para um duelo por causa desta fuga ou o nocautearia numa luta, e não desejo de modo algum que qualquer coisa desse tipo lhe aconteça.

Efetivamente, isso colocou um ponto final no divertimento do rapaz. Agarrando-a pelo pulso com a outra mão, ele exclamou:

— É verdade? Por Deus, tenho muita vontade de esbofeteá-la! Pensa que tenho medo de Charles Rivenhall?

— Não, acho que não tem, mas imagine só que coisa horrível seria se Charles por acaso matasse você, tudo por minha causa!

— Tolice! — replicou ele, zangado. — Como se fôssemos loucos o bastante para deixarmos chegar a esse ponto, o que, asseguro-lhe, não somos...

— Vocês não são loucos, creio que tem razão, mas também acho que o Sr. Wychbold estava certo ao pensar que Charles iria... como ele disse?... *Acertar-lhe um soco?*

— Muito provável. Embora eu não seja páreo para Rivenhall, ainda poderia ter êxito.

Ela começou a enrolar uma tira de linho no antebraço do rapaz.

— Não seria a solução. Se você derrotasse Charles, Cecy não iria gostar nem um pouco; e se imagina, meu querido Charlbury, que um olho preto e um nariz sangrando ajudarão sua causa, deve ser um grande tolo.

— Pensei — disse ele, com ironia — que ela tenderia a sentir pena de mim.

— Exatamente! E foi essa a circunstância que me decidiu a atirar em você — replicou Sophy, triunfante.

Novamente, ele não pôde deixar de rir. Contudo, no momento seguinte, de mau humor, chamou a atenção dela para o fato de que fizera a atadura tão grossa que o impossibilitava de enfiar o braço na manga do casaco.

— Bem, a manga está muito rasgada, portanto não tem importância não vesti-la — disse Sophy. — Você pode colocar o casaco por cima dos ombros e abotoá-lo, e vou arranjar uma tipoia. Não há dúvida de que se trata de um ferimento superficial, mas pode sangrar novamente se ficar com o braço abaixado. Vamos descer e ver se Mathilda já fez o chá.

A Sra. Clavering não só se esgotara ao preparar o chá, como também mandara o filho do jardineiro correndo ao povoado para trazer em seu auxílio uma robusta donzela de faces coradas, a qual, orgulhosamente, apresentou a Sophy como a filha mais velha de sua irmã. Fazendo uma reverência saltitante, a moça disse chamar-se Clementina. Ao considerar que a Mansão Lacy talvez fosse solicitada a acomodar várias pessoas naquela noite, Sophy mandou-a apanhar mantas e lençóis e arejá-los diante da lareira da cozinha. A Sra. Clavering, ainda labutando para tornar habitável a sala de refeições, colocara a bandeja do chá no vestíbulo, onde o fogo começara a arder com mais firmeza. De vez em quando lufadas de fumaça ainda jorravam no aposento, mas lorde Charlbury, afundado numa poltrona e usando uma almofada como apoio para o braço ferido, achava que seria grosseiro fazer críticas sobre o fato. O chá, que parecia ter perdido um pouco do seu aroma devido à longa permanência no armário da despensa, era acompanhado de algumas fatias de pão com manteiga e um grande bolo inglês, um tanto pesado, do qual Sophy comeu com grande apetite. Do lado de fora, a chuva caía com força e o céu tornara-se tão plúmbeo que pouquíssima luz penetrava nos aposentos da mansão com telhado de águas. Uma busca rigorosa não conseguiu revelar a existência de outras velas além das de sebo, mas logo a Sra. Clavering trouxe uma candeia para o vestíbulo, a qual, assim que ela fechara as cortinas, fez o cômodo parecer muito aconchegante, comentou Sophy com lorde Charlbury.

Pouco tempo depois chegou aos seus ouvidos o ruído de alguém que chegava. Sophy levantou-se de um salto.

— Sancia! — exclamou, e lançou ao hóspede um sorriso atrevido. — Agora pode ficar tranquilo. — Ela apanhou a candeia de sobre a mesa e levou-a para a porta, que escancarou, permanecendo parada na soleira, a candeia erguida bem alto para irradiar sua luz o mais longe possível. Através da chuva vigorosa, viu landau da marquesa parar no pórtico, e enquanto ela observava, Sir Vincent Talgarth descia agilmente da carruagem e estendia a mão para ajudar Sancia. Noutro instante, o Sr. Fawnhope também descia e parava petrificado, olhando para a figura na entrada enquanto a chuva caía sobre sua cabeça descoberta.

— Ah, *Sophy*, por quê? — gemeu a marquesa, alcançando a proteção do pórtico. — Esta chuva! Meu jantar! É muita maldade sua!

Sophy, sem dar atenção às queixas, dirigiu-se ferozmente a Sir Vincent.

— Ora, que diabo isso significa? Por que teve de acompanhar Sancia, e por que cargas d'água precisou trazer Augustus Fawnhope?

Ele deu uma risada curta.

— Minha querida Juno, deixe-me entrar para me livrar deste aguaceiro! Sem dúvida sua própria experiência com Fawnhope deve tê-la ensinado que ninguém o *traz;* ele vem! Fawnhope estava lendo os dois primeiros atos da sua tragédia para Sancia quando seu mensageiro chegou. Continuou lendo durante a viagem, até cessar a claridade. — Ergueu a voz, chamando: — Entre, poeta extasiado! Vai ficar ensopado se continuar parado aí por mais tempo.

O Sr. Fawnhope, com um sobressalto, dirigiu-se para a casa.

— Ah, bem — exclamou Sophy, procurando tirar proveito da situação —, calculo que devo admiti-lo, mas é um grande azar!

— É você! — anunciou o Sr. Fawnhope, fitando-a com olhos arregalados. — Por um momento, enquanto estava aí parada, a candeia erguida acima de sua cabeça, pensei que contemplava uma deusa! Uma deusa ou uma virgem vestal!

— Bem, se eu fosse você — intrometeu-se Sir Vincent, prático — sairia da chuva até que me resolvesse.

XVII

Voltando de Richmond no final da tarde, Lady Ombersley e suas filhas assumiram uma expressão séria ao chegarem a Berkeley Square e encontrarem a Srta. Wraxton aguardando por elas. Depois de abraçar Lady Ombersley afetuosamente, ela explicou que se aventurara a sentar-se e esperar, uma vez que era portadora de um recado da mãe. Lady Ombersley, um pouco ansiosa por causa de Amabel, que parecia cansada e se queixara de uma leve dor de cabeça durante a viagem de regresso, respondeu distraidamente:

— Agradeça muito à sua mãe, minha querida. Amabel, venha ao meu quarto de vestir, onde colocarei compressas de vinagre na sua testa. Logo ficará melhor, meu amor.

— Coitadinha! — exclamou a Srta. Wraxton. — Ela ainda parece lamentavelmente abatida. Já deve saber, senhora, que deixamos de vestir luto. Mamãe deseja realizar uma reunião formal em homenagem ao acontecimento que se aproxima. Na verdade, uma pequena reunião, pois muitas pessoas importantes estão fora da cidade. Contudo, por nada neste mundo ela fixaria uma data que não se ajustasse aos preparativos da senhora. Está contemplando a mensageira dela.

— Quanta gentileza de sua mãe! — murmurou Lady Ombersley. — Ficaremos muito felizes. Qualquer dia que sua mãe marcar estará bom. Temos pouquíssimos compromissos no momento. Queira me desculpar, não posso ficar por muito tempo. Amabel ainda não está de todo bem, como sabe. Cecilia combinará tudo com você. Diga à sua mãe tudo que for apropriado dizer da minha parte. Venha, querida!

Enquanto falava, conduzia a filha mais jovem para a escada, sem prestar absolutamente atenção a Cecilia, para quem Dassett discretamente entregara o bilhete de Sophy. Ela também não prestava atenção às palavras que sua mãe dizia. Sob o olhar interessado do mordomo, Cecilia, ao ler a carta no mais absoluto aturdimento, empalidecia de modo alarmante. Ao terminar a leitura, ergueu os olhos e fixou-os à sua frente, os lábios abertos, como se desejasse chamar a mãe. Em seguida conseguiu refazer-se e procurou conservar a calma. Porém as mãos com que dobrou a carta de Sophy tremiam visivelmente, e toda sua aparência era a de alguém que sofrera um sério abalo. A Srta. Wraxton notou isso e moveu-se em sua direção, dizendo, solícita:

— Parece que não está se sentindo muito bem. Não recebeu más notícias, recebeu?

Dassett, cujos dedos formigaram de ansiedade para romper o lacre da carta de Sophy, tossiu e disse, afetando desinteresse:

— A Srta. Stanton-Lacy regressará à cidade esta noite, senhorita? A criada dela encontra-se em estado de grande apreensão, por não ter tido qualquer indicação de que a patroa estava indo para o campo.

Cecilia olhou-o de modo um tanto confuso, porém controlou-se o bastante para responder com tolerável serenidade:

— Sim, acho que sim. Ah, sim, certamente ela voltará esta noite.

Se essa resposta não satisfez a curiosidade de Dassett, pelo menos fez a Srta. Wraxton ficar alerta. Tomando Cecilia pelo braço, levou-a para a biblioteca, dizendo com sua voz bem modulada:

— A viagem deixou-a fatigada. Seja gentil, Dassett, leve um copo com água à biblioteca juntamente com sais aromáticos. A Srta. Rivenhall está se sentindo um pouco tonta.

Cecilia, cuja constituição física não era forte, realmente parecia tonta e só se sentiu melhor depois que foi obrigada a se deitar no sofá da biblioteca. Habilmente, a Srta. Wraxton retirou seu lindo chapéu e começou a friccionar suas mãos, surrupiando de uma delas o bilhete que Cecilia agarrava de forma tão febril. Dassett logo entrou com os itens encomendados, que a Srta. Wraxton tomou dele com tranquilas palavras de agradecimento e dispensa. A tontura, que fora apenas momentânea, já estava passando, e Cecilia pôde sentar-se e beber a água aos golinhos, bem como reanimar--se depois de cheirar diversas vezes o frasco de sais estimulantes. Nesse meio-tempo, a Srta. Wraxton, da maneira mais audaciosa possível, assenhoreava-se do conteúdo da carta.

Você ficou surpresa, querida Cecilia, porque afinal eu não quis acompanhar vocês a Richmond. Que este bilhete seja minha explicação. Há muito tempo venho pensando na infeliz situação em que você se encontra, e só vejo um meio de acabar com a angústia que tem sofrido por causa da implacável determinação de meu tio em vê-la casada com C. Acredito ter sido ele encorajado nessa decisão pelo próprio C., mas não vou magoá-la mais ao continuar a escrever sobre o assunto. Se C. fosse afastado, só posso acreditar que meu tio logo cederia a respeito de F.

Charles lhe contará que brigamos. Embora deva confessar que a culpa original foi minha, o modo dele me tratar, a linguagem que empregou... tão violenta, tão descontrolada... impossibilitou--me permanecer por mais tempo sob esse teto. Resolvi retirar-me imediatamente para a Mansão Lacy e convenci C. a servir-me de escolta. Confio tornar impossível que ele deixe a Mansão Lacy ainda esta noite. Ele é um cavalheiro, e, embora seu coração jamais possa ser meu, estou convencida de que vai me propor casamento, e você poderá ficar finalmente tranquila.

Nada tema por mim! Sabe muito bem que desejo constituir família, e embora minha afeição não esteja mais comprometida do que a de C., e devo estremecer só em pensar nos meios que a indiferença dele me forçam a empregar, acho que conseguiremos viver toleravelmente juntos. Se lhe posso ser de alguma ajuda desse modo, minha querida prima, terei minha recompensa. Para sempre sua devotada Sophy.

— Santo Deus! — exclamou a Srta. Wraxton, saindo de sua calma com um sobressalto. — Isto é possível? Embora eu tenha julgado sua conduta péssima, não teria acreditado que ela chegasse a tal extremo! Moça infeliz! Não há uma palavra de arrependimento! Nem um sopro de vergonha! Minha pobre Cecilia, não me admira que ficasse desse jeito. Você foi miseravelmente enganada.

— Ora, sobre o que está falando? — perguntou Cecilia, levantando-se. — Eugenia, você não tinha o direito de ler minha carta! Me dê isso imediatamente, por favor, e jamais ouse mencionar o seu conteúdo a alguém!

A Srta. Wraxton devolveu a carta, mas disse:

— Em vez de chamar Lady Ombersley, julguei que preferia que eu descobrisse o que a transtornara tanto. Quanto a não mencionar o conteúdo, imagino que esta notícia deve estar espalhada por Londres inteira amanhã! De fato não sei de outra ocasião em que fiquei mais abalada.

— Por Londres inteira! Não, isso não acontecerá! — disse Cecilia com veemência. — Sophy! Charlbury! Não pode ser, não *deve* ser. Partirei para Ashtead agora mesmo. Como ela poderia fazer uma coisa dessas? Como *poderia*? Tudo por causa da sua bondade... do seu desejo de me ajudar, mas como ela ousou partir com Charlbury? — Procurou ler a carta de novo, mas amassou-a na mão, estremecendo. — Uma briga com Charles! Ah, mas ela deve saber que Charles não fala sério quando está furioso. Ela *sabe* disso! Ele irá comigo e a traremos para casa. Onde ele está? Alguém deve ir imediatamente ao White's!

A Srta. Wraxton, que estivera pensando, pousou a mão no braço da jovem para detê-la.

— Por favor, acalme-se, Cecilia! Pense um pouco! Se sua desventurada prima brigou de maneira tão desagradável com Charles, e provável que a ida dele faça mais mal do que bem. Contudo, creio que está certa nisso, que não é bom deixar as coisas correrem por si mesmas. O escândalo seria tal que nenhum de nós poderia contemplá-lo sem sofrimento. Receio o efeito que possa causar à querida Lady Ombersley acima de tudo. Aquela moça lamentável deve ser salva dos próprios atos.

— E Charlbury! — Cecilia retorceu as mãos. — Tudo por causa da minha loucura! Preciso partir imediatamente.

— Irei com você — declarou a Srta. Wraxton com nobreza. — Enquanto você dá ordens para aprontarem o coche de seu pai, permita-me escrever um bilhete para minha mãe. Acho que um dos criados o levaria rápido a Brook Street. Vou informá-la de que fui convencida a passar a noite aqui com vocês, e ela não achará isso extraordinário.

— Você? — indagou Cecilia, arregalando os olhos. — Ah, não, não! Quero dizer, é extrema gentileza de sua parte, querida Eugenia, mas eu preferiria que não fosse.

— Dificilmente poderá ir sozinha — lembrou-a a Srta. Wraxton.

— A criada de Sophy me fará companhia. Peço-lhe, não permita que seus lábios deixem escapar uma palavra sobre isso.

— Minha querida Cecilia, certamente não faria de uma criada sua confidente, não é? Seria o mesmo que contar ao pregoeiro da cidade! Se não aceitar minha companhia, vou considerar-me obrigada a revelar tudo a Lady Ombersley. Considero meu dever ir com você, e estou convencida de que é o que Charles desejaria que eu fizesse. O fato de *eu* estar na Mansão Lacy deve conferir decoro de um modo geral, pois uma mulher comprometida, como sabe, impõe mais respeito do que uma jovem sem compromisso.

— Ah, eu realmente não sei o que dizer! Quisera Deus que você jamais tivesse posto os olhos na carta de Sophy!

— Acho que pode ser melhor para todos nós que eu tenha lido a carta — respondeu a Srta. Wraxton com um sorriso. — Dificilmente você teria condições, querida Cecilia, de conduzir este caso delicado com certo grau de serenidade, permita-me dizer. O que deve ser feito? Irei com você, ou você prefere que eu revele tudo a sua mãe?

— Muito bem, venha então — disse Cecilia, quase irritada. — Não sei por que faz questão disso, quando está claro que não gosta de Sophy. Não consigo entender.

— Sejam quais forem os meus sentimentos com relação à sua prima — declarou a Srta. Wraxton, com ar de santa —, espero jamais esquecer meu dever de cristã.

Um ligeiro rubor afluiu às faces de Cecilia. Ela era uma jovem tolerante, mas essas palavras a deixaram tão contrariada que disse num tom irritadiço:

— Bem, acho que Sophy conseguirá fazê-la parecer tola, o que ela sempre faz, e isso será bem feito para você, Eugenia, por se meter no que não é da sua conta!

Mas a Srta. Wraxton, percebendo que sua hora de triunfo chegara, limitou-se a sorrir de maneira irritante e recomendou-lhe pensar no que seria melhor dizer à sua mãe.

Com dignidade, Cecilia respondeu que sabia exatamente o que dizer e se dirigiu à porta. Antes que a jovem a alcançasse, ela se abriu e Dassett entrou novamente, desta vez para informá-la de que lorde Bromford chegara e pedia o favor de uma palavra com ela.

— Você devia ter dito que eu não podia — disse Cecilia. — Não posso ver lorde Bromford agora.

— Tudo bem, senhorita — concordou Dassett. — Mas lorde Bromford parece muito decidido a vê-la ou a ver Lady Ombersley, e Lady Ombersley está com a Srta. Amabel e não quer ser perturbada. — Ele emitiu sua tosse de reprovação. — Talvez devesse mencionar que lorde Bromford, ao saber que a Srta. Sophy deixou a cidade, está extremamente desejoso de saber para onde ela foi.

— Quem contou a ele que a Srta. Sophy saiu da cidade? — perguntou Cecilia com voz aguda.

— Isso eu não poderia informar, senhorita. Não tendo recebido qualquer ordem em contrário, não considerei minha obrigação negar o fato quando lorde Bromford dignou-se a indagar de mim se era verdade.

Cecilia lançou um olhar de impotência para a Srta. Wraxton, que imediatamente assumiu o controle da situação de forma eficiente.

— Por favor, peça a lorde Bromford que entre neste aposento — ordenou ela.

Dassett fez uma reverência e retirou-se.

— Eugenia, cuidado com o que vai fazer! O que pretende dizer a ele?

A Srta. Wraxton respondeu gravemente:

— Isso deve depender da circunstância. Não sabemos de quanto ele já está ciente e não devemos esquecer que *ele* tem tanto interesse em sua prima quanto qualquer um de nós.

— Nada disso! — replicou Cecilia. — Sophy jamais se casaria com ele.

— Certamente ela tem se mostrado indigna da devoção dele. Espero que ela não tenha motivo para se sentir grata por se casar com *qualquer* homem respeitável que a peça em casamento.

Como lorde Bromford foi introduzido na sala naquele exato momento, Cecilia foi poupada da necessidade de responder a Srta. Wraxton.

Lorde Bromford parecia extremamente ansioso, contudo a ansiedade não bastaria para fazê-lo moderar os termos formais de seus cumprimentos. Estes foram apresentados com riqueza de expressões, e ele não esqueceria da respeitosa pergunta sobre o estado de saúde de Amabel. Em seguida, pediu perdão por importunar a Srta. Rivenhall com aquela audiência, e, somente depois de um pequeno circunlóquio, chegou ao ponto de sua visita. Ele tinha visto a Srta. Stanton-Lacy passar por Piccadilly num coche de aluguel puxado por quatro cavalos, com lorde Charlbury ao seu lado e a bagagem presa na parte traseira do veículo.

— Minha prima foi chamada inesperadamente para fora da cidade — respondeu Cecilia com uma frieza que talvez pudesse desencorajar quaisquer pretensões.

— Apenas com aquele rapaz por companhia? — questionou ele, muito chocado. — Além disso... e é uma circunstância que torna a coisa mais extraordinária... eu havia combinado de sair com ela esta tarde.

— Ela deve ter esquecido — respondeu Cecilia. — Ficará penalizada! O senhor deve perdoá-la.

Por um momento ele ficou a olhá-la intensamente, e o que viu em sua expressão obrigou-o a voltar-se para sua aliada e dizer com seriedade:

— Srta. Wraxton, apelo para a senhora! É inútil dizer que a Srta. Stanton-Lacy não deixou Londres clandestinamente! Como teria Rivenhall permitido que ela viajasse dessa maneira? Queira perdoar-me, mas as atenções de Charlbury, expressas, deve concordar, além dos limites do decoro, têm dado origem às mais horríveis suspeitas em minha mente. Não pode ignorar que também estou interessado nela. Iludira-me pensando que com o regresso de Sir Horace Stanton-Lacy à Inglaterra... Mas esta partida súbita... bagagem amarrada na traseira... — Ele parou, aparentemente aborrecido.

A Srta. Wraxton disse suavemente:

— A Srta. Stanton-Lacy é sempre intolerante com as convenções. Ela foi para a sua casa em Ashtead, mas estou confiante de que os conselhos da Srta. Rivenhall e os meus devem ter valor para ela, e Sophy regressará a Londres conosco esta noite. Vamos partir para Ashtead imediatamente.

Ele pareceu ficar muito abalado e disse sem demora:

— Tão próprio da senhora! Creio que a compreendo. Nestas últimas semanas reconheci naquele rapaz um libertino. Pode estar certa; ele a iludiu completamente! Rivenhall acompanha vocês?

— Nós vamos sozinhas — respondeu a Srta. Wraxton. — O senhor deduziu a verdade e apreciaríamos muitíssimo que nossos esforços agora se fixassem na manutenção deste infeliz acontecimento longe dos ouvidos do mundo.

— Sim, é claro — respondeu ele, ansioso. — Mas não é de se supor que duas mulheres de fina educação empreendam tal missão sem o apoio da presença firme de um homem. Acho que eu deveria acompanhá-las. Sim, é isso que eu deveria fazer. Exigirei explicações de Charlbury. Sua conduta neste caso mostrou-me o que ele é. Iludiu grosseiramente a Srta. Stanton-Lacy e responderá por isso.

Um protesto indignado formou-se nos lábios de Cecilia, mas a Srta. Wraxton interveio rapidamente para dizer:

— Seus sentimentos o enobrecem, e, da minha parte, devo dizer que ficarei grata pela proteção da sua escolta. Só a mais rigorosa necessidade conseguiria convencer-me de assumir tal missão sem o apoio de um cavalheiro respeitável.

— Mandarei selar meu cavalo imediatamente! — declarou ele, num tom de voz de severa resolução. — Posso lhe dizer uma coisa: será inacreditável se eu não desafiar Charlbury! De modo geral, não defendo o costume bárbaro do duelo, mas as circunstâncias, como sabe, alteram os argumentos, e uma conduta dessas não deve ficar impune! Irei até minha casa imediatamente e estarei com vocês de novo o mais rápido possível.

Ele nem esperou para segurar a mão de ambas as moças antes de sair precipitadamente da sala. Cecilia, chorando de contrariedade, começou a repreender a Srta. Wraxton, porém ela, sem perder um pingo do seu autocontrole, respondeu:

— Foi desastroso, talvez, ele ter ficado ciente da fuga da Srta. Stanton-Lacy, mas não seria bom deixar *essa* suspeita na mente dele. Confesso, a presença de um homem de bom senso será um conforto para mim, e se a sua natureza cavalheiresca, minha querida Cecilia, o levasse a renovar seu pedido de casamento à sua prima, seria uma solução para todas as nossas dificuldades, e, devo acrescentar, muito mais do que ela merece.

— Esse maçante! — exclamou Cecilia.

— Sei muito bem que os méritos de lorde Bromford têm sido muito depreciados nesta casa. Quanto a mim, considero-o um homem sensível, que lida de forma apropriada com assuntos sérios e que tem muitas informações interessantes a compartilhar com aqueles que não são frívolos e sabem dar-lhe atenção.

Incapaz de controlar suas fortes emoções, Cecilia saiu correndo da sala quase inclinada a contar tudo para a mãe.

Mas Lady Ombersley, depois de considerar que o pulso de Amabel batia rápido demais, achava-se tão distraída com a menina convalescente que pouca atenção tinha para mais alguém. Já sabendo do delicado estado de nervos da mãe, Cecilia absteve-se de aumentar suas ansiedades. Disse-lhe apenas que uma mensagem da Mansão Lacy levara Sophy a toda pressa para Surrey, porém, visto que julgava inadequado para a prima permanecer numa casa deserta sozinha, ela estava partindo, ou para fazer-lhe companhia ou para convencê-la a regressar a Londres. Como Lady Ombersley mostrasse certo espanto, ela revelou que Sophy brigara com Charles. Isso angustiou Lady Ombersley, mas pouco a surpreendeu. Ela bem que conhecia a língua amarga do filho! Por nada neste mundo ela deixaria uma coisa dessas acontecer, e iria, afirmou, ela mesma atrás de Sophy se Amabel não parecesse tão indisposta. Não lhe agradava pensar na filha viajando sozinha, porém ante a decisão da Srta. Wraxton de ir junto com Cecilia, pôde tranquilizar-se de novo e dar sua permissão para a viagem.

Nesse meio-tempo, a Srta. Wraxton, ocupada escrevendo na biblioteca, não resistiu à tentação de escrever também um bilhete para o noivo. Finalmente, Charles agora seria levado a reconhecer a torpeza moral da prima e a magnanimidade dela, Eugenia! Entregou os dois bilhetes a Dassett com instruções para enviá-los de imediato, e logo estava pronta a embarcar no coche de viagem da família Ombersley com a consciência feliz de ter cumprido escrupulosamente sua obrigação. Nem mesmo a rabugice de Cecilia teve o poder de reduzir sua vaidade. Cecilia nunca se mostrara tão zangada! Respondia às reflexões morais da companheira com os monossílabos mais breves, e estava tão insensível, que, quando a chuva começou a cair, chegou a recusar categoricamente que retirassem o terceiro assento da carruagem para acomodar lorde Bromford, que ia cavalgando lamentavelmente atrás do veículo, com a gola do casaco erguida e, no rosto, uma expressão de mais aguda tristeza. A Srta. Wraxton queria pedir a um dos batedores que levasse o cavalo de lorde Bromford enquanto o cavalheiro viajaria com mais conforto dentro do coche; mas só o que Cecilia pôde dizer era que esperava que o odioso homem apanhasse uma pneumonia e morresse.

Quase uma hora mais tarde, a chegada de uma segunda diligência em Berkeley Square pôs Dassett na situação mais embaraçosa que uma pessoa da sua dignidade e experiência poderia ficar. Essa diligência, também um veículo de aluguel puxado por quatro cavalos suarentos, estava empastada de lama até os eixos. Muitos baús e valises achavam-se empilhados na traseira e na capota.

Um indivíduo sobriamente vestido desceu primeiro do veículo com um pulo e subiu correndo os degraus da Mansão Ombersley para repicar o sino da porta. No momento em que a porta foi aberta por um lacaio e Dassett permaneceu parado, pronto para receber os visitantes na soleira, uma figura muito maior desceu vagarosamente do coche e, depois de lançar vários guinéus aos postilhões e trocar algumas palavras joviais com eles, galgou sem pressa os degraus até a porta da entrada.

Dassett, que mais tarde descreveu seu estado para a governanta como completamente bestificado, viu-se incapaz de fazer outra coisa além de gaguejar:

— B-boa noite, senhor! Nós-nós não o esperávamos, senhor!

— Eu mesmo não esperava — respondeu Sir Horace, retirando as luvas. — Viagem extremamente boa! Dois meses no mar, nem um dia mais! Mande seu pessoal cuidar que todos aqueles trastes sejam carregados para dentro da casa. Sua patroa está bem?

Dassett, ajudando-o a retirar sua capa de viagem com pelerine, disse que a patroa estava tão bem quanto se poderia esperar.

— Isso é bom — respondeu Sir Horace, caminhando em direção a um grande espelho e dando alguns retoques hábeis na gravata. — Como está minha filha?

— Eu-eu creio que a Srta. Sophy está gozando de excelente saúde, senhor!

— Sim, como sempre. Onde está ela?

— Lamento informar-lhe, senhor, que a Srta. Sophy saiu da cidade — respondeu Dassett, que teria ficado satisfeito por discutir o mistério do desaparecimento de Sophy com quase qualquer outra pessoa.

— É? Bem, verei sua patroa — replicou Sir Horace, mostrando, na opinião do mordomo, um desinteresse artificial pelo paradeiro de sua única filha.

Dassett levou-o à sala de estar e ali o deixou enquanto ia em busca da criada de Lady Ombersley. Não fazia muito tempo desde que Amabel tinha caído no sono quando Lady Ombersley entrou apressada na sala de estar e quase se lançou nos braços másculos do irmão.

— Oh, meu querido Horace! — exclamou. — Como estou contente por vê-lo! Que triste pensar... Mas você está a salvo, em casa!

— Bem, não há necessidade de você estragar o laço da minha gravata só por causa disso, Lizzie! — respondeu o reservado irmão, desvencilhando-se do abraço dela. — Nunca estive em perigo, não que eu soubesse! Você não tem uma aparência muito boa. Na verdade, parece esgotada! O que se passa? Se for problema de estômago, conheci certa vez um sujeito com aparência dez vezes pior do que a sua, que se curou com magnetismo e cerveja quente. Verdade!

Lady Ombersley apressou-se a assegurar que se ela parecia esgotada era apenas devido à ansiedade e começou logo a relatar a doença de Amabel, estendendo-se ternamente sobre a bondade de Sophy durante esse período fatigante.

— Ah, Sophy é uma excelente enfermeira — respondeu ele. — Como está se saindo com ela? Onde ela está?

Essa pergunta aturdiu Lady Ombersley, sem dúvida tanto quanto aturdira Dassett. Balbuciante, ela disse que Sophy ficaria tão pesarosa! Se ela ao menos tivesse imaginado que o pai estava a caminho de Londres, certamente não teria partido.

— Sim, Dassett me informou que ela está fora da cidade — replicou Sir Horace, acomodando sua corpulência numa poltrona e cruzando as pernas bem torneadas. — Não esperava encontrar nenhum de vocês aqui nesta época, mas, é claro, se uma das crianças está doente, explica-se. Para onde foi Sophy?

— Eu acho... eu estava muito atarefada com Amabel quando Cecilia me disse, mas creio que ela falou que a querida Sophy tinha ido para a Mansão Lacy.

Ele pareceu surpreso.

— Que diabo a levaria lá? A casa não tem condições de ser habitada! Não me diga que Sophy está arrumando a casa, pois estou certo de que... de modo algum... Bem, não importa!

— Não, não, não acho que ela tenha tido uma ideia dessas! Pelo menos... Ah, Horace, não sei o que vai pensar disso, mas receio muito que Sophy fugiu de nós por causa de algo que aconteceu hoje.

— Eu não pensaria assim de maneira alguma — respondeu Sir Horace com tranquilidade. — Não é próprio da minha pequena Sophy fazer drama. O que aconteceu?

— Eu realmente não entendo. Eu não estava aqui. Mas Cecilia parece achar que... que Sophy e Charles brigaram. Naturalmente, sei que ele tem um gênio horrível, mas estou convencida de que não pode ter falado sério... E Sophy nunca deu a mínima atenção quando ele... Porque não é a primeira vez que brigam...

— Ora, Lizzie, não fique tão apreensiva — recomendou Sir Horace, mantendo sua placidez sem esforço. — Ela e Charles se desentenderam? Bem, suspeitei que isso ia acontecer. Ouso afirmar que fará bem a ele. Como está Ombersley?

— Francamente, Horace! — disse a irmã, indignada. — Seria possível supor que você não tem um pingo de afeição pela querida Sophy!

— Aí é que você se engana, minha cara, pois gosto muito dela — respondeu o irmão. — Embora isso não signifique que vou fazer o papel de bobo nas suas artimanhas. Acho que ela não me agradeceria por me meter. Pode estar certa de que ela está tramando alguma travessura.

Como Dassett entrou naquele momento com um farto lanche para o viajante, a conversa teve de ser suspensa. Depois que ele se retirou, Lady Ombersley resumiu o assunto.

— Pelo menos posso lhe garantir que você verá Sophy esta noite, pois Cecilia e a Srta. Wraxton foram buscá-la.

— Quem é essa Srta. Wraxton? — indagou Sir Horace, servindo-se de um cálice de Madeira.

— Se você ouvisse uma palavra quando alguém fala com você, Horace, saberia que a Srta. Wraxton é a moça com quem Charles está a ponto de se casar.

— Ora, por que não me disse logo? — perguntou Sir Horace, bebendo o vinho em pequenos goles. — Não pode esperar que eu traga na cabeça um monte de nomes! Mas lembro-me agora; uma moça que você disse era uma chata?

— Nunca disse uma coisa dessas! — retorquiu Lady Ombersley. — Sem dúvida, não consigo gostar muito dela... Mas foi você quem disse que ela dava a impressão de ser muito chata!

— Se eu disse, pode estar certo de que eu tinha razão. Bastante tolerável este vinho. Agora, lembrando bem, você me contou que Cecilia estava prestes a se casar também... com Charlbury, não é isso?

Lady Ombersley suspirou.

— Ai de mim, não há mais casamento! Não conseguimos convencer Cecilia a aceitá-lo. E agora Charles deixou de se opor a Augustus Fawnhope, e embora Ombersley diga que jamais aprovaria a união, devo afirmar que logo a aprovará. É melhor que saiba, Horace, que lorde Charlbury tem mostrado a Sophy uma atenção das mais distintas.

— Por Deus, tem mesmo?

Foram interrompidos pelo som de passos impacientes na escada, seguido um instante mais tarde pela entrada violenta do Sr. Rivenhall, que segurava uma folha de papel aberta em uma das mãos e não havia parado sequer para retirar o casaco antes de subir precipitadamente ao andar de cima à procura da mãe.

O Sr. Rivenhall parecia extremamente assustador e também um pouco pálido. Depois de alojar o baio no estábulo, naquela tarde, ele se dirigira a Bond Street para descarregar um pouco da sua raiva em um treino de boxe com Jackson, e depois se encaminhara para o White's, onde passara uma hora jogando bilhar e lutando contra o impulso de voltar a Berkeley Square para dizer à sua implicante prima que não dissera a sério uma única palavra. Quando deixava o salão de bilhar, encontrou seu amigo, o Sr. Wychbold. Este, obediente às ordens que recebera, perguntou-lhe para onde a Srta. Stanton-Lacy estava indo e, ao ouvir a resposta lacônica: "Que eu saiba, a lugar nenhum", disse, não sem uma apreensão interior.

— Mas ela saiu, meu rapaz! Eu a vi partindo numa diligência puxada por quatro cavalos. Além disso, Charlbury estava com ela.

Arregalando os olhos, o Sr. Rivenhall fitou-o:

— Partindo numa diligência puxada por quatro cavalos! Certamente você está enganado!

— Não poderia estar! — respondeu o Sr. Wychbold, sustentando seu papel corajosamente.

— Embriagado, então. Minha prima está em casa — acrescentou ele, enquanto o amigo parecia inclinado a discutir o assunto. — Além disso, Cyprian, agradeceria se não espalhasse essa história pela cidade.

— Ah, não, não sonharia fazer tal coisa! — o Sr. Wychbold apressou-se em lhe garantir.

Depois o Sr. Rivenhall dirigira-se à sala dos sócios com a intenção de jogar algumas partidas de uíste. Todas as mesas estavam formadas, e foi enquanto observava a atitude de um jogador, com os olhos nas cartas e a mente insistindo obstinada e intranquilamente no ridículo engano do Sr. Wychbold, que o bilhete da Srta. Wraxton lhe foi entregue. Sua leitura cuidadosa fez com que perdesse imediatamente a vontade de jogar uíste, e ele se precipitou para Berkeley Square sem uma palavra de desculpa para os que o tinham convidado a participar da próxima partida. Abriu a porta e entrou em casa; encontrou a carta de Sophy sobre a mesa do vestíbulo, leu-a e imediatamente subiu as escadas de dois em dois degraus à procura de Lady Ombersley.

372

— Talvez, mamãe, possa me explicar... — começou a dizer num tom de voz irado, e em seguida interrompeu-se abruptamente ao perceber que ela não estava sozinha. — Queira perdoar-me! Não sabia... — Tornou a interromper-se quando Sir Horace ergueu o monóculo para observá-lo melhor. — Ah! — exclamou, com um significado sinistro na voz. — Então é o senhor, não é? Esplêndido! Não poderia ter vindo num momento mais oportuno!

Abalada com o tom desrespeitoso que ele adotara, Lady Ombersley arriscou-se a um débil protesto:

— Charles! Por favor...!

Ele não deu atenção à mãe, mas avançou em largas passadas pela sala.

— Sem dúvida gostará de saber, senhor, que sua preciosa filha fugiu com Everard Charlbury — anunciou.

— Fugiu? — repetiu Sir Horace. — Por que ela faria isso, eu gostaria de saber! Não *faço* objeção a que ela se case com Charlbury. Boa família, bela propriedade.

— Ela fez isso — declarou o Sr. Rivenhall — para me enfurecer! E quanto a casar-se com Charlbury, ela não fará tal coisa!

— Ah, ela não fará? — repetiu Sir Horace, mantendo o monóculo no mesmo nível do rosto do sobrinho. — Quem disse isso?

— *Eu* digo isso! — falou bruscamente o Sr. Rivenhall. — Aliás, ela não tem a mínima intenção de fazê-lo! Se não conhece sua filha, eu conheço!

Lady Ombersley, que ficara ouvindo em mudo desânimo essa troca de palavras, encontrou voz suficiente para dizer em tom débil:

— Não, não, ela não fugiria com Charlbury! Você deve estar enganado! Ai de mim, Charles, receio que isto seja obra sua. Deve ter sido horrivelmente indelicado com a pobre Sophy.

— Ah, horrivelmente indelicado, senhora! Eu cometi a barbaridade de censurar o fato de ela ter roubado o novo baio do estábulo, e, sem me dizer uma palavra, tê-lo levado ao parque. Por ela estaria estirada com o pescoço quebrado neste momento!

— Ora, isso foi errado da parte dela — concordou Sir Horace, imparcial. — Na verdade, estou surpreso em saber que se comportou de maneira tão inadequada, pois não é de modo algum próprio de Sophy. O que teria dado nela para induzi-la a fazer tal coisa?

— Apenas o seu abominável desejo de procurar briga comigo! — respondeu o Sr. Rivenhall com amargura. — Vejo tudo claro agora, claro o suficiente, e se ela não for cuidadosa, descobrirá que teve mais êxito do que planejou.

— Receio, meu rapaz — disse o tio com um brilho irrepreensível no olhar —, que não gosta da minha pequena Sophy.

— Sua *pequena* Sophy, senhor, não me tem concedido... não nos tem concedido... um momento de paz ou bem-estar desde que chegou a esta casa — disse o Sr. Rivenhall com franqueza.

— Charles, você não devia dizer uma coisa dessas — exclamou a mãe, enrubescendo. — É injusto! Como pode... como *pode*, ao se lembrar da sua bondade, do seu devotamento...! — A voz ficou embargada; ela procurou pelo lenço.

Um rubor também elevou-se às faces do Sr. Rivenhall.

— Não esqueço, senhora. Mas esta façanha...

— Não posso imaginar onde foi buscar uma ideia dessas. Não é verdade! Sophy partiu devido à sua linguagem imoderada, e quanto a julgar que Charlbury estava com ela...

— Eu sei que Sophy estava com ele — interrompeu o filho. — Se precisasse de prova, tenho-a neste bilhete que ela foi gentil em me deixar! Não faz segredo disso.

— Nesse caso — disse Sir Horace, recolocando o monóculo —, sem dúvida ela está tramando alguma travessura. Experimente este Madeira, meu rapaz. Digo-lhe isto por seu pai, ele é um excelente conhecedor de vinhos!

— Mas, Charles, isso é terrível! — falou Lady Ombersley com voz sufocada. Graças a Deus não proibi Cecilia de ir atrás dela! Imagine só que escândalo! Ah, Horace, por favor, acredite, eu não fazia ideia!

— Santo Deus, *não estou* culpando você, Elizabeth! Eu lhe disse para não deixar Sophy preocupá-la. Ela sabe muito bem tomar conta de si mesma; sempre soube.

— Confesso, Horace, que você ultrapassa todos os limites! Não significa *nada* para você que sua filha provavelmente esteja destruindo a própria reputação?

— Destruindo a própria reputação? — repetiu o Sr. Rivenhall desdenhosamente. — Acredita mesmo nesse conto de fadas, senhora? Conviveu com minha prima durante seis meses sem conseguir julgá-la? Se aquela espanhola não estiver também na Mansão Lacy neste momento, dou-lhe permissão para chamar-me de idiota!

— Ah, Charles, rezo para que esteja certo!

Sir Horace começou a limpar o monóculo com bastante assiduidade.

— Sancia? Eu pretendia falar com você a respeito dela, Lizzie. Ela ainda se encontra em Merton?

— Diga-me, Horace, onde mais ela deveria estar?

— Só estava pensando... — respondeu ele, analisando o resultado dos seus esforços. — Acho que Sophy lhe contou sobre minhas intenções nesse sentido.

— É claro que contou, e eu lhe fiz uma visita, como imagino que você teria gostado que eu fizesse. Mas devo dizer, meu querido Horace, que não consigo imaginar o que deu em você para pedi-la em casamento.

— Essa é a questão. Acabei exagerando, Lizzie! E não há como negar que ela é uma mulher extremamente refinada. Na verdade, não ficaria surpreso em saber que mais alguém tem andado atrás dela. Pena que eu a instalei em Merton. Mas aí está! A gente faz esse tipo de coisa impulsivamente, e só quando encontra tempo disponível para refletir... Contudo, não pretendo me queixar.

— Muitas beldades no Brasil, senhor? — indagou o sobrinho com ironia.

— Dispenso as suas insolências, meu rapaz — respondeu Sir Horace jovialmente. — Na verdade, duvido que eu seja um homem casadouro.

— Bem, se for de algum consolo para o senhor — replicou o Sr. Rivenhall —, saiba que minha prima tem se esforçado o máximo para afastar Talgarth da marquesa.

— Ora, por que cargas d'água Sophy devia se meter? — perguntou Sir Horace, inflamando-se. — Talgarth, é? Eu não sabia que ele estava na Inglaterra. Ora, ora! Ele tem muita habilidade como galanteador, isso tem, e além do mais, aposto como está de olho na fortuna de Sancia.

Diante disso, Lady Ombersley, sentindo-se muito insultada, interrompeu, exclamando:

— Você não tem qualquer pudor quanto a esse assunto! E o que tem tudo isso a ver com a fuga da pobre Sophy? Fica sentado aí, como se não tivesse interesse pelo caso, enquanto ela, o tempo todo, está tentando se desonrar! E pode dizer o que quiser, Charles, mas se for verdade que ela fugiu com Charlbury, é a coisa mais chocante que eu poderia imaginar! Ela deve ser trazida de volta imediatamente!

— Ela será — respondeu o Sr. Rivenhall. — Ainda tem dúvida, quando a senhora mesma mandou Cecilia e Eugenia, no mais alto estilo romanesco, resgatá-la?

— Não fiz tal coisa! Eu de nada sabia, mas, é claro não deixaria sua irmã ir sozinha; portanto, quando ela me contou que Eugenia fora gentil o bastante para se oferecer a acompanhá-la, o que poderia fazer senão sentir-me grata? — Ela parou, impressionada por um fato inexplicado. — Mas como soube que elas foram resgatá-la,

Charles? Se Dassett perdeu todo o senso de responsabilidade de sua posição a ponto de mexericar com você...

— Nada disso! Estou grato à própria Eugenia pela informação! E devo pedir permissão para dizer, mamãe, que se a senhora e minha irmã tivessem feito o favor de guardar essa notícia para si mesmas, eu teria sido poupado de uma impertinente e abominável carta de Eugenia! O que deu em vocês para confiarem tal história a ela é algo que jamais deixará de me surpreender. Santo Deus, não sabem que ela espalhará por toda a cidade que minha prima se comportou de maneira ultrajante?

— Mas eu não falei nada! — respondeu a mãe, quase gemendo. — Charles, eu não *contei* nada!

— Uma de vocês deve ter feito isso — replicou ele com impaciência. Virou-se para o tio. — Muito bem, senhor, pretende ficar aqui, louvando o bom gosto do meu pai por vinhos ou pretende acompanhar-me a Ashtead?

— Partir para Ashtead a esta hora, quando estive na estrada por dois dias? — perguntou Sir Horace. — Ora, meu rapaz, tenha um pouco de bom senso! Por que eu deveria ir?

— Suponho que seu sentimento paterno, senhor, deve lhe fornecer a resposta. Caso contrário, que assim seja! *Eu* parto imediatamente!

— O que pretende fazer quando chegar à Mansão Lacy? — indagou Sir Horace, olhando-o com ar divertido.

— Torcer o pescoço de Sophy! — respondeu o Sr. Rivenhall com incivilidade.

— Bem, você não precisa da minha ajuda para isso, meu caro rapaz — replicou Sir Horace, acomodando-se mais confortavelmente na poltrona.

XVIII

Os primeiros instantes que se seguiram à chegada do grupo da marquesa, vindo de Merton, foram gastos com as queixas livremente expressas dessa dama sobre a situação em que ela se encontrava. A corrente de ar ocasionada pela abertura da porta da frente fez com que o fogo expelisse novas nuvens de fumaça irritante no vestíbulo e nem todos os esforços frenéticos da Sra. Clavering bastaram para fazer esse aposento parecer outra coisa além de negligenciado. Muito impressionada com a suntuosidade dos trajes da marquesa, a Sra. Clavering ficou o tempo todo fazendo reverências para ela; e a marquesa, totalmente indiferente à Sra. Clavering, disse:

— *Madre de Diós!* Se eu tivesse trazido Gaston, talvez ainda fosse suportável, e se tivesse trazido também meu cozinheiro, melhor ainda! Por que precisei vir encontrar vocês nesta casa, Sophy? Por que me mandou chamar tão de repente, e em tempo de chuva, ainda por cima? *Su conducta es perversa!*

Imediatamente Sophy contou-lhe que ela fora chamada para desempenhar o papel de tutora, explicação que no mesmo instante empolgou a marquesa. Tão satisfeita ela ficou que esqueceu completamente de perguntar a Sophy por que ela se colocara numa situação que exigia a presença de outra tutora além da tia, mas disse, aprovando, que Sophy se conduzira com grande propriedade, e que, nesse caso, a fadiga não era motivo de ressentimento. Depois, conscientizou-se da presença de Charlbury, e com um esforço de memória chegou a lembrar-se do seu nome.

— Está ferido? — perguntou Sir Vincent, inclinando a cabeça na direção da tipoia no braço do rapaz. — Como aconteceu isso?

— Esqueça! — disse Sophy, livrando Charlbury da necessidade de responder. — Por que *está* aqui, Sir Vincent?

— Essa, minha querida Juno — respondeu ele, os olhos cintilando enquanto a fitava —, é uma longa e delicada história. Talvez, sabe, eu pudesse lhe perguntar o mesmo. Não perguntarei, é claro, porque as explicações podem ser maçantes, e o que no momento provoca minha maior curiosidade é o jantar, algo muito mais importante. Receio que não estava esperando um grupo tão grande!

— Realmente não estava, e só Deus sabe o que encontraremos para comer — admitiu Sophy. — Julgo que talvez eu devesse ir até a cozinha e descobrir o que pode haver na despensa. Pois é muito provável, devo confessar, que minha prima Cecilia venha jantar aqui. E Charles também!

— Ora, Srta. Sophy, se ao menos nos tivesse avisado! — exclamou a Sra. Clavering, angustiada. — Realmente não sei como conseguir um jantar, não para gente distinta como a senhorita, pois não estou acostumada, e não há nada pronto exceto um pernil, de que Clavering havia reservado um pouco para o seu jantar.

— É evidente — disse a marquesa, retirando o chapéu com plumas dos seus luxuriantes cabelos encaracolados e depositando-o numa cadeira — que esta *moza de cocina* não sabe nada, de modo que devo me esforçar um pouco. Isso é ruim, porém seria infinitamente pior passar fome! E não se esqueça disso, Sophy; seja grata a mim e não brigue comigo! Pois preciso lhe contar, *de una vez*, que afinal acho que não será conveniente para mim estar casada com Sir Horace, pois ele é muito agitado e eu não gostaria do Brasil, prefiro permanecer na Inglaterra, mas não com uma cozinheira inglesa. Por isso casei-me com Sir Vincent e agora não sou a marquesa de Villacañas, e sim Lady Talgarth, um nome que não consigo pronunciar convenientemente, mas não importa. A gente se acostuma.

Naturalmente, esse discurso deixou sua audiência muda de espanto por alguns momentos. Sir Vincent retirou do bolso a caixa de rapé e inalou delicadamente uma dose da sua mistura favorita. Foi ele quem rompeu o silêncio:

— Não fique com essa expressão horrorizada, Sophy! Lembre-se de que a nossa querida Sancia deve preparar o jantar.

— Esta é uma casa de beleza singular! — declarou subitamente o Sr. Fawnhope, que não estivera atento a uma só palavra do que se dizia. — Vou percorrê-la de ponta a ponta.

Em seguida apanhou a candeia que estava sobre a mesa e dirigiu-se a uma das portas que se abria para o vestíbulo. Sir Vincent tirou-a da mão dele e tornou a colocá-la no lugar, dizendo gentilmente:

— Você poderá ir, meu jovem e querido amigo, mas leve esta vela, por favor.

— Sir Vincent — exclamou Sophy, com um brilho belicoso no olhar —, se eu fosse homem, você pagaria por esta *traição*!

— Querida Sophy, você atira melhor do que nove entre dez homens que conheço, portanto, se alguém aqui teve a prudência de trazer um par de pistolas de duelo...

— Ninguém — disse a marquesa, com determinação — vai disparar uma pistola, porque, de todas as coisas, é a que mais detesto, e, além disso, o importante é que preparemos o jantar.

— Suponho — disse Sophy, pesarosa — que as coisas vão ficar como estão. É preciso comer! Porém agora percebo como meu primo Charles estava certo ao avisar-me de que nada tivesse com você, Sir Vincent! Não pensei que praticasse uma ação tão má contra Sir Horace.

— No amor e na guerra, querida Sophy, vale tudo — retrucou ele solenemente.

Ela foi obrigada a reprimir a resposta que brotou em seus lábios. Sir Vincent sorriu de maneira compreensiva e caminhou na direção dela, tomando-lhe a mão e dizendo em voz baixa:

— Reflita, Juno! As *minhas* necessidades são maiores do que as de Sir Horace. Como poderia resistir?

— *Amor ch'a null'amato amar perdona* — citou sonhadoramente o Sr. Fawnhope, cuja peregrinação pelo vestíbulo o levara a uma distância em que ainda podia ser ouvido.

— Exatamente, meu poeta — retrucou Sir Vincent cordialmente.

— Preciso da Srta. Wraxton para traduzir isso — disse Sophy —, mas se significa o que estou pensando, está errado! Contudo, não há nada mais tolo do que ficar fazendo muito alarde em torno do que não se pode remediar, portanto não direi mais nada. Além disso, tenho coisas mais importantes em que pensar.

— Sem dúvida, é isso mesmo — concordou a marquesa. — Há um modo de preparar galinha recém-abatida, portanto Vincent vai matar imediatamente duas galinhas; esta mulher me disse que há galinhas em abundância, e com elas darei um jeito.

Então a marquesa retirou-se com a Sra. Clavering para as dependências da cozinha, a cauda de fina e macia musselina varrendo regiamente o chão atrás dela e apanhando muita poeira no caminho. Sophy e Sir Vincent a seguiram; e como o Sr. Fawnhope, a essa altura, já havia descoberto a biblioteca e nela entrara para examinar os livros à luz da sua vela de sebo, lorde Charlbury ficou sozinho. Logo reuniu-se a ele Sir Vincent, que voltava carregando uma velha garrafa e algumas taças.

— Xerez — disse ele, colocando as taças na mesa. — Se o meu destino é a chacina de galinhas, devo recuperar as energias. Mas confio que convencerei o mordomo a cometer a façanha. *Como* você feriu o braço?

— Sophy meteu uma bala nele — respondeu o rapaz.

— Ela fez isso? Uma mulher formidável, sem dúvida! Suponho que tivesse suas razões.

— Não as razões que você talvez fosse perdoado por imaginar! — retorquiu Charlbury.

— Jamais me entrego a pensamentos banais — replicou Sir Vincent, limpando cuidadosamente o gargalo da garrafa e servindo o vinho. — Não com relação à Magnífica Sophy. Tome, experimente isto! Só Deus sabe há quanto tempo se encontra na adega! Deduzo que não bebo à sua fuga, pois não?

— Santo Deus, nada de fuga! — respondeu Charlbury, quase empalidecendo com a ideia. — Sou devotado a Sophy, incondicionalmente, mas que Deus me livre de casar com ela.

— Se Deus não o livrasse, calculo que Rivenhall o faria — comentou Sir Vincent. — Este vinho é perfeitamente tolerável. Não acabe com a garrafa antes de eu voltar e não o desperdice com o poeta.

Ele tornou a afastar-se, provavelmente para supervisionar a execução das galinhas, e lorde Charlbury, inativo graças ao braço ferido, serviu-se de uma segunda taça de xerez. Depois de um curto intervalo, o Sr. Fawnhope surgiu da biblioteca, trazendo na mão um volume roído pelas traças. Reverentemente, exibiu-o a lorde Charlbury, dizendo simplesmente:

— *La hermosura de Angélica!* Nunca se sabe onde pode existir por acaso um tesouro. Preciso mostrá-lo à marquesa. De quem é esta casa fascinante?

— De Sir Horace Stanton-Lacy — respondeu Charlbury, com certo divertimento.

— A Providência deve ter me guiado até aqui. Eu não podia imaginar o que me estava me trazendo até essa casa, mas isso não importa. Quando vi Sophy parada na soleira da porta aberta, erguendo a candeia, o véu caiu dos meus olhos e todas as dúvidas se resolveram. Tenho um compromisso para jantar em algum outro lugar, mas não farei caso.

— Não acha que deveria, talvez, voltar à cidade para honrar seu compromisso? — sugeriu lorde Charlbury.

— Não — respondeu o Sr. Fawnhope simplesmente. — Prefiro ficar aqui. Há também um volume da *Galateia*, porém não um exemplar original.— Sentou-se à mesa e abriu o livro, nele ficando absorto até ser interrompido por Sophy, que chegou com um punhado de velas debaixo do braço e uma caixa de madeira, a qual segurava cuidadosamente. Ao seu lado, numa mistura de curiosidade e ciúmes, saltitava a pequena galga, de vez em quando erguendo-se para alcançar a caixa.

O Sr. Fawnhope levantou-se de um salto e estendeu as mãos para pegar a caixa.

— Me dê isso! Uma travessa você poderia trazer, mas não uma caixa imunda!

Sophy entregou-a, dizendo ao seu jeito prático:

— A Sra. Clavering trará a chaleira logo mais, ainda é cedo para a bandeja do chá, sabe disso. Nem sequer jantamos. Cuidado! Coitadinhos, eles não têm mãe!

— Sophy, o que...? — começou Charlbury, ao notar que a caixa continha uma ninhada de patinhos amarelos. — Espero que não pretenda cozinhá-los para o jantar, não?

— Santo Deus, não! Ocorre que a Sra. Clavering os está criando no calor da cozinha, e Sancia se queixa de que vão correr para seus pés. Ponha a caixa no chão, neste canto, Augustus. Tina não irá aborrecê-los!

Ele obedeceu, e os patinhos, grasnando energicamente, esforçaram-se para sair da caixa; um deles, mais aventureiro do que os demais, dispôs-se a fazer uma excursão exploradora. Sophy apanhou-o e segurou-o nas mãos em concha, enquanto Tina, muito aflita, pulava para uma cadeira e se deitava, meneando a cabeça acintosamente. O sorriso do Sr. Fawnhope estampou-se no seu rosto, e ele citou:

— "Veja, como uma dona de casa cuidadosa corre para apanhar uma de suas aves que lhe escapou..."

— Certo, mas creio que se estendêssemos algo sobre a caixa, eles não poderão escapar — disse Sophy. — A capa de viagem de Charlbury vai servir. Você se importa, Charlbury?

— Sim, Sophy, eu me importo! — respondeu o rapaz com firmeza, tirando o abrigo das mãos dela.

— Muito bem, então... — Ela parou, pois Tina havia levantado a cabeça, de orelhas empinadas, e soltara um latido estridente. Ouviu-se logo o ruído de cavalos e rodas de carruagem. Sophy virou-se para o Sr. Fawnhope, dizendo rapidamente: — Augustus, por favor, quer ir até a cozinha no final do corredor, ali nos fundos, e pedir à Sra. Clavering para lhe dar um pano, uma colcha, qualquer coisa assim? Não precisa apressar-se, acho que Sancia gostaria que você depenasse uma galinha.

— A marquesa está na cozinha? — perguntou o Sr. Fawnhope. — O que ela está fazendo lá? Gostaria que ela visse este livro que encontrei na biblioteca.

Sophy apanhou-o de cima da mesa e entregou-lhe.

— Isso, por favor, mostre-o a ela! Sancia vai gostar muito! Não dê atenção se por acaso ouvir o sino da porta. Eu mesma vou abri-la.

Sem cerimônia, empurrou-o em direção à porta nos fundos do vestíbulo, e, depois de tê-lo visto atravessá-la a salvo e fechá-la, disse em tom conspiratório:

— Cecilia! Cuidado com os patinhos!

Ela ainda segurava um deles quando escancarou a porta. A chuva cessara, e o luar brilhàva através de uma brecha nas nuvens. Quando Sophy abriu a porta, a prima quase caiu em cima dela.

— Sophy! Ah, minha querida Sophy... Não, foi radical demais da sua parte! Você devia saber que eu talvez desejasse... Sophy, Sophy, como *pôde* fazer isso?

— Cecy, por favor, cuidado! Este pobre patinho! Santo Deus! Srta. Wraxton!

— Sim, Srta. Stanton-Lacy, *eu*! — respondeu a Srta. Wraxton, juntando-se ao grupo no pórtico. — Imagino que não esperava me ver.

— Não esperava, e você vai atrapalhar muito! — respondeu Sophy francamente. — Entre, Cecy.

Deu um delicado puxão na prima, que permanecia do outro lado da soleira. Cecilia ficou paralisada quando Charlbury, levantando-se da cadeira ao lado do fogo, deu um passo à frente, o braço esquerdo repousando com elegância na tipoia. Cecilia carregava uma bolsa e um regalo de plumas, e deixou-os cair em sua consternação.

— Oh! — exclamou ela debilmente. — Você está ferido! Oh, Charlbury!

Adiantou-se com as mãos estendidas, e lorde Charlbury, procedendo com grande presença de espírito, apressou-se em desvencilhar o braço da tipoia e recebeu-a num abraço compreensivo.

— Não estou ferido, querida Cecilia! É apenas um arranhão! — garantiu-lhe.

Tal heroísmo fez com que Cecilia derramasse lágrimas.

— Tudo por culpa minha! Minha abominável loucura! Jamais deixarei de me culpar. Charlbury, diga que me perdoa!

— Nunca, por usar um chapéu que me impede de beijá-la! — respondeu ele, rindo.

Depois dessas palavras, Cecilia ergueu a cabeça, sorrindo através das lágrimas, e ele conseguiu beijá-la apesar do chapéu. Bloqueando a entrada com eficiência, Sophy observou essa cena com ar de alguém muito satisfeito com seus esforços.

— Quer ter a gentileza de nos deixar entrar? — perguntou a Srta. Wraxton, com entonação gélida.

— *Nós?* — perguntou Sophy, olhando rapidamente à sua volta. Notou uma figura robusta atrás da Srta. Wraxton, num casaco ensopado e uma cartola igualmente encharcada, e depois de perscrutar incredulamente por um momento, exclamou: — Santo Deus! Lorde Bromford! Ora, que diabo significa isso?

Cecilia, que lançara seu chapéu no chão junto ao regalo, levantou a cabeça do ombro largo em que a apoiava para dizer com voz rouca:

— Ah, Sophy, por favor, não fique zangada comigo! Na verdade, não foi obra minha. Charlbury, o que aconteceu? Como veio a se ferir?

Lorde Charlbury, ainda apertando-a contra o peito, desviou um olhar angustiado para Sophy. Esta veio prontamente em seu socorro.

— Apenas um ferimento superficial, querida Cecy! Ladrões de estrada... ou devo dizer salteadores?... Sim, salteadores! Uma verdadeira rajada de tiros, sabe, e o pobre Charlbury teve o azar de ser atingido. Mas foram postos a correr e não tivemos nenhum outro ferido. Charlbury comportou-se com a maior presença de espírito... perfeitamente frio, *mais* do que um páreo para aqueles velhacos!

— Oh, *Charlbury!* — Cecilia suspirou, conquistada pela ideia dessa conduta intrépida.

Lorde Charlbury, batendo suavemente em seu ombro, não pôde resistir à tentação de perguntar:

— Quantos desses rufiões desesperados eu derrotei, Sophy?

— Isso — respondeu Sophy, subjugando-o, franzindo a testa — jamais saberemos.

A voz fria da Srta. Wraxton intrometeu-se na cena. Por mais contente que pudesse estar ao ver o quiproquó entre Cecilia e Charlbury resolvido, seu senso de decoro estava realmente lacerado pelo espetáculo de ver a futura cunhada aninhada nos braços do rapaz.

— Minha querida, por favor, contenha-se! — pediu ela, enrubescendo e desviando o olhar.

— Eu na verdade não sei o que fazer — anunciou de repente lorde Bromford, com entonações lamurientas. — Vim com o propósito de exigir explicações desse rapaz e acabei apanhando um resfriado.

— Se isso é comigo — replicou Charlbury —, um resfriado pode bem ser o menor dos males que em breve se abaterão sobre você. Não pise nos patinhos!

— Não pise mesmo! — disse Sophy, arrebatando um deles, que escapara por um triz de morrer sob os pés de Bromford. — Que criatura desajeitada você é! Por favor, preste atenção onde pisa!

— Eu não me surpreenderia se já tivesse febre — disse Bromford, olhando inquieto para os patinhos. — Srta. Wraxton, aves! Não se mantém aves dentro de casa. Eu realmente não entendo por que estão correndo pelo chão. Ali está outro! Não gosto disso. Não condiz com o modo como fui criado.

— Tenho a impressão, caro lorde Bromford, de que nada do que aconteceu hoje condiz com o modo como eu ou o senhor fomos criados — respondeu a Srta. Wraxton. — Permita que lhe peça para tirar a capa de viagem! Acredite, não era meu desejo que o senhor fosse obrigado a cavalgar em meio a tal aguaceiro. Se causou à sua constituição física algum mal duradouro, jamais me perdoarei por ter aceitado sua escolta. Suas botas estão inteiramente molhadas. Nada pode ser mais prejudicial do que pés gelados. Srta. Stanton-Lacy, *seria* pedir demais que se chamasse um criado... presumo que haja um criado aqui, não?... para retirar as botas de lorde Bromford?

— Há um criado, sim, mas saiu para matar galinhas — respondeu Sophy. — Cecy, me ajude a recolher os patinhos e colocá-los na caixa de novo. Se pusermos o seu regalo sobre eles, provavelmente vão pensar que é a própria mãe e sossegarão.

Por não encontrar falha nesse plano, Cecilia colocou-o imediatamente em execução. A Srta. Wraxton, que depois de muita lisonja conseguira convencer lorde Bromford a se acomodar numa poltrona ao lado do fogo, disse:

— Essa frivolidade não é oportuna, Srta. Stanton-Lacy! Até você mesma vai admitir que sua conduta requer certa explicação. Conhece as terríveis consequências que deveriam seguir-se a esta... esta fuga, se sua prima e eu não tivéssemos vindo para salvá-la da desgraça que você parece aceitar tão levianamente?

Lorde Bromford espirrou.

— Oh, cale-se, Eugenia! — pediu Cecilia. — Como pode falar assim? Tudo está bem quando termina bem.

— Você deve ter esquecido todo o escrúpulo da sensibilidade feminina, Cecilia, se pensa que tudo está *bem* quando sua prima exibe uma expressão tão desavergonhada depois de perder tanto o caráter quanto a reputação!

A porta dos fundos do vestíbulo abriu-se para admitir a entrada da marquesa, com um avental de aniagem em torno da cintura e uma enorme colher de pau na mão.

— Ovos, preciso deles imediatamente! — comunicou. — Lope de Vega sem a menor dúvida é um excelente poeta, mas não na cozinha. Alguém tem de ir ao galinheiro e falar com Vincent para me trazer ovos. Quem são essas pessoas?

Talvez se pudesse imaginar que o surgimento da marquesa em cena enchesse de alívio a alma da Srta. Wraxton, mas essa emoção não se tornou visível no seu semblante, o qual, pelo contrário, se enregelou numa expressão de grande desgosto, a ponto de a tornar quase ridícula. Não encontrava uma palavra para dizer e parecia incapaz até mesmo de cumprimentar a marquesa com um aperto de mão.

Sempre meticuloso, lorde Bromford levantou-se da poltrona e fez uma reverência. Sophy apresentou-o, e ele pediu perdão por ter contraído o que receava ser um perigoso resfriado. A marquesa conservou-o a distância com a concha, dizendo:

— Se tem um resfriado, não se aproxime de mim! Agora vejo que é a Srta. Rivenhall, que tem uma beleza inteiramente britânica, e aquela outra, também no estilo inglês, porém menos bonita. Não creio que duas galinhas sejam suficientes, portanto este homem com resfriado deve comer pernil de porco. Mas agora eu preciso de ovos!

Depois de lançar este ultimato ela retirou-se, não dando a mínima atenção ao agitado protesto de lorde Bromford, que dizia que a carne de porco era um veneno para ele e que uma tigela de mingau ralo era tudo que se sentia capaz de engolir. Tinha-se a impressão de que a Srta. Wraxton era a única pessoa entre os presentes que provavelmente simpatizava com ele, pois para ela lorde Bromford parecia lastimável. Eugenia reagiu imediatamente, garantindo-lhe que ninguém o obrigaria a comer pernil.

— Ah, se fosse possível retirá-lo deste vestíbulo cheio de correntes de ar! — disse ela, lançando um olhar furioso para Sophy. — Se eu soubesse que estava vindo para uma casa que parece algo entre galinheiro e hospício, jamais teria deixado a cidade!

— Bem, então eu gostaria que soubesse — replicou Sophy candidamente — que teríamos ficado confortáveis o suficiente se ao menos você e lorde Bromford cuidassem da própria vida, mas agora acho que sejamos obrigados a preparar mingau e escalda--pés de mostarda!

— Um escalda-pés de mostarda — repetiu lorde Bromford, ansioso — seria o ideal! De fato, não digo que detenha inteiramente os efeitos da friagem; não devemos ter tantas esperanças.

Mas se pudermos evitar que se abata sobre os pulmões, será uma grande coisa. Obrigado. Fico-lhe muito grato.

— Santo Deus, criatura absurda, eu não quis ser tão pessimista! — retrucou Sophy, desatando a rir.

— Não quis! — exclamou a Srta. Wraxton. — Podemos certamente acreditar que não tem uma gota de compaixão feminina, Srta. Stanton-Lacy! Não fique apreensivo, lorde Bromford. Não pouparei esforços para preservá-lo de uma doença.

Ele apertou-lhe a mão de modo eloquente e deixou que ela o forçasse gentilmente a sentar-se de novo na poltrona.

— Nesse meio-tempo — disse Charlbury — não vamos esquecer dos ovos que a marquesa precisa. Seria melhor eu tentar encontrar Talgarth e o galinheiro.

Sophy, que parecia pensativa, disse pausadamente:

— Isso mesmo. Eu *acho*... Charlbury, traga uma vela para a sala de refeições e vejamos se já está aquecida o suficiente para lorde Bromford se sentar lá.

O lorde acompanhou-a até aquele cômodo, e no mesmo instante em que ultrapassava a soleira ela agarrou-lhe o pulso e disse num sussurro ansioso:

— Esqueça os ovos! Vá aos estábulos e mande os criados de Ombersley atrelarem novamente os cavalos! Você pode trocá-los na estalagem do povoado ou, se não lá, em Epsom. Leve Cecilia de volta para Londres! Imagine só que embaraçoso para ela ser obrigada a se encontrar com Augustus agora! Ela não iria gostar nem um pouquinho. Além disso, é muito ridículo tantas pessoas ficarem apinhadas nesta casa, de modo algum eu contava com isso.

Ele fez uma careta, mas disse:

— Se partirmos, você virá conosco?

— O que, viajar apertada entre vocês dois? Não, obrigada.

— Mas não posso deixá-la aqui!

— Tolice! Ainda não é conveniente que eu vá para Londres.

391

Ele colocou o castiçal sobre a mesa e tomou as mãos dela, segurando-as firmemente.

— Sophy, tenho com você uma dívida de gratidão. Obrigado, minha querida! Pode me pedir o que quiser. Quer que eu leve a Srta. Wraxton comigo?

— Não, pois tive uma ideia excelente a respeito dela. Eugenia ficará para cuidar de Bromford, provavelmente vão acabar acertando casamento.

Os ombros dele chegaram a se sacudir com o riso.

— Ah, Sophy! Sophy!

— Não, por favor, não ria! Eu acho mesmo que devo assegurar o futuro dela! Não posso permitir que se case com Charles e torne todos infelizes na Mansão Ombersley e estou convencida de que ela e Bromford vão se entender às mil maravilhas. Não me faça mais nenhum discurso bonito, vá aos estábulos imediatamente. Falarei com Cecy.

Em seguida empurrou-o de novo para o vestíbulo, e, enquanto ele saía de casa, voltou para o grupo ao lado da lareira e disse:

— A sala de refeições está aquecida, e se ficar lá um pouquinho, lorde Bromford, um dos quartos será preparado para o senhor, e mandarei Clavering tirar suas botas. Por favor, leve-o, Srta. Wraxton, e cuide para que fique alojado confortavelmente.

— Espero que a lareira da sala não solte fumaça da mesma maneira horrível que esta! — disse a Srta. Wraxton asperamente.

— Nada poderia ser pior. Lorde Bromford já tossiu duas vezes!

— Que chocante! Você deveria levá-lo logo.

Lorde Bromford, que permanecia todo curvado e encolhido, com uma aparência lamentável, tremendo e espirrando, agradeceu com voz fraca e levantou-se da poltrona com a ajuda gentil da Srta. Wraxton. Mal tinham ido para a sala de refeições o Sr. Fawnhope surgiu no vestíbulo, dizendo em tom grave:

— O abate das galinhas é revoltante! Ninguém deveria ser convocado para testemunhar tal coisa! A marquesa precisa de ovos.

Cecilia, que tivera um violento sobressalto e mudara percepti-velmente de cor, exclamou:

— Augustus!

— Cecilia! — exclamou ele por sua vez, fitando-a, aturdido e com os olhos arregalados. — Você não estava aqui antes, estava?

— Não — respondeu ela, enrubescendo de fúria. — Não! Eu... eu vim com a Srta. Wraxton.

— É mesmo? — indagou ele, um tanto aliviado. — Bem me pareceu que não a tinha visto antes.

Resoluta, mas um pouco agitada, ela disse:

— Augustus, não vou brincar com você. Preciso lhe dizer uma coisa: descobri que houve um grande equívoco. Não posso me casar com você.

— Nobre, nobre moça! — exclamou o Sr. Fawnhope, muito comovido. — Respeito-a por essa franqueza e devo considerar-me sempre um felizardo por ter tido permissão de adorá-la. A experiência me purificou e fortaleceu. Você inspirou-me com um fervor poético pelo qual o mundo talvez ainda venha a lhe agradecer, como eu agradeço! Mas o casamento não é para uma pessoa como eu. Preciso pôr a ideia de lado. Realmente devo abandonar essa ideia. Você deveria casar-se com Charlbury, mas também permitir que eu dedique minha peça a você.

— O-obrigada! — gaguejou Cecilia, muito surpresa.

— Bem, ela vai se casar com Charlbury — disse Sophy, refor-çando a ideia. — E agora que isso está decidido, Augustus, por favor, quer ir procurar os ovos para Sancia?

— Não entendo nada de ovos. Fui buscar Talgarth na adega, e já tinha saído em busca deles. Vou escrever um poema que há uma hora vem tomando forma no meu cérebro. Faria objeção a que eu o intitulasse "Para Sofia, segurando uma candeia"?

— Nenhuma — respondeu Sophy afavelmente. — Tome esta vela e vá para a biblioteca. Devo pedir a Clavering que acenda a lareira para você?

— Não é necessário, obrigado — respondeu, distraído, e recebendo o castiçal da mão dela, afastou-se, devaneando, em direção à biblioteca.

Nem bem a porta se fechara atrás dele e Cecilia disse, um pouco confusa:

— Será que ele me entendeu? Por que não me disse que Augustus estava aqui, Sophy? Não sei como encará-lo!

— Não sabe e nem vai precisar, querida Cecy! Charlbury já foi providenciar o coche. Você precisa voltar para Berkeley Square agora. Imagine só a ansiedade da minha tia!

Cecilia, que estivera a ponto de contestar, hesitava visivelmente. Encontrava-se ainda indecisa quando lorde Charlbury voltou para a casa, anunciando alegremente que o coche estaria à porta em cinco minutos. No mesmo instante, Sophy apanhou o chapéu da prima e ajustou-o de maneira apropriada sobre os cachos dourados. Em meio aos seus esforços e os de lorde Charlbury, Cecilia foi logo escoltada, indefesa, para fora de casa e subiu na carruagem. O rapaz, parando apenas para dar um abraço afetuoso em sua benfeitora, subiu de um pulo; os degraus foram levantados, a porta batida diante do feliz casal, e a carruagem partiu. Depois de acenar um último adeus do pórtico, Sophy virou-se para entrar em casa, onde encontrou a Srta. Wraxton aguardando por ela num estranho estado de indiferença. Ao perceber (disse Eugenia) que não deveria esperar ajuda da marquesa, queria ser conduzida à cozinha, onde tencionava preparar um *posset* feito com leite quente, cerveja e vinho, bebida usada por sua família durante gerações na cura de resfriados. Sophy não só a conduziu à cozinha, como também abrandou os protestos da marquesa e mandou os Claverings porem água para ferver e prepararem um escalda-pés de mostarda. Os desventurados Claverings subiram com esforço as escadas dos fundos, transportando brasas, mantas e latas de água quente. Mantiveram-se totalmente ocupados por quase meia hora, e, no final desse período, lorde Bromford foi levado gentilmente para o melhor quarto de hóspedes no andar superior, despido de suas botas e seu casaco, convencido com agrados a vestir um roupão que Sir Vincent tivera a prudência de trazer em sua valise, e instalado numa *bergère* ao lado da lareira. Os protestos de Sir Vincent ao lhe arrebatarem não só o roupão, como também o pijama e o gorro de dormir, foram silenciados pela informação de Sophy de que ela mesma estava cedendo à Srta. Wraxton sua valise com todos os acessórios (inclusive roupa de dormir).

— E considerando como o seu comportamento tem sido deselegante, Sir Vincent, devo dizer que julgo extremamente vil de sua parte a recusa em prestar-me esse pequeno favor! — disse ela sem rodeios.

Ele lançou-lhe um olhar de esguelha, malicioso.

— E você, Sophy? Não vai pernoitar aqui? — Riu, vendo-a incapaz de dar uma resposta. — Em tempos passados, você teria sido queimada na fogueira, e com justiça, Juno! Muito bem. Participarei do seu jogo!

Meia hora depois dessa cena, Sophy, sentada à mesa do vestíbulo que ela arrastara para um canto junto da lareira, ouviu o ruído que estivera aguardando. Entretinha-se na construção de castelos de cartas, depois de ter encontrado um velho e imundo baralho na sala de refeições, e não fez nenhum esforço para atender ao badalar autoritário do sino. Vindo dos fundos da casa, Clavering entrou no vestíbulo, parecendo fatigado, e abriu a porta. O tom de voz firme do Sr. Rivenhall assaltou prazerosamente os ouvidos de Sophy:

— Mansão Lacy? Muito bem! Quer ter a bondade de conduzir meu cavalariço aos estábulos? Eu mesmo me anunciarei.

Em seguida, o Sr. Rivenhall pôs o idoso criado para fora da casa e entrou no vestíbulo sacudindo as gotas de chuva da sua cartola de aba virada. Seus olhos pousaram em Sophy, absorvida na arquitetura, e ele disse com a maior amabilidade imaginável:

— Boa noite, Sophy! Receava que já não me esperasse mais, mas está chovendo, sabe, e o luar ficou oculto pelas nuvens.

A essa altura, Tina, que ficara pulando diante dele num êxtase de prazer, começou a latir, obrigando-o a tomar conhecimento das suas boas-vindas antes que pudesse fazer-se ouvir novamente. Sophy, depositando delicadamente uma carta no alto da estrutura, disse:

— Charles, é muita gentileza sua! Veio para me salvar das consequências da minha indiscrição?

— Não, vim para torcer seu pescoço!

Ela arregalou os olhos.

— Charles! Não sabe que destruí minha reputação?

Ele despiu a capa de viagem, sacudiu-a e jogou-a sobre o espaldar de uma cadeira.

— É mesmo? Nesse caso, enganei-me. Estava disposto a jurar que encontraria a marquesa com você.

Um riso espontâneo despontou nos olhos dela.

— Você é odioso! Como adivinhou?

— Conheço-a muito bem. Onde está minha irmã?

Sophy prosseguia na construção do seu castelo.

— Ah, ela voltou para Londres com Charlbury. Acho que a carruagem deles deve ter cruzado com a sua no caminho.

— Provavelmente. Seja como for, não fiquei observando os brasões nas portas das carruagens que passavam. A Srta. Wraxton acompanhou-os?

Ela ergueu os olhos para Charles.

— Não; como sabe que a Srta. Wraxton veio com Cecilia? — perguntou.

— Ela foi bastante cortês para mandar um recado ao White's, informando-me sobre a sua intenção — respondeu sombriamente.

— Ainda encontra-se aqui?

— Bem, sim, mas imagino que esteja muito ocupada — replicou Sophy. Curvou-se para apanhar um dos patinhos, que, ao despertar de um sono restaurador sob o regalo de Cecilia, tornara a sair da caixa e tentava instalar-se na barra da saia dela. — Segure isto, querido Charles, enquanto lhe sirvo uma taça de xerez.

Ao estender automaticamente a mão, o Sr. Rivenhall viu-se de posse de uma bola de penugem amarela. Não parecia valer a pena perguntar por que lhe fora dado um patinho para segurar, portanto ele apoiou-se na beirada da mesa e ficou acariciando a criatura com um dedo enquanto observava a prima.

— Isso, naturalmente — disse Sophy com ar sereno —, explica por que você veio.

— Não explica nada e você bem sabe! — respondeu o Sr. Rivenhall.

— Como sua capa está molhada! — observou Sophy, abrindo-a diante do fogo. — Espero que não se tenha resfriado.

— É claro que não me resfriei! — respondeu ele, impaciente. — Além disso, só choveu nesta última meia hora.

Ela entregou-lhe a taça com xerez.

— Fico muito aliviada. O pobre do lorde Bromford contraiu um resfriado impressionante! Ele pretendera pedir satisfações a Charlbury, sabe, mas quando chegou aqui só conseguia espirrar.

— *Bromford?* — perguntou Charles. — Não está pretendendo me dizer que ele está aqui!

— Bem, é isso mesmo. A Srta. Wraxton o trouxe. *Penso* que contava que ele pedisse minha mão, assim salvando minha honra, mas o pobre homem ficou muito prostrado com seu horrível resfriado, que ele teme que possa atacar-lhe os pulmões. Isso afastou tudo o mais da sua cabeça, e não é de causar surpresa a ninguém.

— Sophy, está tentando me aturdir? — indagou o Sr. Rivenhall, desconfiado. — Nem Eugenia impingiria aquele idiota a você.

— A Srta. Wraxton não o considera um idiota. Ela diz que é um homem de bom senso, um homem que...

— Obrigado, já ouvi o suficiente. Tome, pegue esta criatura de volta! Onde está Eugenia?

Ela recebeu o patinho da mão estendida e restituiu-o a companhia de seus irmãos na caixa.

— Bem, se ela ainda não estiver preparando *possets* na cozinha, suponho que irá encontrá-la com Bromford no nosso melhor quarto de hóspedes — respondeu ela.

— *O quê?*

— Convencendo-o a engolir um pouco de mingau ralo — explicou Sophy, parecendo a imagem da inocência. — Segunda porta, no topo da escada, querido Charles.

O Sr. Rivenhall bebeu de um gole a taça de xerez, colocou-a sobre a mesa, informou a prima, ameaçadoramente, que se ocuparia dela dentro em pouco e partiu com passadas largas em direção às escadas, acompanhado de Tina, que saltava alegremente atrás dele, aparentemente convencida de que ele estava a ponto de fornecer-lhe um divertimento extraordinário. Sophy dirigiu-se ao corredor para informar à aborrecida marquesa que dois dos convidados para o jantar haviam partido e outro aparecera no lugar.

Nesse ínterim, o Sr. Rivenhall galgara as escadas, e, sem cerimônia, escancarara a porta do melhor quarto de hóspedes. Seu olhar insultado deparou com uma cena doméstica. Numa cadeira colocada ao lado de uma lareira acesa achava-se lorde Bromford, e um biombo fora colocado de modo a protegê-lo da corrente de ar que vinha da janela; ambos os pés estavam mergulhados num banho fumegante de mostarda e água; uma manta sobre os ombros servia para reforçar o roupão de Sir Vincent, e em suas mãos havia uma tigela com mingau e uma colher. Solícita, a Srta. Wraxton rondava a seu lado, pronta para acrescentar ao banho mais água quente da chaleira conservada no calor da lareira ou para substituir a tigela de mingau pelo *posset* que havia preparado.

398

— O que é isso? — perguntou o Sr. Rivenhall numa explosão.

— A corrente! — protestou lorde Bromford. — Srta. Wraxton, sinto o ar soprando na minha cabeça!

— Por favor, feche a porta, Charles! — disse a Srta. Wraxton asperamente. — Não tem consideração? Lorde Bromford está extremamente indisposto.

— Posso perceber — retorquiu ele, entrando no quarto. — Talvez, minha querida Eugenia, devesse me explicar que diabo pretende com isso?

Ela respondeu no mesmo instante, seu rubor se intensificando.

— Graças à desumanidade, e não posso chamar de outra coisa, de sua irmã ao negar-me permissão para oferecer um lugar a lorde Bromford na carruagem, ele contraiu um impressionante resfriado, e eu rezo para que não tenha efeito duradouro na sua constituição física.

— Jamais julguei Cecilia com tanto bom senso! Se ela tivesse tido o suficiente para não partir com você numa aventura que não só era desnecessária, como também intrometida, eu ficaria até mais grato! Por uma vez na vida, Eugenia, você esteve completamente equivocada. Que lhe sirva de lição para ser um pouco menos ativa no futuro.

Aqueles que melhor conheciam o Sr. Rivenhall teriam considerado este discurso uma censura muito branda. A Srta. Wraxton, em cuja presença ele, até então, controlara a língua com muito cuidado, mal podia acreditar em seus ouvidos.

— Charles! — exclamou ela, ultrajada.

— Por acaso imaginou que me faria pensar mal de Sophy com sua carta tola e despeitada? Você tentou colocar-me contra ela desde o princípio, mas hoje você se excedeu, minha querida! Como ousou escrever-me naqueles termos? Como pôde ter sido de uma estupidez tão crassa para supor que Sophy algum dia precisaria do *seu* apoio para redimi-la aos olhos do mundo, ou que eu acreditaria numa só palavra de difamação contra ela?

— Senhor! — exclamou lorde Bromford, com tanta dignidade quanto se poderia esperar de um homem com ambos os pés num banho de mostarda. — Responderá a mim por essas palavras!

— Sem dúvida! Quando e onde lhe aprouver! — respondeu o Sr. Rivenhall, com uma presteza alarmante.

— Suplico-lhe que não dê atenção a ele, lorde Bromford! — exclamou a Srta. Wraxton, muito agitada. — Ele está fora de si. Se fosse realizado um duelo entre vocês por *minha* causa, eu jamais andaria de cabeça erguida de novo! Por favor, acalme-se! Estou certa de que seu pulso está agitado, e como poderei encarar outra vez a querida Lady Bromford?

Ele pegou a mão da Srta. Wraxton e ficou segurando-a, dizendo com voz comovida:

— Criatura boa demais, excelente demais! Com todos os seus dotes e sua educação, ainda conserva os atributos peculiares à sua feminilidade! Só posso pensar nos versos do poeta...

— Cuidado! — interrompeu o Sr. Rivenhall de maneira desagradável. — Pensou neles com relação à minha prima, e não fica bem repetir-se.

— Senhor! — exclamou lorde Bromford, fitando-o. — Eu estava a ponto de dizer que a Srta. Wraxton tem se mostrado muito confortadora...

— Um anjo prestativo! Eu já sabia. Tente outro poeta.

— Devo pedir-lhe, senhor — disse a Srta. Wraxton, gélida —, que deixe este aposento imediatamente e leve este horrível cãozinho da Srta. Stanton-Lacy. Só posso ficar agradecida porque meus olhos se abriram para o seu verdadeiro caráter antes que fosse tarde demais. O senhor me faria o obséquio de mandar um comunicado à *Gazette* informando que nosso compromisso foi rompido?

— Tratarei disso imediatamente, — respondeu o Sr. Rivenhall, fazendo uma reverência. — Por favor, aceite minhas profundas desculpas e o meu desejo mais sincero por sua felicidade futura, senhora.

— Obrigada! Se não posso felicitá-lo pelo contrato que sem dúvida está a ponto de celebrar, pelo menos posso rezar para que não fique lamentavelmente desapontado sobre o caráter da dama com quem pretende se casar — retrucou a Srta. Wraxton, o rubor queimando suas faces.

— Não, não penso que ficarei desapontado — rebateu o Sr. Rivenhall, com um súbito, deplorável e amplo sorriso. — Chocado, enfurecido e aturdido, talvez, mas não desapontado. Vamos, Tina!

Ao descer novamente para o vestíbulo, ele encontrou Sophy sentada no chão ao lado da caixa dos patinhos, frustrando suas tentativas de fuga. Sem erguer os olhos, ela disse:

— Sir Vincent encontrou várias garrafas de excelente Borgonha na adega, e Sancia disse que, afinal, não seremos obrigados a comer pernil de porco.

— Talgarth? — perguntou o Sr. Rivenhall, enfurecendo-se. — Que diabo o trouxe aqui?

— Ele veio com Sancia. É a coisa mais chocante, Charles, e não sei como vou encarar Sir Horace. Ele *casou-se* com ela! Não consigo pensar no que devo fazer.

— Absolutamente nada. Seu pai ficará encantado! Esqueci de informá-la, minha querida prima, que ele chegou pouco antes de eu partir e agora mesmo está em Berkeley Square, aguardando seu regresso. Parece que aborreceu-se muito ao saber dos seus esforços para salvar a marquesa de Talgarth.

— Sir Horace em Londres? — perguntou Sophy, a expressão do seu rosto animando-se. — Ah, Charles, e eu não estava lá para dar-lhe as boas-vindas! Por que não me disse logo?

— Tinha outras coisas para pensar. Levante-se!

Ela permitiu que ele a ajudasse a se erguer.

— Charles, está livre da sua complicação?

— Estou — respondeu ele. A Srta. Wraxton rompeu o nosso noivado.

— E Cecy rompeu o dela com Augustus, portanto agora posso...

— Sophy, não pretendo saber por que ela teria feito isso e também não quero compreender por que conserva uma ninhada de patinhos dentro de casa. Nenhum desses problemas me interessa no momento! Tenho algo mais importante para lhe dizer.

— Naturalmente! — replicou Sophy. — Seu cavalo! Bem, na verdade, Charles, lamento *muito* tê-lo desagradado tanto!

— Não! — exclamou o Sr. Rivenhall, agarrando-a pelos ombros e sacudindo-a. — Você sabe... Sophy, você *sabe* que eu não pretendia... Você não fugiu de Londres por causa *daquilo*, não foi?

— Mas, Charles, claro que sim! Eu precisava ter uma desculpa. Deve saber disso.

— Demônio! — exclamou o Sr. Rivenhall e envolveu-a num abraço tão apertado que ela protestou. Tina dançava ao redor deles, latindo, agitada. — Quieta! — ordenou o Sr. Rivenhall. Segurou o pescoço de Sophy entre as mãos, fazendo-a erguer o queixo. — Quer casar comigo, sua criatura vil e abominável?

— Quero, mas, veja bem, é só para evitar que torça meu pescoço — respondeu Sophy.

A porta da biblioteca se abriu, o que fez com que ele a soltasse e olhasse rapidamente por sobre o ombro. O Sr. Fawnhope, exibindo um ar de abstração quase total, entrou no vestíbulo com um papel na mão.

— Não há tinta — queixou-se —, e quebrei a ponta do meu lápis. Abandonei a ideia de louvá-la como virgem vestal; há algo inábil nessas sílabas. Meu verso de abertura agora é *Deusa, cujas mãos firmes sustentam...* Mas preciso de tinta!

Com essas palavras, e sem prestar a mínima atenção ao Sr. Rivenhall, ele caminhou até a porta que levava às dependências dos fundos e desapareceu por ela.

O Sr. Rivenhall virou o rosto, onde se estampava um horror indisfarçado, para Sophy:

— Santo Deus! — exclamou. — Poderia ter me avisado de que *ele* estava aqui! E que diabo ele quis dizer com aquilo?

— Bem, *acho* — disse Sophy confidencialmente — que agora ele julga estar apaixonado por mim, Charles. Ele gosta do jeito com que eu ergo uma candeia e diz que gostaria de me ver trazendo uma travessa.

— Bem, ele não vai ver você com uma travessa — replicou o Sr. Rivenhall, revoltado. Lançou um olhar pelo vestíbulo, viu uma peliça pousada numa cadeira, agarrou-a. — Vista isso! Onde está seu chapéu?

— Mas, Charles, *não podemos* deixar a pobre Sancia com todas essas pessoas horrorosas na casa. É revoltante!

— Sim, podemos! Não imagina que eu vá me sentar para jantar com Eugenia e aquele maldito poeta, não é? Este é o seu regalo? *Precisamos* levar estes patinhos?

— Não, o regalo é de Cecilia, e agora os patinhos ficarão espalhados pelo chão novamente. Charles, como você gosta de me provocar!

Sir Vincent, que entrava no vestíbulo com algumas garrafas, depositou-as na lareira.

— Como vai, Rivenhall? Sophy, há tinta na casa? O poeta está à procura de tinta na despensa e levando a minha pobre Sancia à loucura.

— Talgarth — disse o Sr. Rivenhall, agarrando firmemente Sophy pela mão —, peço-lhe que cuide destes infernais patinhos e desejo-lhe uma noite bastante agradável. Sir Horace acaba de chegar, e devo restituir-lhe a filha imediatamente.

— Rivenhall — disse Sir Vincent, muito sério —, entendo você perfeitamente e aplaudo sua presença de espírito. Permita-me oferecer-lhe minhas felicitações! Transmitirei suas desculpas à minha esposa. Devo aconselhá-lo a não retardar sua partida. O poeta voltará dentro de pouquíssimo tempo.

— Sir Vincent! — exclamou Sophy, arrastada irresistivelmente para a porta. — Dê minha valise à Srta. Wraxton e diga-lhe para fazer uso do conteúdo como lhe aprouver! Charles, isto é uma loucura! Você veio no cabriolé? E se começar a chover novamente? Ficarei encharcada.

— Então será bem feito para você — retorquiu o primo, descortês.

— Charles! — exclamou Sophy, chocada. — Não é possível que me ame.

O Sr. Rivenhall fechou a porta atrás deles e, de uma maneira muito rude, tomou-a nos braços e beijou-a.

— Eu não a amo. Detesto-a intensamente! — replicou com aspereza.

Encantada com essas palavras típicas de um namorado, a Srta. Stanton-Lacy retribuiu o abraço com fervor, e, humildemente, deixou-se levar para os estábulos.

Este livro foi composto na tipologia Palatino Lt
Std, em corpo 11/16, e impresso em
papel off-white no Sistema Cameron da
Divisão Gráfica da Distribuidora Record.